AF205824

Johanna Nuss

Herzblütenträume

Bibliographische Information der Deutschen Nationalbibliothek. Die Deutsche Nationalbibliothek verzeichnet diese Publikation in der Deutschen Nationalbibliografie; detaillierte bibliografische Daten sind im Internet über dnb.dnb.de abrufbar.

© 2020 R.J.W. Nuss
Herstellung und Verlag: BoD – Books on Demand, Norderstedt

ISBN: 9783750401242

1.

„Jag die Ratte einfach zum Teufel", sagte Connie, „es ist höchste Zeit." Sie bot von ihren Zigaretten an, obwohl sie wusste, dass Iris vor drei Wochen damit aufgehört hatte.

„So einfach ist das nicht." Iris schob die Hand mit der Packung beiseite. Zum Glück rauchte Connie diese Menthol-Dinger, da konnte sie leicht Nein sagen.

„Aber du wirst nicht einknicken!" rief Connie. Sie schlug mit ihrer freien Hand auf den Couchtisch, so dass die Obstschale klirrte und die Orange vom Gipfel des Vitaminbergs auf die Glasplatte rollte und ums Haar über die Tischkante gefallen wäre. Doch Iris hatte schnelle Reflexe, noch aus ihrer Zeit im Handballtor. Sie fing die Orange ohne richtig hinsehen zu müssen. Jetzt hielt sie das Ding in der Hand und wusste nicht, was sie damit tun sollte. Also begann sie zu schälen.

Eigentlich hatte sie keine Lust auf Obst. Zitrusfrüchte machten ihr oft Magendruck, vor allem wenn sie sich über irgendetwas aufregte. Und jetzt regte sie sich auf, und zwar ganz gewaltig!

Sie dachte an Peter und an seine bescheuerte Macho-Art, oder wie immer sie dieses *Mein-Beruf-ist-das-Wichtigste-von-allem* auch nennen sollte. Iris hatte selbst einen Beruf, den sie an manchen Tagen richtig gern machte. Aber der Job war für sie kein Goldenes Kalb.

Bei Peter war es anders. Peter war Architekt und seine Arbeit war seine Göttin. Er umtanzte seinen Beruf und bot ihm alles und jeden zum Opfer an. Die Urlaubsvorbereitung dranzugeben war deshalb das Mindeste. Vor allem, wenn es jemanden gab, der alles im Alleingang erledigte. Dieser Jemand war Iris. Wieder einmal.

Morgen wollten sie nach Kenia fliegen, in einen dieser Ferienclubs, wo man von früh bis spät animiert wird und sich über nichts Gedanken machen muss. Außer über die Drinks.

Iris mochte diese Art von Urlaub nicht, aber Peter bestand in diesem Jahr darauf. Er wollte wenigstens in den kostbarsten Wochen des Jahres die Verantwortung für seine Tagesgestaltung an einer Rezeption abgeben und ansonsten ein Leben führen, das Iris an die Zeit zwischen Konfirmation und Schulabschluss erinnerte: Sich verdammt selbständig fühlen, aber letztendlich doch an der Leine gehen. Diesmal mit richtig viel Taschengeld und der schönen Gewissheit, dass man die Eltern, also die Animateure, jederzeit auf Null bringen konnte. Schließlich bezahlte man ja für den ganzen Kram. Und zwar nicht zu knapp. Iris musste beim Gedanken an Peter, umringt von verzweifelten Animateuren, für einen Moment sogar lächeln: Peter war, und das mochte sie an ihm, wirklich kein Mann, der sich durch halbgare Angeber zu Unsinn verleiten ließ, den er nicht mitmachen wollte. Auf der anderen Seite war er genau der Mann, der so ziemlich jeden Unsinn mitmachte.

Und er war so ein verdammt selbstherrlicher Typ, der am Tag vor der Abreise aus Frankfurt anrief und sagte, dass sein beruflicher Termin um einen Tag verlängert werde und dass sie doch allein für sie beide packen solle und man sich dann morgen direkt am Flughafen treffen könne. „Das

8

Packen ist ja ohnehin deine Sache und wenn ich gleich hier in Frankfurt bleibe, spare ich auch noch das Hin und Her mit dem Zug. Warum soll ich eigentlich überhaupt von Frankfurt nach Hause fahren, nur um einen Tag später wieder in denselben Zug zu steigen und dieselbe Strecke zurück..."

Es klang alles so schrecklich logisch und zwingend, dass Iris gar nicht viel dagegen sagen konnte. Peter hatte längst wieder aufgelegt, als ihr endlich klar wurde, wie sehr er sie verarschte: Sie war die Dienerin des großen Meisters, die seine Wäsche waschen und packen durfte, damit er den Alltag vergessen konnte. Und weil sie ahnte, aus welchem Milieu Peters Frankfurter Kunde kam, konnte sie sich auch so ungefähr vorstellen, wie die Abendgestaltung aussehen würde. Am liebsten hätte sie... Ja, was hätte sie eigentlich am liebsten?

Iris schreckte aus den Gedanken hoch. Jemand ruckte an ihrem Arm.

„Du denkst schon wieder an ihn", sagte Connie, „und das ist er einfach nicht wert!"

Iris blickte schuldbewusst zur Seite. Connie konnte ihre Gedanken lesen. Sie kannten sich seit der Kindheit, aber erst vor ein paar Jahren waren sie so etwas wie „beste Freundinnen" geworden. Iris ärgerte sich immer, dass Connie viel mehr von ihr wusste als umgekehrt. Connie blieb ihrer Freundin ein Rätsel, Iris fühlte sich als offenes Buch. Das war zum guten Teil Iris' eigene Schuld. Sie schüttete Connie nun einmal gern ihr Herz aus, während Connie ihre Probleme mit sich selbst abmachte. Gerade das machte Connie ja zu einer besonders pflegeleichten Freundin.

Connie und Peter mochten sich nicht. Alles andere wäre auch absolut unnatürlich gewesen: Der Lover und die beste Freundin müssen einander verabscheuen wie... ja, wie Hund und Katze: Sie konkurrieren nicht unbedingt um Ein und Dasselbe, aber doch um einen knappen Rohstoff, nämlich gemeinsame Freizeit und intensive Zuwendung. Peter hatte keinen besten Freund, „außer dem einen, der mich nie verläßt", wie er immer scherzte. Aber das war ganz typisch: Da mochten die Männer einander grinsend auf die Schultern klopfen oder bis in den Morgen miteinander saufen, zu wirklichen Freundschaften brachten sie es nie. Am besten verstand sich Peter mit seinem Chef. Das sagte ja schon alles.

Peter und Connie. Iris hatte es längst aufgegeben, mitzuzählen, wer von beiden sie häufiger aufforderte, anflehte oder mit starken Worten vor die Wahl stellte, sie solle die Beziehung zur Konkurrenz abbrechen. Wahrscheinlich hatte Peter einen leichten Vorsprung. Wobei er niemals „flehte". Denn Peter strahlte beständig eine unerschütterliche Selbstsicherheit aus.

Das hatte Iris vom ersten Moment an tief beeindruckt. Peter ruhte in sich, ein Fels in der Brandung des Lebens, ein Mann mit Überblick und ruhiger Hand und noch nie, noch nie hatte er Schwäche gezeigt. Noch nicht einmal im Bett.

Peter war so stark, so verdammt *tough*, dass sich Iris langsam fragte, ob er eine Maschine war. Eine biokomptabile Polylegierung, *fully functional* und ansonsten kaum von herkömmlichen Menschen zu unterscheiden. Manchmal, wenn sie nach dem Sex still beieinander lagen, kam ihr diese Idee. Der Gedanke, es gerade nicht mit einem Mann getan zu haben, sondern mit dem wahrscheinlich intelligentesten Vibrator der Welt.

Darüber hatte sie am Anfang gelächelt. Neulich waren ihr die Tränen gekommen.

Ihr Leben mit Peter hatte sich verändert. Der Wandel war von ihr ausgegangen. Eine ungewohnte Art von besonderer Empfindlichkeit gegen diese Selbstverständlichkeiten, die Peter über ihr Miteinander ausgebreitet hatte. Ihre Beziehung war wie eine alte Sofadecke, die zwar leidlich wärmt, aber auch schrecklich staubt. Und dieser Staub, das fühlte Iris, nahm ihr mehr und mehr die Luft. Sie war dagegen allergisch geworden und sie musste den schädlichen Stoffen entkommen. Wenn sie es nicht tat, würde sie krank werden.

„Connie, du hast vollkommen recht", sagte Iris, „ich werde nicht mit ihm nach Kenia fliegen." Sie bot Connie ein Stück von der Orange an. Connie lehnte dankend ab. Der Fruchtgeschmack passt nicht zum Menthol der Zigaretten.

„Du wirst aber auch nicht hierbleiben und dich auf dem Balkon durch den Urlaub leiden", entschied Connie: „Wir gönnen uns einen verdammt heißen Two-Ladies-Trip. Soll sich Peter doch von einer Animateurin den Bauch kraulen lassen und Caipirinhas kippen, soviel er will. Wir werden was Besseres finden. Stell dir einen latin lover vor, gerade mal zwanzig, überall am Körper rasiert, überall, und ein glänzender Waschbrettbauch .."

Iris wusste, dass sich Connie jetzt gerne in wilde Fantasien steigern wollte. Also legte sie dieses ironische Lächeln auf, mit einer Spur Mitleid vermischt, das jede Schwärmerei erstickte. Tatsächlich brach Connie ihre Rede ab, nahm zwei tiefe Lungenzüge und hatte sich wieder im Griff.

„Wohin wollen wir?" fragte sie.

Iris zuckte mit den Schultern. Darüber hatte sie noch nicht nachgedacht. Für ausgefallene Ideen war ihre Freundin zuständig.

„La Gomera..." schlug Connie vor.

Iris wehrte ab: „Bitte keine Insel! Ich fühle mich auf Inseln immer wie eine Gefangene. – Und bitte nicht auf fremde Kontinente. Nehmen wir eine Stadt, ja? Und zwar irgendwo in Europa."

Connie nickte: „We'll always have Paris..."

Ein unglückliches Stichwort. Aus „Casablanca". Iris schloss die Augen. Sie sah Bogart, der für sich und die Bergman Champagner einschenkt und eine Einstellung später steht er traurig und verlassen am Bahnsteig und dann, gegen Filmende, auf dem Flugfeld von Casablanca: „We'll always have Paris", sagt die Bergman und steigt zu Henreid in die Maschine, während für Bogart nichts bleibt als ein Abgang durch den Morgennebel und noch so eine Textzeile für die Schauspieler ihre Großmutter verkaufen.

„Nein, nach Paris will ich nicht", sagte Iris. Ihre Fantasie trug sie mit der Lebensgeschichte der Bergman davon, die einen schwedischen Zahnarzt geheiratet hatte und sich dann in diesen Italiener verliebte, Roberto Rossellini, und alles für ihn aufgab. Ja, danach wollte auch Iris suchen: Nach dem Mann, der ihr Leben umkrempelte, einer der es Wert sein würde, alles andere dranzugeben und noch einmal ganz von vorne...

„Italien!" rief Iris.

„Rom?" fragte Connie ohne Begeisterung.

„Es gibt ja noch andere Städte in Italien", sagte Iris, und zählte sie auf: „Venedig, Mailand, Siena, Florenz... Neapel..."

„Rimini!" lachte Connie, die aus einer Familie stammte, die „seit immer" an die Adria fuhr und nur für ein paar

Saisons vor dem Bürgerkrieg auf die jugoslawische Seite gewechselt war.

Iris dachte an Venedig. Sie war mit Peter dort gewesen. Er hatte sich den Palazzo Strozzi ansehen wollen, weil er Architekt war und ein Bauzitat in einem Entwurf unterbringen sollte. Der Palast war für Ausstellungen hergerichtet. Man zeigte damals eine Schau über ein ausgestorbenes Volk, von dem Iris nichts wusste und das sie nicht interessierte. Auch Peter war die Ausstellung egal. Doch sie standen vier Stunden an, in der prallen Sonne, damit er den Palazzo auch von innen studieren konnte. Bis in die Abendstunden, als sie von den Aufsehern regelrecht hinausgeworfen wurden. Peter hätte sich ja am liebsten einschließen lassen. Aber nicht aus romantischen Gefühlen, sondern aus beruflichem Interesse.

Und was blieb sonst von Venedig? Eine Gondelfahrt war Peter zu teuer gewesen und zu kitschig und die stillen Kanäle mied er auch, weil das Wasser darin stank und den Markusplatz hielt er architektonisch für ein lächerliches Ensemble, *Disneyworld für Pfeffersäcke*, und die Tauben verabscheute er wegen der vielen Krankheitserreger, die sie unter sich lassen.

Und dennoch: Venedig blieb in Iris' Vorstellung immer mit diesen wenigen Momenten verbunden, als Peter für ein paar Stunden nicht zuerst an sich und seinen Beruf dachte, sondern den Arm um sie legte und mit ihr über die vielen kleinen Brücken und durch die Gassen und auf stille Plätze ging und nichts sagte und nichts tat außer sie von Zeit zu Zeit zu küssen. Das war der schönste Abend ihres Lebens gewesen. Ein einzigartiger Abend in Venedig. Im Frühjahr.

Es hatte ganz leicht geregnet und erst im Hotel war ihnen aufgefallen, dass sie ganz und gar durchgeweicht waren: Sie hatten sich gemeinsam unter die Dusche gestellt und einander kichernd eingeseift und sich geküßt und den Geschmack der Seife im Mund gespürt und noch einen anderen Geschmack, der an nichts Stoffliches gebunden war.

Venedig war eine Stadt für Verliebte. Iris überlegte. Für Verliebte oder für Sterbende. Denn wenn sie jetzt an Filmszenen dachte, wurde ihr kalt: Der weißbepuderte Komponist Aschenbach, die trauertragenden Gondeln, der resignierte Fellini-Casanova. Nein, diese Stadt war nichts mehr für sie. Das Thema *Liebe in Venedig* war untrennbar mit Peter verbunden. Also ein für allemal erledigt. Jetzt standen nur noch Abschied und Tod für die Lagunenstadt.

Iris überlegte. Es war eine gute Idee, sich von Filmen leiten zu lassen. Sie kannte eine ganze Menge. Welche hatten mit Italien zu tun? – Sie sah Audrey Hepburn auf einer Vespa und dahinter Gregory Peck, sie sah einen jungen Mann aus der Provinz, der nach *Roma* kam, sie sah Anita Ekberg, die in den Brunnen stieg und Marcello zu sich lockte. *La dolce vita:* Sie sah Lex Barker, Ex-Tarzan und Ex von Lana Turner, der den entnervten Schönling an der Seite eines Glamourstars gab. Der Schauspieler als Schoßhund, nur noch gut für augenzwinkernde Klatschberichte. Und dabei blättert das eigene Image, die eigene Schönheit wie eine schlechte Fassadenfarbe. Armer Lex Barker. Diese Rolle war die Komödie seiner eigenen Existenz. Es blieb seine einzig gute Filmrolle. Natürlich neben Old Shatterhand.

La dolce vita. Iris' Vorstellung verweilte einen Augenblick bei dem großen, in Schwarz-Weiß gehaltenen Filmplakat, das die Wandschräge im Zimmer ihrer großen Schwester beherrscht hatte. Dann sah sie Connie an. Die Entscheidung war gefallen.

14

„Wir fahren doch nach Rom!"

Connie stimmte mit einem Kopfnicken zu, drückte ihre Zigarette aus und ging hinüber an den Damensekretär, auf dem das Notebook stand.

„Ich schau gleich nach Last-minute-Angeboten", sagte sie und stellte das Gerät an. Sie surfte nächtelang durchs Internet, freilich nur selten auf der Suche nach Reiseangeboten.

Iris dachte an Rom. Nicht die Ruinen, nicht die Kirchen. Sie dachte an die Fontana di Trevi. Der sanfte Wasserfall, die beiden Pferde, wild das eine, zahm das andere, die muskelbepackten Männer, die sie führten. Das weite Becken, die prickelnden Wasserspiele... Vor allem dachte sie an Anita, die Blondine, die durch das Brunnenbecken stapft wie ein Yeti durch den Schnee und an den stieren geilen Makkaroniblick von Marcello, der nicht von ihr lassen kann. Weil sie blond ist, üppig, und weil sie alles verkörpert, was der Italiener liebt und fürchtet.

Iris beschloss, ihre Haarfarbe ein wenig aufzuhellen.

2.

Die beiden schlanken, langbeinigen Blondinen in der Uniform der Lufthansa schoben das niedrige Scherengitter auseinander.

„... und los geht's!" lachte Connie. Sie drängte Iris in die Warteschlange. Eigentlich war es ja egal, ob man bei den ersten oder bei den letzten Passagieren war, denn der Platz blieb reserviert und niemand würde zurückgelassen werden. Aber Iris sah ihrer Freundin an, dass Connie einfach so zum Spaß gerne bei den Ersten war. Schließlich stammte sie aus einer Familie von Schnäppchenjägern. Das Sommerschlussverkaufs-Gen. Sie fragte sich, wann Connie die Ellbogen hochnehmen und nach vorne drängen würde. Da hörte sie eine vertraute Tonfolge. Ein elektronisches Signal. Ein Piepen. Fast die Hälfte der Fluggäste fasste in die Jacken- oder Manteltasche oder Handtasche oder an den Gürtel. Sie alle hätten sich die Geste sparen können. Denn Iris wusste genau, wer angerufen wurde.

Das Piepen kam aus ihrer Umhängetasche. Iris hatte das Handy noch nicht abgeschaltet. Sie wich Connies halb fragenden, halb strafenden Blicken aus, während sie mit der Rechten am Verschluss der großen braunen Coccinelle spielte. Zwecklos, so zu tun, als ob es irgendwoanders piepte. Das Suchen und Horchen bei den Umstehenden kam allmählich zur Ruhe. Dafür räusperten sich die ersten. Die Botschaft war klar, sie musste nicht ausgesprochen werden: Das Gespräch annehmen oder das Handy ausschalten. Nur nicht länger dieses nervige Geräusch!

Iris drehte den Verschluss ihrer Handtasche zwischen den Fingern. Auf und zu, auf und zu. Als wäre sie die Dauerbelastungsprüferin von der Stiftung Warentest. Schließlich stand die Tasche offen und blieb es auch.

„Willst du wirklich rangehen?" fragte Connie.

Iris sagte nichts. Sie hoffte, der Anrufer würde einfach aufgeben. Doch das Piepen ging weiter. Wurde es nicht sogar lauter? Iris sah aus dem Augenwinkel, wie sie ein Herr im Zweireiher aufblies, um demnächst loszuschimpfen. Auch Connie holte Luft, um ihrer Freundin eine Standpauke zu halten. Iris' Hand fuhr in die Tasche. Connie seufzte.

„Ich geh jedenfalls an Bord", sagte sie und gab der Stewardess den Flugschein, nahm ihr Handgepäck, den kleinen braunen Lederrucksack, auf die linke Schulter und drehte sich nicht mehr um. Iris wusste, was Connie dachte. Und Connie hatte ja Recht: Iris war und blieb inkonsequent und ließ sich von Peter auf der Nase herumtanzen. Sie durfte nicht erwarten, dass Connie dieses Spiel mitmachte. Was hätte es auch geholfen?

Connie ging den langen Korridorschlauch zum Flugzeug entlang und trat in die Maschine, wo sie ein freundlicher Steward begrüßte. Sie lächelte zurück, er lächelte noch intensiver. Doch noch ehe sie über mögliche Konsequenzen nachdenken konnte, sah sie, dass hinter ihr ein bleicher, zarter Jüngling kam, der seine Augen mit Mascara betonte. Der Steward hatte gar nicht Connie angestrahlt. Er schielte nur ein wenig.

Eigentlich hatte Iris den Fensterplatz. Aber Connie war sicher, dass dieser Platz leer bleiben würde. Sie setzte sich ans

Bullauge und holte das Lufthansa-Magazin aus der Tasche in der Rückenlehne des Vordersitzes. Sie wollte sich die Zeit bis zum Start vertreiben, ohne viel nachzudenken. Eine Woche der Einsamkeit lag vor ihr wie Robinsons Insel. Sie hasste die Einsamkeit, sie bekam davon zuhause genug und wollte wenigstens im Urlaub nicht allein sein. Connie nahm sich vor, beim Rundgang der Flugbegleiter so viel Scotch zu ordern wie nur irgend ging.

„Darf ich bitte....", sagte eine Frauenstimme.

Connie fuhr aus ihren Gedanken. Die Stimme klang seltsam vertraut. Als sie aufsah, erkannte sie Iris. Das heißt, sie erkannte Iris kaum wieder. Iris sah bleich aus und verstört. Um Jahre gealtert, wie man bei solchen Gelegenheiten gerne sagt.

„Es war nicht Peter", sagte Iris, als sie sich neben Connie gesetzt hatte. Obwohl es heiß und stickig war, zitterte sie. „Meine Mutter...", sagte sie nach einer kleinen Pause und brach den Satz ab.

„Etwas Schlimmes?" fragte Connie. Sie legte ihren Arm um Iris und strich ihr sanft über die Schulter. Was fragte sie überhaupt noch? War doch ganz klar, dass etwas Fürchterliches geschehen sein musste.

„Meine Schwester ist verschwunden", sagte Iris und schluckte.

„Tut mir leid."

Connie verstand zwar nicht ganz genau, was Iris damit meinte, aber sie fühlte, dass es ihr Kummer machte. Also drückte sie ihre Freundin fest an sich, um sie zu trösten. Auf der anderen Seite musste das „Verschwinden" keine Katastrophe sein: Lisa, Iris' ältere Schwester, hatte sich schon vor Jahren von der Familie zurückgezogen. Sie lebte irgendwo im Ausland und ließ nur sporadisch von sich hören. Gut möglich, dass sie einen langen Urlaub machte, von dem sie

18

vorab nichts erzählen wollte. Vielleicht war ja alles nur halb so wild. Connie liebte diesen Satz. Er war ihre erste Reaktion auf alles Bedrohliche. Vielleicht ist alles nur halb so wild. Es wird nichts so heiß gegessen wie... Meistens hatte sie damit sogar Recht.

Iris sagte zunächst nichts weiter. Doch es dauerte nicht lange, dann sprudelten die Sätze nur so aus ihr hervor: „Ich habe Lisa nie richtig kennengelernt. Sie war schon aus dem Haus und aus der Stadt und aus unserem Familienleben, bevor ich alt genug war, um mit ihr über die wichtigen Sachen zu reden."

Connie wunderte sich, dass Iris von ihrer Schwester sprach, als wäre sie schon tot. Doch sie verkniff sich eine entsprechende Bemerkung, sondern fragte nur, ob Iris nicht doch lieber zuhause bleiben wolle. Iris sah sie nachdenklich an.

„Lisa ist in Rom verschwunden", sagte sie leise.

Die Ansprache aus dem Lautsprecher setzte mit einem Knistern ein. Sehr laut eingestellt, so dass alle Unterhaltung erlosch. Eine gelangweilte Männerstimme hieß „alle Passagiere und Passagierinnen herzlich willkommen an Bord". Er sei Kapitän Blablabla und freue sich....

Connie, die Iris noch immer um die Schulter gefasst hielt, kramte in ihrer Erinnerung nach Lisa. Wie hatte sie ausgesehen, wie ihre Stimme geklungen? Was war damals überhaupt alles passiert?

Lisa war für die Mädchen der Vorstadt so etwas wie ein heimlicher Star gewesen. Eine junge Frau, die ihr Leben selbst in die Hand nahm und auf die Geborgenheit in der Familie und in der Clique und auf den ganzen Mief pfiff und hinausging, in die große weite Welt, wie man sie sonst nur im Kino sah. Oder in der Haarspraywerbung.

„Ach ja, Lisa", sagte Connie und schob nach einer kurzen Pause ihre Frage nach: „Wie ist es ihr so gegangen, in der letzten Zeit?"

Iris schüttelte den Kopf: „Wir hatten praktisch keinen Kontakt." Lisa hatte sich nach langen Wanderjahren in Rom niedergelassen, als Fotografin. Sie war neununddreißig Jahre alt. Als sie verschwand, überschlug Iris schnell, konnte es nicht mehr weit bis zu ihrem vierzigsten Geburtstag gewesen sein.

Eine Geisterstimme erzählte jetzt auf Deutsch und auf Englisch von Sauerstoffmasken und Schwimmwesten und der Steward und eine Stewardess führten dazu die passenden Pantomimen auf. In ihren Gesichtern spiegelte sich ein und dasselbe mechanische Lächeln. Genormt, wie der kleine Imbiss, den sie eine halbe Stunde später reichen würden.

Iris blickte traurig auf die gelbe Signallinie, die im Notfall zu den Ausstiegsluken führt. Wieso eigentlich nur im Notfall?

„Deine Schwester ist weg, ein für allemal", hatte Vater gedröhnt, damals, eines Sonntagnachmittags im Mai am Ende der Siebziger. Und was hatte Iris geantwortet? Sie wusste es noch genau: „Dann bekomm ich ihr Zimmer!" Gut, sie war damals noch keine zehn Jahre alt gewesen, aber sie schämte sich seither für den Satz, der mehr gewesen war als ein Witz oder eine Gedankenlosigkeit. Es war der Triumph über eine Rivalin, die normalerweise nicht zu besiegen war.

„Sie hat den Dickkopf von eurem Vater", hatte Mutter immer gesagt und nachsichtig gelächelt. Lisa war Mutters

Liebling, Iris blieb der Augenstern des Vaters. Ja, er hatte sie immer „Augenstern" genannt, und wenn er besonders gut gelaunt war, nannte er sie „mein Augensternchen". Sie hatte ihn vergöttert, länger als andere Mädchen ihre Väter vergöttern, und er hatte sie, wie sagt man: auf Händen getragen.

Auf Händen getragen. Jetzt war er schon über ein Jahr tot. Lisa war damals nicht zur Beerdigung gekommen, angeblich weil sie selbst ins Krankenhaus musste. Iris war über ihr Fehlen nicht verärgert gewesen, auch nicht traurig. Lisa gehörte einfach nicht mehr dazu und es war gut, dass sie sich nicht am offenen Grab unter eine Familie mischte, mit der sie nichts mehr zu tun hatte. Das hatte Iris damals gedacht. Jetzt schämte sie sich dafür. Auch dafür.

Auf dem Flug redeten Connie und Iris nicht mehr viel miteinander und kein Wort mehr über Lisa. Iris ließ ihre Bordmahlzeit zurückgehen, ohne Connie etwas davon anzubieten. Die hätte ganz gerne ein zweites Lachsbrötchen genommen, aber sie wollte weder Iris noch den Steward darum bitten.

„Ich soll mich um Kiki kümmern", sagte Iris, die mit der Landung auf dem Aeroporto Leonardo da Vinci wie aus einem Traum erwachte.

„Kiki?" - Connie verstand nicht.

„Es ist eine Katze oder ein Papagei", sagte Iris, die Haustiere hasste und es als einzigen Sieg in ihrer Beziehung mit Peter verbuchen konnte, dass er „dieses Angoravieh" abschaffte, das er „Agnes" rief. (Erst Wochen später war Peter mit der Beichte herausgekommen, die Katze sei so etwas wie die letzte Hinterlassenschaft einer Ex gewesen und er habe sie nach ihrer vormaligen Besitzerin „Agnes" genannt, obwohl die Katze eigentlich „Cassiopeia" hieß oder so ähnlich.)

„Wie kann ich mich in Rom um Haustiere kümmern?" seufzte Iris. Das war gewiss das geringste der Probleme, die auf sie zukamen. Aber es war immerhin eines, über das sie unbeschwert klagen konnte.

Doch Kiki war neun Jahre alt und kein Papagei und kein Hund und keine Katze, sondern die Koseform von Christian. Kiki war also ein Kind. Eher klein geraten für sein Alter. Aber durch und durch männlich, blond und wild und durch das, was ihm gerade widerfahren war, wahrscheinlich sehr verwirrt und verängstigt. Und wenn es etwas gab, das Iris mehr hasste als Haustiere, waren es Kinder. So dachte sie jedenfalls, und deshalb erschrak sie, als sie sah, was da jenseits der Glasschiebetüren der Ankunftszone auf sie zukam.

Ein schlanker Mann mit Fünftagebart und in einer altmodischen Kombination aus dünnem Nadelstreifjackett, tiefblauer Bundfaltenhose und buntgesprenkelter Krawatte. Er hatte Kiki fest im Griff. Seine Hand umschloss den Unterarm des Jungen wie ein Schraubstock. Iris fragte sich, ob er aus Angst, der Kleine würde sonst entwischen und Schaden nehmen, so fest zupackte. Die Miene des Mannes erzählte ihr jedoch etwas anderes: Kiki war schon häufiger entwischt und hatte Schaden *angerichtet*. Und zwar keinen geringen.

Der Junge ließ sich nur widerwillig über den Gang zerren, er leistete hartnäckigen, ja verbissenen Widerstand gegen die Bewegungen des Mannes und er blickte bockig zur Seite und zu Boden und zeigte überhaupt kein Interesse an den Menschen, die durch die Milchglasschiebetür getreten waren.

Auf dem Pappschild, das der Bewacher mit der freien Hand hochhielt, stand „Schäfer". Kiki hatte sehr wohl verstanden, dass da von jenseits der Tür jemand kommen würde, der mit ihm und seiner Mutter verwandt war. Und was Verwandte sind, wusste Kiki genau. Er hatte viel darunter gelitten, dass er keine besaß. Jedenfalls nicht in Rom, wo jeder seiner Mitschüler irgendwie mit irgendwem verwandt war und daraus ganz unglaubliche Vorteil zog.

Iris konnte sich sofort einen Reim auf die Situation machen. Sie hatte ohnehin ein großes, abgründiges Geheimnis vermutet. Es war ihr bei „Du sollst dich um Kiki kümmern" auch kurz der Gedanke an ein Kind in den Kopf gekommen. Aber sie hatte diese schlimmstmögliche Variante erfolgreich zur Seite geschoben. Jetzt war das Kind da und Iris musste sich wenigstens nicht vollständig überrascht fühlen.

„Iris Schäfer", sagte Iris und reichte dem Mann, der den Jungen hielt, die Hand.

„Keller", sagte der Mann, „von der deutschen Botschaft". Er legte das Schild zur Seite und wechselte den Jungen von der Rechten in die Linke und achtete darauf, ihn dabei nicht auch nur eine Sekunde auszulassen. Dann drückte Keller die Hand der Besucherin und Iris ahnte seine Müdigkeit, ja Erschöpfung. Ihr war, als würde die schlanke Hand Kellers sogar ein wenig zittern. Ihr Blick fiel auf seine Finger. Er achtete, das sah man, im allgemeinen sehr genau auf sein Äußeres. Aber jetzt waren nur noch drei von den fünf

Fingernägeln gut manikürt. An Daumen und Mittelfinger hatte er herumgebissen.

„Ich bin Connie", sagte Connie, und begrüßte ihrerseits den Botschaftsvertreter: „Ich bin eine Freundin der Familie."

Sie maß Keller von Kopf bis Fuß. Er bemerkte es nicht, sondern stellte den Kleinen vor:

„Christian, das ist deine Tante Iris."

Kiki sah zur Seite. Iris hatte das Gefühl, man erwarte von ihr, in die Knie zu gehen, ihm über den Kopf zu streichen und irgendetwas Nettes zu sagen, das seine Bockigkeit überwinden könnte. Doch sie sagte nichts und sie berührte ihn auch nicht, denn sie erinnerte sich noch zu gut an die vielen Tanten und an manchen Nenn-Onkel, die gar nicht genug Haare streicheln und Wangen küssen konnten. Es war immer peinlich gewesen, manchmal sogar ekelig.

Iris lächelte unsicher.

„Wir kennen uns ja noch gar nicht", sagte sie zu Keller, „ich meine: der Junge und ich, wir haben uns noch nie gesehen. Offen gestanden, ich hatte auch überhaupt keine Ahnung, dass es ihn gibt."

Sie überlegte, ob ihre Mutter das Geheimnis für sich behalten hatte. Nein, das war unvorstellbar. Ein Enkelkind! Das hätte sie nicht verschweigen können. Oder?

Keller holte Atem und räusperte sich. „Heißt das, Sie sehen sich nicht in der Lage, das Kind zu versorgen?"

Am liebsten hätte Iris jetzt gefragt, ob sie eine Wahl habe. Aber natürlich sagt man so etwas nicht. Man denkt es nur.

„Ist er nicht ein süßer Junge?" fragte Connie, die in die Hocke ging und mit dem Handrücken über Kikis Wange strich: „Hallo, kleiner Mann, ich bin die Tante Connie aus

24

Deutschland und wir werden jede Menge Spaß miteinander haben!"

„Stinkhand", sagte Kiki.

„Bitte?" fragte Connie, honigsüß, denn sie konnte, sie wollte das Wort nicht verstehen.

„Stinkhand!" rief Kiki, „deine Hand stinkt!" Und er rief einen zweiten Satz, diesmal auf Italienisch und Iris erkannte an der Röte, die in Kellers Gesicht stieg, dass dieser Satz mindestens dieselbe Bedeutung hatte. Einige Reisende blieben stehen und schauten sich die Vierergruppe aus den Augenwinkeln an. Immerhin, die Menschen waren diskret genug, nicht direkt zu starren. Connie zog unwillkürlich ihre Hand zurück und roch daran.

„Das Lachsbrötchen", sagte sie mit entschuldigendem Lächeln zu Iris und Keller, „ich habe kein Erfrischungstuch bekommen..."

Kiki schnupperte jetzt gezielt und konzentriert in ihre Richtung. Er forschte nach ihrem Eau de toilette. Er identifizierte es und verzog das Gesicht.

„Romana", sagte er, „von Laurella B."

Connie strahlte: „Kluger Junge!"

Kiki sah sie streng an. „Nuttendiesel!" rief er, und Keller zerrte heftig an seinem Arm, als er den Ausdruck auch noch auf Italienisch herausbrüllen wollte. Die Worte gingen in einem „Autsch!" unter. Iris befürchtete jetzt einen Tränenausbruch, aber Kiki sagte keinen Ton. Er blickte wieder starr zu Boden, die Lippen so fest aufeinandergepresst, dass sie blass wurden.

„Machen Sie sich nichts daraus", sagte Keller verlegen, „so geht das die ganze Zeit."

„Und Sie müssen sich das antun?" fragte Iris. In ihrer Stimme mischte sich das Mitleid mit dem unsinnigen Gefühl, sie trage eine Verantwortung für Kellers Leiden.

„Ich habe mich ja freiwillig gemeldet", sagte der Mann von der Botschaft mit dünnem Lächeln, „und tagsüber ist er in der Deutschen Schule."

„Was sagt Ihre Frau dazu?" fragte Connie, die sich wieder aufgerichtet hatte.

„Ich bin nicht verheiratet", sagte Keller, „deshalb habe ich ja Zeit für das freiwillige Betreuungsprogramm und war sogar ganz froh, jemand um mich zu haben... naja..."

„Sie kennen sich aber mit Kindern aus?" fragte Iris, der eine plötzliche Eingebung kam.

„Jetzt schon", sagte Keller. Er lächelte vielsagend. „Er ist den zwölften Tag bei mir."

„Zwölf Tage. Hmm. Können Sie sich dann vielleicht vorstellen, dass Sie...?"

Iris musste den Satz nicht zuende führen. Keller schüttelte eindrücklich den Kopf. Er musste es nicht aussprechen: Keine Stunde länger als notwendig wollte er diesen Knaben am Hals haben!

„Schade", sagte Iris.

„Schade", sagte Keller, „aber einen Versuch war's wert."

Er streckte ihr Kikis Arm hin. Wie man ein wildes Tier von einem Wärter zum nächsten weiterreicht.

Der Junge ließ sich ohne Widerstand übergeben.

„Haben Sie immer mindestens *ein* Auge auf ihn", sagte Keller, „und ich meine, was ich sage."

Iris bemerkte, wie Kiki zu ihr hochschielte.

„Na, wie rieche *ich*?" fragte sie. Sie dachte an sein Spiel mit Connie und war auf eine fürchterliche Antwort gefasst.

Kiki sah sie nachdenklich an.

„Wie Mama", sagte er leise.

3.

Als sie aus dem Flughafengebäude traten, fiel Iris' Blick sofort auf eine riesige Plakatwand, die gegenüber dem Ausgang aufgebaut war. Die Mitte des Plakats nahm eine Fotografie ein, offenkundig senkrecht von oben aufgenommen. Man sah ein mit blauen Fayence-Fliesen ummauertes ovales Becken, in dessen Inneren sich goldene Mosaike zwiebelschalenartig in die Tiefe verloren. Am oberen rechten Rand des Plakats schmiegte sich ein Schriftzug dem blauen Fayence-Band an, in sündigem Rot gehalten und in altrömisch anmutenden Großbuchstaben gesetzt: „Cleopatra". Schräg gegenüber, quasi auf der anderen Seite des Beckens, las man in einer geschwungenen Schrifttype, aber in demselben Farbton „Beauty". Leichte Schatten deuteten an, dass rechts von Cleopatra und unten links von Beauty noch weitere Schrift zu erwarten stand: Die Werbeprofis wollten Spannung erzeugen.

„Ein Superparkplatz!" rief Connie in diesem Moment und Iris wandte ihren Blick nach rechts, wo sie nur wenige Meter entfernt ein Fahrzeugheck sah, direkt unter einem Halteverbotsschild. *Corps diplomatique.* Keller hatte sich, wie das „CD"-Autokennzeichen verriet, einen Dienstwagen genommen. Kein Chaffeur, kein Stern, aber immerhin vier Ringe. Connie, dachte Iris sofort, versucht jetzt auf Kellers Dienststellung rückzuschließen und auf seine Vermögensverhältnisse, doch sie wird es aufgeben müssen, weil sie keine Ahnung von den Privilegien und Zuschüssen und Sondertarifen der Diplomaten hat. Außerdem stammten die Herrschaften entweder aus verarmtem Adel oder aus wohlhabenden Bürgerfamilien. Das wussten sie beide seit Teenietagen aus den Zeitschriften, die beim Friseur herumlagen.

Connie setzte sich wie selbstverständlich auf den Beifahrersitz, während Iris und Kiki auf dem Rücksitz Platz nahmen und einander ansahen, ohne einen Ton zu sprechen oder eine Miene zu verziehen.

„Ich bringe Sie zur Wohnung Ihrer Schwester", sagte Keller mit einem Blick in den Rückspiegel, „wir haben das Mietverhältnis selbstverständlich noch nicht gekündigt. Das ist auch gar nicht so leicht..."

„Warum ist das so?" fragte Connie, die Lust auf eine kleine Plauderei hatte.

„Kein römischer Vermieter schließt einen Mietvertrag. Er hätte sonst die Steuer am Hacken."

„Einkünfte aus Vermietung und Verpachtung..." sinnierte Connie, der ein Ex-Freund eine überteuerte Eigentumswohnung aufgeschwatzt hatte, weil er dafür unterderhand Provision kassierte.

„Also müssen wir diese Sachen selbst in die Hand nehmen", sagte Iris von der Rückbank her. Sie hatte das Stumm-und-starr-Spiel aufgegeben und schaltete sich wieder in die Unterhaltung der Erwachsenen ein.

„Sie sollten einen Rechtsanwalt beiziehen," sagte Keller, „unbedingt..."

„Kann man diese Sachen nicht auch mit ein wenig gesundem Menschenverstand regeln?" fragte Connie und lächelte.

„Wir sind hier in Rom", sagte Keller und grinste, „vergessen Sie nicht, hier wurde die Bürokratie erfunden."

28

Er bog jetzt auf die Autobahn Richtung Rom-Centro und schlängelte sich virtuos durch den dichten Verkehr. Auf die Geschwindigkeitsbegrenzung achtete er ebensowenig wie alle anderen.

„Vorsicht", sagte Connie, „nicht dass Sie unseretwegen noch Ärger mit der Polizei bekommen!"

„Diplomatenstatus", sagte Keller und drückte das Gaspedal mit Kraft durch, so dass die Motordrehzahl emporschnellte und das satte Brummen mit einem Mal deutlich metallischer klang, „die Polizei läßt uns in Frieden." Iris lächelte. Das erklärte natürlich auch den ungewöhnlichen Parkplatz am Flughafen.

Das Haus lag in Roms Altstadt, keine fünf Minuten Fußweg vom Campo de'Fiori, es war von außen graugrün und schien stark renovierungsbedürftig. Das Treppengeländer wackelte bedenklich, wenn man danach griff.

Sie mussten in den dritten Stock. Keller trug freundlicherweise zwei Koffer und kam dabei rasch außer Atem: Die Treppe war steil und eng. Aber schließlich hatten sie es geschafft. Keller suchte den Wohnungsschlüssel, dessen futuristischer Sicherheitsschnitt so gar nicht in diese Umgebung passen wollte, schob ihn ruckelnd in das Türschloss und...

Lisas Wohnung war für Iris eine vollkommene Überraschung. Sie hatte mit dem Schlimmsten gerechnet, denn sie erinnerte sich noch sehr gut an den Zustand ihres Jungmädchenzimmers im Haus der Eltern. Vierundzwanzig große blaue Mülltüten aus fünfzehn Quadratmetern Wohnfläche! Soviel hatte Iris damals eigenhändig weggeräumt, ehe sie das verwaiste Zimmer der älteren Schwester beziehen konnte. Sie würde die Zahl der Mülltüten und die unglaublichen Fundstücke, die darin versammelt waren, niemals vergessen.

Doch hier war alles anders. Eine freundliche, helle Wohnung. Ein kurzer Gang mündete in die Küche, aus der man auf einen winzigen Balkon treten konnte. Rechts und links des Flurs dann je zwei Türen. Schon auf den ersten Blick sah Iris, dass alles sehr sparsam, aber geschmackvoll eingerichtet war. Auf eine seltsame Weise fühlte sich Iris sofort an ihr Elternhaus erinnert und erwartete, dass ihre Mutter, wundersam verjüngt, mit einer Dauerwellenfrisur gekrönt und in gelbrot karierter Haushaltsschürze aus einem Versteck trat. Iris fragte sich, wie sie zu diesem Eindruck kam. Sie musste nicht lange überlegen: Es war geradezu peinlich exakt aufgeräumt. Unmöglich, dass ihre Schwester Lisa, dreimalige „Miss Chaos" des Jugendzentrums am Kanal, über die Jahre zur Ordnungsfanatikerin mutiert war.

Ob vielleicht die Botschaft dafür gesorgt hatte?

„Man hat nichts angerührt", sagte Keller, als hätte er Iris' Gedanken erraten. „Übrigens ist der gesamte Haushalt hier drinnen untergebracht, denn in Rom haben die Mieter weder Kellerräume noch Dachspeicher... ach ja: und unten im Hof steht eine türkisfarbene Vespa, die gehört auch dazu. Aber ich weiß nicht, ob sie noch fährt." Er wies auf das Schlüsselbord an der Wand. Iris kannte das Symbol der Piaggio-Werke. Sie hatte selbst einen Roller gefahren. 50 Kubikzentimeter Hubraum, Kickstarter, taubenblau.

Keller überlegte, was noch zu berichten war. Ihm fiel für den Augenblick nichts mehr ein. Er sah Kiki an, der neben Iris stand und zu Boden starrte. Der Junge war jetzt zum erstenmal seit dem Verschwinden seiner Mutter wieder in der Wohnung.

„Alles Gute, Kiki", sagte Keller. Er machte keine Anstalten, über Christians Haarschopf zu streichen. Wie um seine

Hand anderweitig zu beschäftigen, kramte er in der Innentasche seines Jacketts.

„Sie können mich ja anrufen." Keller reichte Iris eine dicke, kartonierte Visitenkarte mit aufgeprägtem Bundesadler, „in besonders auswegloser Situation." Er wollte es als Scherzwort sagen, doch eine unbewusste Färbung seiner Stimme verriet, dass er es in Wirklichkeit wortwörtlich meinte. Iris nickte, Connie lächelte. Kiki reagierte überhaupt nicht. Keller beendete das peinliche Schweigen, indem er ebenfalls nickte und mit einem „Na dann Alles Gute und Auf Wiedersehen" aus der Tür trat. Er hatte sie noch nicht geschlossen, da rannte ihm Kiki hinterher:

„Onkel Robert", rief er und packte die Klinke, um zu verhindern, dass die Tür ins Schloss fiel.

Für ein, zwei Sekunden geschah gar nichts. Dann schob Keller seinen Kopf durch den Spalt, grenzenlose Verwunderung im Gesicht: „Wie hast du mich genannt?"

„Onkel Robert", wiederholte Kiki, „wir gehen doch nochmal an den See, Boot fahren, nichtwahr?"

Keller sah kopfschüttelnd auf ihn herunter und suchte dann den Blickkontakt zu Iris und Connie. Er klang fassungslos: „Als ich vorgestern mit ihm bootfahren wollte, hat er sich am Steg festgekrallt und um Hilfe geschrien und Schimpfworte benutzt, die selbst dem Bootsverleiher rote Ohren machten... Da kann ich mich nie wieder sehen lassen!"

„Man kann in Rom auch Boot fahren?" fragte Connie. Sie ging gar nicht auf seine Nöte ein.

„Ja, im Park der Villa Borghese, es ist zwar nur ein kleiner See, mehr ein Tümpel, aber..."

„Bitte!", rief Kiki und zerrte an Kellers Beinkleid, „bitte, Onkel Robert, lass uns Boot fahren...."

„Ich bin bereit, das Risiko zu teilen", sagte Connie. Sie zwinkerte Keller aufmunternd zu: „Dann ertragen wir die Beschimpfungen gemeinsam."

„Rufen Sie mich morgen an", sagte Keller, machte sich von Kiki frei und schloss mit einem „Aber ich verspreche nichts!" schnell die Tür.

Connie sah ihm lächelnd nach. Iris kannte den genießerischen Ausdruck sehr gut, der die Lippen ihrer Freundin umspielte, wenn sie sich für einen Mann interessierte.

„Robert also", sinnierte Connie, „klingt doch vielversprechend."

4.

Kiki sah sie nachdenklich an. Er stellte dazu den Kopf schräg, sein helles, blondes Haar fiel ihm in die Augen. Es störte ihn nicht. Iris musste lächeln.

„Weißt du, wer mein Vater ist?" fragte der Junge unvermittelt.

„Nein", sagte Iris. Sie wunderte sich, warum Keller nichts erzählt hatte und vor allem, warum ihr nicht eingefallen war, danach zu fragen. Kiki drehte ihr den Rücken zu. Er ging in sein Zimmer und zog die große Kiste mit den Spielsachen unter dem Bett vor. Ob er ihr jetzt ein Geschenk seines Vaters zeigte? Iris blieb unter der Kinderzimmertür stehen und beobachtete Kiki.

Der Junge holte ein paar Modellteile hervor und steckte ein Auto zusammen. Er beherrschte jeden Handgriff, das Fahrzeug wuchs in Sekundenschnelle unter seinen Fingern.

Er wird einmal ein guter *Bandaffe*, dachte Iris, und schämte sich im nächsten Moment des Gedankens. Es war keine Schande, bei VW am Band zu arbeiten. Jedenfalls war es sehr einträglich. Sie führte für etliche hundert VW-Arbeiter die Konten und beneidete sie zum Monatsende alle um ihren Job, so geisttötend der sein mochte. Mein Gott, am Bankschalter war sie auch nicht gerade geistig herausgefordert, musste sich tagaus, tagein mit habgieriger Kundschaft herumärgern und hatte auch noch die Vorgesetzten im

Nacken, deren Chefs wiederum Monat um Monat Personaleinsparpläne anforderten.

Wenn ich ein Kind zu ernähren hätte, dachte Iris, würde ich wahrscheinlich auch bei VW am Band arbeiten. Ihr wurde schlagartig bewusst, dass sie jetzt in gewisser Weise ein Kind zu ernähren hatte. Sie konnte sich nicht vorstellen, dass Lisa für den kleinen Christian genug zur Seite gelegt hatte. Schon gar nicht kam ihr der Gedanke, dass Lisa vielleicht wiederauftauchte.

Kiki hielt lachend das fertigmontierte Fahrzeug hoch. Iris lachte mit ihm und klatschte Applaus. Das war eine gute Gelegenheit:

„Sag mal, weißt *du* denn, wer dein Papa ist?" fragte sie. Es sollte so nebensächlich klingen wie möglich.

„Nö", sagte Kiki, „ich dachte, vielleicht weißt du Bescheid."

„Hast du ihn nie gesehen? Hat dir deine Mutter nie erzählt, wer..." Iris brach den Satz ab. Sie hatte eigentlich nicht von Lisa anfangen wollen. Aber jede Frage nach dem Vater endet automatisch bei der Mutter. Hoffentlich konnte der Junge damit umgeben! - Kiki war nicht weiter beeindruckt. Er sah sie nur nachdenklich um und schüttelte seine blonden Haare und wandte sich wieder zu seinen Spielsachen.

„Jetzt bau ich ein Flugzeug", sagte er und tauchte mit den Händen und Gedanken wieder ganz unter seine Spielsachen.

Mit der modernen Kommunikation schien Lisa auf Kriegsfuß zu stehen. Sie gönnte sich ein beiges Bakelit-Drehscheibentelefon, das im Flur auf einem schmalen Wandbord stand, neben einem Faxgerät für Thermopapierrollen und einem separaten Anrufbeantworter, der allerdings abgeschaltet war. Ziemlich unprofessionell für eine Profi-

Fotografin, dachte Iris. Ohne nachzudenken, schaltete sie den Automaten an. Im nächsten Moment fiel ihr ein, dass sie ihre Mutter anrufen musste. Erstens, um mitzuteilen, dass sie gesund angekommen war, zweitens um zu sagen, dass es nichts Neues gab, was Lisas Verschwinden anging und drittens, dass es etwas ganz ganz Wichtiges gab... nämlich einen Enkelsohn. Aber wie sollte sie es ausdrücken? Iris seufzte. Kein Gesprächsplan. Sie würde es ihrem Instinkt überlassen.

Das beige Museumstelefon ließ sie stehen und griff stattdessen nach ihrem Handy, schon allein, um beim Telefonieren ungehindert umherlaufen zu können.

„Schäfer", meldete sich ihre Mutter.

„Hallo *Oma*", sagte Iris.

Eine kleine Pause. Dann sprach Iris' Mutter ungerührt weiter:

„Ich hoffe, du warst nicht zu sehr geschockt. Aber ich hatte einfach keine Kraft für ewige Erklärungen."

„Seit wann weißt du...?"

„Von Anfang an", sagte ihre Mutter, „glaubst du, eine Tochter könnte DAS verschweigen."

„Und warum hast du mir nie...?"

„Du hättest niemals dicht gehalten. Das Augensternchen erzählt dem Zuckerpapi alles, was es weiß."

Das war ungerecht. Jedenfalls fühlte sich Iris ungerecht behandelt. Zuckerpapi. Hatte sie ihren Vater jemals so genannt?

„Ich hätte mich selbst um alles gekümmert", sagte ihre Mutter knapp, „aber... es ist zuviel für mich. Du weißt, mein Herz. Erst dein Vater, jetzt die Sache mit Lisa. Bitte, versuch herauszufinden, was mit ihr geschehen ist... und hilf dem Jungen, so gut es geht."

„Ja", sagte Iris.

„Viel Glück", sagte ihre Mutter.

„Danke", sagte Iris. Ein Knacken in der Leitung; das Ende des Gesprächs.

Iris ging ins Wohnzimmer. Connie hatte eine Flasche Campari gefunden und sich mit Eiswürfeln und Orangensaft einen Drink gemixt. An Iris hatte sie nicht gedacht, denn Iris trank eigentlich nie mit. Außerdem kreisten Connies Gedanken im Moment nicht sosehr um den Alkohol, sondern um ihre neue Bekanntschaft.

„Doktor phil. Robert Keller", sagte Connie, „hättest du gedacht, dass er ein Doktor ist?" Sie hielt die Visitenkarte in ihrer Hand und prüfte sie unter ihren Fingern, als gelte es, die Echtheit eines Geldscheins zu beurteilen: „...das ist besonders dickes Papier, Urkunden-Karton heißt das glaub ich, und der Bundesadler ist richtig eingeprägt, wahrscheinlich mit so einer alten Handpresse..."

„Steht auch drauf, wofür er zuständig ist?"

„Wer?"

„Na, der Herr Keller!"

Connie musste sich erst von ihrer Schwärmerei fürs Papier losreißen. Sie überflog noch einmal die Zeilen auf der Karte: „Wissenschaftlicher   Mitarbeiter   beim   Kulturattaché... Klingt nicht sehr spannend." Sie war etwas enttäuscht.

„Was hast du denn erwartet?" fragte Iris, die sich das Wohnzimmer genauer ansehen wollte und das Gespräch nur so nebenher plätschern ließ.

„Na, wenn er schon Doktor ist, hätte er ja wenigstens der Botschaftsarzt sein können."

Iris lachte. „Bei den gebildeten Ständen", sagte sie, und prustete fast los, als ihr auffiel, dass sie wie Peter sprach,

36

wenn er angeben wollte, „unter Akademikern also, gilt der Doktor phil. im allgemeinen mehr als der Doktor med..."

„Na, lass die mal ne Kolik kriegen, die Akademiker", lachte Connie, „dann siehst du, wer wichtiger ist!"

Iris nahm sich auch vom Campari.

„Eis ist im Eisfach", sagte Connie und goss sich den roten Likör nach. Bei Campari Orange musste sie immer aufpassen: Das Zeug schmeckte einfach so gut, dass sie viel schneller trank als der Alkohol wirkte. Im Nu hatte sie vier, fünf große Gläser und war dann ziemlich schnell angetrunken, und dabei begann der Abend erst und es stand noch jede Menge Wein bereit, weißer zum Fischgang, roter zum Fleisch und süßer zum Dessert. Und ein Digestif zur Verdauung. Aber sie war meistens schon vom Aperitif angeschlagen und musste nach dem Dessertwein häufig genug aufs Klo rennen, um sich zu übergeben.

„Vomiting connects", lachte Connie zu diesem Thema: „Kotzen verbindet. Du weißt ja, wieviele nette Bekanntschaften frau *nach* einem Mehrgängemenu machen kann. Auf der Toilette. Da schließt du mit Ladies Schwesternschaft, die dich vorher noch nicht einmal angesehen haben."

Als Iris auf den Flur trat, um in die Küche hinüberzugehen, klopfte es an die Wohnungstür. Iris erschrak. Sie war es gewohnt, dass man klingelte. Aber vielleicht gab es hier gar keine Klingel. Sie trat an die Tür, nahm die Klinke in die Hand und zögerte. Am liebsten hätte sie die Kette vorgelegt. Doch es gab auch keine Kette. Unfassbar! Lisa lebte allein mit einem kleinen Kind und brauchte keine Sicherungskette. Iris fragte sich, ob ihre Schwester so unvorsichtig oder vertrauensselig war oder ob Rom oder dieses Viertel, dieses Haus...

„Nun mach schon auf!" rief eine belegte Frauenstimme. Auf deutsch. Iris drückte die Klinke automatisch nach unten, so verwirrt war sie über die unerwartete Aufforderung.

„Sag mal, wo hast du dich die ganze Zeit herumgetrieben, zwei Wochen, sag mal, hast du sie noch alle?!" rief eine sehr kleingewachsene Person und schob sich resolut an ihr vorbei, in den Flur. „Du weißt doch genau, dass ich mich nicht so lange um Kiki kümmern kann, mein Gott, ich musste die Hampelmänner von der Botschaft einschalten... naja, hätt ich die Polizei rufen sollen? Oder das Uffice per gli..." Die Stimme erstarb.

„Wer zum Teufel bist du?" sagte die Person und stemmte ihre kurzen, kräftigen Arme in die Hüften, „und was machst du hier überhaupt?"

„Das ist Tante Iris", rief Kiki. Er hatte sich von seinem Spielzeug losgerissen und war in den Flur gerannt: „Hallo Trish", sagte er und umarmte die Kleine an ihrer breitesten Stelle.

„Bist wohl von der Botschaft, wie?" knurrte Trish. Sie musterte Iris unter dem Haargebirge vor. Eine Perücke im Tina-Turner-Stil der späten 80er Jahre. Iris fragte sich, ob Trish damit den Boden berührte, so weit hing die blondiere Mähne an dem kleinen, fast kugelrunden Körper hinab.

„Ich bin Lisas Schwester", sagte Iris, „und Sie sind..."

„Lass das Gesieze", lachte Trish und boxte ihr ganz leicht auf den linken Oberarm, „ich bin Trish, und ich bin die beste Freundin von Lisa und die allerbeste von Kikiboy."

Sie rieb ihm kräftig durchs Kopfhaar und Christian krähte dazu vor Vergnügen. Ohne auf eine Einladung zu warten, ging Trish über den Flur ins Wohnzimmer. „Ah, Campari!"

38

hörte Iris und wusste, dass sie gleich die ganze Eisschale mit hinübernehmen konnte.

Als sie aus der Küche ins Zimmer zurückkam, saßen sich Connie und Trish schweigend gegenüber. Kiki war wieder in sein Zimmer verschwunden. Connie behauptete den Ledersessel, Trish dominierte das Sofa. Die beiden, das sah Iris, hatten nicht viel miteinander zu reden. Sie brauchten ein Publikum.

„Trish", zischte Connie. Sie dehnte den Zischlaut schier ins Unendliche, „was ist das wohl für ein Name? Die Koseform von Trash?"

„Patrizia", sagte Trish knapp und fügte ein „aus Wuppertal" hinzu, allerdings in einem Tonfall, der signalisierte, dass sie nicht viel mehr von sich erzählen wollte.

„Seit wann leben Sie schon in Rom?" fragte Iris, die das Eis auf die drei Gläser verteilte.

„Du sollst doch das Gesieze lassen!" knurrte Trish. Sie griff sich die Campariflasche und füllte ihr Longdrinkglas zur Hälfte mit dem roten Stoff. Connie hätte es ihr am liebsten aus der Hand gerissen.

„Tschuldigung", sagte Iris und lachte verlegen.

Trish nahm einen Schluck vom Campari. Sie trank ihn pur.

„Was ist eigentlich mit Lisa?" fragte Trish, „ist sie tot oder was?"

Connie lachte laut auf: „Genau DAS wollten wir dich fragen, Baby!"

„Baby?" - Trish stellte den Kopf schief und schaute Connie eine kurze Weile an. Dann drehte sie ihr den Rücken zu und wandte sich demonstrativ an Iris: „Baby? – Die alte Lady hat wohl'n Distanzproblem, was?"

Trish sah die Zigaretten am Tisch liegen und griff sofort zu. Sie nahm sich eine und steckte die halbvolle Packung wie selbstverständlich in ihre Hosentasche. Dann nahm sie Connies Feuerzeug: „Ein Zippo... Respekt, Respekt! Ziemlich viel Geschmack für ne Lady deines Jahrgangs... Nur die beschissene Camel-Werbung hättest du abkratzen sollen."

„Das Feuerzeug hab ich einer wie dir aus den kalten Händen genommen!" knurrte Connie, „die war zu frech geworden."

Iris seufzte. So konnte es endlos weitergehen. Sie kannte Connies Streitlust von tausendundeinem verquälten Abend: Connie war wie ein Terrier. Wenn sie sich einmal in jemanden verbiss, ließ sie nicht mehr aus, bis derjenige aus dem Haus war. Oder bis man *sie* vor die Tür setzte.

„Du hast also auch keine Ahnung, was mit Lisa geschehen ist?" fragte Iris, mitten ins feindliche Augenfunkeln der beiden Ladies hinein.

„Naja", sagte Trish und löste ihren vernichtenden Blick von Connie, „Lisa war schon immer etwas *strange*. Aber sie blieb nie länger als ein, zwei Nächte weg, meistens bei irgendeinem Typen, nichtwahr... So lange kann ich mich schon um den Kurzen kümmern, kein Problem, aber bitteschön, das geht nich ewig, ich hab schließlich auch'n Beruf."

„Als Wischmob?" schnappte Connie dazwischen.

Trish nahm ihr Glas in die Hand und holte aus. Doch dann kippte sie es Connie doch nicht ins Gesicht: „Dein Glück, dass nicht mehr viel von dem Stoff da ist!"

Trish trank ihr Glas leer. Sie griff nach der Flasche und nahm sich den ganzen Rest. Das war für Connie Strafe genug. Iris atmete durch. Handgreiflichkeiten waren fürs erste vermieden.

40

Vielleicht konnte ihr Trish wenigstens ein paar Tips geben. „Am besten du erzählst mir einfach, was du so über Lisa weißt, dann kann ich mir ein Bild davon machen, wie sie gelebt hat und..."

„Klar doch", sagte Trish, „jederzeit. Aber jetzt muss ich weg, meine Schicht..."

Sie stand auf und war mit drei Schritten am Flur, rief ein „Ciao Kurzer!" in Kikis Zimmer und verschwand. Wie eine Geistererscheinung. Iris war sich noch nicht einmal sicher, ob Trish die Wohnungstür öffnete oder direkt durchs Holz ging.

„Nettes Mädchen", sagte Connie. Sie stand auf, um sich eine neue Zigarettenpackung aus dem Rucksack zu holen. Zum Glück hatte sie einen großen Vorrat eingekauft.

5.

Kiki war auf eigenen Entschluss ins Bett gegangen und hatte nicht einmal vergessen, sich vorher die Zähne zu putzen. Der Abend hatte also gerade erst angefangen.

„Du musst hier raus!", sagte Connie, die mittlerweile herausgefunden hatte, dass tatsächlich kein einziger Tropfen Alkohol mehr in der Wohnung war: „Wir sind nach Rom gekommen, um uns zu amüsieren, vergiss das nicht!"

Iris zuckte die Schultern: „Ich will dich nicht festhalten."

„Glaubst du, ich mag allein losziehen? Das kann ich jeden Abend haben." Connie drückte ihre Zigarette im Ascher aus; der Glimmstengel war erst zur Hälfte abgeraucht. „Siehst du, wie's um mich steht? – Sogar die Kippen schmecken nicht mehr."

Iris setzte sich neben sie aufs Sofa. „Jetzt denk doch mal ganz scharf nach", sagte sie in einem Tonfall, den sie sonst für die hoffnungslosen Kreditsachen reservierte, „ich *kann* nicht weg, jemand muss auf den Kleinen aufpassen."

„Der schläft doch wie'n Toter", brummte Connie.

Natürlich wusste sie es besser. Andererseits hielt sie es einfach nicht aus. Also stand sie auf und wühlte ihre neueste Handtasche aus dem Koffer. Eine cremefarbene, die sie auch über die Schulter hängen konnte. Sie fühlte sich damit irgendwie verrucht, „ein Hauch von Professionalität", sagte sie und lachte nervös.

Iris warf ihr einen Metallring zu, an dem zwei Schlüssel hingen. „Für den Hauseingang und für die Wohnung. Damit bist du absolut selbständig. Du darfst heimkommen, wann immer du willst! Hast ja sogar dein eigenes Zimmer."

Sie deutete lachend auf die Couch, die sich in ein Doppelbett verwandeln ließ.

Connie trat aus der Wohnung und zog die Tür hinter sich zu. Sie atmete tief durch. Ein sanfter Lufthauch. Von unten hörte sie das Lachen der Flaneure. Man ließ hier also sogar die Haustür offenstehen. Mitten in der Nacht! Glückliches Rom, das keine Einbrecher kennt und keine Penner, die sich in Treppenhäuser legen.

Connie überlegte. Wohin sollte sie gehen? Sie kannte keine Adresse im römischen Nachtleben. Also zu den traditionellen Touristenplätze? Vor ihrem geistigen Auge tauchte eine Kegelmannschaft Frühpensionierter auf, die sich schwitzend und keuchend und grunzend mit riesigen Bierbäuchen an ihr vorbeidrückten, so eng wie möglich. DAS war ihre intensivste Erinnerung an das Paris-Wochenende im letzten Frühjahr! Sie steckte sich eine Zigarette in den Mund und hatte noch nicht das Zippo aufgeklappt, da ging die Flurbeleuchtung aus.

Als sie ihr Feuerzeug aufflackern ließ, erschrak Connie und hätte das gute Stück beinahe fallen lassen. Jemand war im Dunkeln leise die Treppe hochgekommen.

Wäre es nur ein Dieb gewesen! Aber nein, da stand ein Außerirdischer. Mit strähnig abstehenden Tentakeln auf dem Kopf, die ein bizarres Schattenspiel auf die Mauer warfen. Ein Kobold, kaum größer als...

Trish. Ihre Blicke begegneten sich und sie erkannten beide, dass sie nicht zu den Gewinnern dieser Nacht zählten.

„Nachtschicht schon vorbei?" fragte Connie. Sie hätte gerne bösartiger geklungen, aber es gelang ihr nicht.

Erstens saß ihr noch der Schrecken in der Kehle und zweitens fühlte Connie, sie wusste nicht warum, eine Art Beisshemmung.

Trish zeigte ihr dennoch den Stinkefinger und klatschte mit der anderen Hand auf den Lichtschalter. Es wurde wieder hell. Connie ließ das Feuerzeug zuschnappen. Während sie es in der Handtasche verstaute, hatte sie eine Idee. Sie nahm die frische Zigarettenpackung und warf sie Trish zu. Die fing mit traumwandlerischer Sicherheit.

„Lust auf'n Nachtjob?" fragte Connie. Trish sah sie stirnrunzelnd an: „Was'n Job?" Connie lachte. „Stell dich nicht so an", sagte sie, „das hast du doch bestimmt schon hundertmal gemacht."

Als Iris endlich neben ihr auf der Gasse stand, atmete Connie befreit auf. Es hatte eine gute halbe Stunde gedauert, bis alles geklärt war.

„Keine Sorge", sagte Connie noch einmal, „Trish hat das bestimmt schon hundertmal gemacht."

Iris zweifelte noch immer. Gut, sie hatte schließlich nachgegeben, aber das hieß nicht, dass sie damit einverstanden war:

„Taugt diese Trish wirklich zum Babysitter?"

Connie lachte: „Na und wenn schon, ist doch nicht dein Kind!" Und sie hakte ihre Freundin unter, um sie endlich in Bewegung zu bringen.

„Wohin gehen wir eigentlich?" fragte Iris nach einer Weile. „Sightseeing", sagte Connie und dirigierte sie mit sanftem Druck in eine bestimmte Richtung, die auch viele andere Nachtspaziergänger eingeschlagen hatten. „Wir folgen einfach dem Menschenstrom, das kann nicht verkehrt sein."

44

Sie überquerten eine große Straße, ganz brav an einer für Fußgänger angelegten Ampel und mussten trotzdem ein paar schnelle Sprünge machen, denn die römischen Autofahrer nahmen die Verkehrslichter offenbar nicht ernst. Dann ging es in ein Gewirr kleiner, unbeleuchteter Gassen. Iris fühlte sich unbehaglich, Connie lachte tapfer dagegen an. „Werden den Teufel tun und zwei unschuldige Touris anfallen!"

Iris bemerkte jedoch genau, dass es auch Connie etwas bange wurde. Kunststück. Eben noch waren sie zwei Frauen unter ein paar Dutzend Spaziergängern. Und auf einmal schienen sie ganz allein unterwegs. Wo waren nur die ganzen Leute hin? Iris fiel ein, dass sie den Reizgas-Lippenstift noch in ihrem Flugzeug-Handgepäck hatte. Die Tasche stand in der Wohnung. Hoffentlich kam Kiki nicht auf die Idee, darin herumzuwühlen und den Lippenstift aufzudrehen. Darüberhinaus waren Connie und sie absolut schutzlos, wenn...

Hinter der nächsten Ecke war alles überstanden. Ein großer, langer Platz tat sich vor ihnen auf, prächtig beleuchtet aus hohen grünspanigen Kupferlaternen. Ein helles orangegelbes Licht im Fin-de-siècle-Dekor. Peter hatte Iris bestimmt zwei dutzendmal Vorträge über die Taschenspielertricks der Innenstadtgestalter gehalten. Sie konnte diese Leuchten einfach nicht mehr ernst nehmen. Dabei vertrug dieser Platz so ziemlich jede Geschmacklosigkeit. Ob beleuchtet oder nicht: Selbst ein fahler Halbmond hinter Regenwolken hätte die Schönheit nicht weiter gestört. „Piazza Navona" sagte Iris, „manche Reiseführer nennen den Platz die gute Stube der Stadt." Sie traten an einen kleinen

Brunnen, dessen schwachbrüstiges Plätschern den bescheidenen Figurenschmuck karikierte: Meeresgottheiten mit Prostataproblemen.

Hundert Meter weiter unten, vor einer barocken Kirchenfassade, erhob sich ein Brunnengebirge, bei dem sich die Menschen drängten. Am oberen Ende des Platzes, wo Iris und Connie herkamen, war alles ruhiger. Die Küsse der Verliebten sahen besonders innig aus und die Schläfer wirkten tief narkotisiert. Hier war eine Art Ruhezone. Das Nachtleben pulsierte am anderen Ende der Piazza.

Connie steuerte sofort auf die Menschentraube am großen Brunnengebirge zu. Ein Akkordeonspieler versuchte sich an „O sole mio", Schnellzeichner kritzelten Karikaturen von Spaziergängern, andere lockten mit den kaum wiedererkennbaren Porträts der internationalen Prominenz. Natürlich gab es auch Modeschmuck und Andenken. Am Boden, auf dem Pflaster robbten unterarmlange mechanische Krieger in grünbraunen Plastikkampfanzügen und ließen dazu ihr kleines Maschinengewehr rattern. „Das wär doch was für den Jungen", sagte Connie. Sie meinte es wenigstens zur Hälfte ernst. Iris dagegen interessierte sich mehr für eine Doppelplastik, die den *Davide* des Michelangelo in lüsterner Umarmung mit einer jungen Frau zeigte, die wahrscheinlich irgendein aktuelles Influencersternchen darstellen sollte. Den Kitschfabrikanten war nichts heilig. Sie verkuppelten sogar das schwulste aller Männerstandbilder mit den Badezimmerphantasien der Heteros.

„Da schau mal", sagte Connie. Sie wies auf eine muskelbepackte nackte Männerfigur in der barocken Brunnenlandschaft, „der Typ zieht sich gerade das T-Shirt aus, und außerdem hat er ein Strumpfband am Bein. Verrückt, was?"

„Das ist der Nil", sagte Iris.

„Das erklärt natürlich alles."

„Er verhüllt sich das Gesicht, weil man damals noch nichts von seinen Quellen wusste."

„Und das Strumpfband?" hakte Connie nach.

Iris konnte nur mit ihren Schultern zucken.

„Es geht halt nix über ein gerüttelt Maß Halbbildung", sagte Connie mit spöttischem Grinsen.

Sie gingen den Platz auf ganzer Länge ab. An seiner Spitze wollten sie umkehren und auf der anderen Seite wieder zurück, schlossen sich dann aber einem Menschenstrom an, der durch eine Seitengasse nach Osten wegsickerte. Wieder ging es über eine große Straße, auf der aber nicht mehr viel Verkehr war. Jetzt kamen sie an einem großen Palazzo vorbei. Schwere, roh behauene Steinquader schirmten die Fassade nach allen Seiten ab. Über den Eingängen hing die italienische Trikolore, rotweißgrün, und ein Doppelposten von Carabinieri hielt davor Wache, in schußsicherer Weste, mit vorgehaltener Maschinenpistole. „Was ist denn das?" wunderte sich Iris. Connie, die endlich einmal auch etwas Kluges sagen wollte, meinte leichthin: „Die italienische Botschaft, was denkst denn du?"

Der Menschenstrom wurde wieder dichter, er floß jetzt auch schneller, ja zunehmend hektisch. In jedem Hauseingang war ein Straßenverkauf, aus jedem Fenster bot man Blumen oder *Panini* oder Ansichtskarten an.

Und mit einem Mal war es in der Luft. Ein Gefühl, das Iris nicht beschreiben konnte. „Es kann nicht mehr weit sein", sagte sie, und noch ehe Connie nachfragte, sahen sie es: Seit längerem erwartet und doch auf eine seltsame Weise völlig unvermutet tat sich ein kleiner Platz vor ihnen auf, der zum größten Teil von einem Wasserbecken ausgefüllt wurde. Hinter der Wasserfläche türmte sich – flacher als auf der Piazza Navona - eine Felsenlandschaft, die von zwei Pferden und ihren Hütern beherrscht wurde und sich in der überladenen Fassade eines Barockpalazzos verlor. Säulen und Kapitele für jedes Fenster und die Rosselenker nackt und muskelbepackt wie Werbepuppen für Anabolika. Die Pferde passten dazu. Sie wirkten wie gigantisch aufgeblasene Ausgaben dieser kleinen Plastikspielpferde, auf die man Ritter oder Cowboys setzen konnte. (Peter hielt, „als seltenes Sammelerstück" ein komplettes, in Originalverpackung erhaltenes *Fort Laramie* in Ehren, und Iris hatte ihn schwer in Verdacht, dass er heimlich mit den Pferdchen, den Soldaten, Cowboys und Indianern spielte.)

Über die Steinpferde hier hätte Peter sich allemal gefreut. Das eine bäumte sich wild auf, wehrte sich gegen Zaumzeug und Menschenhand, während das andere sanft und treu dreinsah, mehr Hundeblick als Pferdestolz.

Auch die Felsenlandschaft wirkte wie eine schlechte Vergrößerung von Zimmerspringbrunnen. Jedenfalls plätscherte das Brunnenwasser über die Steine und ins Becken, ohne Fontäne, ohne Leben, ohne Spaß. Die Wasserfläche selbst war zart pastellblau, der Beckenrand verlor sich zum Platz hin in einer niedrigen, lieblos gegliederten Brüstung, von der aus sich drei Treppenabsätze erhoben, Sitzränge für eines der langweiligsten Brunnenschauspiele der Welt. Fontana di Trevi.

Aber der Brunnen, die Fassade und das Wasser spielten hier auch nur die geringste Nebenrolle. In Wahrheit drehte sich alles um einen einzigen Hauptdarsteller. Den Menschen. Und die unendliche Vielfalt seines Erscheinungsbildes:

Es ging gegen Mitternacht. Der Platz war ganz und gar ausgefüllt von einem Menschengewimmel wie man es sonst nur auf den Bildern von Papstsegnungen kennt. Die Leute schoben sich in unberechenbarer Dynamik um die Beckenmauer, stauten sich auf den drei zum Wasser führenden Terrassenstufen, flossen oben, entlang der Häuserfassade, etwas schneller und bildeten an den Gassen, die vom Platz wegführten immer neue Wirbel, die einen guten Teil der Menge wieder zum Brunnen zurückspülten. Das geschah natürlich nicht lautlos, im Gegenteil: Die Sprachen der Welt hingen wie ein gewaltiges Summen über der Szene, natürlich war keine einzelne Stimme zu erkennen oder eine Sprachfamilie zu unterscheiden, nein, alles floss in eins. Ein summender Mittelton, der klang, als hätten sich die Menschen vor der babylonischen Verwirrung wie die Bienen verständigt.

Von oben gesehen, mussten die bunten Menschen wunderbare fraktale Figuren auf das Pflaster zeichnen. Apfelmännchen nannte man diese Bilder. Iris hatte davon gelesen. Die Vorstellung hatte sie fasziniert. In diesen Wirbelgestalten spiegelte sich das Miteinander von blindem Zufall und höherer Mathematik. Ein Tanz, der alle Dimensionen bestimmt. Vom Gewirbel der subatomaren Quarks bis zu den Spiralarmen der Galaxien. Iris fühlte sich hier, am Brunnen, ganz und gar als Teil dieses Spiels. Anders als sonst empfand sie nicht Angst vor der Anonymität und Verlorenheit, sondern das seltene Gefühl, geborgen zu sein. Ja, das war der eigentliche Zauber dieses Platzes: Der berühmteste Brunnen der Welt lebte nicht von seinem Wasser oder den Schmuckfiguren, er lebte einzig und allein von der Faszination, die seine Besucher aufeinander ausübten. Sein Ruhm entsprang der Wechselwirkung der Menschen, dem Miteinander ihrer Stimmen und dem unsichtbaren Chor ihrer Träume. Iris fühlte, wie sich ihre Augen mit Tränen füllten. Eigentlich hasste sie es ja, gerührt zu sein...

Connie half ihr, ohne es zu bemerken. Sie hakte sich wieder unter und schob Iris – mal mit, mal gegen den Menschenstrom – in einer Abfolge hochkomplizierter taktischer Manöver nach vorne, nach unten, dem Brunnenrand zu. In einem passenden Moment dirigierte sie Iris auf die oberste Stufe der Terrassenanlage, schwang sich mit ungewohnter Behändigkeit unter zwei Metallstangen durch und kam auf der mittleren Terrasse zu sitzen. Sofort drückte sie sich nach links und rechts in die Breite. Durch ihre schiere Präsenz und die unausgesprochene Drohung, die von ihr ausging, sorgte Connie dafür, dass die Umsitzenden ein Stück zur Seite rückten. Jetzt schlängelte sich Iris über die Stufen herunter, rückte mit viel „Scusi" und „Per favore" und „gracie" die letzten drei Meter heran und ließ sich neben Connie auf den Steinsitz sinken. Sie hatten zwei gute Logenplätze gewonnen, die ihnen einen wunderschönen Blick über die Brunnenanlage, das Bassin, die Menschen am Rand und die Häuser rundherum erlaubten. Sie atmeten durch. Das Schlimmste war überstanden.

6.

Iris hatte mit vielem gerechnet, vor allem mit jeder Menge Touristen. Aber dass um diese Uhrzeit noch soviele Menschen auf den Beinen und auf diesem winzigen Platz mit dem viel zu groß geratenen Kinderplanschbecken waren! Sie beschloss, ihren privilegierten Sitzplatz für Menschenstudien zu nutzen und ließ ihren Blick schweifen: Da war, sie erkannte die Sprache, eine holländische Schülergruppe, zwei Dutzend junge Leute zwischen 14 und 16. Das schrecklichste Alter. Für einen Moment hatte sie Mitleid mit den Lehrern. Denn in diesen Jahren sind die Kids völlig unberechenbar. Die einen spielen noch mit Modellfliegern und machen dazu Maschinengewehrgeräusche, die anderen arbeiten mit Hochdruck an ihrem „ersten Mal". Die holländischen Lehrer schienen sich jedenfalls nicht um die Vielfalt der Risiken zu sorgen. Sie hatten riesige Weinflaschen dabei und ließen sie lachend unter den Schülern kreisen.

Iris musste lachen. Zum erstenmal sah sie die baströckchenumwickelten Weinflaschen wieder, die sie aus den Pizzerien ihrer Kindheit kannte: Riesige Ungetüme mit weit ausladendem Bauch und Giraffenhals, die jahraus-, jahrein in der prallen Sonne des Gaststubenfensters staubten. Sie konnte sich nicht erinnern, dass eine solche Flasche jemals geöffnet und leergetrunken wurde. Wahrscheinlich schüttete man das Zeug weg und nahm die Bastflasche dann für Tropfkerzen, deren buntes Wachs außen herablief und zuhause die Wohnzimmer verschönte. Ihre Eltern hatten diesen Brauch bis zum Exzess getrieben: Sie nahmen eine Flasche und ließen Schicht um Schicht farbiges Wachs herabgeifern, eine Lage über die andere. Am Ende war das Ganze etwa einen Dreiviertelmeter hoch, ohne Kontur und völlig farblos: Aus der Mischung der Farbtöne und des Staubs ergab sich eine Art dunkelviolettes Grau, das Brechreiz auslöste. Dennoch behauptete Iris' Mutter, man habe ihr schon viel Geld für das Schmuckstück geboten.

Iris vertiefte sich wieder in das Studium der Holländergruppe. Einer der Jungs, weißblond und noch ohne jeden Bartansatz, ziemlich kleingeraten, so ein stiller Typ, wie sie Iris seit jeher am liebsten mochte, hatte eine ganze Zeit mit einem Mädchen geplaudert. Ein unauffälliges Mädchen. Iris mochte unauffällige Mädchen, die einen Jungen abbekamen. Aber war das ein Flirt oder war es völlig harmlos? Sie hielten Händchen, doch es wirkte eher unbeabsichtigt, zufällig. Von Verliebtsein sah Iris nichts. Andererseits waren die beiden auch nicht betrunken, denn die Bastrockflaschen gingen an ihnen vorbei. Das Mädchen sah kurz in die Sitzreihen um den Brunnen. Sie entdeckte einen freien Platz und schob den Jungen darauf zu. Der zögerte einen Moment, ob er sich von der Traube lösen sollte, doch dann folgte er ihr. Iris sah die Nervosität in seinem Gesicht. Er atmete tief durch und schluckte. Iris lächelte.

„Außerdem laufen hier jede Menge fette Blondinen herum!" stellte Connie fest. In ihrer Stimme schwang so etwas wie Selbstzufriedenheit mit: Verglichen mit diesen üppigen Figuren konnte sie aufrechten Hauptes...

„Ladies and gentlemen!" donnerte eine Stimme über den Platz, verfing sich in den Nüstern und der Steinkruppe der beiden Brunnenpferde und wehte grotesk verzerrt wieder zurück, „ladies and gentlemen, this is Rome City Police speaking. Welcome to Fontana di Trevi. Everything is under control. So don't worry. Enjoy your holidays."

Die römische Stadtpolizei sagt: Alles unter Kontrolle. Keine Sorge. Genießen Sie Ihre Ferien. – Natürlich beruhigten solche Sätze niemanden. Alle Touristen sahen sich irritiert an, ein allgemeines Gemurmel. Man ließ sich das Englische in alle anderen vor Ort vertretenen Sprachen übersetzen, man schüttelte den Kopf, blickte besorgt von einem zum anderen und war ratlos. Iris sah den Polizeiwagen mit dem aufgepflanzten Lautsprecher. Warum machten die eine Ansage wie diese? Und überhaupt: War es üblich, dass ein gutes Dutzend Uniformierter am Rand des Platzes stand? Wieviele mochten noch in irgendwelchen Hauseingängen verborgen sein?

Nichts geschah. Allmählich verklang die Irritation. Die Leute schauten wieder auf die anderen Leute und auf den Brunnen, die beiden jungen Holländer schauten einander tief in die Augen. Sie saßen in der zweiten Sitzreihe, ziemlich in der Mitte. Es waren nur ein paar Meter zu Iris und Connie. Aber das Pärchen bemerkte natürlich niemanden. Vielleicht vergaßen sie gerade in diesen Sekunden, wo sie waren. Sie flüsterten und lachten. Der Junge, das fühlte Iris, hätte jetzt gerne seinen Arm um das Mädchen gelegt. Doch die ließ ihn noch zappeln.

Ein kurzer Sirenenton. Iris kannte das Geräusch vom Fußballplatz: Es gibt Luftdruckdosen, denen man eine Tröte aufschrauben kann. Drückt man den Dosierknopf, gibt es genau dieses nervige Getute. Aber diesmal war es, anders als bei den Ligaspielen, nur ein kurzes Signal.

Und schon geschah etwas: Eine von den *fetten Blondinen*, die sich in einen leichten beigen Sommertrench gehüllt hatte, sprang auf, warf den Mantel ab und stand nun im einteiligen schwarzen Badeanzug am Beckenrand. Sie kletterte auf das Mäuerchen, breitete die Arme aus und hüpfte den kleinen Absatz hinab, in den Brunnen. Dann lief sie mit ausgebreiteten Armen durch das Naß, das ihr bis an die Oberschenkel reichte. Am Beckenrand sprangen zwei Kameraleute auf und ab. Ein dritter Mann, ein kleiner, pickeliger Gnom mit seitwärts aufgesetzter Baseballmütze und offenem Holzfällerhemd bellte irgendwelche Filmsprachenbefehle auf amerikanisch.

Zu „*Close up*" warf die Blondine ihren Kopf etwas zurück, schob die silikongepolsterten, feuerrot geschminkten Lippen, die in ihr Gesicht so gut passten wie ein Sumoringer in einen alten Fiat Cinquecento, weitestmöglich auseinander, zeigte ein billiges Jackettkronengrinsen und nahm die Hände in den Nacken. Das sollte verführerisch aussehen, erinnerte Iris aber eher an eine formvollendete Festnahme durch die Highway Patrol. Außerdem hatte die Lady vergessen, ihre Achselhaare zu rasieren oder zu färben. Blonder Kopf, brünette Achseln. Zum Glück gab es digitale Nachbearbeitung.

Die dicke Blonde stieg aus dem Becken. Das fiel ihr nicht leicht, doch niemand vom Team stand bereit, ihr zu helfen. Es war ein unwürdiger Anblick: Venus steigt aus dem Bade und schafft es kaum über den Rand.

Da ertönte die Sirene von neuem. Eine andere üppige Blonde warf ihren Mantel ab, der allerdings eher eine Art Frotteeumhang war. Die Blonde trug keine Badesachen, sondern war in eine endlose Rolle von durchscheinendem hellen Seidenstoff gewickelt. Die Lippen erschreckten Iris: Es war, als hätte die vorherige Badeschönheit ihre Lippen abgenommen und an die nächste weitergegeben. Anders ließ es sich nicht erklären, dass die Münder derart identisch waren. Diese Lady trug Stöckelschuhe im Farbton ihres Lippenstifts. High Heels. Das machte es doppelt schwer, die niedrige Balustrade zum Brunnenbecken zu ersteigen. Als die Frau endlich oben war, geriet sie aus der Balance. Sie ruderte heftig mit den Armen, schrie dazu entsetzt, versuchte einen Ausfallschritt und klatschte doch längsseits ins Wasser.

„Go on, go on", rief der pickelige Jüngling in sein Megaphon, „do an improvisation, baby, do it!" Die Blondine tauchte prustend auf. Immerhin, sie lag nicht mehr im Becken, sondern saß auf ihrem Hinterteil. Das Wasser reichte ihr bis ans Brustbein, das vorher auftoupierte Haar hing tot an ihrem Hals. Zwei Haarteile schwammen losgelöst im Wasser. Wie Katzen, die man ersäuft hat, dachte Iris.

„Smile, baby, smile!" befahl der Amerikaner und schubste einen der beiden Kameramänner zum Beckenrand: „And now take off your shoes!" Die Blondine beugte sich etwas vor, um bis zu ihren Füßen zu kommen. Dazu hätte sie mit dem Kopf untertauchen müssen. Das kam natürlich nicht in Frage, sie wollte auf keinen Fall den Blick vom Kameraauge wenden. Also versuchte sie, aufzustehen. Eine mühsame Angelegenheit. Doch dann stand sie. Sie schaffte es sogar, auf einem Bein zu balancieren und das andere weitestmöglich anzuheben. Angesichts ihres Seidenrollenkleides war das keine leichte Übung, denn die einzelnen schmalen Stoffbahnen waren mittlerweile ins Rutschen gekommen und vergrößerten mit jeder Bewegung das Dekolleté. Doch die badende Schönheit war akrobatisch begabt. Schließlich hatte sie tatsächlich die Pumps von den Zehen gefummelt.

„And now show me your shoes!" schrie der Amerikaner, und die nasse Schönheit hob sich wie ein Delphin aus dem Wasser, als würde sie von unsichtbaren Drähten gezogen, streckte sich und wedelte mit ihren roten Stöckelschuhen durch die Luft und lachte und zeigte das triumphierendste Lächeln der Welt. Die Touristen, die eben noch gelacht hatten und den Fauxpas der Blonden für einen schlechten Witz nahmen, begannen wie auf eine geheime Verabredung hin Beifall zu klatschen. Einige erhoben sich sogar.

„Das wird mal eine ganz Große!" rief Connie, die am lautesten und heftigsten die Hände rührte.

Iris schaute genauer hin. Die Begeisterung der Touristen, vor allem der Männer, lag hauptsächlich daran, dass die Seidenbahnen des Kleides mittlerweile soweit auseinandergerutscht waren, dass eine Brust in voller Schönheit zu sehen war. Auch hier triumphierte das Silikon über die Natur, und sogar die Brustwarzen leuchteten so verführerisch kirschrot, dass Iris darauf wetten mochte, sie seien angefärbt.

Das junge Paar Holländer saß noch immer händchenhaltend. Das Mädchen hatte kurz über die Blondine gelacht und wandte sich jetzt wieder ihrem Freund zu. Das war allemal wichtiger. Dem Jungen fiel es etwas schwerer, seine Augen vom Becken und vom Busen der Blondine zu lösen. Aber auch er schaffte es. Wenn jetzt nur nichts dazwischenkommt, dachte Iris, die sich sehr gut an plötzlich auftauchende Geschwister, Eltern oder Lehrer erinnerte, die ihr manches Petting versaut hatten. Doch vom niederländischen Lehrkörper ging keine Gefahr aus. Die Lehrer, die Mitschüler trompeteten unverständliche Schlachtrufe in die Nacht und öffneten zwei neue Rotweinflaschen. Sie würden, das wusste Iris von den Campingurlauben, in einer halben Stunde beginnen, die niederländische

Nationalhymne zu schmettern und sich die Kleider vom Leib zu reißen.

Vielleicht spekulierte der pickelige Amerikaner mit dem Megaphon auf genau so einen Zwischenfall, denn er schickte schon die dritte Blondine über die Beckenumrandung in den Brunnen. Sie trug ein rosa Bunny-Kostüm und hopste zweibeinig auf die Figurengruppen an der Palastfassade zu. Die riesigen, hoch aufgerichteten Hasenohren wurden sofort nass und kippten um. Schon klatschten sie nach vorne, ins Gesicht der Blonden, die sie mit heftigen Kopfbewegungen zur Seite stoßen wollte. Das gefiel dem Regisseur überhaupt nicht. Er brüllte eine Beschimpfung, deren schmeichelhaftester Teil das Wort „bitch!" war und forderte das Häschen auf, ins Trockene zu kommen. Aber die Blondine hörte ihn nicht oder wollte nicht hören, sondern sprang immer weiter und immer hektischer im Kreis. Der junge Amerikaner schaute auf seine Armbanduhr. Offenbar lief ihm die Zeit weg. Mit einem Fingerschnipsen hetzte er zwei Muskelprotze ins Wasser, um die Kleine herauszuholen. Die großgewachsenen, breitschultrigen Kerls pflügten durch das Wasser, die Hände ausgebreitet, wie Kinder, die auf einem Bauernhof Enten jagen. Das Publikum johlte. Wer es konnte, pfiff durch die Finger, die anderen applaudierten. Endlich war die Jagd zuende: Einer der Muskelmänner ging kurz in die Knie, packte das rosa Haserl an der Hüfte und legte sie über seine Schulter. Nun ruderte die Blondine mit Armen und Beinen und schrie aus Leibeskräften, wie noch kein Kaninchen der Welt geschrien hatte. Es half ihr nichts. Sie wurde aus dem Bassin getragen und dem Regisseur vorgeführt, der ihr schimpfend die nassen Plüschohren vom Kopf riss, als wollte er sie degradieren.

„Sorry, it's your first visit in Rome?"

Iris wandte erschrocken den Kopf um. Sie sah in zwei dunkelbraune Augen, in ein sonnengebräuntes Gesicht, das von herabhängenden Minipli-Strähnen gerahmt war. Dies und der Akzent verrieten den Eingeborenen. Er lächelte freundlich. Was er wohl verkaufen wollte? Da sah Iris, dass der Römer nicht allein war. Eineinhalb Meter hinter ihm stand ein zweiter Mann, etwas kleiner, der versuchte, seine schwarzen Locken in einem Mittelscheitel zu bändigen. Er war eher ein blasser Typ, aber jetzt mit roten Wangen. Iris mochte rotbackige Männer. Das gab ihnen einen Hauch von Jungenhaftigkeit.

„Die beiden wollen was von uns", flüsterte Connie, die ihr völlig überflüssigerweise den Ellbogen in die Seite rammte. Connie setzte sich in Positur. Sie war für alles zu haben.

„Ah, you're speaking german?"

„Yes, we come from Hanover."

„Hangover?"

Mr. Minipli lachte und zeigte dabei makellose Zähne. Iris erkannte sofort, dass sie nicht echt waren.

„You're alone in Rome?" fragte Minipli gleich weiter. Sein Freund sagte nichts. Er stand weiter eineinhalb Meter hinter ihm und grinste. Das wirkte ein wenig behindert, aber vielleicht wollte er auf diese Weise Mitleid erregen. Bei manchen Frauen kam die Mitleidsmasche gut an. Auch Iris lächelte freundlich zurück. Sie hatte ihn für sich *Rotbäckchen* getauft.

„May I introduce myself: my name is Antonio. But you may call me Tony, if you want." Er bemerkte, dass Iris vor allem seinen Begleiter im Auge hatte: „...and this guy behind me is Mario!"

Mario, das Rotbäckchen, grinste noch breiter und verneigte sich sogar.

58

„A nice evening, isn't it?" fragte Antonio. Er trug einen dunklen Dreitagebart. Wahrscheinlich hielt er das für besonders cool. Aber Iris hasste diese Bartmode. Wenn sich Peter nicht rasierte, fühlte sie sich nach jeder Zärtlichkeit als hätte sie mit einem Reibeisen geknutscht.

„Nice evening, indeed", sagte Connie. Sie musterte Antonio von oben bis unten. Er trug eine knallenge schwarze Jeans mit silbernen Nieten und ein rosefarbenes Hemd, das bis unter den Bauchnabel aufgeknöpft war.

Brusthaartoupet ging Iris durch den Kopf, als sie genauer hinsah. Sie wusste nicht, wo sie den Begriff aufgeschnappt hatte. Der Junge war da tatsächlich behaart – und es sah doch unecht aus.

Mario hatte nur zwei Knöpfe am Hemd offen. Außerdem trug er einen Anzug, das Jackett über dem Arm: Dunkles Grau, vielleicht sogar völlig schwarz. Die Hose saß sehr knapp. Außerdem war Mario zumindest im Gesicht frisch rasiert. Sonst hätte sie ja auch seine roten Backen nicht sehen können.

Iris blickte auf sein Schuhwerk. Die Schuhe verraten am meisten über den Charakter, hatte ihr der Zweigstellenleiter eingeschärft, da war sie gerade eine Woche im Dienst. Und er hatte recht! Antonio stecke mit nackten, braungebrannten Füßen in leichten Leinenslippern, die er sich aus unerfindlichen Gründen in der Farbe seines Hemdes angeschafft hatte. Also in rosé. Der scheue Mario, der sich noch keinen Millimeter auf sie zubewegt hatte, trug schwarze Socken und schwarze Lederschuhe. Iris vermutete Stiefeletten. Sie mochte das. Iris verzieh ihm jetzt sogar das Halbarmhemd, schwarz, tailliert und aufdringlich glänzend. Und die goldene Kette, die sich so eng um seinen kräftigen Hals legte. Außerdem hatte er blaue Augen. Tiefe, wasserblaue Augen.

„Can you speak a little German?" fragte Connie: „Our English is quiete poor and we would like to have a really exciting conversation."

Iris hätte fast losgeprustet: Die beiden Jungs mussten doch merken, wie sehr sich Connie über sie amüsierte!

„Well, I was in Vienna, you know, for three month, when I was in High-School", sagte Antonio, „but I didn't learn German." Er war als Schüler in Wien, hatte aber kein Deutsch gelernt: „We talked in English. That was perfect for everything I wanted, you know. But my friend Mario..."

„I never was in Vienna!" fuhr ihm Mario eilig dazwischen. Mario gab Antonio einen sachten Rippenstoß und grinste so breit, wie es ihm irgend möglich war. Antonio sah ihn verwundert an, ehe er sich mit einem Schulterzucken wieder an die beiden Deutschen wandte:

„So, as tourists: What did you already see?"

„Fontana di Trevi", lachte Connie, mit einer Kopfbewegung zum Brunnen hin.

„And?"

„Nothing else... We arrived in Rome this afternoon. It's our first sight-seeing-promenade."

„Well, I could show you everything..." Antonio breitete seine Arme aus und ließ die Zähne glänzen. Er könne ihnen ganz Rom zeigen. Wo auch immer Iris und Connie hinwollten, sein Freund und er gingen mit ihnen: „And, of course", sagte er dann mit einem Augenzwinkern, „we will show you the secrets of Rome: Places, no tourist has ever been before."

„Klingt verführerisch", gurrte Connie. Sie verdrehte die Augen. Antonio strahlte sie an.

60

Iris wusste es genau: Das war der Punkt, an dem sich die Anmache entschied. Wenn Connie keine Lust hatte, würde sie ihn jetzt langsam verhungern lassen. Am ausgestreckten Arm. Connie hatte die große Begabung, die Hoffnungen ihrer Verehrer weitgehend zunichte zu machen, aber doch immer ein wenig Glut zu halten: Auf diese Art versuchten es die Männer immer wieder. Als hätten sie kein Gefühl dafür, dass sie sich garantiert eine Abfuhr holen würden. Es war wie das Spiel der Katze mit der Maus. Nur dass am Ende niemand vernascht wurde.

Wenn Connie sich jedoch für Antonio entschied, und das lag in der Luft, hatte Iris den stillen Mario am Hals. Gut, von ihm ging keine Gefahr aus. Aber Iris hatte einfach kein Händchen dafür, mit einer solchen Situation umzugehen. Es würde peinlich werden, verklemmt. Iris bekam schon jetzt einen Druck in der Magengrube.

„Connie, lass mich nicht allein!" sagte sie leise und lächelte dazu in Richtung der beiden Römer.

„Bist ein großes Mädchen", sagte Connie, „kannst allein auf dich aufpassen!" Sie stand auf und fasste Antonios Hand:

„Don't talk about places, just show me!" rief sie. Connie zog Antonio die Stufen hinauf, vom Brunnen weg. Iris fühlte, wie ihr schwindelig wurde. In wenigen Sekunden würde Connie in einer der Gassen verschwunden sein.

Und so geschah es auch. Connie hakte ihren latin lover unter und tauchte zwischen der Kirche am Trevi-Brunnen und der gegenüberliegenden Trattoria im Menschenstrom unter. Eine bunte, lärmende Lava, die sich langsam, aber unaufhaltsam zur Spanischen Treppe schob. Auch Mario sah den beiden hinterher.

„So, we stay alone", sagte er und lächelte, ziemlich hilflos. Iris zuckte die Schultern und stand auf. Aus den Augenwinkeln sah sie die beiden kleinen Holländer. Sie hatten sich jetzt losgelassen und sahen leicht betreten in die Runde. Was war passiert? – Jedenfalls kam einer aus der Gruppe zu ihnen gelaufen und bot die Weinflasche an. Der blonde Junge griff dankbar zu. Sein Lachen dröhnte eine Spur zu aufgesetzt. Das Mädchen grinste verlegen. Der Flirt war vorbei. Hatte er eine falsche Frage gestellt oder eine dumme Antwort gegeben? Iris war sich gewiss, dass der Junge Schuld hatte.

„Let's have a little walk...", sagte Iris. Ihr Blick fiel noch einmal auf den Brunnen. Wirklich, ein scheußliches Stück Barock. Das Videoteam packte gerade seine Sachen ein, die mondhellen Leuchten wurden abgeschaltet. Mit einem Mal lag zartgelbe Melancholie über der Szene. Sogar das Gemurmel der Besucher wurde leiser. Auch die Wasserfäche im Brunnen war jetzt ganz ruhig, nur die herabplätschernden Zuflüsse aus der Figurengruppe zeichneten Kreise in den Spiegel, die sich konzentrisch ausbreiteten. Auf dem kümmerlichen Wellenkamm schaukelte etwas Rosarotweißes. Bunnys Stummelschwänzchen.

Iris war drauf und dran, ihren Verehrer zu bitten, es herauszufischen. Aber da war ein anderer schon auf die Idee gekommen. Als er, seine Beute in der Rechten, wieder aus dem Bassin stieg, stand die Polizei bereit.

„It's very expensive to enter Fontana", lachte Mario. Es ist sehr teuer, in den Brunnen zu steigen. Das Lachen klang freundlich und frei. Iris erwiderte es sofort. Dabei streifte ihr Blick ein großes Plakat, das an einem der dem Brunnen gegenüberliegenden Häuser angebracht war. Es kam ihr bekannt vor. Ja, sie hatte es am Flughafen gesehen. Das von blauer Fayence ummauerte goldene Becken. Inzwischen hatte sich etwas geändert: Nach Cleopatra war ein Slash-Strich gezogen und unten, vor Beauty stand jetzt das Wörtchen „in". Da wollte es jemand wohl besonders spannend machen.

Sie gingen eine Gasse entlang, in der sie sich gegen den Hauptstrom behaupten mussten. Mario lächelte, sagte aber nichts. Er sah nicht so aus, als ob er noch viel von diesem Abend erwartete. Gut so. Und was wollte sie selbst? - Sie lächelte unbeirrt, er lächelte unbeirrbar zurück. Iris fragte sich, wie lange sie auf diese Weise hin- und hergrinsen konnten. Der Gedanke brachte sie zum Lachen. Mario sah sie irritiert an. Sie machte eine wegwerfende Handbewegung: Das Lachen galt nicht ihm. Wohl aber die folgende Frage:

„Do you know the best ice-cream of Rome?" Sie hakte sich bei ihm unter. Mario war etwas kleiner als sie. Ein neues Gefühl. Bisher hatte sie immer zu ihren Männern aufsehen müssen. „Gelati...." sagte Iris: „I'd like to..."

„I unterstand", unterbrach Mario. Das Ziel war definiert. Mit einer fahrigen Handbewegung wies er den Weg. *Er ist blass geworden*, dachte Iris, *wahrscheinlich fragt er sich, wie weit ich gehen werde.* Auch das war ein neues Gefühl für sie.

Sobald das Gedränge etwas nachließ, machte sich Mario durch eine sanfte Bewegung, die wie unbeabsichtigt wirkte, von seiner Begleiterin los. Iris bemerkte es mit einer Mischung aus Enttäuschung und Amüsement.

Sie gingen durch die Gassen der Altstadt.

„What do you prefer?" fragte Mario unvermittelt. Iris verstand nicht.

„What flavour.... taste of ice cream?" Ach, er fragte nach der Geschmacksrichtung! „Cioccolata e fragole", sagte Iris. Mario nickte. Er schien etwas erleichtert, ohne dass sich seine Laune wirklich hob.

Mit einem Mal standen sie vor einem riesigen Café, das trotz der späten Stunde noch übervoll besetzt war. Nein, Café war ja das falsche Wort. Es war eine Gelateria. Gialotti. DIE Gelateria von Rom. Aber das wusste Iris noch nicht. Denn ihr Buch über Rom nannte keine Eisläden.

Sie blieben vor dem Eingang stehen. Von drinnen kam lautes Lachen und noch lauteres Reden, so vielstimmig und mächtig, dass selbst die Technomusik, die irgendwer drübergelegt hatte, keine Wirkung hatte: Sonst bekam Iris davon immer ein Vibrieren im Bauch, das ihr den Appetit und die Laune verdarb. Hier versackten die one-hundred-eighty-beats-per-minute einfach in der vielstimmigen Sprachkulisse.

Mario brummte ein „Please wait here!" und stürzte sich in das Gewimmel. Iris verlor ihn rasch aus den Augen. Stattdessen sah sie sich die anderen Gäste an. Erst jetzt fiel ihr auf, dass fast alle Männer einen Anzug trugen, ganz in Schwarz oder businissmen-Grau. Die Herren hatten ihren obersten Hemdknopf offen und die Krawatten gelockert. Iris erschrak fast, als sie einen Mann sah, der vier Hemdknöpfe offentrug. Die einzige Ausnahme von der Kleiderordnung.

Die Frauen kamen entweder im Kostüm oder im kleinen Schwarzen. Iris vermutete, dass die einen vor dem Abend noch Zeit hatten, sich umzuziehen, während die anderen direkt aus dem Büro oder dem Geschäft ins Nachtleben aufbrachen. Anzug, Kostüm, Abendgarderobe. Sonst war nichts erlaubt. Wer von dieser Kleiderordnung abwich, war entweder sehr jung oder Tourist.

Jetzt schob sich wieder Mario ins Blickfeld. Er hatte sich mit viel Energie zum Tresen vorgekämpft, wo große, braungebrannte Kellner das Eis verteilten. Es gab, wie überall in Italien, keine Kugelportionierer. Die Kellner strichen das Eis mit einer Art Konditormesser auf die Waffel oder ins Glas. Iris erschien das schon in Kindheitstagen irgendwie ungerecht: Eine Eiskugel ist eine klare, runde Sache, Sinnbild der Gerechtigkeit. Aber wer kann schon beurteilen, wieviel Eis mit einem Messer auf die Waffel gestrichen wird?

Mario sprach einen der Gelatieri mit gequältem Lächeln an. Der andere griente zurück und rief irgendetwas zur Seite, was für eine Sekunde die Aufmerksamkeit seiner Kollegen fand. Iris hatte sogar das Gefühl, dass ALLE für diese Sekunde zu ihr herübersahen. Nur auf sie sahen. Aber das war eine Täuschung. Oder? Sie spürte, wie ihr Röte ins Gesicht stieg.

Mario brachte eine Riesentüte mit Schokolade und Erdbeer. „And Hazelnut", sagte er, „because it is the very best flavour." Für sich hatte er nichts dabei. Oder rechnete er darauf, dass sie es beide gemeinsam schleckten? Iris ekelte der Gedanke. Dennoch bot sie ihm an, sich zu beteiligen. Doch sie tat es nicht sehr überzeugend. Mario lehnte ab.

„I do not like ice-cream", sagte er knapp. Iris wusste sofort, dass er es ehrlich meinte. Obwohl sie es nicht verstand, denn das Eis schmeckte wahrhaftig einzigartig. Es konnte kein besseres geben, nicht hier in Rom, nicht irgendwo auf der Welt! Deshalb schleckte sie die gewaltige Portion so schnell auf, dass sie kaum Worte fand, den guten Geschmack zu loben.

Mario genoss ihren Appetit. Seine leicht umwölkte Miene heiterte sich wieder auf. Sie schlenderten still nebeneinander her. Iris sprach dem Eis zu, Mario beobachtete sie. Iris bemerkte das. Peter hatte sie nie so interessiert angeschaut, mit dieser Hingabe, ja Faszination. Sie spürte, wie sie wieder rot wurde und fragte sich einen Augenblick lang, ob ihn vielleicht nur ihre Eisgier verwunderte, ob sie zu ungesittet schleckte. Aber natürlich spürte sie, dass es anders war. *He only has eyes for me.*

Irgendwann war das Eis aufgegessen. So schön die Nacht sich angelassen hatte, war jetzt ein toter Punkt erreicht. Iris wäre gerne nach Hause gegangen. Aber sie hatte keine Ahnung, in welche Richtung sie gehen musste. Konnte sie Mario fragen? Er würde sich anbieten, sie zu begleiten. Genau das wollte sie verhindern. Nicht, dass sie befürchtete, er könnte sie belästigen. Nein, da bestand keine Gefahr. Wenn sie ehrlich war, bedauerte Iris diese Zurückhaltung mehr als dass sie sie genoss. Eigentlich brauchte sie jetzt so einen Macho wie Tony, der Connie abgeschleppt hatte. Die saßen jetzt bestimmt schon in einer kuscheligen Ecke und gingen zum Nahkampf über! Verdammt, warum entschieden sich die Wölfe immer für Connie, während die Schäflein bei ihr, Iris, landeten? Mit einer Ausnahme. Peter. Aber auch Peter war kein Wolf, sondern nur ein Bock. Kein Schaf, sicher nicht, sondern ein Ziegenbock. Da half auch ausgiebiges Duschen nichts.

Iris kämpfte den Gedanken an Peter sofort nieder. Sie hatte es hier mit Mario zu tun, einem netten Kerl, der sie gewiss sicher und prompt heimführen würde. Aber Iris wollte aus einem ganz bestimmten Grund nicht von Mario nach Hause gebracht werden: Sie hatte Angst, dass er danach allen Kontakt abbrach. Nicht, dass sie ihn unbedingt halten wollte, es war ja – zumindest für diesen Abend - die Luft raus. Aber würde ihr jeder römische Abend einen so netten und auf gewisse Weise ungefährlichen Bekannten bescheren? Sie durfte nicht zu wählerisch sein.

Selbst wenn sie es vermied, dass er bis vor die Haustür kam, wusste er dann doch, wo ungefähr er sie finden konnte. Zwei-, dreimal nachgefragt und man würde ihm schon von dieser seltsamen *tedesca* erzählen, von der verschwundenen Schwester vielleicht und von dem kleinen Jungen. Das wollte sie nicht. Es gab kein zuverlässigeres Mittel, einen Mann loszuwerden als eine mysteriös verschwundene Schwester und, vor allem, ein kleiner Junge, der irgendwie versorgt werden musste. Das kannte sie von einem guten Dutzend Kolleginnen oder Freundinnen: Ein Kind war wie ein großer Aufkleber, der in grellen Signalfarben eine klare Botschaft in die Welt schrie: Lass die Finger von dieser Frau!

Auf den Straßen hier ging niemand spazieren. Es war auch kein sehr interessantes Viertel. Mehrgeschossige Zweckbauten, sechziger, siebziger Jahre. Ein scheußlicher Stil, wie in allen anderen Städten der Welt. Iris hielt an. Mario lächelte ihr zu.

„Where are we going?" fragte sie.

„Don't know", sagte Mario: Er wisse es nicht, er folge ihr aber gerne, wohin sie wolle.

„I thought, you would..." Nein, das war ja nicht wahr. Sie hatte überhaupt nicht gedacht, jedenfalls nicht an den Weg oder an ein Ziel. Sie hatte über die Männer im allgemeinen und Peter und diesen Mario nachgedacht und dabei mal wieder nicht auf den Weg geachtet.

„Well, Rome is full of history", sagte Mario, „You can find everywhere anything."

„Tell me the main attraction of this quarter!" sagte Iris schnell. Sie lächelte. Er würde das Taxi zahlen müssen. Außerdem ist ein schlechtes Gewissen immer eine gute Sache. Jedenfalls für diejenige, die es steuert.

Mario lächelte sie freundlich an. Er wies mit dem ausgestreckten Arm auf die andere Straßenseite. Dort standen, völlig ungewohnt, ein paar Zypressen im Straßenbild. Wo sich sonst Hausfassade an Hausfassade drückte, nur von schmuddeligen Seitengassen unterbrochen, stand eine Galerie von Zypressen, Büschen und dezent durchscheinendem Mauerwerk. Wie aus dem Nichts gezaubert.

„What's that?" fragte Iris, „Rome Central Park?"

Es sah wirklich wie ein kleiner Park aus. Eine sehr kleine und, das verbarg noch nicht einmal die Dunkelheit, eine sehr ungepflegte Anlage. Wahrscheinlich ein mit Trampelwegen durchzogenes Rasenstück, in dem ein paar windschiefe antike Mauerreste vergammeln. Zwischen den Ruinen Katzenhorden, wie fast überall in Rom.

„This is the mausoleum of the Emperor Augustus!" sagte Mario. Er zeigte durch die Zypressen auf das Mauerwerk.

„A ruin?" fragte Iris zurück.

„Not in best shape, but..."

„We can enter it?" legte Iris nach. Kann man es betreten?

„It is dark", sagte Mario.

Es war tatsächlich ziemlich dunkel. Bis auf den beständigen Autoverkehr und die hupenden Motorräder waren sie allein auf der Straße. Wer auch immer sich in den Ruinen herumtrieb, würde leichtes Spiel haben, sie zu überfallen. Ihre Schreie reichten wohl kaum weiter als fünf Meter, dann würden sie vom Straßenlärm verschluckt.

„Anything to fear?" fragte Iris.

„Only fear itself", antwortete Mario..

Sie gingen entschlossen zwischen den hohen, schlanken Bäumen durch. *Schwarz gefrorne Schatten, Damaszenerschwertern gleich,* ging Iris durch den Kopf. Sie wusste aber nicht, wo sie den Satz aufgeschnappt hatte.

Das Mausoleum des Augustus ist ein Rundgebäude aus Ziegeln. Wie zu allen antiken Bauten muss man auch hier hinabsteigen, denn die Stadt Rom hat sich in den Jahrhunderten seit der Kaiserzeit über die Reste des Alten erhoben. Etwa fünf Meter.

Der Rasen fiel von der Straße her ziemlich steil bis zum antiken Niveau. Die gewaltige Ringmauer unten wurde von einem Trampelweg umlaufen, ab und zu drängten sich Büsche ans Mauerwerk, als suchten sie dort Schutz. Kleine, gelbe Augenpaare glommen zwischen den Blättern vor. Die Lichter folgten jeder Bewegung der beiden Menschen. Eindringlinge, die man nicht mochte.

„Lots of cats", sagte Mario: „Rome is cat-city."

Die Freitreppe, die aufs Straßenniveau der Neuzeit führte, war aus Beton gegossen und längst baufälliger als die Ruine selbst. Das Mondlicht warf scharfgeschnittene Schatten aufs Pflaster. Sie kamen an den Eingang, eine schwere, schwarze Pforte aus Schmiedeeisen. Zweiflügelig, mit einem imposanten Schloss. Der Vorhof.

„Trust me", sagte Mario.

Er fasste in sein Jackett. Iris wollte ihren Augen nicht trauen: Der Junge hatte einen kleinen Metallhaken dabei. *Ein Dietrich*, ging ihr durch den Kopf. Diebswerkzeug, mit dem man einfache Schlösser knackt. Sie kannte diese Sachen nur aus alten Kriminalfilmen.

Das Türschloss war noch älter. Mario brauchte gerade eine halbe Minute, um es aufzukriegen. Die Tür quietschte noch nicht einmal. Sie wurde offensichtlich häufiger benutzt.

„It's your hobby, isn't it?" fragte Iris. Sie wollte einen Witz machen, aber er gelang ihr nicht.

„Attention", flüsterte Mario, „don't let any cat in."

Er achtete darauf, dass sich kein flinker Schatten mit ihnen durch den Türspalt schob und schloss die Tür sofort nachdem sie eingetreten waren. Was für ein Unsinn, dachte Iris: Die Katzen können doch ohne weiteres durch die Gitterstäbe schlüpfen. Da erst erkannte sie, dass ein feines Drahtgeflecht zwischen die Gitter gespannt war, das sich nahezu unsichtbar bis an die spitzen Dorne an der Oberkante hinzog.

Jetzt waren sie tatsächlich allein. Kein Katzenschatten, noch nicht einmal der Hauch von Katerpisse. Sie gingen den breiten Eingangsflur entlang. Flache Treppen führten sie ganz sanft bergan. Das Mausoleum war nach der Art einer Zwiebelschale gebaut. Iris zählte fünf Mauerringe, die sich hintereinanderfügten. Konzentrisch, dachte sie, und wunderte sich über ihre fortdauernden Geometriekenntnisse. Dabei hatte sie im Unterricht nie aufgepasst.

„The architecture follows Alexander's Grave", flüsterte Mario.

„Alexander?"

„...known als the Great." ergänzte Mario.

Iris lächelte. Sie musste an ihren ersten Freund denken. Der hieß auch Alexander. Groß war er aber nicht.

Mario erzählte weiter: Der Bau sei eigentlich von einem Dachgarten abgeschlossen worden. Aber nach dem Ende des Imperiums sei das Mausoleum verfallen. Lange Zeit hätte man in einem oben aufgepfropften Bau „popular comedies" gegeben, und den erhabenen Grund ganz und gar vergessen. Jetzt aber seien alle Anbauten längst entfernt. „The ruins are authentic". Die Ruinen sind authentisch, sagte er in dem Moment, als sie die letzten Stufen nahmen und dabei einen Blick auf den kreisrunden Innenhof gewannen, der sich vor ihnen auftat.

Sie blieben am Eingang zum Hof stehen. Mario legte den Zeigefinger auf seinen Mund. Iris horchte. Sie hörte nichts. Was will er, dachte sie. Es dauerte eine kleine Weile, bis sie verstand: Keine Spur mehr vom Straßengetöse. Die Mauern reckten sich grauschwarz zum Himmel, die Schatten zeichneten sich scharfkantig in den Sand. Es gab kein Dach. Allein die Außenmauern wirkten wie ein Zaubermantel fürs Gehör. Ob das schon der antike Architekt so geplant hatte?

Der Innenhof war flach und leer. Die Wucht der umlaufenden Ziegelmauer wurde von eingestreuten Nischen aufgelockert. Iris erschloss sich, dass hier wahrscheinlich die Urnen oder Erinnerungsbilder der Verstorbenen aufgestellt waren. Davon gab es natürlich keine Spur mehr. Alles demontiert, zerschlagen, verscherbelt oder verbaut.

Der Boden war mit Sand aufgefüllt. Heller Sand, der das Mondlicht zurückstrahlte und dem Ort einen inneren Glanz lieh. Es war kein freundliches Licht, eher kalt als warm, eher technisch als romantisch. Ein Schauer überkam sie. Iris fasste unwillkürlich nach Marios Hand. Er hatte eine große, kräftige Hand. Weich und warm. Diese Hand nahm ihre auf und gab Sicherheit.

„You know any song?" flüsterte Mario.
Iris sah ihn verwundert an.
„The acoustical effects," sagte er, „they are marvelous."
Natürlich fiel Iris kein Lied ein. Sie lächelte bedauernd. Er lächelte zurück. Das Mondlicht breitete sich wie Milch in sein Gesicht. *Er sieht so unschuldig aus*, dachte Iris, *und so verdammt jung*.

Sie setzten sich, wo sie standen, in den weißen Sand. Iris rückte ein kleines Stück seitwärts, so dass ihre Schultern Mario berührten. Er erwiderte die Geste. Sie drückten ihre Schultern gegeneinander. Ohne sich sonst zu berühren. Iris überlegte, was sie sagen konnte. Ihr fiel nichts ein. Also schwieg sie. Auch Mario sagte kein Wort. Iris wunderte sich: Stille und Entspannung. Das erwartete frau eigentlich nicht von Nachtspaziergängen mit fremden Männern. Aber es tat ihr gut. Es war eine neue Art von Glück. Nein, genauer gesagt war es die Erinnerung an ihre Jugend, als sie mit Jungs zusammensaß, ohne dass sie gleich an das Eine dachten. Rücken an Rücken, Hand in Hand, und vom Cassettenrekorder kam Folkmusik. Ein Stück hörte sie damals besonders gern: Just like a woman, von Bob Dylan. Das war lange her. Sie konnte sich kaum noch an die Melodie erinnern.

Iris beugte ihren Kopf, weit nach hinten, um die Sterne zu sehen. „No stars", flüsterte sie leise.
„There's always smog over Rome", sagte Mario, „stars are hidden behind clouds." Auch der Satz klang wie ein

Gedicht. Vielleicht war's auch eines: Die Sterne sind hinter den Wolken versteckt. Ob das aus einem Chanson stammte? Wahrscheinlich nicht. Viel zu negativ.

Schade, dachte Iris, *ein wenig Musik würde die Nacht vollkommen machen.* Aber durfte sie Vollkommenheit verlangen? Sie sah Mario über die Schulter an. Ein netter Kerl, dachte sie.

Nach einer Weile griff Mario in seine Jackett-Tasche. Sie hörte, wie seine Fingernägel gegen Metall klackten. Als er Sekunden später eine Melodie auf der Mundharmonika spielte, fühlte Iris Gänsehaut an Rücken. Es war ein schönes, kleines Lied. Sie kannte es, irgendwie. Zum Glück kein *Strangers in the Night*, dachte sie und lachte. Mario hörte sofort auf, zu spielen.

„Sorry", sagte Iris. Sie legte ihm entschuldigend ihre Hand auf den Arm: „Please go on, it's fine music..."

Er zögerte kurz, doch dann nahm er die Melodie wieder auf. Jetzt fiel Iris ein, welches Stück es war.

Just like a woman.

7.

Als sie, irgendwann gegen drei Uhr morgens, in Richtung Altstadt gingen, hielten sie einander nicht an der Hand. Iris war bezaubert und beschwingt. Sie wollte aber keinen Körperkontakt. Sie war allein mit ihrer Fantasie und mit dem Nachhall dieser wundervollen Nacht. Das genügte. Alles Körperliche hätte sie in diesem Moment nur gestört.

Sie achtete nicht auf Mario, fragte sich nicht, wie er das empfand. Sie war ihm dankbar, aber sie war jetzt ganz bei sich. Sie wollte allein sein. Mario tat nichts, was fordernd wirkte. Iris genoss es. Die Sicherheit, dass ein Mann neben ihr ging, ohne gleich etwas zu wollen. Mario war etwas ganz Außergewöhnliches, ahnte sie.

Sie ließ sich natürlich bis zur Haustür begleiten. Von Hinaufgehen war keine Rede. Iris reichte Mario die Hand. Er nahm ihre Rechte und griff nach der Linken. Sie ließ es geschehen. Sie sahen einander an. Lange Zeit. Dann gab er ihr einen Kuss. Auf die Lippen. Mehr nicht. Drei Sekunden, vielleicht vier. Iris hielt die Augen geschlossen. Sie versuchte, sich jede Hundertstel Sekunde einzuprägen.

„See you...", sagte Mario. Und ging.

„See you... soon!" rief ihm Iris hinterher.

Er ging die Gasse entlang. Einsamer Flaneur. Jetzt war es endlich so spät, dass Rom zur Ruhe gekommen war. Aber nein: Unter dem gelborangen Lichtkegel der nächsten Laterne kam ihm jemand entgegen. Schwankend.

Unvermeidlicher Säufer, dachte Iris zuerst. Doch mit dem zweiten Blick erkannte sie ihren Irrtum. Es war Connie. Die beiden gingen aneinander vorbei; sie erinnerten sich nicht an ihre kurze Begegnung am Trevi-Brunnen. Sie hatten

74

eigene Gedanken, ganz frische Erinnerungen. Connie erkannte sogar Iris kaum wieder.

„Hallo du", lächelte sie, „noch ein wenig mit dem Hund vor der Tür?"

Iris zwinkerte ihr zu: „Auto oder Wohnung oder Parkbank?"

„Da fragst du noch?"

Iris hätte es wirklich erraten können. Connies Haare waren verwirrt und das Kleid zerknittert. Sie hatte unbequem gelegen. Es musste ein Kleinwagen gewesen sein, die Rückbank eines verdammt kleinen Wagens.

„Cinquecento", sagte Connie und verlangte einen starken Kaffee, während sie gemeinsam die ewigen Treppen hinaufstiegen.

Die Wohnung war ruhig und dunkel. Nur aus dem Wohnzimmer flackerte der Bildschirmschnee. Trish war über einem Video eingeschlafen. Kiki lag friedlich im Bett.

Sie weckten Trish erst, als sie den Caffè fertig hatten. Doch Trish hatte keine Lust auf Coffein. Sie brummte einen unverständlichen Satz, halb Verwünschung und halb „Gute Nacht" und trottete in ihre eigene Wohnung hinüber, ohne dabei die Augen zu öffnen.

Während sie zwei große Pötte mit Kaffee füllte, beschloss Iris, ebenfalls schnell zu Bett zu gehen. Sie brachte Connie beide Tassen und verabschiedete sich. Connie nahm's gelassen. Der Kaffee war das wichtigste. Sie stellte den Player wieder an. Mal sehen, was sich Trish reingezogen hatte.

Iris war noch nicht lange zu Bett, da weckte sie sein Weinen. Kiki rief nach seiner Mutter. Iris war nur ein schwacher Ersatz. Sie konnte den Jungen nicht beruhigen. Jedenfalls nicht für lange. Sie saß an seinem Bett, strich ihm durchs Haar und schlug vor, Geschichten vorzulesen. Kiki wollte davon nichts wissen. Er wollte seine Mutter. Er weinte. Iris wollte sich am liebsten neben ihn legen und ebenfalls weinen. Aber sie fand das unpassend. Die Erwachsenen müssen Haltung bewahren, Halt geben, dachte sie. Dann begann sie doch zu weinen. Sie hielt Kikis Hand und er hielt ihre fest und gemeinsam schluchzten sie in die Nacht.

Als der Junge sah, dass sie sich die Augen und die Nase mit dem Handrücken rieb, wühlte er unter seinem Kopfkissen nach seinem Taschentuch. Es war noch ungebraucht. Frisch gebügelt und akkurat zusammengelegt. Iris erkannte das Muster wieder: Lisa hatte sich offenbar irgendwann ihre Aussteuer bei den Eltern abgeholt. Erstaunlich, dass man ihr nie davon erzählt hatte. Aber wahrscheinlich war das hinter Vatis Rücken geschehen und Mutter behielt alles, was Lisa anging, ohnehin am liebsten ganz für sich...

Das Weinen ging vorüber. Aber an Schlaf war nicht zu denken. Kiki wälzte sich in seinem Bett hin und her und erzählte zusammenhangloses Zeug, halb deutsch, halb italienisch. Iris konnte ihm nicht folgen. Wenn es so weiterging, würde er am nächsten Tag vollkommen „durch den Wind" sein. Durch den Wind. Das sagte ihre Mutter immer, wenn eines der Mädchen Fieber hatte oder aus anderen Gründen nicht zur Ruhe kam. Jetzt ahnte sie, was damit gemeint war.

Zwischendurch sah Iris nach Connie. Sie hoffte darauf, Beistand zu finden. Aber Connie war, noch voll bekleidet, auf der Couch eingeschlafen. Sie hatte auch den Kaffee nicht angerührt. Connie hatte noch nicht einmal Kikis Weinen gehört. Musste sie ja auch nicht.

76

Iris ging zurück ins Kinderzimmer. Kiki hatte sich aufgesetzt und sah sie erwartungsvoll an. Also schlug sie vor, sie könnten spazierengehen. Zu ihrer Überraschung war er sofort einverstanden. Ein Sprung aus dem Bett und zwei Minuten später war er ausgehfertig. Gestiefelt und gespornt. Mit Baseballmütze.

Unten auf der Gasse erlebte Iris die römische Altstadt wie kaum ein deutscher Tourist zuvor. Es war halb sechs Uhr am Morgen. Die Herrschaften mit den kurzen Hosen und dem kurzen Atem waren verschwunden, die Römer fühlten sich ganz unter sich. Selbst die Italiener ließen sich nicht sehen.

Aus den Hydranten und Hähnen quoll Wasser. Es gurgelte zwischen den Pflastersteinen hindurch und füllte die Luft mit einer Ahnung von Frische, wie man sie zu dieser Jahreszeit sonst nicht mehr kennt. Denn schon eine oder zwei Stunden später wird es heiß und drückend. Alles Wasser verdunstet dann und füllt die Atemluft, drückt auf die Lungen und treibt den Schweiß aus den Poren. Aber um halb sechs Uhr morgens sind die Menschen und das Wasser noch frisch.

Iris atmete tief durch. Die Kühle tat wohl. Gute Laune verbreitete sich wie eine sanfte Brise: Überall fleißige Menschen, die Kisten umhertrugen, Klapptische aufstellten, Sonnenschirme richteten und das frische Angebot arrangierten. Sie taten das nicht allein um des Verkaufens willen, sondern weil es ihnen Spaß machte. Iris war bezaubert.

Die frühe Stunde bescherte auch ein anderes, direktes Glück: Denn um diese Zeit bauten nur die Blumen- und

Gemüsehändler ihre Stände auf. Die Fischhändler standen noch im Hafen von Ostia vor den Kühlhäusern und feilschten um die Ware. Erst in zwei Stunden würden sie neben ihrer Auslage hocken, von der stündlich schwindenden Hoffnung beseelt, ihre Fische mögen sich schneller verkaufen als verderben. Mit ihrer Ungeduld würde die schlechte Laune über den Platz hereinbrechen und Stunde um Stunde würde ihr Missmut wachsen, die stolzen Brassen und Loups und Pulpe zu Spottpreisen abgeben zu müssen. Aber soweit war es noch nicht. Um halb sechs Uhr morgens gibt es für die Menschen auf dem Campo noch eine Gnadenfrist. Bis der Fisch über das Blumenaroma und die gute Laune ausgekippt wird.

Kiki tauchte unter die Menschen, zwischen ihre Autos, ihre Kisten und Karren und Stände, er stürzte sich unter Blumenrabatten, Dreiradtransporter und Käselaiber: Das war seine Kinderstube! Iris hatte auf einmal das Gefühl, ihm etwas Bedeutendes, vielleicht das Wichtigste wegzunehmen, wenn sie ihn nach Deutschland bringen würde. Nein, von *deutscher Heimat* konnte nicht die Rede sein. Niemand ist in Hannover daheim, ging ihr durch den Kopf, diese Stadt ist nur eine Ansammlung von Häusern und Fremden. Die Ärmsten sind dort geboren und nie weggekommen und die Schwächsten müssen sich einreden, so etwas wie Wohlbehagen zu empfinden, wenn sie aus dem Fenster sehen. Iris dachte mit Schaudern daran, dass sich Peter sogar noch eine Eigentumswohnung kaufen wollte oder gar ein Niedrigenergiehaus. Mit Blick auf das Messegelände. Für ihn war das voll in Ordnung; seine Architektur hatte nichts mit Wohnen zu tun. Iris fand es beängstigend.

Aber wo war Kiki? – Unnötig, ihn zu rufen: Das allgemeine Stimmengewirr, der Motorenlärm, das Scheppern der Metallgelenke an den Klapptischen verschluckte jeden Ruf. Sie hätte ihm eine feuerrote Baseballmütze aufsetzen müssen, um wenigstens die Chance zu haben, ihn im großen Ameisengewimmel wiederzufinden.

„Kiki!" rief sie trotzdem, und das Scheppern, Donnern, Klappern, Rumpeln und Tröten um sie herum kam verdoppelt zu ihr zurück. Es war, als wollte man sie verspotten. Hier machte alles einen Höllenlärm. Die Maschinen, Motoren und Flaschenzüge, schnarrten, sogar das Holz der Sonnenschirmgestänge knackte im Wechselspiel von Feuchtigkeit und Wärme und auch die Äpfel rollten mit leisem, doch verzehntausendfachten Plopp in ihren schräggestellten Kisten nach unten.

Die Menschen schrien sowieso. Alles lärmte, und keiner verstand etwas, keiner wollte etwas verstehen, denn Lärm ist Leben und das ist genug.

Aber wo war Kiki?

Eigentlich ist er ja alt genug, beruhigte sich Iris, *er kann sich in den Gassen besser zurechtfinden als ich, er weiß den Weg nach Hause...* Da sah sie seinen blonden Haarschopf neben einer steilen Tomatenpyramide aufleuchten. Ein wunderschöner Kontrast, ideales Motiv für ein Farbfoto. Doch sie hatte ihren Apparat in der Wohnung vergessen.

„Kiki!" rief sie und der Junge hörte sie und lachte und winkte. Iris winkte zurück. Sie winkte ihn zu sich, sie lief auf ihn zu. Aber es war unmöglich, dabei Blickkontakt zu halten. Immer wieder schob sich ein Rücken, ein Stück Leinwand zwischen sie und den Jungen. Als sie bei den Tomaten ankam, sah sie gerade noch, wie Kiki um das Denkmal des Giordano Bruno rannte und dabei aus vollem Hals lachte. Iris freute sich, dass es dem Jungen so gut ging. Jetzt hatte sie auch einen Moment Zeit, sich umzusehen.

Campo dei Fiori am frühen Morgen. Alle Reiseführer schwärmen davon. Aber wer will im Urlaub schon so früh aufstehen, um sich Obst und Gemüse anzusehen? – Iris fiel Fräulein Sauer ein, eine Kinderärztin ohne Anhang mit ausgeprägtem Interesse für Life-Science-Aktien und einem sehr unglücklichen Händchen bei der Auswahl ihrer Kleidung. Fräulein Sauer war so penetrant unauffällig, dass es schon an Unsichtbarkeit grenzte. Sie konnte sich sogar unter nackte, kalkbemalte Aborigines mischen und an ihren geheimsten Riten teilnehmen, ohne dass es jemand bemerkt hätte. Fräulein Sauer zählte nicht, sie war ein Etwas, über das man einfach so hinwegsah, als wäre es ein Möbelstück oder ein mittelschwerer Granitstein, dessen Formen entfernt an Weiblichkeit erinnerten. Wenn Fräulein Sauer bei Dienstschluß ihren Arztkittel auf den Bügel hängte, trat sie in eine Art Paralleluniverum ein, in dem sie ganz für sich blieb. Für Iris war es eine besonders traurige Form der Einsamkeit. Fräulein Sauer machte das auf der anderen Seite aber zu einer perfekten Beobachterin. Ja, *die* würde um fünf Uhr morgens den Wecker klingeln lassen, sich waschen, schminken und fein machen und dann hinausgehen, auf den Campo und zwischen den Menschen und Früchten herumlaufen und das Gefühl haben, dabei zu sein. Doch sie bliebe vom wirklichen Dasein abgeschnitten. So isoliert, als säße sie auf dem Mond und nähme am Leben nur durch ein starkes Teleskop teil. Fräulein Sauer sah alles, doch es hatte keine Konsequenz. Nicht für die Menschen, die sie studierte und auch nicht für sie selbst. Sie beobachtete nur und nahm nie teil. Sie konnte Protokolle für Verhaltensforscher erstellen, ohne ein Jota Subjektivität einfließen zu lassen. Die Chemie, das hatte Iris einmal gelesen, spricht von „inerten"

Teilen, wenn Substanzen gemeint sind, die sich mit nichts mischen und von keinem chemischen oder physikalischen Faktor verändern lassen. Fräulein Sauer war der einzige inerte Mensch, den Iris kannte.

Ein wenig hatte Iris immer gefürchtet, eines Tages wie Fräulein Sauer zu werden. Doch als sie jetzt sah, wie Kiki krähend um den bronzenen Giordano rannte, war diese Furcht verschwunden. Ein für allemal. *Ich habe meine Stadt gefunden,* sagte sie sich leise, *und eine Aufgabe dazu. Jetzt wird alles werden. Und Peter...* Sie ärgerte sich, dass sie jetzt an ihn dachte. *Peter ist nur noch eine schlechte Erinnerung. Peter ist Hannover und er soll dort bleiben und sich sein Passivhaus kaufen und auf der Anwohnerversammlung für Mittagsruhezeiten an Wochenenden kämpfen. Weil ein hart arbeitender Mensch einfach Anspruch hat, von Kindergeschrei verschont zu bleiben.*

Er hatte ja sogar einen Modellstadtteil entworfen, wo er Gewerbemischgebiet, Altenheim, Wohnungen für *Kinderfamilien* und andere Behinderteneinrichtungen zusammenfasste. Zur Umgehungsstraße hin war noch ein Bordellbetrieb eingeplant.

Iris trat in eine Pfütze. Die Hydranten sprudelten noch immer Wasser auf den Platz, das sich in den Senken zwischen den Pflastersteinen zu winzigen Seen sammelte, über meterlange Kanäle zusammenfand und behäbig dem Rinnstein zuströmte, wo es den Abfall in seine Mitte nahm, wie einen zahlenden Passagier. Ein Strudel markierte den Absturz in die Unterwelt der Kanalisation. Spätestens hier wurde der Wirbel zum braunen Durcheinander fester, flüssiger und in Auflösung begriffener Elemente. Ab und zu fuhr eine breite Schaufel hinein und fischte nach

Feststofflichem. Der Mann, der diese Schaufel bewegte, führte sein Instrument mit furiosem Schwung in eine fahrbare Aluminiumtonne.

Diese mobilen Tonnen, genauer ihre Speichenräder, erinnerten Iris an Kinderwägen. Modelle aus den Sixties, die in den Siebzigern vollkommen aus der Mode waren und dann doch wieder auf die Straßen fanden. Jedenfalls in den Stadtvierteln, die von gut verdienenden Mittelstandspaaren bevölkert werden. Iris dachte daran, dass sie und Peter ein solches Paar wären. Allerdings eines ohne Kinderwagen. Dinks, nannten das die Soziologen, wenn sie einen zu viel getrunken hatten: *Double income, no kids*. Doppelverdiener ohne Kinder. Iris zwang sich, darüber nicht weiter nachzusinnen. Zuviele schlaflose Nächte, seit Jahren schon. Warum sollte sie ihre römischen Morgenstunden damit verdüstern?

Es roch nach Vanille, jedenfalls an dieser Ecke. Iris suchte nach den Schoten, doch sie sah keine. Wie sahen Vanilleblüten aus? Sie dachte an kleine, weiße oder gelbe Blüten, haufenweise an dünne Äste geklebt. Oder verwechselte sie da etwas? Auf einmal war der Vanillegeruch weg. Stattdessen lag ein schweres Parfüm in der Luft. Betäubend nennt man das, dachte Iris, und sie sah auch die großen, obszönen Blüten dazu, mit ihren fleischig-bunten Blättern und Stempeln, die wie riesige Tentakeln aus dem Blütengrund emporwippten.

Bei den Rosen musste sie sich direkt über die Blütenköpfe beugen, sonst wäre der Duft im Allerlei verlorengegangen. Die hiesigen Rosen dufteten schwächer als die zuhause, aber allemal kräftiger als jene aus Holland. Überhaupt schien ihr der Campo von der holländischen Krankheit verschont. Alles wirkte echt, alles schien frisch vor der Haustür gezogen: Die Tomaten waren nicht rund, sondern elliptisch und sie glänzten orangerot und da und dort hatten sie eine leichte Beschädigung in der Haut. Aber sie würden nach Tomaten schmecken. Frisch aufgeschnitten oder in einer Sauce verkocht, es würde eine Freude sein, sie zu essen. Iris fiel ein, dass sie diese Sorte kannte: „Roma" nannte man sie auch im heimischen Supermarkt. Sie hatte schon lange keine mehr gesehen, seit Jahren eigentlich nicht. Dabei waren sie doch um soviel geschmackvoller als die wässrigen aus Holland. Aber die niederländische Gemüsemafia hatte wohl dafür gesorgt, dass die Sorte wieder verschwunden war.

Dafür stammten die schönsten Äpfel, die es in Rom und offenbar in ganz Europa um diese Jahreszeit zu kaufen gab, von der anderen Seite der Weltkugel. Neuseeländische Braeburn, die Schale mal eher rot, mal eher grün, aber immer im Farbübergang begriffen. Bißfest und sauer, zum sofortigen Verzehr, aber auch für die Art von Apfelgebäck, die Iris mochte. Ihr fiel ein, dass Lisa schon als Mädchen sehr gerne gebacken hatte. Süße Sachen, am liebsten und am besten Apfeltaschen. Damals gab es noch andere Äpfel, einheimische und einen, Boskop, fand sie bis heute am Gemüsestand. Er hatte sie behauptet. „Lederäpfel", sagte Iris in einer plötzlichen Eingebung: Äpfel mit fester, brauner Schale, man konnte sie über den Winter in den Keller legen, und sie Pfund um Pfund für Blechkuchen verwenden: Mürbeteig, ganz dünn ausgewalzt, dann Apfelschnitze darauf, viele Sultaninen, manchmal auch Streusel aus Butter und Zimt, wenn Tante Herma zu Besuch kam, die immer auf Supersüßes versessen war.

„Magst du Apfelkuchen?" fragte Iris. Aber sie sprach ins Leere. Kiki ging längst nicht mehr an ihrer Seite. Er hatte sich wieder von ihrer Hand gelöst, ohne dass es Iris aufgefallen war. Jetzt lief er schon ein Stück voraus, zwischen den Ständen und Kisten hindurch, unter durchgebogene Bretter tauchend, hinter Palettengebirgen verschwindend.

Das war seine Welt. Sie sollte ihm das Abenteuer gönnen. Es konnte ja nichts passieren. Sie fragte sich nur, wie er es geschafft hatte, ihrer Hand zu entschlüpfen.

„Good morning", sagte eine Stimme. Iris drehte sich langsam um. „Hi!" Ein Mann winkte ihr zu. Es war Mario. „Nice to see you!"

Sie erkannte ihn sofort wieder. Kunststück, es waren ja auch kaum vier Stunden vergangen, seitdem sie sich von ihm verabschiedet hatte. Er lächelte – und sah an ihr vorbei. Iris überzeugte sich, dass niemand neben ihr stand. Nein, da war nur eine Wand und darauf ein Plakat. Kein Busenwunder, sondern der selige Padre Pio, dessen bärtiger Wundertäterkopf in der ganzen Stadt von den Wänden, Bäumen und Zeitungen lächelte. Gnadenreich.

„Early bird", sagte Mario. Er lächelte wieder in Richtung des Padre. Iris wollte schon eine spöttische Bemerkung machen, da verstand sie endlich: Mario schielte. Und zwar gewaltig. Sie musste lachen. Mario lachte mit, natürlich verunsichert. Ihn wiederzusehen, bei ihr einen heißen Schauer aus. Ob auch sie jetzt ein rotes Gesicht bekam?

„What are you doing here?" fragte sie ihn schnell, um sich abzulenken.

Mario holte Luft, hielt sie an. Er blähte dazu seine roten Backen. Es sah köstlich aus, wie bei einem kleinen Jungen. „Marketplace", sagte er, und wies mit unsicherer Hand auf den Campo.

„You are selling flowers?" fragte Iris weiter.

„Nono," sagte Mario schnell, „I... I... help... just a little bit..."

Er schnappte sich die nächststehende Obstkiste und trug sie zu einem Fiat-Transporter. Iris wunderte sich, warum er für eine solche Arbeit einen Anzug trug. Es war sogar derselbe, mit dem er gestern nacht am Trevibrunnen... Da verstand sie. Mario hatte sich noch nicht umgezogen.

Als er die Kiste hineinstellen wollte, schob ein kleiner, rundlicher Mann sein rotes Gesicht aus der Ladetür und rief ihm irgendetwas Unfreundliches zu. Jedenfalls sah der Mann unfreundlich aus und seine Stimme klang so, als hielte er Mario für einen ausgemachten Idioten. Mario nuschelte eine Antwort. Der kleine dicke Mann sah um ihn herum, musterte Iris, rieb sich mit dem Zeigefinger unter der Nase und mäßigte seine Stimme.

„How about a cup of coffee?" fragte Iris. Mario zögerte. Er stand mit dem Rücken zu ihr und drehte sich nicht um. Stattdessen flüsterte er dem kleinen dicken Mann etwas zu. Der beugte sich wieder soweit vor, dass er Iris sehen konnte, nickte ihr zu, lächelte und begann dann eine leise Unterhaltung mit Mario. Da sah sie aus dem Augenwinkel, wie Kiki herangelaufen kam, einen winzigen Hund auf den Armen.

„Schau mal, Iris, den gibt's ganz umsonst!"

Marios Kopf flog herum. Er sah den Jungen an, er sah Iris an. Iris legte ihren Arm um Kikis Schulter und stellte ihn vor:

„This is Kiki, my nephew."

Kiki folgte ihren Blicken bis zu Mario. Er musterte ihn kurz und rief einen italienischen Satz, den Iris nicht verstand. Mario dagegen verstand ihn nur zu gut und bekam davon feuerrote Ohren. Der kleine dicke Mann lachte.

„Sorry", sagte Iris verlegen, denn sie konnte sich ausmalen, was Kiki da von sich gegeben hatte, „but his...his... Kinderstube... behaviour...." Sie wusste nicht, wie sie ausdrücken sollte, dass Kikis Erziehung noch einige Schwachstellen aufwies. Aber eine Entschuldigung war gar nicht nötig.

„Let's have a cup of coffee!" sagte Mario und kam mit der Obstkiste zu Iris zurück, um die Früchte wieder genau auf den Platz zu stellen, wo sie zuvor gestanden hatten.

„What about this dog?" fragte Iris Kiki. Sie bemerkte gar nicht, dass sie ihn englisch ansprach.

„It's a gift", sagte Kiki mit großer Selbstverständlichkeit und fuhr auf deutsch fort, „ein Geschenk, das verteilen sie dort drüben, bei Giordano."

Kiki meinte damit das überlebensgroße Standbild Brunos, des Märtyrers vom Campo. Dort hatte sich der Tierschutzverein eingerichtet. Die Aktivisten verteilten Handzettel und drei Würfe junger Hunde an interessierte Passanten. Ein kleines, handgemaltes Plakat verkündete, dass die Tiere gesund und geimpft seien. Iris verstand den Tierschutzaspekt nicht. Sie überlegte sogar, ob sie eine Diskussion anfangen sollte. Aber dann hatte sie genug damit zu tun, den Hund wieder zurückzugeben. Denn die Tierfreunde weigerten sich lange, das Tier zurückzunehmen. Ein Lebewesen sei schließlich kein Kleid, das man einfach so wieder umtauschen könne, wenn es einem nicht mehr gefiele, sagten die Tierschützer. Jedenfalls übersetzte es Mario in dieser Art. Er riet ihr auch, zwanzig Euro zu spenden und sich damit allen Ärger vom Hals zu schaffen. Iris tat es und musste nur noch Kiki beruhigen, der sich natürlich nicht von dem kleinen Fellbündel trennen wollte. Aber als sie ihm eine Riesenportion Eis versprach, lenkte er überraschend schnell ein. Das hatte es noch nie zum Frühstück gegeben.

Iris hätte zu *dieser* Caffeteria niemals gefunden. Die Seitengasse einer Seitengasse, über einen Innenhof, eine schmale Passage entlang, unter einem niedrigen Torbogen durch und dann noch eine halbe Treppe hinunter, praktisch ins Souterrain.

Es war nicht viel los. Sie stellten sich an den Tresen, mit dem Rücken zu einer Fünfergruppe, die in eine überaus lebhafte Diskussion verstrickt war. „Calcio", erklärte Mario und als er bemerkte, dass Iris dieses Wort nicht kannte, sagte er es auf Deutsch. Fußball.

Iris hätte es sich denken können. Nur der Fußball konnte Männer um diese frühe Stunde sosehr in Fahrt bringen. Keine Politik und schon gar keine Frau.

Warum sich die Caffeteria so verstecke, fragte sie, während Mario nach dem Thekenpersonal Ausschau hielt. „Kind of speak-easy", erklärte Mario. Das sei eine Art von Flüsterkneipe. Man ziehe sich bestmöglich aus dem offenen Straßenleben zurück, um nicht den Touristen zum Opfer zu fallen. Er sagte wirklich „victim", also „Opfer". Iris bedeutete ihm, dass sie das für übertrieben hielt. Mario ließ sich auf keine Diskussion ein, sondern bestellte für sie beide Cappuccino und für den Kleinen Eis. Die ältere, rundliche Frau, die inzwischen aus einem Nebenraum gekommen war, um die Bestellung aufzunehmen und den Caffè aus einem dampfzischenden Ungetüm zu pressen, zeigte sich ungerührt. Iris hatte irgendwie gehofft, diese lebenskundige

Wirtin würde sich weigern, um diese Uhrzeit Eis an kleine Kinder zu verkaufen. Aber offenbar ging das Geschäft allemal vor. Iris selbst fühlte sich zu schwach, das einmal gegebene Versprechen jetzt zu brechen: In ihrer Phantasie sah sie einen schreienden, tobenden, tretenden Jungen, der Mario Reißaus nehmen ließ, ein für allemal. Dann sollte sich Kiki lieber den Magen verkühlen und Durchfall kriegen, oder was Kindern sonst passiert, wenn sie zur Unzeit Eis essen.

„You are very busy, day and night", sagte Iris zu Mario.

Mario wehrte ab. Nein, eigentlich arbeite er ganz brav im öffentlichen Dienst.

Public services. Das war ein weites Feld. Iris überlegte, in welchem Bereich er wohl tätig war. Als Polizist? Das konnte erklären, warum er mit soviel Chuzpe in ein antikes Bauwerk einbrach, offenkundig ohne jede Scheu, entdeckt zu werden. Gut, es gab dort im Grabmal des Augustus nun wirklich nichts mehr zu stehlen, aber dennoch... Aber wie ein Polizist sah er nicht aus. Vielleicht war er ja Arzt. Oder Busfahrer. Oder Parkwächter. Oder irgendein Beamter in irgendeiner Behörde, deren Namen so melodisch klang und deren Aufgaben im Laufe der Zeit so diffus geworden waren, dass niemand mehr so recht wusste, womit sich die Beschäftigten den Tag vertrieben. Und wurden die Beschäftigten des Öffentlichen Dienstes in Italien nicht alle schon mit fünfzig pensioniert? Weil man ab dem Alter alle Kraft für den Nebenjob braucht.

„You have a second job?" fragte Iris prompt.

Mario nickte.

„Selling flowers...", sagte Iris.

Mario wehrte ab: „No, no..."

In diesem Moment brachte die Wirtin die Bestellung. Doch sie brachte kein Eis, sondern zwei Cappuccini und ein Glas heiße Milch. Kiki, der bisher völlig still am Tresen gestanden und sich sehr für die Fußballdiskussion interessiert hatte, bemerkte es natürlich sofort. Er verlangte sein Eis. Auf italienisch. Die Wirtin gab ihm eine knappe Antwort. Kiki holte tief Luft. Doch noch ehe er losschimpfen konnte, sprach ihn Mario an. Ebenfalls auf italienisch. Es waren zwei kurze Sätze, eher nebenher gesprochen. Sie reichten aus, um Kikis Protestgeheul aufzuhalten. Er musste überlegen, wie er damit umgehen wollte. Doch er gab nicht auf.

„Ich will ein Eis", sagte er zu Iris, „du hast es mir versprochen!"

Iris verdrehte die Augen. Was sollte sie sagen?

Mario nahm ihr die Aufgabe ab. Er sagte wieder zwei italienische Sätze. Sein Tonfall war einen Tic heftiger. Kiki grummelte sichtlich. Aus der Fünfergruppe drehte sich ein großer, dicker Mann in Latzhose, Pudelmütze auf dem Kopf, zu ihm um. Der Fremde sagte nichts, aber sein Blick sprach Bände. Kiki schaute verlegen zu Boden.

Die Wirtin stellte einen Korb mit frischem Gebäck auf den Tresen. Es waren diese speziellen italienischen Croissants, sehr luftig, sehr süß. Wenigstens waren sie nicht in Plastikfolie verschweißt. Sie lud Kiki ein, sich statt des *gelato* etwas aus dem Korb zu nehmen.

„Aber später krieg ich dann ein Eis!" sagte Kiki. Iris nickte. Der Junge wiederholte den Satz auch auf Italienisch. Die Wirtin und Mario nickten ebenfalls. Kiki stellte sich auf die Zehenspitzen und fischte sich ein Gebäckstück aus dem Korb. Mit der freien Hand nahm er sein Milchglas.

„Grazie", sagte Iris. Sie lächelte in die Runde: „Mille grazie."

Sie tranken ihren Caffè, ohne viel zu reden. Iris war viel zu müde, um ein Thema zu finden, sich ein paar Sätze auf Englisch zurechtzulegen und dann auch noch das Gespräch anzuleiern. Von Mario kam nichts. Er trank und lächelte. Er lächelte sehr freundlich. Und das Augenzwinkern, das er von Zeit zu Zeit dem kleinen Christian gönnte, wirkte aufrichtig und kumpelhaft. Iris konnte nicht fassen, dass sie soviel Glück hatte.

Als die Tasse leer war, blickte Mario demonstrativ auf seine Armbanduhr. Er klopfte mit der Zeigefingerspitze gegen das Uhrglas.

„Sorry, but I have to go."

Iris sah ihn irritiert an.

„See you soon", sagte Mario und drückte ihr sanft die Hand und strich dem Jungen übers Haar. Dann war er auch schon zur Tür hinaus. Iris blickte ihm versonnen nach und schaute dann traurig in die Runde. Sie bekam Lust auf ein Gläschen Cognac. Aber den hätte sie genauso wenig bekommen wie Kiki sein Eis.

Es war jetzt gegen acht Uhr. Christian fand den Weg zum Campo ohne Probleme. Mit der Brutalität eines Überraschungsangriffs tat sich das Reich der Fische auf. Die Herrschaft des strengen Geruchs. Es begann mit einem zarten Hauch von Krabbenfleisch, doch noch ehe sie sich dafür wappnen konnten, schlug ihnen der satte, schwere Gestank von maschinell filetiertem Seefisch ins Gesicht. Das donnerte wie eine Eisenfaust in die Magengrube.

Iris verstand die Menschen nicht, die sich diesen Fisch trotz des Geruchs kauften. Allein die Vorstellung, die Filets in die Hand zu nehmen, abzuwaschen, kleinzuschneiden, immer umwolkt von diesem Gestank. Sie sah sich mit einer

Wäscheklammer auf der Nase und dicke Gummihandschuhe übergezogen an der Spüle stehen. Nein, der Ekel würde sie durch die Poren ihrer Haut überkommen, schon ein kurzer Blick würde genügen, und dieser Geruch wäre wieder in ihrem Bewusstsein. Die Filetfetzen auf fischblutmarmoriertem Eis, dazwischen büschelweise Dill oder ein anderes Dekorationsgemüse. Sie hasste die Filets.

Die toten, aber äußerlich unversehrten Schuppentiere starrten leer aus milchigen Augen. Auch sie stanken, aber das war in Ordnung. Der Tod durfte stinken, das gehörte dazu.

In einem Bassin ein Stück weiter tummelten sich Forellen. Kiki stand bei dem Becken und schaute sich die Fische an. Es ging sehr eng im Becken zu, aber das schien die Tiere nicht weiter zu stören. Kiki konnte seinen Blick nicht abwenden. Iris überlegte, wie sie ihn weglotsen konnte, ohne dass er mitbekam, wie die Forellen geschlachtet wurden: Ihr wurde bei der Vorstellung schlecht, dass die dicke, rotbackige Händlerin mit der graumelierten Dauerputzwolle auf dem Kopf, der klobigen Nase und Hautporen, die so gewaltig waren wie ein Vulkan, für den nächsten Kunden eines der zappelnden Tiere aus dem Bassin nehmen und mit dem Kopf gegen die Kante des Holzblocks knallen würde, um dann den Bauch aufzuschneiden und mit Daumen und Zeigefinger das Gedärm heraus zu popeln. Sie hatte das zuhause mitansehen müssen, sie wollte es Kiki ersparen.

„Die werden gegrillt", sagte Kiki. Er zwinkerte ihr zu.

„Man kann sie auch im Sud machen", sagte Iris.

Ein älterer Herr im Glencheck-Jackett orderte drei Stück. Die Händlerin zog mit bloßen Händen drei Forellen aus dem Bassin und warf die zappelnden Tiere in einen Metall-kasten, der Iris an eine unbenutzte, leere Friteuse erinnerte. Der Herr musterte die Fische und nickte. Die Fischhändle-rin drückte einen roten Knopf an der Seite des Metallkas-tens, das Zappeln der Forellen steigerte sich zum Krampfen, Iris glaubte für eine Sekunden sogar Funken stieben zu sehen. Dann ließ die Fischfrau den Knopf los und alles war vorbei.

„Siehst du, gegrillt werden sie", sagte Kiki. Er war begeistert.

Die Händlerin packte die Fische in eine Plastiktüte. Das Ausschlachten übernahmen die Kunden hierzulande selbst. In der heimischen Küche.

„So stell ich mir den elektrischen Stuhl vor", sagte Kiki und sah sie an. „Du weißt doch, was ein elektrischer Stuhl ist, oder?" Seine Stimme klang zweifelnd. Was wusste sie wohl von den wichtigen Dingen des Lebens?

8.

Iris saß im Wohnzimmer. Sie sah auf das große Wandbild gegenüber der Couch. Ölfarben, in Wellenbewegungen auf die Leinwand gespachtelt. Helle Farben: Orange, ein freundliches Grün. Nein, freundlich war das Grün nicht. Die Malerin hatte etwas Weiß untermischt und damit eine Fahlheit geschaffen, die alle Freundlichkeit unter sich begrub. *Wie ein Leichentuch,* dachte Iris. Es war ein schwieriges Bild. Es munterte nur diejenigen auf, die nicht zu genau hinsahen. Iris aber musste genau hinsehen. Sie fühlte schlechte Laune in sich aufsteigen. Dagegen half nur Ablenkung. Am besten aufspringen und irgendetwas tun. Aufräumen, Abspülen, nach dem Kind sehen. Sie verstand mit einem Mal, worin die eigentliche Sinnstiftung bestand, wenn man ein Kind hatte: Es gab immer etwas zu tun, man musste nicht zuviel nachdenken. Nicht genau hinsehen.

Sie zwang sich zu anderen Gedanken. Wie kam sie überhaupt auf die Idee, das Wellenbild sei von einer Malerin? Gab es irgendwo eine versteckte Signatur, die vielleicht nur dem Unterbewussten zugänglich war? Nein. Sie wusste einfach, dass so ein Bild nur von einer Frau stammen konnte. Es war eine innere Gewissheit, der sie nicht weiter auf den Grund gehen wollte.

Iris stand auf und ging in die Küche. Jetzt brauchte sie einen starken Kaffee. Sie war froh, dass Connie mit Toni um die Häuser zog. Connie hätte sie zu einem Drink überredet.

Iris mochte keine Drinks, jedenfalls nicht als Seelentröster. Sie hatte Angst vor dem Alkohol.

Sie wusste, in welchem Küchenschrank die Espressopackung stand. Doch als sie jetzt hineingriff, sah sie hinten, an der Rückwand des Schranks, eine bunte Dose leuchten. Eine uralte Kaffeedose. Ihre Mutter hatte diese Art Dosen benutzt und bei jeder Gelegenheit an neue Bekannte verschenkt, natürlich mit einem Pfund Bohnenkaffee darin, „echter Bohnenkaffee" sagte ihre Mutter immer, „der beste, den es in der Stadt gibt". Ihre Mutter hatte eine Freundin, die in einer Kaffeerösterei verkaufte und der ganzen Welt vom überlegenen Geschmack ihrer Produkte erzählte. Iris' Mutter zweifelte nie daran, dass alle ihre Freundinnen die Wahrheit sagten, auch wenn sie nur etwas verkaufen wollten. Deshalb gab es nur den Kaffee aus diesem Geschäft, auch wenn der Preis an die Schmerzgrenze stieß, es gab Gebirge von Tupperware und natürlich die gesamte Avon-Kosmetikkollektion, die es Iris spielend erlaubt hätte, eine Karriere als Model anzufangen.

Sie räumte die Tassen beiseite. Wenn sie sich auf die Zehenspitzen stellte und ihren Arm so weit ausstreckte, wie es irgend ging, konnte sie die Dose gerade noch... Die Dose war leicht. Nur das Gewicht des dünnen Blechs. Iris wunderte sich, wie stark die Enttäuschung war, die sie darüber empfand. Was hatte sie sich von der Dose erwartet? Die Lösung ihrer Kindheitsrätsel? Oder irgendeine geheime Botschaft von Lisa? – Sie wollte das runde Blechding sofort wieder zurückstellen, schwungvoll über den Schrankboden schieben, dass es laut und hohl an die Rückwand schepperte. Aber dann nahm sie die Dose doch in beide Hände und hebelte den Deckel auf. Das war nie leicht gewesen. Auch jetzt, erwachsen und erfahren im Öffnen von jeder Art Verpackung, musste sich Iris konzentrieren und geduldig

Millimeter um Millimeter gewinnen, bis der Deckelrand endlich soweit herausgekippelt war, dass er sich von der Dose löste.

Es war die Mühe wert: Um das verspiegelte Doseninnere schmiegten sich ein paar Bögen Papier. Handbeschrieben. Iris griff hinein. Vor Aufregung hätte sie fast eine Seite zerrissen. Sie kannte die Handschrift nicht. Aber sie ahnte natürlich, von wem die Zeilen stammten...

„Liebe Iris, du wirst dich wundern, dass ich so sicher bin, wer meinen Brief findet. Aber ich kann mir nicht vorstellen, dass unsere Mutter dieses Abenteuer aushalten könnte. Also wird sie dich bitten, nach Rom zu fahren. Und das ist richtig so. Denn Rom wird dir gut tun.

Du hast Kiki sicher schon kennengelernt. Ich weiß nicht, wer sich um ihn kümmern wird, wenn ich weg bin. Trish ist eine Seele von Mensch, du kannst ihr unbedingt vertrauen. Aber sie wird früher oder später kapitulieren müssen. Ich gehe deshalb davon aus, dass die Herrschaften von der Botschaft oder von der Deutschen Schule eine Lösung finden.

Das klingt sehr fatalistisch, nicht wahr? – Es ist pure Lebenserfahrung. Ich habe gelernt, mich auf die spontane Freundlichkeit der Menschen mehr zu verlassen als auf alle Pläne und Abmachungen, die man vorausschauend treffen will. Also überlasse ich mich und mein Kind dem Gang der Dinge, ohne ihn beeinflussen zu wollen.

Hat man sich erst einmal zu ein paar schmerzvollen Gewissheiten durchgerungen, verliert das Leben alle Bitternis. Es gibt Dinge, die man regeln kann und andere, die nicht in den Griff zu kriegen sind. Das ist auch gar nicht wichtig.

Nimm es mir also nicht übel, wenn ich mein Verhältnis zur Familie als unwichtig einstufe. Ich werde dir davon nicht viel erzählen. Mit unserer Mutter hatte ich nie große Probleme, und mit Vattern hätte ich nichts bereden und nichts klarstellen können.

Iris, ich gehe davon aus, dass wir uns nicht sehen werden und wenn doch, so hoffe ich inständig, dass wir uns die „Aussprache" ersparen. „Sich aussprechen" ist eine sehr deutsche Fantasie, die ihren Ritterschlag auf der Psychiatercouch erfuhr. Eine Aussprache bringt nichts. Sie ist entweder verlogen oder nutzlos oder sie vertieft nur die alten Gräben. Meistens ist sie all das gleichzeitig.

Ich bedaure, dass wir beide uns nie richtig kennengelernt haben. Ich war zu jung, um dich nicht als Konkurrenz zu sehen, damals. Ich war zu alt und längst schon aus dem Haus, als es eine Chance gegeben hätte, Gemeinsamkeiten zu entdecken. – Das ist jetzt ein scheußlich komplizierter deutscher Satz geworden. Ich hoffe, er bleibt verständlich. Das ist das Wichtigste. Die Grammatik darf ruhig ächzen, aber aufs Verständnis lege ich Wert. Eine Feinheit, die ich im Italienischen nicht erreicht habe, übrigens auch nicht auf englisch, obwohl ich hier am häufigsten englisch rede, gerade beruflich. Irgendwie reden alle hier englisch und kein Italiener wagt es, einen Touristen anders anzusprechen.

Ich will dir keine Ratschläge geben. Außer in einem Punkt: Kümmer dich ums Fotografieren. Du hast es drauf. Du hast wirklich Talent. Glaub es mir, als Profi lernt man sehr schnell, Talent von Handwerk zu unterscheiden. Und deine Fotos, die Mutter mir geschickt hat, zeigen dein Talent. Du darfst es nicht missachten. Das ist ein Verrat am wichtigsten Menschen, den es gibt. An sich selbst.

Sie war und ist eine grenzenlose Egoistin, wirst du jetzt denken, kleine Schwester. Das denken die meisten Leute von mir und man wird es mir erst recht vorwerfen, wenn ich gegangen bin. Für eine Mutter ist ihr Kind der wichtigste Mensch! werden sie rufen und mich zur Rabenmutter erklären, und das wird nur der mildeste Begriff sein, den sie in die Welt spucken. Vor allem zuhause, wenn bekannt wird, dass ich einen Sohn habe und gegangen bin. Aber mein Leben besteht nicht nur aus der Rücksichtnahme auf meinen kleinen Sohn. Ich liebe Kiki und er liebt mich und es ist wunderbar mit uns, aber es ist nicht alles. Dieses „Alles" habe ich mir oft vorgemacht und mich ganz und gar auf ihn und auf sein Leben eingestellt. Aber damit betrüge ich mich und ich betrüge ihn, denn ich schreibe Schuldscheine auf mein Leben aus, die er eines Tages einlösen muss, ohne dass er eine Wahl hätte.

Zurück zu dir: Mutter hat mir erzählt, wie dein Lover mit deinem Talent umgeht. Es lächerlich machen, wenn es droht, deine Unabhängigkeit zu fördern, und es ausbeuten, wenn's gerade passt. Wie oft hat er dich in das Architekturbüro bestellt, um „ganz schnell ein paar Fotos zu machen, die Zeit drängt, es muss halt irgendwas zu sehen sein"...? Mutter hat mir davon erzählt und sie hat den Typen auch noch dafür gelobt, weil er dir immer wieder eine kleine Freude macht, weil er dir das Gefühl gibt, gebraucht zu werden. In Wahrheit hat dein Freund längst erkannt, dass du ein gutes Auge und ein begabtes Händchen hast. Indem er über deine Hobby-Knipserei spottet, hält er dich fügsam und verfügbar. Nicht nur beim Fotografieren. Auch wenn du ihn liebst, solltest du dir klar werden, dass ein Typ, der so denkt und so handelt, ein Arschloch ist. Jag ihn zum Teufel. Ich kenne ihn nicht weiter und ich kenne dich nur als ein kleines Mädchen, das noch nicht einmal ihre erste

Periode hatte, als ich aus dem Haus bin. Aber ich weiß von unserer Mutter genug, um dir das Eine zu raten: Jag den Typ zum Teufel!

Hätte Mutter übrigens versucht, ihn bei mir madig zu machen, wäre ihr das nicht gelungen. Aber sie mag ihn ja, er ist ihr Ideal-Schwiegersohn, sie will keinen anderen. Sie spürt seine Schmeichelei und sie ahnt, dass er sie immer wieder verarscht, aber dann erlebt sie seinen kantigen Charme und fühlt sich gebauchpinselt und ist ganz Weib und ganz schwach und genießt es einfach, dass ein junger Mann nett zu ihr ist und Komplimente macht. Und noch dazu ein Studierter in einem so wunderbaren und ihr ganz und gar rätselhaften Fach wie der Architektur. Einer, der Dome baut und riesige Museen und... ich wette, der Typ ist besonders gut, wenn er Puffs plant. Hab ich richtig geraten? Sie hat mir ein Foto geschickt, das du von ihm gemacht hast. Wirklich, einer, der so aussieht, entwirft Bordellcenter!

Bin ich eine Hellseherin? Ja, ich bins. Und vor allem beherrsche in mein Handwerk, wenn es um Detailvergrößerungen geht. Du hast ihn, ob es dir aufgefallen ist oder nicht, vor einem Modell fotografiert, das einen Puff-Neubau zeigt: „LoveNest Chemnitz" steht ganz klein und schwammig unten auf der Platte. Er will es mit seinem Körperschatten verdecken, und es gelingt ihm auch ganz gut. Aber ganz schafft er es nicht...

Und wieder bin ich bei ganz anderen Dingen gelandet als ich eigentlich wollte. Denn ich wollte dir Mut zusprechen, dass du zu deiner Kunst stehst und alles versuchst, die Fotos unter die Menschen zu bringen. Es muss ja nicht gleich eine Top-Galerie in Düsseldorf sein oder in New York. Zeig deine Fotos den Leuten und du wirst erleben, dass deine Bilder etwas auslösen. Glaub mir, ich würde auf die Hälfte meiner Honorare verzichten, wenn ich dafür sagen könnte, dass jedes Hundertste meiner Bilder etwas auslöst. Aber außer einem mauen Gefühl der Selbstgefälligkeit lösen die Bilder nichts aus.... übrigens: Es ist nicht meine Selbstgefälligkeit, sondern die der Porträtierten.

Ich bin eine direkte Nachfahrin der Auftragsmaler aus der Vor-Foto-Zeit. Ich mache Bilder, wie die Leute sich sehen wollen. Ich setze die Technik ein, um ihnen zu schmeicheln und ich behaupte, die Fotos seien ganz nach der Natur, obwohl ich sie mittlerweile fast alle durch den Computer jage. Mein Talent besteht darin, den schlechten Geschmack meiner Kunden perfekt nachvollziehen, oder besser: vorausahnen zu können. Das ist ein tolles Talent. Es ist bares Geld wert. Aber es hat nichts mit künstlerischer Begabung zu tun. Ich kann nette Fotos machen, die bei den Kunden gut ankommen. Wunderbar. Aber niemand tröstet mich, wenn ich im Labor sitze und am Computer die Falten retuschiere und ich mir vorkomme wie eine Hure, die ihren Freiern auch noch zuflüstern muss, wie toll und männlich und beeindruckend sie sind.

Was kann ich für dich tun? Wenig. Aber, ich habe dir die Agentur vermittelt. Klar, sie werden meine Art Bilder haben wollen. Ob du sie ihnen lieferst oder nicht, weiß ich nicht. Es ist deine Entscheidung. Aber wenn du dich drauf einlässt, werden sie bald sehen, dass du ganz eigene Bilder machst. Das wird deine Chance sein. Lass dich von dummen Bemerkungen nicht irre machen. Ich bin mir sicher, dass deine Bilder bei den wirklich wichtigen Leuten ankommen. Ich habe das im Gefühl. Schließlich kenne ich Cynthia schon eine ganze Weile und sie ist nicht halb so tough und cool und abgebrüht wie sie tut. Sie wäre viel lieber eine Galeristin.

Die Wohnung, soviel muss ich dir sagen, ist nur pro forma angemietet. Ein Vermieter wird sich nicht finden, denn es gibt ihn gar nicht. In Wirklichkeit gehört das alles mir und ist schon auf Kiki eingetragen. Am besten, du veränderst nichts. Bitte verkauf die Wohnung auch nicht, denn was immer mit Kiki sein wird, ich bin mir sicher, dass er nach Rom zurückkehrt, sobald er selbst darüber entscheiden kann, oder spätestens, nachdem er sich die Welt angesehen hat. Rom ist die erstaunlichste Stadt des Universums, und das ist nicht nur ein Spruch aus einem Asterix-Heft, sondern es ist die schlichte Wahrheit. Und Kiki ist noch dazu ein gebürtiger Römer. Oder sagt man „geborener"?

Bitte versucht nicht, seinen Vater zu ermitteln. Das möchte ich nicht. Ich weiß, dass viele Menschen glauben, ein Kind hätte das Recht, seine Eltern zu kennen. Wenn dem so ist, bin ich eben eine Rechtsbrecherin. Ich bin nicht stolz darauf und will auch nicht das Hohe Lied der alleinerziehenden, alleinseligmachenden Mutterschaft singen. Aber ich will andererseits auf keinen Fall, dass sein biologischer Vater auch nur die geringste Rolle in seinem Leben spielt! – Ich könnte es mir leicht machen und sagen, dieser und jener sei der Vater gewesen und er liege auf dem Friedhof, und wenn ich mir den Namen von einem Grabstein abgeschrieben hätte, könnte niemand daran zweifeln. Aber ich will auch nicht lügen. Ich weiß nicht, was aus Kikis Vater geworden ist, und es interessiert mich nicht. Mag er leben oder nicht, er hat seine Gene gegeben, seine Schuldigkeit getan und damit ist's gut. Ich weiß, wer er war und was er war und ich habe mich entschieden, nicht davon zu sprechen oder zu schreiben. Wenn Kiki das später einmal anders sieht, mag er mich dafür verfluchen. Oder er soll sich auf die Suche nach seinem Vater machen. Wenn es sein soll, wird er ihn finden. Aber ich hoffe für ihn, dass er nie den Drang verspürt.

Indem ich das niederschreibe, spüre ich eine Verbitterung in den Zeilen. Das wundert mich. Ich selbst fühle keine Verbitterung über Kikis Vater, so wenig wie ich irgendeine Verbitterung in mir fühle. Ja, manchmal geht man durch die Höllen des Selbstmitleids und der Vorwürfe gegen sich, gegen die Welt. Man beneidet die Glücklichen und verliert so leicht den Blick dafür, dass so mancher heute Überglückliche morgen schon tot sein wird. Was für eine Fallhöhe! - So gesehen bin ich in einer privilegierten Situation."

Mit diesem Satz brach der Brief ab. Iris sah in der Dose nach, ob sie vielleicht einen Bogen übersehen hatte. Aber dem war nicht so. Ein paar Stunden später las sie den Brief ein zweites Mal. Diesmal las sie ihn laut. Für Connie und für Robert Keller, der wie verabredet zum Tee gekommen war.

„Sie hatte Krebs, nicht wahr", sagte Iris, und legte das Blatt nieder.

Keller hob die Schultern. „Ich bin nicht informiert."

Seine Gestik verrät, dass er es besser weiß, dachte Iris.

Connie kam ihr zuvor: „Sie verheimlichen doch etwas!"

„Ich bin kein Arzt", sagte Keller, „und ich kenne auch die Krankengeschichte überhaupt nicht..."

„Aber?"

„Ich bin bisher nicht von einer körperlichen Erkrankung ausgegangen."

Was für ein Satz. Iris sagte sich die Worte im Stillen noch einmal vor, ehe sie den Sinn verstand: „Keine körperliche Krankheit? – Also eine seelische?"

Wieder hob Keller seine Schultern. Er hob die rechte etwas höher als die linke und wirkte wie ein Buckliger, der es normalerweise versteht, das Ungleichgewicht zu verbergen, und sich nur in besonders heiklen Momenten verrät.

„Psychokram?" fragte Connie. Sie sah Iris an. Die beiden erwarteten keine Antwort und Keller gab auch keine. Er zuckte noch nicht einmal die Schultern.

„Hat sie sich umgebracht?" fragte Connie.

„Das könnte nur eine Obduktion klären", sagte Robert Keller. Iris starrte ihn erschrocken an. „Aber... aber es gibt ja noch nicht einmal eine Leiche!" fügte er schnell hinzu. Er war bleich geworden.

„Es wäre sehr schlimm für meine Mutter, wenn Lisa Selbstmord begangen hätte", sagte Iris. Sie fragte sich im Stillen, was es wohl für sie selbst bedeutete.

„Keine Sorge", sagte Keller: „Rom ist der Olymp des Katholischen, das wissen Sie ja. Die Kirche aber verurteilt den Selbstmord als eine der schlimmsten Sünden."

„Sehr tröstlich", sagte Iris. „Dankeschön."

„Lassen Sie mich ausreden: Wegen der Verdammung des Selbstmords haben die Römer deshalb längst gelernt, ein Auge zuzudrücken, wenn sie einen Toten finden, der... Oder wenn jemand im Krankenhaus an den Folgen seines Lebensüberdrusses stirbt: Denken Sie an Ingeborg Bachmann."

„Bachmann?" fragte Connie. „Ist das nicht ein Pseudonym von Stephen King?"

Die strafenden Blicke von Iris und Keller belehrten sie eines Besseren. Connie beschloss, ab jetzt zu schweigen. Das fiel ihr auch nicht weiter schwer, denn Robert Keller nahm die Pause zum Anlass, um sich zu verabschieden. Iris brachte ihn zur Tür. Als sie zurückkam sah sie nicht sehr glücklich aus.

„Es ist Zeit", sagte sie leise, „wieder einmal in die Kirche zu gehen."

9.

Kiki stand die Begeisterung ins Gesicht geschrieben: „In die Peterskirche??" Er ächzte: „Nicht schon wieder. Alle wollen sie in diese Kirche."

„Warum willst du nicht?" fragte Connie.

„Sie ist scheußlich. Groß. Häßlich, und sie zwingen dich, den Rucksack abzumachen."

„Kind, es gibt Gotteshäuser, da muss man sogar die Schuhe ausziehen," sagte Connie.

„Jeder, der zu uns kommt, will in diese Kirche. Wieso?" fragte Kiki, als sie sich auf den Weg machten.

„Weil man da zu Fuß hin kann", sagte Iris.

Ihre Wohnung lag, wie sie mit einem Blick auf den Stadtplan sah, günstig genug für eine kleine Wanderung durch die Altstadt. Zum Tiber und dann über die Brücke an der Engelsburg ins Borgo, an das sich die Vatikanstadt anschließt.

Kiki verdrehte die Augen: „Nicht schon wieder dieser Weg!"

Es war jedoch ein wundervoller Spaziergang. Zunächst durch die schmalen Gassen der Altstadt. Auf beiden Seiten kleine Handwerksbetriebe, die den Verkaufs- und Probierstuben zähen Widerstand leisteten. Die Menschen hier verteidigten die alte Tradition eines Kleine-Leute-Viertels gegen die Lockungen des Massentourismus. „Wir leben im dritten nachchristlichen Jahrtausend. Ganz Rom ist auf

103

Touristen zugeschnitten. Ganz Rom? Nein, ein kleines, wunderbares Viertel leistet Widerstand gegen die grenzenlose Touristifikation..."

Als sie auf eine Gasse stießen, in der sich eine Schänke an die nächste drängte, wussten sie, dass in dieser Gegend der Kampf längst aufgegeben war. Unmöglich, sich zu behaupten. Die Schrift „Osteria" wies zwar noch in die Vergangenheit, als es hier wirklich nur einfaches Essen für einfache Menschen gegeben hatte. Doch das war lange vorbei. Das Einfache war zu einem Marketingtrick geworden. Die Osterien hier präsentierten dezent angedunkelte Holztäfelung und weiß-rot-karierte Tischdecken, Holzstühle mit scheinbar handgeflochtener Bastauflage und einen etwas rissigen, leicht vergilbten Putz an der Decke. Alles war genau kalkuliert, um Bildungsreisende zu beeindrucken. Dass alles nach „Urlaub in Österreich" roch, schien niemanden aufzufallen. Außer Iris, die sich zugutehielt, auf solche Inszenierungen nicht hereinzufallen. Jedenfalls dachte sie das.

„Die Engelsburg ist viel spannender", sagte Kiki, als sie die Brücke zum Borgo hinübergingen. Er zeigte auf den mächtigen Rundbau, der sie zu erwarten schien: Uralte Ziegelmauern, zu einem Berg aufgerichtet.

„Das alles ist nur für die Asche von einem toten Kaiser gebaut worden", sagte Kiki, „aber später haben die eine Burg daraus gemacht. Da hat sich der Papst drin versteckt und auf seine Feinde geschossen. Und seine Gefangenen wurden eingemauert. In den Käse-Matten."

Iris fragte sich, wer Kiki solche Greuelgeschichten erzählte. Sie musste nicht lange nachdenken: Trish. Außerdem hatte auch Lisa einen Hang zum Morbiden. Iris erinnerte sich noch sehr gut an all die Schauermärchen, die ihre große Schwester kurz vor dem Einschlafen geflüstert hatte: Dass der Metzger nebenan seine Schwiegermutter mit dem

104

großen Hackbeil erschlagen hätte. Und wessen Fleisch in die Fleischwurst wandere. Iris war damals mehr als einmal schreiend ins Wohnzimmer gerannt, um bei den Eltern Trost und Schutz zu suchen. Manchmal auch in ihr Schlafzimmer. Als es zuviel wurde, mussten die Eltern handeln. Sie erpressten Lisa. Womit, das wusste Iris nicht. Aber jedenfalls hatte ihr Lisa seit diesen Tagen nichts mehr erzählt. Keine Gruselmärchen und auch sonst nichts.

„Die Käse-Matten sind toll, das sind richtige Löcher, ganz tief im Bau drin, dunkel und feucht", erzählte Kiki, „aber das Museo ist blöd. Nur olle Möbel und Bilder."

„Aber von ganz oben hat man bestimmt eine tolle Aussicht", sagte Connie, die auf der Brücke stehenblieb, um die Engelsburg auf sich wirken zu lassen.

„Ja, deshalb gibt's da ja auch ne Oper von", sagte Kiki.

Connie war sprachlos.

„Was weißt du denn von Opern?" fragte Iris.

„Onkel Robert hat mirs erzählt..." Kiki überlegte kurz: „Mit Tosca kam die Zärtlichkeit."

„Hat er sie dir auch vorgespielt, die Oper?" fragte Iris.

„Er hats versucht." Kiki zog eine Grimasse.

„Hör gut hin, Connie", sagte Iris, „dein Doktor ist ein Opernliebhaber." Sie zwinkerte ihrer Freundin zu.

Der graue, kühle Morgen war keinem freundlicheren Vormittag gewichen. Im Gegenteil. Alles war vom Regenvorhang überzogen. Fein zerstäubte Feuchte fiel vom Himmel. Man bemerkte es zuerst nicht, doch irgendwann fiel einem auf, dass die Haare pitschnass waren und die Kleider schwer.

Auf dem Petersplatz war nicht viel los. Das lag sicher nicht nur am Wetter. Es war einfach gerade eine Pause im Kommen und Gehen der Pilgerbusse. Außerdem war der Papst auf Reisen, wie die Titelseite des *Osservatore Romano* verhieß.

„Ohne die Hauptattraktion wird's ruhig im Vatikan", sagte Connie und grinste.

Iris überlegte, ob sie sich als Katholikin dagegen verwahren sollte, dass die konfessionslose Connie so frech vom Heiligen Vater sprach. Aber das hatte keinen Sinn.

„Wollen wir zuerst ins Museum?" fragte Iris.

„Nein!" – Kiki hatte, wie erwartet, eine eindeutige Meinung dazu.

„Aber es ist momentan nicht viel los", sagte Iris, „da haben wir die Sixtinische Kapelle praktisch ganz für uns!" Sie zeigte auf eine langgezogene Treppe, die rechts seitwärts von der geschwungenen Kolonnadenreihe, die den Platz umrahmte, in den Baukomplex von Kirchen und Palastflügeln führte. Ohne auf Kikis Protest zu achten, ging sie darauf zu. Connie packte Kiki am Arm und zog ihn mit. Er stemmte sich gegen den Zug.

„Warum muss eigentlich ICH die Dreckarbeit machen?" fragte Connie.

Iris drehte sich um. „Na, du weißt doch: good cop – bad cop. Und du kannst wirklich nicht verlangen, dass ich zu meinem eigenen Neffen gemein bin!"

Connie hatte keine passende Antwort parat. Sie flüsterte Kiki stattdessen einen Vorschlag zu. Wenn er sich einigermaßen ruhig verhalte, dann... Es war der älteste Trick der Welt. Aber er zog immer. Kiki verzichtete auf die große Show.

„Langsam werde ich ja auch zu alt dafür", brummte er und trottete brav hinter Iris her.

Der Schweizer Akzent überraschte Iris am meisten: „Sorry – no entry!" sagte eine tiefe, rauhe Bergbauernstimme. Eine rotgelbgestreifte Pluderhose verstellte den Weg. Iris blieb stehen. Ein Gardist, in der berühmten Renaissance-Uniform. Mit Helm und Hellebarde.

„To the Sixtina", sagte Iris. Sie war verwirrt: Der detailreiche Lageplan von „Vatican City" zeigte ihr, dass sie genau auf die Kapelle des Sixtus zusteuerte. Die Treppe war leer, nirgendwo eine Schlange oder ein Billetverkauf. Was sollte das?

„You have to use the Museum's entry."

„Und wo ist der?" fragte Iris.

„Dazu müsset Sie die Markierung folge", sagte der Gardist: „Um die vatikanische Muerli herum, bittschön."

Iris war konsterniert: „Sie sprechen deutsch?"

„Ich bin von der Schwyz", sagte der Mann, „deshalb heißt es auch *Schweizer Garde*, verstehet Sie?"

Darüber hatte Iris niemals nachgedacht. Andererseits gefiel ihr der schnoddrige Ton nicht. Wer ihr so kam, hatte eigentlich eine passende Antwort verdient. Sie dachte an irgendetwas mit den berühmten „Bismarckheringen, wo auch kein Bismarck dabei ist". Aber da preschte schon Connie mit einer Frage vor:

„Und wie lange muss man um die Mauer herumlaufen?"

„Na, so fünfzehn, zwanzig Minuten."

„Danke", sagte Connie, „da gehen wir lieber in die Kirche. Das geht doch wohl direkt, durchs Hauptportal?"

„Aber sicher."

Connie lächelte dem Gardisten zu. Der verbeugte sich knapp. Ohne Lächeln.

Connie wartete bis sie ein paar Meter gegangen waren. Auf den runden Petersplatz, zur großen Freitreppe hinüber, die in die Kirche führte. Dabei stieß sie Iris sacht in die Seite: „Sehen gut aus, die Jungs, nicht wahr?" Sie zwinkerte ihr verschwörerisch zu.

„Tja, die Uniformen hat Michelangelo entworfen", sagte Iris. „Der wusste, was an Männern attraktiv ist."

„Ich find den Schweizer Jungen ja total…" – Connie musste den Satz nicht vollenden. Ihr Blick sprach Bände. „Meinst du, er lässt sich auf ein Date ein?"

„Die haben alle Enthaltsamkeit geschworen", sagte Iris. „Jedenfalls Frauen gegenüber."

Connie sah über ihre Schulter zurück. Sie seufzte.

„…ist ja auch viel zu jung für mich."

Der Vorraum zur Peterskirche war so groß wie andernorts komplette Gotteshäuser. Hoch, grau und zugig. Das mochte am schlechten Wetter liegen. Iris spürte, dass die gigantische Architektur einschüchtern wollte. Das gefiel ihr nicht.

„Hey!" protestierte Kiki in diesem Moment.

Iris drehte sich um. Ein Mann in grauer Hose, blauem Blazer und mit einer Prinz-Heinrich-Mütze auf dem Kopf, hatte seine Hand auf Kikis kleinen Rucksack gelegt. Ein Anstecker verriet, dass es sich bei dem Bemützten um einen „Guardian" handelte. Noch ehe Iris etwas sagen konnte, überschüttete Kiki den Aufseher mit einem Schwall italienischer Worte, die Iris natürlich nicht verstand. Aber das war auch diesmal nicht nötig. Denn der Farbwechsel im Gesicht des Guardian verriet, dass es harter Tobak war.

„What's the matter?" fragte Iris, als Kiki Luft holen musste.

„You can't take the bag in the church", sagte der Wächter. Er wies zu einem Schalter an der Stirnseite des Vorraums, wo sich eine Menschentraube drängte, um ihre Taschen entweder abzugeben oder abzuholen.

Iris überlegte, ob sie eine Diskussion anfangen sollte. Da schob sich neben ihnen eine Seniorentruppe vorbei. Einer der Betreuer trug einen besonders großen Rucksack, auf dem das Rot-Kreuz-Zeichen aufgemalt war.

„Look at this man", sagte Iris.

Der Wächter folgte ihrem Zeigefinger.

„Sir", rief er sofort, „sir, please: Wait a moment!" Natürlich wurde er im Stimmengewimmel und Füßegescharre nicht gehört. Er musste dem großen Rucksack nachsetzen. „Sir, sir!" rief er dabei und schob die alten Leute kraftvoll mit den Ellbogen zur Seite.

Iris dirigierte Kiki an der Seniorenmannschaft vorbei ins Kircheninnere. Drinnen standen die Posten noch dichter. Aber hier kümmerte sich niemand um Taschen oder Rucksäcke, die nach wie vor in jeder Größe und in beachtlicher Anzahl herumgetragen wurden. Für einen Moment hielt Iris sogar zwei Buckelige für aufgerüstete Bergsteiger.

Gleich rechts vom Eingang wogte eine Menschenansammlung, die Connies Neugier erregte.

„Was es da wohl zu sehen gibt?" fragte sie und strebte sofort in die Richtung.

„Die Pietà", sagte Kiki, „aber die ist hinter Glas und ganz weit weg. Da siehst du so gut wie nix."

Connie zögerte.

„Ich find ja die Sumo-Babies viel schärfer", sagte Kiki.

„Sumo-Babies?"

Kiki fasste mit der einen Hand nach Iris, mit der anderen nach Connie und führte die beiden das Hauptschiff entlang, ein Stück nach vorne. Zum großen Weihwasserbecken, der linkerhand in die Wand eingelassen war. Badewannengroß.

Das Behältnis wurde nicht von Säulen gestützt, sondern von Putten getragen. Allerdings waren es keine kleinen, pausbäckigen Putten, wie man sie aus deutschen Barockkirchen kennt. Es waren vielmehr mannsgroße, fette Engelsfiguren mit stierem Blick und geblähten Backen, deren Kindlichkeit angesichts ihrer Größe und gewalttätigen Ausstrahlung nicht mehr überzeugte: Kurze, fette Arme, gewaltige Oberschenkel. Wenn sie zum Leben erwacht und unters Volk getreten wären, hätten sie den stärksten Mann mit einem Schulterzucken umwerfen können.

„Sumo-Babies", sagte Connie, „das ist wirklich gut."

„Das hat mir Mama beigebracht", sagte Kiki. Er klang sehr stolz.

Sie gingen das Hauptschiff entlang nach vorne. Alles um sie herum war gewaltig. Übermenschlich gewaltig. Ansonsten verströmte der Kirchenbau nur eines: Kälte. Iris rieb unwillkürlich die Hände gegeneinander. Es war hier nicht schön und auch nicht wirklich eindrucksvoll. Wie die beiden Putten, so war auch alles andere am menschlichen Maß vorbeigedacht. Die schiere Größe sollte überwältigen, niederschmettern. So entstand aber keine Einschüchterung, sondern nur Ablehnung. Jedenfalls bei Iris und, so dachte sie, bei allen anderen Menschen der Gegenwart. Sie fragte sich, ob wenigstens die Pilger vor vierhundert Jahren ehrfürchtig erstarrt waren.

Plötzlich deutete Kiki nach oben: „Die Kuppel!"

Tatsächlich: Wenn man jetzt aufsah, spannte sich das gewaltige Kuppelgewölbe auf. Das war nun wirklich beeindruckend, fand Iris. Da oben und von dort oben kam Sonne in den kalten Bau und verbreitete eine Ahnung von der

110

Milde Gottes. Helligkeit ist Gnade, dachte Iris. Sie wunderte sich über die spontane Assoziation. Wirkte der bombastische Klotz am Ende doch auf ihre Seele?

Sie hatte sich an den barocken Scheußlichkeiten des Kirchenschiffs innerhalb einer halben Stunde sattgesehen: Den Baldachin in der Mitte der Kreuzung von Haupt- und Querschiff, angeblich direkt über dem Grab Petri errichtet, empfand sie als ausgesucht hässlich. Sie wunderte sich, warum man das Ungetüm nicht längst ins Depot verbannt hatte. Oder als Requisite nach Cinecittà ausgeliehen. Diese gigantischen Drechseleien aus Bronze und Stein. Dekoration für Fantasyschinken.

Fast noch schlimmer waren die Grabmale, die für einige Barockpäpste hingeklotzt waren. Iris überlegte, ob es irgendwo einen Wunschkasten gab, in den man Anregungen und Eindrücke versenken konnte. Sie hätte sofort vorgeschlagen, diese fürchterlichen Himmelfahrten mit Tüchern zu verhängen und nur zu Abschreckungszwecken ans Licht zu lassen. Sie nahm sich fest vor, nie wieder über moderne, abstrakte oder dekonstruktivistische Plastiken zu meckern, auch wenn sie damit nichts anfangen konnte: Eine misslungenere Ästhetik als diese Barockereien in St. Peter konnte sie sich nicht vorstellen. Sie musste sich sogar zusammennehmen, um nicht eine vorbeigehende Wärterin anzusprechen, wo man hier die Kotztüten abholen könne. Wirklich, es war eine tolle Idee für Sponsoring: Die Lufthansa verteilt ihre Flugzeugtüten an empfindsame Petersdom-Besucher und bringt damit das Kranich-Label unters Volk.

„Man kann auf die Kuppel steigen", sagte Connie. „Das heißt, für das erste Stück gibt es sogar einen Aufzug."

Sie standen direkt unter der Kuppel, neben dem Baldachin und sahen nach oben. Iris spürte den Zug ihrer Muskeln am Hinterkopf. Sie wusste, dass es ein Kampf gegen die Höhenangst werden würde. Aber sie hatte heute Lust, zu kämpfen.

„Warst du da schon mal oben?" fragte sie Kiki.

Er nickte gelangweilt.

„Wir möchten gerne hoch", sagte Connie.

Kiki zuckte die Schultern: „Gibt's eine Schlange?"

Iris überlegte, ob er eine Schlange zu Belohnung wollte. Sie erinnerte sich an Zuckerschaum, der in Schlangenform gegossen war und in rosa oder hellgrünen Pastelltönen schimmerte. Alle Kinder waren ganz verrückt nach dem Zeug. - Damals, als sie selbst noch ein Kind war. Sie hatte diese Schlangen seit Jahren nicht mehr in den Geschäften gesehen. Wahrscheinlich war irgendein giftiger Konservierungsstoff...

Kiki unterbrach ihre Erinnerung: „Ich meine, ob da viele Leute warten!" Er hatte bemerkt, dass Iris' Gedanken abgeschweift waren. Sein strafender Blick verriet ihr, dass er das auch von seiner Mutter kannte. Wahrscheinlich war es eine Familienkrankheit.

Iris und Kiki gingen hinüber zur Säule der Heiligen Helena, der ersten christlichen Kaiserin und waren freudig überrascht: Es gab keine Warteschlange. Connie hatte sich um eine Führung in englischer Sprache gekümmert. Sie machten zu dritt genau das Dutzend voll, das in den Aufzug passte. Iris musterte die anderen: Zwei Paare, mittelalt, kaugummikauend und in Hawaiihemden. Karikaturen von Amerikanern. Es fehlten nur die Shorts. Aber kurze Hosen waren in der Peterskirche verboten. Man hatte es ihnen wahrscheinlich im Hotel gesagt. Iris überlegte, ob man an irgendeinem Schalter in der Vorhalle oder unter den

112

Arkaden des Platzes lange Hosen für falsch bekleidete Besucher bereithielt. Sie musste bei der Vorstellung lächeln: Eine Hundertschaft ältlicher Amerikaner stürzt auf einen Haufen alter Stoff- und Jeanshosen, um eine passende Überziehgröße zu finden. Natürlich gibt es nicht genug Super-XXXL...

Iris' Blick fiel auf die beiden Buckligen, die sie schon am Eingang gesehen hatte. Es wirkte wirklich so, als ob sie Rucksäcke unter ihren Blousons trugen. Überhaupt sahen die zwei sehr abenteuerlich aus: Sie trugen dunkles Fransenhaar, Korkenzieher, die tief in die Augen hingen und dazu noch Sonnenbrillen. Ein Wunder, dass sie überhaupt etwas sahen. Gekleidet waren sie in Schwarz. Nur die Schuhe waren bunt. Sportschuhe.

Iris überlegte, ob es vielleicht zwei Missionspriester waren, die sich für wenige Tage ein riesiges Besuchsprogramm vorgenommen hatten und deshalb gut zu Fuß sein wollten.

„Sehen geil aus, die beiden", flüsterte ihr Connie zu, „richtig scharf und knackig. Hast du gesehen, was die hinten in der Hose haben..."

„Ich bitte dich: Das sind vielleicht Priester", sagte Iris leise.

„Na und? Pfaffen sind auch nur Männer. Und Heilige sind die beiden weiß Gott nicht. Der Größere zieht dich mit den Blicken aus, die ganze Zeit schon."

Iris sah Connie strafend an. Die zuckte die Schulter: „Frag ihn doch einfach, ob du über seinen Buckel streichen darfst. Das bringt Glück."

Sie nickte den beiden zu. Ein Lächeln, ein Augenzwinkern. Iris seufzte genervt. Doch dann beobachtete sie den größeren Buckligen, ob er sie tatsächlich anstarrte. Aber das war gar nicht so leicht festzustellen. Denn die Sonnengläser verhinderten den direkten Augenkontakt und sein Kopf zeigte nur vage in ihre Richtung. Wenn er tatsächlich starrte, tat er dies jedenfalls geschickter als sein Partner. Der glotzte die drei Blondinen, die das Dutzend Aufzugfahrer vervollständigten, unverwandt an. Man konnte seine Augen sogar hinter den dunklen Gläsern glühen sehen. Die Frauen, oder besser: Mädchen, steckten ihre Köpfe zusammen und kicherten. Sie waren geschmeichelt.

Ein griesgrämiger Wärter schloss das Scherengitter des Aufzugs. Mit seltsamem Seufzen setzte sich die Kabine in Bewegung. Es wurde düster, fast dunkel. Iris fragte sich, ob man einen Pfeiler ausgehöhlt hatte, um den Aufzug darin zu führen. Aber sie verwarf den Gedanken. Wahrscheinlich hatte man den Liftschacht nur so geschickt verkleidet, dass er nicht weiter auffiel.

„Hast du Angst in der Dunkelheit?" fragte Iris den Jungen.

„Nö", sagte der.

„Aber ich", sagte Iris.

Da spürte sie Kikis kleine Hand, die ihre Rechte ergriff und fest drückte.

Doch die Angst, von der Iris sprach, kam nicht von der Dunkelheit, sondern von der Höhe. Als jetzt der Gang sichtbar wurde, der den Fuß der Peterskuppel umrundete, stand ihr der Schweiß auf der Stirn. Sie hatte noch keinen Blick hinunter geworfen. Aber das war gar nicht nötig: Sie wusste wie tief es hinabging, wie winzig die Menschen da unten aussehen.

Oben wartete eine andere Besuchergruppe, um hinabzufahren. Iris sah in freundliche, entspannte Gesichter. Sie hörte französische Sprachfetzen. Man unterhielt sich selbstverständlich nur gedämpft. Aber die Tonlage war freudig, teilweise schien Begeisterung in den Stimmen zu schwingen.

Während sich die Franzosen in der Kabine gruppierten, trat Iris entschlossen an die Brüstung. Vom obersten Teil der Kuppel, der Laterne, fiel helles Licht ein. Ob es draußen aufgehört hatte, zu regnen? Oder strahlte hier die Nähe zum Himmel? - Solche Gedanken konnten Iris nicht lange ablenken. Sie senkte ihren Blick und sah nach unten. Vor ihr gähnte die Unendlichkeit. Sie war von ihr nur durch einen Handlauf und dünne Metallrippen getrennt. Die Rippen standen so weit auseinander, dass eine schlanke Person vielleicht sogar hindurchrutschen konnte... Iris sprang sofort zwei Schritte zurück. So weit, dass sie mit einen Fuß in der Aufzugskabine landete und das Scherengitter blockierte.

„Attention please", sagte der Griesgram, der ihre Gruppe führte und seine Kollegin, eine ältliche Dame im grauen Kostüm, die das Scherengitter schließen wollte, setzte ein „Attention, s'il vous plaît" dazu. Iris nahm die zweisprachige Warnung wörtlich. Sie schob sich in die Kabine, zwischen die Franzosen und rief Connie zu, dass sie sofort wieder nach unten wolle. Connie und Kiki könnten sich ja alles in Ruhe ansehen...

Die Wärterin musterte sie zwar strafend, aber die Franzosen machten Iris ohne Murren Platz. Der Aufzug setzte sich in Bewegung. Mit jedem Meter, den es hinabging, fühlte Iris ein großes Stück Erleichterung.

Nachdem sich das Scherengitter endgültig hinter den Franzosen geschlossen hatte, ließ sich der griesgrämige Fremdenführer noch ein paar Minuten Zeit. Er wusste, dass die Besucher zuerst einen Blick in die Kuppel werfen wollten, er kannte die „Ahs" und „Ohs" zur Genüge. Er verstand die Begeisterung längst nicht mehr, aber er gönnte sie den Gästen. Doch seine Geduld wurde mit den Jahren immer kleiner, seine Laune immer mieser. Als er von Ferne das leise Klappern vernahm, das ihm verriet, dass der Aufzug am Boden angelangt war, räusperte er sich, klatschte in die Hände und rief:

„Ladies and gentlemen, please gather around me... We are now in the widest..." Er sprach nicht weiter. Denn sein geschulter Blick, der die elf ihm Anvertrauten überflog, bemerkte, dass nicht nur Iris verschwunden war. Auch die beiden Buckligen fehlten. Der Aufseher streckte sich, bog seinen Kopf zur Seite, stellte sich auf die Zehenspitzen. Irgendwo in einer der flachen Nischen mussten die beiden ja stecken.

„Sirs", rief er, „please return to the group. It is forbidden..."

Doch da kamen sie auch schon. Sie stürmten hinter einer Halbsäule vor. Ihre Buckel, das erkannte Connie in den wenigen Sekundenbruchteilen die ihr blieben, waren verschwunden. Stattdessen hielt jeder der beiden ein großes Knäuel in den Armen, zahlreiche Seilwindungen, sehr exakt zusammengelegt, ein freies Ende in der behandschuhten Rechten. An diesem freien Ende schimmerte ein Stück Metall. Sie rannten an die Brüstung vor, man hörte ein leises Klicken, und dann schwangen sie sich auf den schmalen schmiedeeisernen Handlauf, riefen einen Spruch, der nach „Roma" klang und sprangen hinab.

Iris sah zwei schwarze Schatten herunterstürzen. Sie dachte zuerst an Raben, die es auf wundersamen Wegen geschafft hatten, ins Kirchenschiff zu finden. Aber es hätten riesige Raben sein müssen. Und tollkühne dazu, die einen solchen Sturzflug wagten.

Die Schreckensschreie der anderen belehrten sie eines Besseren: Das waren Menschen! – Im nächsten Moment würden sie auf den Marmorboden aufschlagen und sich in blutigen Brei verwandeln. Iris kniff ihre Augen zu, ganz instinktiv. Sie erwartete einen dumpfen Knall. Wie wenn ein Stück rohes Fleisch vom Tisch auf den Boden fällt. Nur lauter. Feuchter.

Aber stattdessen ein tausendstimmiges „Ohh!". Wie im Zirkus. Iris riss die Augen auf. Die beiden Menschenraben waren nicht aufgeschlagen, sondern von der Schnellkraft ihrer Gummiseile wieder zurückgezogen worden. Jetzt pendelten sie auf und ab: Bungee-Jumping in St. Peter!

„Roma!" riefen sie in gut eingeübter Zweistimmigkeit, „Roma aeterna!"

Iris bemerkte jetzt, dass es die beiden Buckligen waren. Allerdings ohne Buckel. Ihr erster Eindruck hatte gestimmt: Es waren tatsächlich Rucksäcke, was die beiden unter den Blouson geschnallt hatten, und darin waren die Seile, an denen sie jetzt hingen! – Aber schon hingen sie nicht mehr. Denn die Aussschwingphase, die man sonst beim Gummiseilsprung kennt, war sehr kurz. Verdammt kurz. Es war ein ziemlich brutales Abbremsen, dessen Gewalt selbst beim bloßen Zusehen in Knochen und Sehnen fuhr. Nach wenigen Sekunden seilten sich die beiden die restlichen Meter zum Boden ab. Alles ging blitzschnell. Sie lösten ihre Verbindung zur Gummileine, riefen noch einmal „Roma,

Roma aeterna!" und tauchten in die Traube der Schaulusti-
gen.

Jetzt erst reagierten die Aufseher. Sie drängten durch die
Menge, schoben und stießen, in der verzweifelten Bemü-
hung, die beiden Abenteurer zu fangen. Doch die bewegten
sich wie Fische im Wasser. Iris sah, wie sich einer, der vage
in ihre Richtung lief, im Drängen sogar das schwarze Hemd
vom Leib riss hinter eine Halbsäule verschwand, dort die
Schuhe links-rechts von den Füßen streifte, in den Schatten
der nächsten Apotheose tauchte und dort verschwand.

Damit saß er in der Falle! Gleich würden die Wärter in
seine Richtung stoßen und ihn da hinten, im stillen Winkel,
erbarmungslos festnageln. – Aber da bemerkte Iris, dass offenbar niemand sonst diesen Springer beobachtet hatte.
Alle anderen schauten nach einer Gruppe von Wärtern, die
einen anderen umringte, der sich verzweifelt gegen die
Meute wehrte und in verzweifeltem Englisch beteuerte,
„No no, I am the wrong person!!", er sei die falsche Person.
Aber er war ganz in Schwarz gekleidet und das genügte offenbar.

Iris überlegte keinen Moment. Sie ging langsam auf die
Grabesstelle eines Barockpapstes zu, hinter deren Figurenschmuck sich der Springer verdrückt hatte. Sie kam genau
in dem Moment, als er seine Hose hochzog. Er hatte sie ab-
gestreift und umgedreht: Das Innenfutter war blauer Jeans-
stoff und sah, nach außen gekehrt, wie eine normale Hose
aus. Aus seiner Hosentasche zog er zwei schwarze Leinen-
stoffschuhe.

„Vergessen Sie nicht Ihre Brille", sagte Iris.

Der Springer fuhr erschrocken hoch. Er hatte tatsächlich
noch die Ray-Ban auf der Nase. Wenn auch leicht ver-
rutscht. Wie bei Arnold im Terminator, dachte Iris.

„Hi", sagte sie, „keine Angst."

118

„ Hi", sagte er und nahm die Brille ab und dann die schwarze Fransenperücke.

Iris starrte ihn mit offenen Mund an.

„Nice to see you", sagte Mario. Er lächelte. Dann zog er das schwarze T-Shirt aus. Iris sah seinen Oberkörper. Er war gut gebaut. Mario wendete das T-Shirt. Auf der anderen Seite trug es breite dunkelgrün-violette Streifen. Die Farben von Wimbledon, dachte Iris. Jetzt war er perfekt verwandelt. Niemand würde in ihm den schwarzvermummten Bungeespringer wiedererkennen.

Sie traten gemeinsam aus dem Schatten des Grabdenkmals. Die Perücke und die Brille ließ Mario zurück. Iris wollte sich im ersten Moment die Ray-Ban schnappen und sie einem der Sumo-Babies am Weihwasserbecken aufsetzen. Aber das wäre zu gefährlich gewesen.

„Dein Kumpel hat nicht so viel Glück", sagte sie.

Sie sahen, wie die Wärter einen schwarzgekleideten älteren Herrn abführten. Aber ein Blick genügte: Das konnte unmöglich der andere Bungee-Man sein!

„I am a priest!" rief der Verhaftete aufgeregt, „I come from Ireland..." Alles andere ging in einer unverständlichen Schimpferei unter.

„The usual suspect", sagte Mario. Er lächelte spöttisch. Da verstand Iris: Die Wärter hatten sich irgendeinen Mann in Schwarz gegriffen, um nicht ganz mit leeren Händen dazustehen. Das war offensichtlich guter Brauch: Sie wahrten einen Rest von Autorität und der fälschlich Verhaftete nahm auch keinen Schaden.

„Na, so ein Zufall", sagte Connie, als sie Mario erkannte.

Sie war natürlich nicht auf der Empore geblieben, sondern bei nächster Gelegenheit nach unten gefahren. Diese Sensation musste sofort mit Iris besprochen werden! Außerdem wollte auch Kiki nach unten: Er rannte gleich zu den lose baumelnden Seilenden, um sich das Gummizeug genauer anzusehen.

„Hi", lächelte Mario und reichte Connie sanft die Hand.

„Der Zufall ist größer als du denkst", sagte Iris zu Connie.

„Ja?"

„Außen mag er ja aussehen wie der Senior-Balljunge", brummte Iris, „aber innen ist er pechrabenschwarz. Als wäre er gerade vom Himmel gefallen."

Connie verstand natürlich nichts.

„Er ist einer der Bungeemänner!" sagte Iris. Leise, aber gut betont. Mario verfolgte ihre Wechselrede ohne jede neue Gemütsregung. Sein Lächeln blieb unverwundbar.

„Ist das wahr?" fragte ihn Connie. Das Amüsement stand ihr im Gesicht.

„Du musst englisch reden", sagte Iris.

„Why did you do that?"

Mario beließ es bei einer nichtssagenden Geste.

„Wie konnte er sich denn so schnell umziehen?" fragte Connie, „eben war er doch noch pechschwarz."

„Er kann seine Kleider wenden."

„Er ist stämmiger als es scheint", sagte Iris, „und hat natürlich keinen Waschbrettbauch. Aber darauf steh ich ja sowieso nicht... Aber er strahlt viel Kraft aus. Und jede Menge Sinnlichkeit."

Mario lächelte sie weiter freundlich an. Es war ein schönes Gefühl, über jemanden frei reden zu können, der direkt dabei stand.

„Willst du mir Appetit machen?" fragte Connie. Sie kriegte so einen wundervollen lüsternen Unterton hin.

„Lass bloß die Finger von ihm", sagte Iris mit gespieltem Ernst: „den habe ich gefunden. Er gehört mir."

„Ich hoffe, du kannst etwas mit ihm anfangen."

Die beiden Frauen kicherten los. Dann wurde sich Iris des Ortes bewusst und kämpfte ihr Lachen nieder.

Mario griff nach Iris' Hand: „Hope I see you this evening", sagte er sanft und deutete einen Handkuss an.

Im nächsten Moment war er zwischen einer Busladung Japaner verschwunden, die vom Zauber seines Bungee-Auftritts gar nichts mitbekommen hatten. Es war überhaupt alles so, als wäre nichts gewesen. Sogar die losen Bungee-Enden hatten die Aufseher wieder nach oben gezogen. Sehr zur Enttäuschung von Kiki, der verzweifelt versucht hatte, wenigstens ein Stück von den Gummiseilen zu ergattern.

So aber schien alles nur wie ein kurzer, heftiger Traum. Selbst Connie machte eine Miene, als ob sie sich von Iris verschaukelt fühlte.

„DER und mit dem Bungee aus der Kuppel springen?!" lachte sie, und wollte davon nichts mehr hören.

Das Thema Vatikan war, Peterskirche hin, Sixtina her und Museo obenauf, für diesen Tag erledigt. Sie gingen wieder hinaus, auf den Petersplatz. Glücklicherweise hatte es aufgehört, zu regnen. Die Sonne kämpfte sich durch die Wolken. Es wurde fast freundlich. Nur die hohe Luftfeuchtigkeit war unangenehm.

Sie bummelten von St. Peter nach Trastevere hinunter. Dort liefen sie interesselos durch die Gassen und über die um diese Tageszeit menschenleeren Plätze, hatten keine Lust auf Kirchen und andere Sehenswürdigkeiten. Als sie sich müde genug fühlten, kehrten sie auf die andere

Tiberseite zurück. Es war glücklicherweise nicht mehr weit bis zu ihrem Haus.

10.

Wenn sie allein war, kamen die dunklen Gedanken. Es war sehr schwer, damit klarzukommen. Iris weigerte sich, über die Möglichkeit nachzudenken, Lisa sei etwas Ernstes zugestoßen. Die Vorstellung, ihre Schwester habe vielleicht Selbstmord begangen, schob sie noch energischer zur Seite. Sie dachte eher, das Ganze sei eine Art Versteckspiel. Dass Lisa ihr Verschwinden geplant hatte, um sie, Iris, auf eine bestimmte Spur zu bringen. Iris hatte keine Ahnung, wie sie auf den Gedanken kam und um welche Spur es sich handeln konnte. Das heißt, sie wusste es natürlich sehr genau: Auf diese Weise schob sie den Gedanken an den Tod Lisas weit von sich.

Sie beschloss, soviel über Lisa zu erfahren wie möglich. Wer konnte ihr dabei am besten helfen? – Sie dachte an ihre Mutter. Aber von der würde sie nicht viel erfahren. Ihre Mutter war keine Frau, die die Augen offen hielt. Sie hatte auch keine Antenne für Stimmungen und Gefühle, sie war für Zwischentöne und seelische Schwingungen nicht zugänglich. So gesehen war ihre Mutter sehr männlich: Stumpfheit und Oberflächlichkeit in der Wahrnehmung sind primäre männliche Geschlechtskennzeichen.

Iris wollte sich an jemanden in Rom wenden. Kiki war noch zu klein, von ihm konnte sie bestenfalls durch Zufall etwas erfahren. Sie wollte auch nicht in ihn dringen. Er hatte es schwer genug. Aber es gab noch Trish. Sie wohnte auf derselben Etage, sie hütete ab und zu Kiki und sie war ein sehr aufgewecktes Mädchen. Also kaufte Iris eine Flasche Johnnie Walker und wollte gegen sieben Uhr abends einfach an der Tür ihrer Nachbarin klingeln. Aber es gab keine Klingel. Also klopfte sie. Zweimal, dreimal. Sie steigerte die Lautstärke, die Heftigkeit des Klopfens. So sehr, dass ihr die Knöchel wehtaten. Als sich niemand meldete, gab sie auf.

Sie war gerade wieder an ihrer Wohnungstür, da hörte sie ein Knurren von Gegenüber. Iris blieb stehen, lauschte und beobachtete den Eingang zu Trishs Wohnung. Die Tür ging einen Spalt auf, langes Wuschelhaar schob sich, wie forschende Tentakeln, in den Hausgang.

„Wasn los?" brummte Trish, schlaftrunken.

„Hi, ich bins", sagte Iris. Sie winkte hinüber.

„Hi", sagte Trish.

„Hast du etwas Zeit?" fragte Iris.

Trish sah sie schräg an. Sie verstand nicht. – Iris winkte mit der viereckigen Whiskeyflasche: „Einfach ein bißchen schnacken." Jetzt verstand Trish. Sie winkte Iris in die Wohnung.

„Ich hab nur ein Zimmer", sagte Trish und zeigte in den Raum, „am besten, wir setzen uns in die Küche."

Trish hatte in ihrem Wohn- und Schlafraum das Fenster verhängt, aber kein Licht angemacht. Deshalb konnte Iris auch keine Details erkennen. Sie ahnte ein zerwühltes Bett und einen großen Schlafzimmerschrank und eine uralte Spiegelkommode.

„Wie lange wohnst du schon hier?" fragte Iris, während sie Trish auf einem schmalen Pfad zwischen zu Boden geworfenen Kleidungsstücken und Schuhen hinterherging. Trish trug einen orangefarbenen Bademantel aus Frottee und erinnerte an eine der kostümierten Figuren aus dem Fernsehprogramm für Kinder. Ein sprechender Softball.

124

„Wie lange ich hier...? Dreieinhalb Jahre", sagte Trish. „Ich hab bald *point break even* erreicht."

„Welchen Punkt?"

„Wenn man vier Jahre lang nicht saubergemacht hat, kommt kein neuer Staub mehr hinzu", erklärte Trish.

„Oh", sagte Iris, „eine interessante These."

„Stammt ja auch von einem interessanten Menschen", sagte Trish.

Iris fragte nicht, von wem.

Am Ende des Zimmers boten sich zwei Türen an. Trish deutete auf die linke: „Duschklo", sagte sie, „aber wenn du mal musst, geh zu dir hinüber. Ich habe hier nämlich ein Geruchsproblem." Dann öffnete sie die rechte Tür. So kamen sie in die Küche. Die war kleiner als bei Lisa und sehr sparsam eingerichtet: Ein relativ neuer Kühlschrank, auf dessen Abdeckung eine doppelte Kochplatte stand. Daneben die Spüle. In der Raummitte ein kleiner runder Tisch mit Plastikplatte. Ein benutzter Teller, ein benutztes Besteck, ein benutztes Wasserglas. Iris sah, dass man aus diesem Glas über längere Zeit sehr oft sehr verschiedene Getränke getrunken hatte. Natürlich ohne abzuspülen. Wahrscheinlich gab es auch eine Vier-Jahres-Regel für Gläser.

„Irgendwo hab ich noch das Gästeglas", sagte Trish nachdenklich. Sie nahm den Teller und das Besteck und trug beides zur Spüle. „Na, wer sagts denn!" – Sie präsentierte das zweite Glas. Das Licht fiel hindurch und ließ es zartviolett schimmern. Daran änderte sich auch nichts, als sie es kurz unter das fließende Wasser gehalten hatte. Aber sie stellte es vor Iris hin, sagte „bitte sehr" und griff nach der Whiskeyflasche.

„Eigentlich verdammt gefährlich, dass ich um diese Zeit noch harte Sachen trinke", sagte Trish, die sich ihr Wasserglas füllte. „Ich habe um halb zehn meinen Auftritt und es ist unprofessionell, wenn ich dabei betrunken bin."

„Kriegst du dann Ärger?"

Trish machte eine wegwerfende Geste. Sie trank das Glas zur Hälfte aus.

„Du solltest das *black label* nehmen, der ist besser", sagte sie und schenkte sich sofort wieder nach. Kaum hatte sie die Flasche abgestellt, suchte sie nach ihren Zigaretten.

„Willst du was rauchen?" fragte sie Iris.

Die wehrte ab: „Danke. Aber ich bin seit ein paar Wochen... Wie sagt man eigentlich, wenn man nicht mehr raucht?"

Trish sah sie irritiert an.

„Na, ich rauche nicht mehr, sagt man", brummte Trish. Sie fingerte eine flache Metallschachtel unter einem Kissen vor.

„Das ist ein altes Etui, aus den Fünfzigern. War ein beliebtes Geschenk, für den modebewussten Herrn... echt Silber, und hier... konnte man sogar sein Monogramm eingravieren lassen."

Sie deutete auf ein leeres Rechteck inmitten eines Zopfmusters, das in das Silberblech getrieben war. Dort, wo das Metall am höchsten stand, hatte der jahrzehntelange Gebrauch längst alle Kontur abgerieben und das Silber dunkelgrau werden lassen.

„Ich muss es irgendwann mal putzen", sagte Trish. Sie hauchte gegen das Etui und rieb es an ihrem Frottee-Morgenmantel. Dann drückte sie mit dem linken Daumen auf den Verschluss. Nichts geschah. Sie musste mit der Rechten zugreifen und den Deckel mit dem Fingernagel auffieseln.

126

„Da ist eigentlich ein Federmechanismus, da sollten dir die Kippen einladend entgegenspringen... naja, ich werde versuchen, das zu reparieren...“

Die Zigaretten sahen seltsam aus. Kurz und ganz flachgedrückt. Mit einem kaum erkennbaren wasserblauen Aufdruck.

„Das sind *Ben-Nemsi*“, sagte Trish, „die kommen aus einer kleinen Manufaktur in Österreich. Ganz tolle Dinger, sag ich dir... Das ist eigentlich kein Tabak mehr, das ist...“ Sie brach den Satz ab: „Ich will dich ja nicht verführen.“

Sie packte die Zigaretten wieder weg.

„Nur keine Scheu, ich bin keine militante Nichtraucherin“, sagte Iris, „rauch nur, wenn du willst.“ Trish lächelte dankbar.

„Du hast gerade erzählt, dass du um halb zehn einen Auftritt hast?“ fragte Iris. Sie hatte beschlossen, zuerst ins Blaue zu plaudern. Über Lisa konnte sie am meisten erfahren, wenn das Eis gebrochen war. Auch wenn Trish nicht so wirkte, als gäbe es bei ihr noch irgendeine Eisscholle zu brechen.

„Ja, ich singe im Queenie's.“

„Ein Nachtlokal?“

Trish nickte.

„Eine halbe Stunde Playback-Gesang und ein paar improvisierte Stand-ups, also Comedynummern...“

„Läuft gut?“

Trish winkte ab.

„Manchmal kann ich gleich wieder nach Hause gehen. Wenn unser *best man* keinen Touri-Bus ankobert, bleibt die Butze leer.“

„Ach, es gibt kein einheimisches Publikum?"

Trish schüttelte den Kopf: „Nicht bei uns. Wir sprechen Kegelbrüder an und Freizeitfußballer und so etwas. Meistens Deutsche."

„Kommen viele Freizeitfußballer nach Rom?"

Trish lachte: „Vergiss es. – Neulich habe ich eine Umfrage gelesen. Man hat Kneipenmannschaften interviewt. Also genau unser Zielpublikum. Wo würden Sie hinfahren: Nach London, Rom oder Herzogenaurach. Und weißt du, was die gesagt haben: London ist zu teuer, Rom zu langweilig. Also fahren sie nach Herzogenaurach, Sportschuhfabriken besichtigen. Und das Geburtshaus von Lothar Makkabäus."

„Rom – zu langweilig?"

„Genau! Kannst du dir das vorstellen? Rom und langweilig!"

Iris zuckte die Schulter: „Jedenfalls ist London wirklich ziemlich teuer."

„Rom ist die erstaunlichste Stadt des Universums", sagte Trish. Iris kannte das Zitat. Sie hatte es in Lisas Brief gelesen und in den alten Asterix-Heften.

„Du hast hier nicht nur die Erinnerung an zweitausend Jahre Geschichte", erzählte Trish, „die großen Monumente und Ruinen, den Papst und eine Handvoll Luxusgeschäfte an der Via Condotti und der Veneto... Aber das ist es nicht. Nicht wirklich. Das Wunderbarste an Rom sind die Römer selbst."

„Es ist aber verdammt schwer, einen zu finden."

Trish nickte: „Das macht sie ja gerade so wertvoll."

„Also ich begegne entweder Deutschen oder Leuten, die mehr englisch reden als italienisch", sagte Iris. Sie klagte darüber sehr gern, auch wenn sie es im Stillen ungerecht fand, sich nach ein paar Tagen in der Stadt schon zu beklagen.

„Die echten Römer verstecken sich vor dem ganzen Rest. Vor den anderen Italienern genauso wie vor den Touristen. Das ist wie in Venedig, nur sind die Eingeborenen hier noch geschickter."

Trish hatte Recht. Iris dachte an die Flüsterkneipe oder wie immer sie die verborgene Caffeteria nennen wollte, in die sie von Mario gelotst worden war.

„Aber was hilft's?" seufzte Iris, „Was habe ich davon, wenn ich weiß, es gibt hier interessante Menschen, aber die machen sich vor mir unsichtbar."

„Die Suche hat schon ihren Reiz", sagte Trish.

Iris sah ihr Gegenüber ironisch an. Trish war nicht unbedingt die Frau, die sich auf die Suche nach dem authentischen Rom machte.

„Hey," sagte Trish, die Iris' Gedanken erriet, „ich seh zwar aus wie eine beim Weißwaschen eingelaufene Tina T. und ich versuch davon zu leben, dass ich ein paar schräge Witze mache und meine Lippen zu den Liedern fremder Leute bewege, aber ich kann verdammt noch mal auch denken und ich habe sowas wie edlere Gefühle und Interessen, wenn du verstehst, was ich meine, ja?"

Iris spürte, dass es Trish sehr ernst meinte.

„Entschuldige", sagte sie leise. Und meinte es auch ernst.

Trish nickte zufrieden. „Danke", sagte sie, „man sieht, dass du Lisas Schwester bist. Sie hat mich auch sofort verstanden und nicht nur die Karikatur in mir gesehen. Wir haben uns viel und lange unterhalten, glaub es mir, ernsthafte Sachen. Sie hat mir sehr geholfen. Und Kiki hat mir sehr geholfen... einfach weil er ein netter und normaler Junge ist, den man liebhaben muss..."

„Lisa war viel unterwegs?" fragte Iris. Sie hatte Angst, dass sie mit solchen Fragen zu ungeschickt vorpreschte. Aber es brach einfach aus ihr heraus.

Trish sah sie traurig an: „Sie war meine beste Freundin. Aber ich habe keine Ahnung, was sie getrieben hat. – Sie ist Fotografin, ja. Ich kenne ihre Agentur und ich hab ein paar Bilder von ihr gesehen. Aber von ihrem Privatleben weiß ich nicht viel. Darüber haben wir nicht geredet. Sie wollte das nicht. Oh, sie hörte mir gerne und oft zu und ich rede auch verdammt viel über mich, wenn man mich läßt... Sie hat mir viel geholfen. Aber sie hat nichts von sich erzählt."

„Aber sie hatte schon..." Iris suchte nach einem passenden Wort.

Männerbekanntschaften wäre eines gewesen. Aber sie genierte sich, dieses Wortungetüm auszusprechen. Sie musste es auch nicht, denn Trish verstand sehr genau:

„Natürlich hat sie Lover", sagte Trish, „immer wieder mal. Aber ich habe keinen kennengelernt. Nur mal Schatten, die dir auf der Treppe begegnen..."

„Wie ist Kiki damit umgegangen?"

„Lisa ist sehr diskret. Auch dem Jungen gegenüber."

„Also eine Art Doppelleben?"

Trish sah sie genervt an: „Ist das ein Verhör, eine Talkshow oder was?"

„Entschuldige", sagte Iris, „aber ich versuche, mir ein Bild von Lisa zu machen. Wir hatten nie viel Kontakt. Und wenn ich jetzt hier, in Rom, in ihrer eigenen Wohnung nach Spuren suche, komm ich mir wie in einem Museum vor. Das Museum meiner Kindheit, ihrer Kindheit. Sechziger und Siebziger Jahre, in Möbel und Tapeten eingefangen... Weißt du, sie war... sie ist Fotografin, aber ich finde da drüben keine Bilder. Jeder Fotograf hat sein Archiv, die Fotos, die er verkauft, sind nur ein Bruchteil von denen, die er schießt. Aber wo ist Lisas Archiv? Du sagst, sie hat professionell fotografiert, Robert Keller sagt es, und ich find auch ein paar Profikameras. Aber ich finde keine Negative, keine Dias, keine Abzüge, sogar der Computer ist leer. Alles abgeräumt, als hätte da jemand etwas verschwinden lassen."

Trish lachte kopfschüttelnd auf: „Mal langsam, Mädchen, aber eine Spionin war sie wirklich nicht! – Ich weiß, dass sie Vieles auf Speichersticks ablegt. Vielleicht hat sie die irgendwo sicher deponiert, damit kein Dieb rankommt und sie niemand verschlampt, wenn sie länger weg ist. Aber mach da kein Geheimnis draus."

Trish überlegte.

„Du hast vorhin gesagt, dass du etwas vom wirklichen Rom, von den echten Römern erfahren willst..."

„Was hat DAS denn damit zu tun?"

„Wart's ab... Ich werde dir ein Stück Rom zeigen, das du nicht kennst, obwohl es vor deiner Nase liegt. Und du wirst einen Römer kennenlernen, der in keinem Geschichtsbuch steht und doch..."

„Und die Verbindung zu Lisa?" fuhr Iris dazwischen. Sie hatte sich nicht mehr ganz unter Kontrolle.

„Nur die Ruhe", sagte Trish. Die Ben-Nemsi hatten eine angenehme, ausgleichende Wirkung auf ihr Temperament: „Ich werde dir den Senkrechten Garten zeigen, und vielleicht wirst du ein wenig mehr verstehen. Von Rom, den Römern... und von deiner Schwester."

Durch die offene Küchentür hörten sie, dass jemand am Wohnungseingang hämmerte. „Is wer da?" rief eine

Jungenstimme. Es war Kiki, der aus dem Nachmittagsunterricht zurückkam. Trish bedeutete Iris, dass sie in ihre Wohnung zurück sollte. Sie würde in ein paar Minuten vorbeischauen.

„Es ist jetzt ja lange hell... Schau dir mal genau den Innenhof an", sagte Trish und rollte dazu vieldeutig die Augen. Iris verstand: Das war ein Versprechen, in tiefere Geheimnisse eingeweiht zu werden.

11.

Als Kiki in sein Zimmer verschwand, ließ er keinen Zweifel daran, dass er allein spielen wollte. Iris respektierte das. Ein Blick auf die Uhr zeigte ihr, dass sie sich bis zum Abendessen noch Zeit lassen konnte. Also nahm sie sich einen Campari Orange. Sie setzte sich auf den kleinen Balkon und sah hinunter in den Innenhof.

Natürlich war dieser Hof von allen Seiten durch Häuserwände eingeschlossen. Und jedes dieser Häuser hatte Fortsätze ausgetrieben. Rechteckige, halbrunde oder windschiefe Betongewächse, ein oder zwei Stockwerke hoch. Diese Auswüchse verschmolzen mit dem ursprünglichen Bau, doch sie bildeten keine wirkliche Einheit. Sie beeinflussten einander: Mit jedem neuen Element hatte sich auch das Ganze verändert. Und es hatte viele neue Elemente gegeben, über die Jahre. Was in den 70ern mit einem Flachdach abgeschlossen war, hatte mittlerweile noch eine Aufstockung. Und immer wieder Glasbausteine, um in fensterlose Zimmer ein wenig Licht zu locken.

Es war, als ob nicht nur die Menschen in Rom, sondern auch die Häuser Kinder kriegen. Und wie Kinder in sich die Erbanlagen der Eltern tragen, backen die römischen Bauherrn Erinnerungstücke aus alter Zeit in die Häuser ein: Ein Stück Marmor aus den Caracalla-Thermen, eine Fensterbank aus Travertinstein, die einmal zum Colosseum gehört hatte. Eine Schwelle, über die schon Caesar geschritten sein mochte. Und hob sich dort schräg unten nicht sogar ein weißer Statuenkopf aus dem Ziegelwerk, ein surrealer Traum, der bald losschreien, bald auflachen würde?

Das Häuserbauen kam in der römischen Altstadt einem natürlichen Wachstum nahe. Es ließ die Grenzen zwischen Leben und Bausubstanz verschwimmen, es fraß den Innenraum auf wie eine hungrige Raupe, die längst vergessen hatte, sich zu verpuppen. Vom Hof war nicht mehr als ein großzügiger Lichtschacht übrig. Iris konnte den Erdboden nicht sehen. Aber das war ohnehin unwichtig, denn dort unten war selbst das Grün eher grau und der erdige Mutterboden längst unter Steinfliesen und Beton und Asphalt verschwunden. Einerlei, ob bei den großen Ruinen oder im Kleine-Leute-Viertel: Überall konnte man die natürliche Erde erst fünf Meter unter der Oberfläche erreichen, weil jedes Jahrhundert auf den Ruinen der vorhergehenden aufsetzte.

Doch dieser Innenhof wurde nicht allein von der Fantasie der zahllosen unbekannten Baumeister geprägt. Der Hof war bei allem Beton über und über von lebendigem Grün erfüllt. Nur wuchs das Grün eben nicht aus dem Erdboden. Alles Pflanzenleben kam aus Kübeln oder Töpfen oder Terrakottakästen, die auf tausendundeinem Mauervorsprung platziert waren, auf Simsen, die aufs Geratewohl aus der Wand sprangen, auf Marmorbrüstungen, die keinen anderen Sinn hatten als einem Pflanzenkasten zur Stellfläche zu dienen. Und in diesen Kästen wucherte das Grün, so üppig, so lebensprall, dass sich Iris fragte, wer diese Pracht denn bewässerte und vor allem, wie.
Iris sah riesige Tonkrüge, in denen Palmen staken von unglaublicher Höhe, schlanke, wackelige Dinger, die sich bogen und sich an den Wänden mit Schnüren festschlangen,

die halb wie Lianen wirkten, halb wie seidenfeine Spinnfäden. Es musste eine Wissenschaft für sich sein, die schwankenden Stämme mit den gewaltigen Kronen so zu sichern, dass sie nicht von der Schwerkraft geknickt wurden. Manche Palme schien überhaupt gegen die Naturgesetze zu wachsen, eine Lästerung des großen Newton, die nur durch die Kunst der Schnurspanner ihrer unausweichlichen Bestrafung entging...

Iris hörte Kiki spielen. Er spielte Krieg, wie alle Jungen. Er kommandierte seine Truppen und schoss feindliches Gerät in Klump. Das Knattern der Maschinengewehre gelang ihm täuschend echt. Der Krieg muss den Jungen in den Genen stecken, dachte Iris. Sie musste ihn nicht sehen, um zu wissen, wie er es zuwege brachte: Er blähte die Backen und ratterte zwischen den feuchten, angespitzten Lippen das kurze, mörderische Automatengeräusch einer MG-Salve.

Mit einem Mal wurde ihr bewusst, dass die Balkonbrüstung viel zu niedrig war. Der Junge konnte so leicht hinunterfallen, wenn er sich einmal ein Stück zu weit vorbeugte, vor Neugier oder einfach in sein Spiel versunken. Wie konnte Lisa das nur zulassen? Das erlaubte zwar einen ungehinderten Blick auf die vier Etagen Kübelgrün unter ihnen, aber es war einfach viel zu gefährlich für ein Kind. Iris fiel auf, dass sie wie ihr Vater dachte. Am liebsten hätte sie darüber gelacht. Aber dafür war die Sache viel zu ernst. Sie würde es Kiki nicht erlauben, allein auf den Balkon zu gehen.

Mit einem Mal stand Trish neben ihr. Sie hatte den Nachschlüssel benutzt, war in die Küche gegangen, hatte sich einen Aperitif zurechtgemacht und war jetzt bereit, vom Geheimnis dieses Orts zu erzählen.

„Es ist mehr als ein bloßer Innenhof", sagte sie, „es ist der Senkrechte Garten." Sie stellte ein altersschwaches Audio-Cassettengerät auf den Tisch und kramte ein winziges Fernglas vor. Opernglas, fiel Iris ein. Sie musste lachen: Ihr Vater, der seine starke Kurzsichtigkeit bis ins Alter leugnete, hatte mit so einem Instrument ferngesehen, nur um sich nicht um eine Brille kümmern zu müssen. Das Opernglas in der linken Hand, den zugehörigen Ellbogen auf die kunstlederbezogene Armlehne des Sessels gestützt, die Beine aufs Sitzpolster hochgezogen. So lag er in seltsamer Verkrümmung vor dem Fernseher und sah sich die Filme und Fußballübertragungen an. Er konnte stundenlang in dieser Haltung verharren, wie erstarrt in andächtiger Verehrung des Wunderkastens, der ihn an der großen weiten Welt teilhaben ließ.

Iris hätte schwören mögen, dass ihr Trish genau dasselbe Operngals **gab**: Gerademal handtellergroß, schwarz eloxiert und an den Griffstellen schon ganz abgewetzt, so dass blankes Metall durchschimmerte. Sie hatte Vaters Operngals nie berühren dürfen. Es war zu wichtig, und es gab über viele Jahre keinen Ersatz in der Schublade. Wäre es je heruntergefallen oder nicht mehr zu justieren gewesen, Vater hätte einen Nervenzusammenbruch erlitten. Erst zu seinem 60. Geburtstag bekam er ein neues Operngals geschenkt. Doch das teure Stück, in Plastikschalen gefasst, wurde natürlich nicht benutzt, sondern in der Kunstkrokoschatulle für den Fall der Fälle aufbewahrt. Wenn das bewährte Kleine Schwarze eines Tages seinen Dienst versagen würde! Soweit war es aber nie gekommen.

Natürlich hatte sie das verbotene Instrument immer wieder hervorgeholt, heimlich, wenn die Eltern aus dem Haus waren und alle Schätze und Geheimnisse darauf warteten, entdeckt und begutachtet zu werden. Einmal war es ihr sogar heruntergefallen. Sie erinnerte sich noch an ihren Todesschreck und an das große Zittern, ob dem Opernglas etwas geschehen sei: Vater hatte am nächsten Abend den Fernseher angestellt. Tagesschau. Er hatte das Opernglas in die Hand genommen, war auf seinen Sessel gestiegen und hatte das Glas an die Augen geführt... und verärgert aufgeschnauft. Aufgeschnauft! Iris hatte die Luft angehalten. Wenn jetzt irgendetwas nicht in Ordnung gewesen wäre, sie hätte es nicht überlebt. Aber dann musste Vater nur ein wenig an der Einstellung herumdrehen, und er sah wieder scharf und machte sich überhaupt keine Gedanken darüber, warum sich das gute Stück verstellt haben mochte: Es war ein Sonntagabend und eine neue Tatortfolge hatte Vaters gesammelte Aufmerksamkeit...

Jedenfalls hielt Iris jetzt wieder dieses kleine schwarze, abgegriffene Opernglas in der Hand. Ihre Finger glitten über das Metall, spürten die Griffflächen, winzige Rautenmuster, die in die Glätte eingegraben waren.

„Benutze es!" rief Trish und wies mit ausgestrecktem Arm in den Hof hinunter.

Der graue, von grün schimmernden Flechten samtbezogene Betonboden, war von oben auch durch das Glas nicht mehr zu erkennen. Riesige Farnblätter, Palmwedel und fleischige Kakteenausleger verstellten den Blick hinab. Dazwischen schimmerten wagenradgroße rote Blüten, feuerwerksblitzende gelbe Kaskaden, weißer Sterntalerglanz, und da und dort ein Stück Marmor, zweitausend Jahre alt, von rohen Händen von einem Götterfries abgeschlagen, danach Türschwelle gewesen, jetzt Fensterbank. In

Ziegelmauern eingelassen oder mit Betonputz gerahmt sah Iris sogar Flachreliefs aus Marmor, oder, schon fast verwaschene Gesichtszüge aus dem römischen Travertin. Und Büsten, die als Originale in den Museen der Welt standen, hier aber in einer pastellgelben Mischung, teilweise ins ockerfarbene spielend, zwischen der Natur hindurchstarrten. Wilde Menschen aus einer lang vergangenen Zeit, die sich nicht mehr in die Gesellschaft der Lebenden wagten, sondern das moderne Treiben nur noch misstrauisch aus der Deckung dieses hängenden Gartens von Vecchia Roma verfolgten.

Ja, die hängenden Gärten der Semiramis, zwischen den Mauern von Babylon aufgespannt, galten als eines der sieben Weltwunder der Antike. Hier, auf weniger auf fünzig Quadratmetern Innenhof, wiederholte sich das Wunder, streckte sich aus der feuchten Niederung da unten bis unter den Dachfirst, ja wucherte noch auf die Dachgärten fort, die im Grün des Dschungels ertranken. Ein Dschungel, der aus Terracottatöpfen wuchs.

„Jede Menge Grünzeug", sagte Iris, „was soll ich damit?" Sie hatte keinen grünen Daumen und keine einschlägigen Interessen.

„Du musst dich erst daran gewöhnen", flüsterte Trish, „Geheimnisse verbergen sich gern dem Auge der oberflächlichen Betrachter!"

Iris verkniff sich eine spöttische Bemerkung über das mystische Geraunze ihrer Freundin. Sie nahm das Opernglas einfach noch einmal hoch und sah genauer hin. Tatsächlich leuchtete dort, vielleicht einen Meter über dem Boden des Hofes, ein helles, metallisches Grün zwischen den saftiggrünen Blättern eines Busches vor. Eine Bronzefigur, vom Grünspan überzogen. Es war...

Iris hörte, wie Trish den Rekorder einschaltete.

„... die römische Wölfin, und zwischen ihren Beinen, satt und zufrieden, die Zwillinge Romulus und Remus, Gründer der Ewigen Stadt", erzählte eine freundliche Altherrenstimme, „es ist das Symbol Roms, wie es auch auf dem Capitol aufgestellt ist. Sinnbild der Sage von der wundersamen Errettung der beiden Brüder vor ihren Feinden."

„Wer erzählt das?" fragte Iris, nachdem Trish auf die Pause-Taste gedrückt hatte.

„Der Professore", antwortete Trish, „er hat in dieser Wohnung gelebt, bevor Lisa einzog. Und er hat mir alles über den Senkrechten Garten erzählt."

Er konnte schon bei Trishs Einzug seit längerem nicht mehr aus der Wohnung, saß den ganzen Tag nur noch im Lehnstuhl und am Ende war er ganz bettlägerig. Aber seine Gedanken und Worte hatte er klar und farbig über die Jahre hin seinen uralten Cassetten anvertraut, immer wieder abgehört, ergänzt, neu besprochen. Als der Professor starb, räumte Trish die Cassetten zur Seite, um nicht allzu oft an den freundlichen alten Herrn erinnert zu werden und hätte alles vielleicht irgendwann vergessen, wenn sie nicht eines Tages mit Lisa über den Garten und den toten Professor geredet hätte: Lisa war sofort Feuer und Flamme gewesen, hatte die Cassetten angehört und sich hingestellt und die passenden Fotos geschossen. Daraus hatten sie beide vor ein paar Monaten eine Ton-Bild-Montage gemacht. Lisas Bilder und seine Stimme. Ein Event, das sie für besondere Rombesucher anboten.

Aber es war ihnen nicht gelungen, genug Interessenten zu finden. Lisa kannte nur die gernegroßen Provinzhelden, die nach ihren eigenen Porträts vor den berühmten Stätten der Ewigen Stadt gierten, Trish dagegen sah vor allem verwegene oder extrem betrunkene Herrenrunden, die sich ins „Queenie's" verirrten.

Natürlich rief Trish jetzt nicht die Animation vom Computer ab, sondern lenkte einfach Iris' Hand am Opernglas zu den Worten des Professore. Das fiel ihr leicht. Sie kannte seine Rede längst auswendig. So oft hatte sie sich die leise, sanfte Stimme mit dem milden wienerischen Akzent angehört: Der Professore sprach ein fehlerfreies, elegantes Deutsch. Iris hätte viel darauf gewettet, dass es seine Muttersprache war.

„Willkommen im Senkrechten Garten Roms", sagte die Stimme, „und Willkommen zu einem eigentümlichen Spaziergang durch die Vorstellungswelt eines *Romano di roma*, eines echten Römers, Kind dieser Stadt seit ewigen Generationen, eines fast namenlosen Briefträgers, Blumenhändlers, Frauenhelden und Geschichtsphilosophen... Giovanni Battista Bruno, nach eigener Phantasie ein Verwandter des seligen Giordano, der nebenan am Campo verbrannt worden ist für die Reinheit seiner Gedanken und die Klarheit seiner Rede.
Unser Giovanni freilich ist zu Lebzeiten nie mit der Staatsgewalt oder der Kirchenmacht in Konflikt geraten und wenn er einmal mit seiner Frau Streit hatte, war er es, der nachgab. Denn all das, was draußen geschah, war ihm nicht so wichtig: Er hatte sich eine Aufgabe gestellt, die er sehr gut und sehr gerne erfüllte, und die mit der Welt da draußen nur soviel zu tun hatte, dass er sie gelegentlich in seiner Kunst kommentierte: Er begann damit in den Jahren des

140

Zweiten Weltkriegs, als die deutsche Wehrmacht die Ewige Stadt besetzte und als sich alle Römer das Schreckgespenst verheerender Bombennächte an die Wand malten, den endgültigen Untergang ihrer Stadt.

Giovanni Bruno glaubte nicht an das Ende der Ewigkeit. Er wollte es einfach nicht glauben. Aber was konnte er dagegen tun? Er kam zu dem Ergebnis, dass er keine Macht über die Stadt oder über Italien oder gar über den Weltenlauf hätte. Noch nicht einmal über seine Ehefrau, die, ich habe es angedeutet, nicht unbedingt zu den friedlichsten Geschöpfen unter der Sonne zählte. Aber er besaß diesen Innenhof, der aufgrund uralter und undurchschaubarer Vereinbarungen ganz und gar ihm gehörte, „beginnend mit der Hausfront der angrenzenden Gebäude". Und beginnend mit diesen Hausfronten machte er sich daran, das Leben der Ewigen Stadt zu beschwören, als Zeichen der Hoffnung in den Tagen des Krieges.

Lassen Sie sich also von der scheinbaren Wirrnis der Pflanzen und Steine nicht stören. Es ist alles gut durchdacht: Ganz unten, an der Basis, erkennen wir die Flechten aus der Vorzeit der Erde. Wir sehen Porträts biblischer Figuren, nach oben zu kommen jüngere, buntere Pflanzen und die Köpfe der Geschichte, zuerst der märchenhafte Romulus, der seinen Bruder erschlug und trotzdem ein Held war und dann Aemilianus, der um Rom die erste Stadtmauer baute und Junius Brutus, der seine Söhne hinrichten ließ und dennoch ein Held war, und Scipio, der Karthago zerstörte und Cato, der dies jahrzehntelang gefordert hatte und die Gebrüder Gracchus, die man aus Staatsräson ermordete und die dennoch zu Helden wurden und Sulla und Marius, die einen grausigen Bürgerkrieg entfesselten und Caesar und

Augustus und nach ihnen eine Hundertschaft von anderen Senatoren, Diktatoren, Feldherrn, Kaisern, Gegenkaisern... immer schwächer und brutaler und blutiger. Und plötzlich landen wir bei den Päpsten. Siehst du das fette Geiergesicht da drüben? Das ist Alexander der Sechste, aus der Familie Borgia, der Vater von Cesare und Lucrezia, ein Giftmischer vor dem Herrn, der es zum Papst brachte, der die Welt auf einem bestimmten Längengrad zwischen Portugal und Spanien teilte, der das Beutegold aus Amerika an den Himmel einer Kirche nageln ließ, der sein Leben der Verrohung und Verkommenheit und Gottesleugnung weihte und der kraft seines eigenen Todes doch die Existenz Gottes bewies wie keiner der Päpste davor oder danach. Denn er verreckte an seinem eigenen Gift, mit dem er die Gäste seiner Tafel ermorden wollte. Tod durch das selbstgebraute Gift, das durch Gottes Ratschluss und die Hand seines Dieners einen Weg in den päpstlichen Pokal gefunden hatte.

Und hier, fast mit der Hand zu greifen und mit einem Fingerzeig vom Sockel zu stoßen, hinab in den Orkus, auf dass sein Bild in tausend Scherben zerschellt, hier hast du Urban den Achten, den Barberini, der alles zerstörte, was die Barbaren verschonten. Er ließ den Bronzeschmuck des Pantheon einschmelzen, um daraus Kanonen zu gießen und den Baldachin über dem Grabe Petri... Hast du diesen Kirchenschmuck gesehen, von Bernini geschaffen, und die Quersumme aller Scheußlichkeiten des Barock?"

Iris lächelte. Der Professore sprach ihr aus dem Herzen.

Sie ließ das Opernglas die Häuserwände emporwandern.

„Und der amüsante Glatzkopf da drüben?" fragte sie. Trish sah ihr kurz über die Schulter, erkannte die Büste und drückte die Vorlauftaste an ihrem Rekorder. Sie wusste genau, wann der Professor auf DEN zu sprechen kam.

Iris hörte ein verächtliches Schnauben. Sie glaubte sogar, die zugehörige wegwerfende Handbewegung zu ahnen: „Bettino Mussonili", sagte der Professor, „ein mörderischer Clown, sonst nicht weiter erwähnenswert... Aber daneben siehst du Vittorio, den Schnellzeichner, wie er aus seinem Fenster schaut: Das ist ein Hurensohn erster Kategorie, er hat sich von mir eine halbe Million geliehen und bis heute, bis heute hat ers nicht zurückgegeben, Hurensohn, hörst du, hörst du!"

In dieser Sekunde war es Iris, als ob ein lebendiger Mensch seinen Kopf an einer bestimmten Stelle zwischen dem wilden Weinlaub hindurchschiebt, um sich etwas frische Luft zu verschaffen. Ein langes, verquollenes Gesicht, unrasiert, und tiefliegende Augen, die von langen Nächten und viel, viel Alkohol erzählten: Vittorio, der Schnellzeichner.

Trish schaltete den Rekorder aus.

„Es ist wundervoll", sagte Iris.

„Das sagt jeder, der es einmal erlebt hat", sagte Trish, „nur haben es noch nicht sehr viele erlebt... Eigentlich wollte ich mit Lisa einen Fotoband machen und Textausschnitte hineinstellen, aber das kam nicht recht voran, und dann ist sie ja verschwunden..."

Sie sahen sich traurig an. Beide hatten sie Tränen in den Augen. Iris sah auf ihre Uhr.

„Es ist Zeit, das Abendessen zu machen", sagte sie, „und diesmal wirst du dich nicht davor drücken, die Gnocchi zu rollen!"

Sie hakte Trish unter und zog sie in die Wohnung.

12.

Kiki sprach den Ortsnamen sehr schnell aus.

„*Wohin*?" fragte Iris. Sie hatte das Wort noch niemals gehört.

„Zum Monte Pincio", wiederholte Kiki, „dort machen die Inline-Scating. Ich hab mich mit Connie dort verabredet... Sie bringt Onkel Robert mit."

Alle Achtung, dachte Iris, Kiki kann ja schon fantastisch organisieren. Ein frühreifer Bursche.

„Monte Pincio?" fragte sie, „Ist das sehr weit?"

„Mitten in der Stadt", sagte Kiki. Er überlegte. „Wenn du willst, können wir vorher auch die Treppe machen."

Iris sah ihn verwirrt an.

„Die Spanische", erklärte Kiki, „die liegt direkt am Weg. Wir können sogar die U-Bahn nehmen."

„Warum willst du U-Bahn fahren?"

„Weil es auf den Straßen zur Piazza di Spagna von Touris und Taschendieben nur so wimmelt."

„Du magst keine Taschendiebe?"

Kiki verzog sein Gesicht: „Wir mögen keine Touristen."

„Ich bin auch eine Touristin", sagte Iris bestimmt. Sie hasste es, wenn Einheimische so arrogant von den Goldeseln sprachen. Da machte es auch keinen Unterschied, wenn dieser Einheimische ihr Neffe war und noch keine zehn Jahre alt.

Iris ließ sich also nicht erweichen: Sie gingen zu Fuß. Schließlich kannte sie die Stadt noch nicht. Ein Spaziergang war genau das Richtige, um sich einen Überblick zu verschaffen.

144

Von der Altstadt her waren sie ganz schön lange unterwegs. Sie kamen sogar am Trevi-Brunnen vorbei. Die Gassen in dieser Gegend waren permanent von Menschen verstopft. Iris verstand Kikis Widerwillen. Als man sie zum dritten Mal in den Po gekniffen hatte, beschloss Iris, nie wieder diesen Weg zu gehen. Immerhin gelang es ihr, die Handtasche zu verteidigen.

Der Junge sagte nichts weiter. Er kannte sich aus, er ging flott voran, er machte um die größten Zusammenballungen einen Bogen. Seine Kondition war erstaunlich, denn Iris begann sich längst nach den Stufen der)Spanischen Treppe zu sehnen. Sie wollte sich einfach nur hinsetzen und ein wenig verschnaufen. (Oder hatten sie das nicht neulich erst verboten?)

„Wie liegen wir in der Zeit?" fragte Iris schwer atmend.

„Ganz gut", sagte Kiki, der immer wieder auf seine Armbanduhr sah. „Wir haben sogar ein paar Minuten herausgeholt."

„Das ist gut", sagte Iris, „dann können wir ja etwas langsamer machen..."

„Wir könnten auch einen Bissen essen", sagte Kiki, „zur Kräftigung."

Iris nickte: „Gibt es hier eine gute Caffeteria?"

Kiki zuckte die Schultern. „An Caffè habe ich gar nicht gedacht. Ich darf das ja nicht trinken."

„Und was schwebt *dir* vor?" fragte Iris.

Kiki lächelte und deutete nach oben. Ein rundbogiges „M", goldgelb. Wenn Iris genauer hingesehen hätte, wären ihr vorher auch die überquellenden Mülleimer aufgefallen.

Das gute am Zwischenstopp bei McD war, dass sie danach nicht mehr weit zu laufen hatten. Kiki wollte mit einer halbvollen Pommes-Tüte losrennen, aber Iris zwang ihn, erst aufzuessen. Sie hatte eine gewisse Scheu, mit den Spuren des kulinarischen Sündenfalls auf der Straße gesehen zu werden. Das war zwar kompletter Unsinn, denn hier kannte sie niemand und jeder, der sie kannte, wusste genau, dass sie selbst ganz gerne amerikanisch aß, aber dennoch... Sie trank sogar den riesigen Diet-Coke-Becher leer, auch wenn der Magen davon eiskalt wurde und sie fühlte, wie sich die Kohlensäure in ihr zu einer riesigen Blase sammelte, die jederzeit laut und gewaltsam aufsteigen und ins Freie explodieren konnte. Aber es war wichtig, Flüssigkeit zu tanken. In Rom schien die Sonne und die Temperaturen stiegen rasant an.

Deshalb hatte sie schon wieder Durst, kaum dass sie das erste Drittel der großzügig geschwungenen Treppenanlage emporgestiegen war. Wo wollten sie sich setzen? Sie sah Kiki an. Der hatte keine Lust, Platz zu nehmen. Er rannte vor ihr hoch, hielt an, sah sich um, winkte, lachte und kam zurück und ging wieder bis zum Fuß der Treppe, um mit Riesenschritten wieder aufzuholen. Er war ein Wunder an Kondition.

Schließlich setzte sich Iris etwa in der Mitte der Treppe in den Schatten der seitlichen Balustrade. Die weißen Travertinstufen sahen zwar nicht sehr vertrauenserweckend aus, aber ihre Müdigkeit ließ Iris alle Bedenken vergessen. Wozu gab es Fleckenentferner? Sie ließ sich mit einem tiefen Seufzer fallen, legte die Ellbogen auf die übernächste Stufe auf und lehnte sich weit zurück. Sie atmete tief durch, schloss die Augen. Der Autoverkehr war weit weg, die anderen Leute auf der Treppe machten nicht viel Lärm. Nur

Stimmengemurmel, keine Lautsprechermusik, keine Bän-
kelsänger – und kein uniformierter Aufpasser, um sie zu
verscheuchen oder gar abzukassieren. Alles ganz ent-
spannt. Aus dem Augenwinkel sah Iris, dass sich Kiki wohl
fühlte und sehr genau wusste, wie weit er weglaufen durfte.
Gut gezogen, dachte sie und war Lisa aus ganzem Herzen
dankbar. Jetzt hätte sie glatt einschlafen können.

„Also wenn ich meinen römischen Erlebnispark mache,
kommt diese Treppe mittenrein", sagte eine Männerstimme
neben ihr.

Iris riss die Augen auf. Sie kannte die Stimme. Die gehörte
zu einem großen, schlaksigen Mann mit einer in diesem
Sommer nicht mehr ganz modischen Fönfrisur. Er trug dafür einen großzügig geschnittenen Anzug aus beigem Hanf,
ein krokodilgrünes französisches T-Shirt und die Rolex, die
er sich gebraucht von seinem ersten Weihnachtsgeld gekauft hatte. Weil Iris die Uhr so passend gefunden hatte.
Seine braunen Lederschuhe waren, wie gewöhnlich, akkurat geputzt. Auf eine Krawatte hatte Peter verzichtet. Er sah
wirklich gut aus.

„Was machst du hier?" knurrte Iris.

„Hallo, schön dich zu sehen..." sagte Peter und lächelte:
„Ein Küsschen ist ja wohl nicht drin."

„Du bist ein Arschloch", sagte Iris. Sie überlegte, ob sie
aufstehen und weggehen sollte. Doch dann beließ sie es dabei, ihm den Rücken zuzukehren. Das hinderte ihn nicht
weiter.

„Wie du siehst, bin auch ich nicht nach Kenia geflogen",
sagte er freundlich, „ich habe mich stattdessen für Rom

entschieden. Eine Stadt, in der man seine große Liebe finden kann, wie es heißt."

Er klang so freundlich und locker, dass sie ihm am liebsten ins Gesicht geschlagen hätte. Oder zumindest in den Bauch geboxt. Aber das kam natürlich nicht in Frage. Er sollte nicht glauben, dass sie noch irgendetwas für ihn empfand!

Wie hatte er sie überhaupt gefunden? – Blanker Zufall, dachte Iris, er kommt nach Rom und geht zur Spanischen Treppe, wie eine Million andere Touris auch. Wir hätten uns genauso an der Fontana di Trevi treffen können... Iris hielt die Luft an: Nein, überall sonst, dachte sie, aber niemals am Trevi-Brunnen! Niemals.

Iris erwartete eine freundliche und nur andeutungsweise vorwurfsvolle Fünf-Minuten-Rede, gekrönt von dem Appell, endlich wieder *zur Vernunft* zu kommen. Das war seine Lieblingswendung, wenn er ihr ein schlechtes Gewissen machen wollte.

Sie saß noch immer mit dem Rücken zu Peter. Eigentlich hätte er längst mit der Ansprache an die Vernunft und das Gewissen anfangen müssen. Ahnte er vielleicht, dass es in Rom kein schlechtes Gewissen gibt?

Hat er sich coachen lassen? dachte Iris: Seine Firma bietet ja für alles Mögliche ein Coaching an, sicher auch für den *richtigen Ton zur Rettung der kriselnden Bettbeziehung*. Wahrscheinlich hatte er einen Intensiv-Workshop hinter sich: 24 Stunden Beziehungstraining für den Umgang mit Widersetzigen zweiten Grades. Der Trainer kam aus L.A., ein Shrink mit Tagessatz von dreitausend Dollar und mehr. Einer, der dafür sorgt, dass die Schaufenstervisagen der Soap Operas bei der Stange bleiben, auch wenn sie mal wieder von den Rockgitarristen verprügelt worden sind.

„Wer bist denn du?" fragte eine Kinderstimme.

148

„Der Peter", sagte Peter.

„Ich bin Christian", sagte Kiki, „und du kennst die Iris?"

„Ja. Ganz gut sogar."

Iris drehte sich zu den beiden um. Aber da rannte Kiki schon wieder die Treppe hinunter. Er hatte ein Talent dafür, sich zu verdrücken, wenn es dicke Luft gab. Jetzt musste sie Peter wieder ansehen. Sich erneut wegdrehen, das wäre kindisch gewesen, affig, dumm, schulmädchenhaft. Nein, das kam nicht in Frage. Und schon gar nicht wollte Iris aufstehen und weggehen.

„Seit wann magst du Kinder?" fragte Peter. Er lächelte ironisch. Diese Geste der Überlegenheit machte Iris rasend. Aber sie hielt den Zorn zurück.

„Ist doch ganz natürlich", sagte sie, und gab sich Mühe, ihre innere Wut zu verbergen. Er hatte kein Recht mehr, ihre Gefühle zu erfahren.

„Kinder sind ganz natürlich?", lachte er: „Am Ende willst du noch selbst brüten." Es sollte verächtlich klingen, doch Iris kannte ihn gut genug, um die Spur Verunsicherung zu ahnen, die er nicht ganz verbergen konnte: Sie bemerkte solche Nuancen. Auch das unterschied sie voneinander.

„Ich habe keine Angst vor Kindern", sagte Iris. Sie verzichtete darauf, das „ich" besonders zu betonen, obwohl sie es gerne getan hätte.

„Gut, dass du keine Angst vor Kindern hast", sagte Peter, „schließlich hat dir deine große Schwester ja eines ans Bein gebunden." Er sah mit einer kurzen Kopfbewegung zu Kiki hinüber, der auf den Stufen der Spanischen Treppe auf und ab sprang, mal beidbeinig, mal auf einem Fuß. Iris hatte für einen Augenblick den Drang, Kiki das Spiel zu verbieten, weil er sich doch dabei verletzen konnte. Aber sie zwang sich, die Angst zu ignorieren. Sie wollte nie wieder Schwäche zeigen, wenn Peter dabei war. Außerdem war Kiki sehr geschickt.

„Aber im Ernst", fuhr Peter fort, „du solltest dich schnell darum kümmern, dass der Junge in ein passendes Heim kommt. Für ne Adoption ist er ja schon zu alt."

„Ich kann ihn auch behalten", sagte Iris. Sie sah Peter offen an. Der hob die Augenbrauen. Dann lachte er: „Kannst du natürlich auch. Aber denk nur an die anderen Urlaubs-Mitbringsel: Man findet sie zuerst ganz toll und dann landen sie doch in der Garage. Das kannst du mit einem Kind nicht machen."

Er lächelte. Der letzte Satz war ein Versuchsballon. Peter hatte sich nicht entscheiden können, ihn ernsthaft-besorgt-mahnend zu sprechen oder aber als Witz. Also hielt er ihn in der Schwebe und lauerte auf Iris' Reaktion. Je nachdem, wie sie den Satz aufnahm, würde er etwas nachlegen. Das Ganze als Scherz abtun, wenn sie beleidigt reagierte oder aber im Brustton der Überzeugung auf die moralische Karte setzen.

Iris konnte sich ein Lächeln nicht verkneifen: Sie kannte seine Taktik. Du überraschst mich nicht mehr.

Peter missdeutete ihr Lächeln. „Na, bist doch nicht so humorlos, wie's zuerst aussah", sagte er und legte seinen Arm um ihre Schultern: „Was wollen wir jetzt tun?"

Iris ahnte sein Kalkül. Er rechnete damit, dass sie seinen Arm von sich schob. Dann hätte er noch ein paar sanfte Sätze nachgelegt, Süßholz geraspelt, wie man früher sagte und den nächsten Versuch vorbereitet, um Körperkontakt aufzubauen. Deshalb schob sie seinen Arm nicht weg. Sie machte sich nur ganz steif. Er sollte das Gefühl haben, als umarmte er eine Betonfigur.

„Oben am Pincio ist ein In-Line-Scater-Wettbewerb", sagte Iris, „Christian will da unbedingt hin." Sie vermied es bewusst, „Kiki" zu sagen. Peter sollte keinen Anteil an dieser Vertrautheit haben.

„Inline-Scating... Etwa mit Techno-Musik?" fragte Peter. Stirnrunzelnd.

„Wahrscheinlich."

Er winkte ab: „Diese one-hundred-eigthy bpm habe ich noch vom letzten Gartenfest in Erinnerung...." Er schüttelte sich.

„Damals hast du dich nicht beklagt", sagte Iris: Peter hatte die ganze Nacht lang mit den Praktikantinnen getanzt. So intensiv, dass seine Kollegen schon anfingen, Witze zu reißen. Damals hatte es Iris noch beschämt. Heute würde sie darüber lachen.

„Warum bringen wir den Jungen nicht ins Bett und unternehmen selbst etwas Romantisches, zu zweit, im lauen römischen Frühling?" Peter zwinkerte ihr zu.

„Ins Bett bringen? Es ist gerade mal halb sieben."

„Kinder brauchen viel Schlaf", legte Peter nach.

„Ich kann ihn doch nicht allein lassen", sagte Iris. Sie überzog die Empörung im Tonfall ein wenig. Doch auch diese Nuance ging an Peter vorbei.

„Natürlich kann man das. Die Kids schlafen wie ein Stein. Der Junge muss doch nicht mehr gefüttert werden oder so."

„Und wenn er aufwacht und Angst hat?"

„Dann ruft er nach seiner Mutti - und die ist ohnehin nicht da."

Arschloch, dachte Iris und hätte es im ersten Impuls auch ein zweites Mal gesagt. Doch die Wiederholung hätte dem Schimpfwort seine Stärke genommen. Sie schaute ihn deshalb nur böse an und stand wortlos auf.

„Hey, das mit der Mutter war ein Witz!" sagte Peter und stand auch auf. Er streckte seine Hand nach ihrem Arm aus, doch sie entzog sich ihm.

„Christian!" rief sie, „komm, wir gehen jetzt zum Pincio!"

Kiki hatte sich gerade darauf verlegt, drei Stufen einbeinig zu nehmen. Damit war er wirklich an die Grenze seiner Geschicklichkeit gestoßen. Es wurde Zeit, ihn mit etwas anderem zu beschäftigen. Außerdem wurde es Zeit, sich von Peter zu verabschieden.

„Hör mal, Iris", sagte Peter und trat neben sie, „du kennst mich doch, ich hab nun mal ein loses Mundwerk... und das mit Lydia tut mir auch aufrichtig..."

„Lydia?" fragte Iris dazwischen. Peter sah sie irritiert an. „Na, deine Schwester..." Sie antwortete mit einem stummen Kopfschütteln. „Hieß sie nicht Lydia?" fragte er kleinlaut, „entschuldige, aber du hast nie viel von ihr erzählt."

Jetzt war Kiki heran. Iris streckte ihm ihre Hand entgegen, Kiki nahm sie und gab den Weg vor. Er kannte sich aus.

„Hey, ich hab immer respektiert, dass ihr Probleme habt.... das kannst du mir doch jetzt nicht vorwerfen, dass ich..." Peter warf die Netze, mit denen er für gewöhnlich Iris' Selbstvorwürfe einfangen konnte, in weitem Bogen aus. Doch er zielte daneben. Iris ließ sich von Kiki die Treppe hochziehen und dann weiter bergan, auf dem direkten Weg zum Monte Pincio. Sie hätte sich ja gerne umgedreht, nachgesehen, was Peter macht. Aber sie zwang sich, nur nach vorne zu schauen.

Sie ließen die Trinità-Kirche, die über der Spanischen Treppe thront, rechts liegen und folgten der Straße bergan.

„Dieser Peter folgt uns", sagte Kiki nach einer Weile.

„Ach, er macht halt seine Touristenrunde", sagte Iris. Sie sah sich nicht um.

„Hier gehen keine Touristen", sagte Kiki.

Tatsächlich, außer ein paar Handwerkern und Anzugträgern war hier niemand unterwegs. Die Frauen trugen entweder Einkaufstaschen oder die gestresste Miene von Berufstätigen. Oder beides. Touristinnen waren sie mit Sicherheit nicht.

„Wir gehen an der Borghese vorbei, drüben an dem Taxistand entlang und sind dann gleich am Pincio", erklärte Kiki. „Aber so läuft kein Touri... Das heißt, dieser Peter ist hinter *dir* her."

Iris hätte sich diese Altklugheit am liebsten verbeten. Aber sie ahnte, dass ein Verbot nur den Reiz erhöht, in der Wunde zu stochern. Also entschied sie sich, Kiki lieber in ein Gespräch übers Inline-Scating zu verwickeln. Ob er selbst fahren könne? Nein, aber er wolle es lernen, sobald er zehn sei. Warum erst dann? Früher wollte seine Mutter immer dabeisein und das ist doch so peinlich. Deshalb haben sie eine Abmachung. Wenn er zehn ist, darf er einen Kurs besuchen. Allerdings darf er sich auch nie beklagen, wenn er die Hände und Ellbogen aufschrammt. Und falls es zu einer Kopfverletzung kommt, ist Schluß mit Inline. Aber dafür gibt es ja Sturzhelme und Visiere.

„Kannst *du* inline fahren?" fragte Kiki.

„Ich hab früher mal Eislaufen gemacht", sagte Iris. Sie bedauerte das Geständnis im nächsten Moment.

„Wettrennen oder Figuren?" bohrte Kiki nach.

Iris überlegte, ob sie lügen sollte. Aber es war zu spät.

„Also Figuren", stelle Kiki kalt fest: „Eis-Kunst-Laufen…" Sein Tonfall verriet alles. Das war so ziemlich das Langweiligste an Sport, das er sich vorstellen konnte. Mädchengehopse.

„Damit hab ich aber früh aufgehört", sagte Iris. Sie ärgerte sich ein wenig, dass sie sich sogar schon vor einem noch nicht Zehnjährigen rechtfertigte. Aber schließlich musste sie sich Respekt verschaffen: „Später hab ich dann Handball gespielt."

„Handball?"

„Aber ja."

„Hast du dir auch was gebrochen?"

„Nein", sagte Iris, „nur ein paar Mal den Knöchel verstaucht."

„Hast du anderen was gebrochen?"

Iris sah ihn irritiert an.

„Na, hast du dem Gegner mal den Arm oder nen Fuß gebrochen?" insistierte der Junge.

„Nie mit Absicht", sagte Iris, „das wäre unfair."

„Wahnsinn!" – Kiki zischte durch seine Zahnlücke: „Eine echte Knochenbrecherin!"

Kiki war nicht nur ein guter Organisator. Er hatte auch das Talent, sehr passende Treffpunkte zu vereinbaren. Obwohl auf dem Weg zum Pincio mit jedem Meter mehr Menschen auftauchten, Kinder, Teenies, junge Erwachsene, Eltern, Großeltern, bestand keine Gefahr, sich im Gewühl zu verfehlen. Jedenfalls entdeckten sie Robert und Connie sofort. Die beiden kamen armschwenkend herübergelaufen, Kiki rannte ihnen entgegen.

Connie ersparte sich einen Gruß.

„Weißt du, wer euch verfolgt?" rief sie stattdessen, sobald sie sicher sein konnte, dass Iris ihre Stimme verstand.

Iris nickte.

„Ist doch nicht zu glauben!" schimpfte Connie. Sie drohte mit der Faust in Richtung Peter. „Soll ich ihn verjagen?"

„Lass doch", sagte Iris, „das ist ein freies Land. Und solange er auf Abstand bleibt, ist es mir scheißegal."

Jetzt war Robert Keller heran.

„Gibt es Probleme mit dem Mann da hinten?" fragte er.

„Ist nur ein Gespenst aus alter Zeit", sagte Iris.

Keller zog die Stirn in Falten. So naiv war er nun wirklich nicht.

„Könnt ihr zu dritt losziehen?" fragte Iris.

„Also doch!" schnaubte Connie. Sie gab sich keine Mühe, ihre Verärgerung zu verbergen. „Sobald wir weg sind, wird er dich anbaggern, das ist doch klar!" Sie war empört.

Iris lächelte. Sie strich ihrer Freundin sanft über den Oberarm. „Schön, dass du dich sorgst", sagte sie, „aber ICH muss die Sache klären, verstehst du: Jetzt ist die Chance, ihn ein für allemal loszuwerden."

„Sag es ihm einfach!" schlug Connie vor. „Er soll in sein Hotel zurück und dir nicht mehr unter die Augen kommen..." Sie schrie die Worte in Richtung Peter.

Der war etwa zwanzig Meter entfernt stehengeblieben. Er lehnte an einer Laterne, die Hände in den Hosentaschen. Das sah so ungeheuer lässig aus, dass Connie fast in die Luft ging.

„Am liebsten würd ich einen Stein werfen..." knurrte sie.

Iris warf Robert einen bittenden Blick zu. Das wirkte. Robert Keller war ein echter Gentleman, ein Freund, ein

Helfer. Er fasste Connie sanft am Arm und drehte sie einfach um 180 Grad.

„Da drüben ist das Fest", sagte er freundlich, „da spielt die Musik."

Iris hielt die Luft an. Sie hätte gewettet, dass diese Worte nicht gut gewählt waren. Connie konnte zur Furie werden, wenn sie ein Mann an die Hand nehmen wollte und dabei behandelte wie man trotzigen Schulmädchen zuredet. Aber Iris täuschte sich. Connie grummelte ein paar kaum hörbare Verwünschungen, dann schloss sie Iris noch einmal in ihre starken Arme, knurrte „Sei bloß auf der Hut!" und machte sich mit Robert Keller und Kiki auf den Weg.

„Die drei sind ne nette kleine Familie", sagte Peter, als er herüberkam. Er hatte natürlich nur darauf gewartet, dass Connie und der Fremde und der kleine Junge verschwanden.

„Lass uns reden", sagte Iris. „Aber nicht hier, auf der Straße!"

Sie hatte sich für einen entspannten Abschied in netter Atmosphäre entschieden. Das war die würdigste Art, diese Beziehung zuende zu bringen. Ohne laute Töne, mit einem guten Wein und einem feinen Menu. Sie dachte an eine der Osterien, an denen sie vorbeigelaufen waren, als sie zum Petersdom gingen. Das war zwar am anderen Ende der Innenstadt, aber wozu gab es Taxis? Sie würde Peter bezahlen lassen.

Iris erinnerte sich an den Taxistand vor dem Park der Villa Borghese. Das war nur etwa fünf Minuten entfernt. Sie marschierte sofort los. Peter folgte ihr auf den Fuß.

„Warum bist du so sang- und klanglos verschwunden?" fragte er von schräg hinten. Iris sah ihn im Gehen über die Schulter an. Ein Blick genügte. Peter erkannte sofort, dass diese Frage in diesem Moment ein schwerer Fehler war.

Normalerweise verhielt er sich nicht so ungeschickt, wenn es ernst wurde.

„Entschuldigung, aber ich hab ein paar aufreibende Tage hinter mir", sagte er, mit einem Hauch von Verletztheit: „Verstehst du: Ich will in Urlaub fliegen, steh am Bahnhof und warte auf dich..." Er kam einfach nicht von diesem Thema los! Iris fühlte, dass er eigentlich sehr genau wusste, wie dumm es war, zum Einstieg auf dieses Problem loszugehen. Dabei war er normalerweise ein Meister darin, die Klippen so lange zu umschiffen, bis er solche Momente für sich umdrehen konnte. Sie hatte wirklich Angst vor dem samtenen Ton seiner Stimme, der scheinbaren Selbstironie, den ach-so-ehrlichen Blicken. Wenn er wollte, konnte er ein verdammt guter Verführer sein. Einer, der die ganze Klaviatur beherrscht. Aber jetzt war er nicht gut drauf. Auch wenn er verdammt gut aussah, in dem legeren Anzug, der seinem schlanken, langen Körper eine Präsenz verlieh, die er sonst nicht hatte. Iris ärgerte sich ein wenig, dass er sie anregte. Andererseits musste sie es ihn ja nicht spüren lassen.

„Ich hab keine Lust mit dir über die Tage vor dem Urlaub zu reden", sagte Iris hart. „Du weißt selbst sehr genau, warum das alles passiert ist. Sonst wärst du auch nicht hier."

„Vielleicht ist das nur Zufall." - Peter spielte den Ball zurück. Er wollte spitz klingen, mit einer Spur Bitterkeit darin. Aber er schaffte es nicht, seine Unsicherheit wegzudrücken. Die Aura der Überheblichkeit war weg. Iris war's zufrieden.

„Wer sagt dir denn, dass unsere Begegnung nicht reiner Zufall war, oder gar Fügung?!" legte Peter nach.

„Das sagt mir meine weibliche Intuition." – Iris lachte ihn kalt an. Ein Hauch Verachtung, dachte sie, das ist gut. Sie sah, wie Peter mit seiner Verärgerung rang. Dadurch vergaß er, auf seine Körperbewegungen acht zu geben. Sie mochte das. Peter hatte, ohne es zu wissen, soviel aufregend Animalisches an sich, wenn er nicht darüber nachdachte, wenn er sich nicht steuern wollte. Oder konnte. – Sie liebte diese Art von Männlichkeit.

Sie waren beim Taxistand angekommen. Iris nannte den Namen der Straße, um die sich die Osterien drängen und setzte sich neben den Fahrer. Peter musste hinten einsteigen. Keine Chance, jetzt viel zu besprechen. Das gefiel Iris. Sie klappte die Sonnenblende am Beifahrersitz herunter und holte den Lippenstift vor. Dabei ging es ihr natürlich nicht um ihr Outfit, sondern um die Beobachtung Peters. Er sah von ihr nicht mehr als das kühle Augenpaar. Iris dagegen konnte ihn studieren, wie sie wollte: Er hatte etwas abgenommen, gerade dort, wo man bei ihm jedes Gramm Fett unangenehm bemerkt: Am Bauch.

Sie schwiegen bis ans Fahrziel. Peter hatte nicht genügend Bargeld. Sagte er jedenfalls. Aber der Fahrer nahm natürlich auch die Karte.

„Und gib zehn Prozent Trinkgeld!" sagte Iris. Peter gehorchte.

Iris wusste genau, in welche Osteria sie wollte. In die einzige, die gekachelte Wände hatte und bei der riesige Colaflaschen im Fenster standen. Alle anderen Lokale waren „wie geleckt" und das nahm sie als Alarmzeichen. Hier aber kümmerten sich die Leute nicht um die Gewohnheiten der Touristen: Schon die Gardine, die das große Panoramafenster verhängte, das zur Straße zeigte, war ziemlich angegraut und ungebügelt. Ein Horror für jede ordentliche deutsche Hausfrau.

Das Lokal selbst bestand aus einem schmucklosen rechteckigen kleinen Saal. Vorraum oder Windfang gab es nicht. An der Stirnseite ein kurzer Tresen. Die Messingarmaturen waren etwas fleckig, die Plastikeinlegearbeiten längst verblichen. Dahinter, direkt an der Wand, stand ein Gläserschrank im Stil der späten Sechziger. Im Speiseraum gab es etwa ein Dutzend quadratische Tische. Sie waren jeweils für vier Personen eingedeckt. Drei Tische hatte man zusammengestellt. Eine kleine Tafel. Hier stand das einzige Reservierungsschild. Auf den Tischen lagen Wegwerfdecken aus weißem Papier. Porzellanteller und schlichte Weingläser, die man für Roten wie für Weißen nehmen konnte. Daneben Stoffservietten. Die Wirtsleute wussten, was wichtig war. Das schätzte Iris sehr.

Der Fußboden bestand aus Fliesen. Kein Terracotta, sondern helle Steine mit grauen und schwarzen Einschlüssen, die Iris aus dem Hauseingang ihrer Eltern kannte. Auch die Wandfliesen erinnerten sie an Badezimmer aus den sechziger Jahren. Eine angenehme Erinnerung.

Sie waren gottseidank nicht die allerersten Gäste. Zwei Männer in roten Overalls saßen schon an einem Tisch, unmittelbar am Tresen. Sie hatten Campari mit Eis vor sich und redeten halblaut und mit rasender Geschwindigkeit. Ein Mann im weißen Hemd lümmelte hinter dem Tresen und folgte ihrer Unterhaltung. Von Zeit zu Zeit warf er einen kurzen Satz ein. Man kannte sich.

Der Kellner sah nur kurz auf. Peter zeigte das Victory-Zeichen und rief dazu „per due persone", ohne sich Gedanken darüber zu machen, ob der Satz korrekt wäre. Jedenfalls wurde er verstanden. Der Mann vom Tresen lud mit vager Handbewegung und eingefrorener Miene dazu ein, irgendwo Platz zu nehmen. Iris entschied sich für einen Tisch an der Längswand. Sie wählte auch den Stuhl, dessen Rücken zur Wand zeigte. So konnte sie den Raum überblicken. Peter setzte sich zu ihrer Rechten.

Vor ihnen lag eine maschinengeschriebene Speisekarte. Dafür genügte eine Seite aus dem Rechenheft. DIN A5, wie Iris noch aus ihrer Schulzeit wusste. Aber verwendeten die Italiener deutsche Industriemaße? Sie überlegte ernsthaft, ob sie mit Peter darüber diskutieren sollte.

„Du möchtest etwas essen?" fragte Peter.

Kunststück! Warum wäre sie sonst in ein Speiselokal gegangen?

„Hast du einen Sprachführer dabei?" fragte er weiter.

„Nicht nötig", sagte Iris. Ihre Stimme klang spöttisch. „Ich weiß, was ich will."

Sie entschied sich für einen Meeresfrüchtesalat zur Vorspeise und danach für Linguine mit einer Soße, in der „vitello" war, also Kalbfleisch. Peter studierte die Karte, wagte aber nicht zu fragen, was welche Speise sein mochte. Dafür ist er zu eitel, dachte Iris, außerdem kann er sich das eine oder andere wohl auch zusammenreimen.

„Wollen wir jetzt reden", sagte Peter, als er die Karte zur Seite legte.

„Lass uns erst bestellen", sagte Iris. Peter nickte. Er sah zum Kellner hinüber und winkte ihm zu. Der nickte zurück. Er kam aber nicht.

Jetzt erschien eine kleine, rundliche Dame mittleren Alters im Türausschnitt neben der Theke. Sie trug eine Schürze und darunter eine alte Jogginghose. Neben ihr drängten sich zwei junge Mädchen. Iris überlegte, wie alt der Kellner sein mochte. Vielleicht Anfang 20. Er sah den beiden Mädels ähnlich. Sie waren wahrscheinlich Geschwister. Ein weiteres Gesicht erschien in einer Durchreiche neben der Tür. Hier ging es offenbar in die Küche, von der man aber nicht viel sah. Das Gesicht gehörte zu einem Mann undefinierbaren Alters. Vielleicht war's der Ehemann der runden Dame, vielleicht ihr ältester Sohn. Wirklich schwer zu sagen.

„Soll ich rufen?" fragte Peter. Er rutschte ungeduldig auf seinem Stuhl hin und her.

„Untersteh' dich!" zischte Iris.

Sie genoss seine Unruhe. Peter war nicht der Mann, der gerne wartete. Überhaupt gab es nur wenig Männer, die sich mit einer Situation abfinden konnten, in der sich zuwarten mussten. Das wusste Iris vom Tagesgeschäft in der Bank nur zu genau. Sie liebte es, unangenehme Kundschaft warten zu lassen, wenn die etwas von ihr wollten und höflich bleiben mussten. Nichts war schöner als ein Business-Anzugs-Arschloch zu erleben, das seine Kreditlinie verlängert haben wollte...

Jetzt kam der Kellner herüber. Iris fiel sofort auf, dass er nicht lächelte. Das war hierzulande ungewöhnlich. Aber sie fand es sympathisch. Ihr kam es sogar vor, als ob sie der Kellner an jemanden erinnerte, den sie kannte. Der Mann stellte nur den Kopf schräg, um die Bestellung aufzunehmen.

„Insalata frutti di mare, linguine de la casa..." bestellte Iris. Der Mann schrieb es auf. „E con vitello, si?" fragte sie sicherheitshalber nach.

„Vitello, si" sagte der Kellner. Jetzt lächelte er kurz. Ganz kurz: Als er Peter ansah, war sein Gesichtsausdruck schon wieder absolut nichtssagend.

„Per me aussi", sagte Peter: „Frutti di mare, linguine."

„Wir müssen noch Getränke bestellen", sagte Iris: „Acqua minerale, un litro, per favore."

„Vino bianco de la casa?" fragte der Kellner zurück.

„Nono", sagte Peter schnell, „per aperitifo: Prosecco!"

Er deutete pantomimisch eine Flasche an. Der Kellner nickte und ging, noch ehe Iris sich wundern konnte:

„Eine ganze Flasche Prosecco?"

„Das ist es mir wert." – Peter lehnte sich lächelnd zurück. „Nettes Lokal", sagte er, „gefällt mir... Wirklich."

Iris nickte: „Dann ist es ja gut." Mehr sagte sie nicht.

Sie konnte zuwarten. Peter spürte genau, dass er jetzt keinen Fehler machen durfte. Ein falscher Satz und er hätte verloren. Iris verloren.

„Ich habe sehr viel nachgedacht", sagte er, nachdem sie eine ganze Weile nichts gesprochen hatten. Er sah zur Seite, als könnte er ihrem Blick nicht standhalten. „Als du verschwunden bist, war es, als wäre damit unser gemeinsames Leben zuende. Eben haben wir noch telefoniert und dann, peng, weg warst du... Ich habe eine gute Stunde in diesem Café am Bahnhof gewartet, auf der Zwischenebene, wo es so schrecklich zieht und stinkt, es ist wirklich kein schöner Ort... aber ich konnte einfach nicht aufstehen. Ich saß da, wie gelähmt... Ja, es ist so ein dummes Klischee, aber es stimmt: Es war, als hätte man mir alle Kraft abgeschaltet... Ich saß da, ich bestellte mir ein zweites Kännchen Kaffee und einen Cognac und eine Packung Zigaretten, ich rauchte und versuchte, nachzudenken... Aber ich habe nicht nachgedacht. Ging nicht."

Peter stockte. Der Kellner brachte die Flasche Prosecco und zwei Kelchgläser. Peter wartete bis eingeschenkt war und nahm sofort einen großen Schluck. Er stellte das Glas zurück, drehte es aber auf der Tischdecke hin und her. Sie schwiegen. Iris hatte kein Bedürfnis, etwas zu sagen. Peter schien nach Worten zu suchen.

„Ich habe dich nie belügen wollen", sagte er schließlich unvermittelt.

„Dafür ist es aber sehr oft passiert", sagte Iris. Es klang hart. Gut so.

„Ich muss immer stark sein", sagte Peter, „ein Indianer kennt keinen Schmerz..." Er lachte, mit einer Spur von Bitterkeit. – Iris sah ihn nachdenklich an: War er ein so guter Schauspieler? Es wurde Zeit, ihn auf die Probe zu stellen.

„Warum bist du hier?"

Peter hob seinen Blick: „Die Wahrheit?"

Sie nickte. Er schaute auf sein Weinglas.

„Ich hab hier einen geschäftlichen Termin... deshalb ist es nicht weiter schlimm, wenn ich die Zeit nutze, um nach dir zu sehen."

„Woher weißt du, dass ich hier bin?"

„Deine Mutter."

Iris lächelte. Ihre Mutter war mit Peter immer sehr zufrieden gewesen. Peter war der ideale Schwiegersohn. Ihr Vater konnte ihn nicht ausstehen. Aus Konkurrenzgründen: Peter war jünger, sah besser aus und hatte ein Studium abgeschlossen. Wahrscheinlich musste sich der alte Mann sogar noch abends in Bett die Schwärmereien seiner Frau anhören, von diesem netten und zuvorkommenden und so gebildeten jungen Mann...

„Halt ihn gut fest, so einen kriegst du nie mehr wieder", hatte die Mutter ihr eines Tages zugeflüstert. Iris war drauf und dran gewesen, Peter allein deswegen zu verlassen.

„Und, wie laufen die Geschäfte?" fragte Iris.

„Kommen nicht vom Fleck. Ich werde morgen abend zurückfliegen, unverrichteter Dinge, wie man so schön sagt."

„Kommst du wieder?"

Peter zuckte die Schultern: „Wenn ich wieder auftauche, dann wohl nicht der Geschäfte wegen..." Er sah sie ernst an. Hob das Glas: „Lass uns anstoßen."

„Worauf?"

„Dass ich dich so prompt gefunden habe."

„Mutter hat dir doch meine Adresse gegeben", sagte Iris spöttisch.

„Aber ich habe dich an der Spanischen Treppe getroffen", sagte Peter, „und das war reiner Zufall. Ehrlich, ich wollte nur mal hinüber, um mich zu sammeln, ein wenig Sonne, Urlaubsflair... und um zu überlegen, wie ich dich anspreche, ob ich anrufe oder einfach vor der Tür stehe... Und dann warst du da, auf der Treppe, ein wenig außer Atem... und schöner denn je."

Er goß die Gläser nach. Iris sah ihn an. In ihrem Blick war Neugier. Sie fragte sich, ob er die Wahrheit sagte.

„Vielleicht hast du vor meinem Haus auf der Lauer gelegen und bist mir bis zur Treppe gefolgt..." Es klang neckisch, nicht böse.

„Dann hätt ich ein paar Stunden vor deiner Tür gesessen", sagte Peter, „und gewartet, bis du erscheinst und hätte es zuerst nicht gewagt, dich anzusprechen..." Er lächelte. „Du hast recht. So war's. Das ist noch romantischer."

Da war eine Sanftheit in seinem Blick, die Iris nicht kannte. Oder längst vergessen hatte. Wenn es für diese Sanftheit einen Intensivkurs gab, dann war der Trainer sein Geld wert...

„Es ist komisch", sagte Peter, „erst wenn man glaubt, jemanden verloren zu haben, ahnt man, wie wichtig dieser Jemand ist... und du bist für mich verdammt wichtig."

„Wichtig genug, dass du für mich ein paar Stunden freinimmst, auf einer Geschäftsreise..." Iris hätte gerne zynischer geklungen. Doch ihr gelang kaum mehr als ein wenig Ironie.

„Ich weiß ja, dass ich ein Tölpel bin", sagte Peter.

Tölpel! wunderte sich Iris, wo hat er dieses Wort her?

„Ich bin nach Rom gekommen, obwohl das Geschäft nicht gut steht", sagte er dann, „kaufmännisch kann ich das nicht rechtfertigen..."

„Dann wirst du Ärger mit Jochen bekommen!" sagte Iris. Sie lächelte. Jetzt schwang noch nicht einmal mehr Ironie mit.

„Pfeif auf Jochen", sagte Peter. Er hob sein Glas. Sie stießen an, sie tranken beide auf einen Schluck leer. Er füllte sofort nach.

„Ich bin dabei zu lernen, dass es wichtige Dinge gibt, die nichts mit dem Geschäft zu tun haben." Er berührte ihre rechte Hand. Iris zog sie nicht weg.

„Ich hab Sehnsucht nach dir", sagte er leise. Er strich über ihren Handrücken. „Komm zu mir zurück."

Er sah sie an. Sie bemerkte den Schimmer in seinen Augen. Waren es Tränen?

Der Kellner brachte die Vorspeise. Beide Portionen Meeresfrüchtesalat auf einem großen Teller. Iris nickte ihm freundlich zu. Peter sagte „Grazie". Der Kellner brummte „prego" und verschwand.

„Darf ich dir vorlegen?" fragte Peter. Iris nickte. Sie konnte sich nicht erinnern, wann er zuletzt so höflich war. Wann er jemals so höflich war. - Sie sah Peter an und sie erlebte ihn verändert. Welche Zauberformel hatte ihn verwandelt? Noch auf der Spanischen Treppe hätte sie gewettet, dass er nur ein Standardprogramm abspulte, eine kalte Kosten-Nutzen-Rechnung: Wieviel hab ich schon in Iris investiert? Will ich sie zurückhaben und wieviel Gefühlsaufwand ist es mir wert?

Aber *dieser* Peter war ganz anders.

Iris glaubte es nicht. Sie sah Peter an und spürte die Maikäfer im Bauch. Wann war ihr das zuletzt passiert? Verdammt lang her, dachte sie im ersten Moment. Aber das stimmte nicht. Der Nachtspaziergang mit Mario war auch etwas besonderes gewesen. Mario hatte Iris zum Schwingen gebracht, Pater machte sie kribbeln. Iris musste über diese feine Unterscheidung kichern. Peter lachte zurück: „Noch etwas Prosexxo?"

Sie kicherten beide über den Versprecher. Wie Teenies. Hatten sie früher überhaupt jemals miteinander gekichert? Peter hob die leere Flasche und winkte damit dem Mann hinter dem Tresen zu. Eine Minute später hatten sie Nachschub.

Peter schob seine Rechte ganz langsam über den Tisch. Er fasste Iris' Hand und führte sie zu seinem Mund. Ein Kuss. Er nahm die Hand ganz vorne und griff nach jedem einzelnen Finger, um die Fingerspitze zu küssen. Den Zeigefinger nahm er sacht in den Mund. Iris gluckste. Sie fühlte, wie sie rot wurde.

166

Ohne dass sie darüber nachdachte, zog sie ihre Pumps aus und tastete mit dem Fuß nach Peters Hose. Die Hosenbeine seines Anzugs waren zum Glück weit genug geschnitten, dass sie am Knöchel Eingang fand. Sie spürte seine Socken, dann spürte sie durch ihren Strumpf die stachelige nackte Haut. Peter fuhr sich mit der Zunge über die Lippen.

„Seidenstrumpf?" frage er.

„Man gönnt sich ja sonst nichts", sagte Iris.

Sie zog sich wieder sacht aus dem Hosenbein zurück und strich mit dem Fuß außen, auf dem Stoff nach oben. So kam sie viel weiter. Sie fand bis in Peters Schritt. Er zischte auf. Sie spürte die prompte Reaktion. So hatte sie ihn noch nie erlebt. Sie hatte es auch noch nie so versucht. Sein Blick verriet, dass er es genoss.

Als der Kellner an ihrem Tisch vorbeiging, um die nächsten Gäste zu begrüßen, hielt Iris ihren Fuß still, ohne ihn wegzuziehen. Sie verschwendete keinen Gedanken darauf, ob jemand ihre Stellung bemerken konnte. Es war ihr egal. Und der Römer war jedenfalls diskret genug, sich jeder Andeutung zu enthalten. In Blicken, Gesten und natürlich in Worten: Wie sollten die beiden Deutschen auch eine Anspielung verstehen, wenn sie noch nicht einmal das einfache Küchenitalienisch kapierten?

Iris spießte ein Stück Riesentintenfisch mit der Gabel auf. Man erkannte noch die Saugnäpfe, das Fleisch schimmerte violett-weiß, die Marinade triefte auf den Teller herab. Sie biss in das Stück, sie spürte die seltsame Konsistenz des Tintenfisches und ehe sie weiter darüber nachdachte, hielt sie das halbfeste Stück Fleisch in ihren Lippen und saugte daran.

Peter ließ sein Besteck sinken. Er beobachtete Iris, er ballte seine Rechte zur Faust und biss in den angewinkelten Zeigefinger. Er biss heftig zu, es musste ihn schmerzen. Aber es machte auch Lust.

„Entschuldige", sagte Iris. Sie konnte einfach nicht mehr. Sie schob das Stück Tintenfisch in den Mund, wischte die Essig-Öl-Marinade mit der Serviette ab, legte die Gabel zur Seite und stand auf. Dabei musste sie einen Moment innehalten und mit dem Fuß blind nach dem Schuh angeln. Sie hatte das Gefühl, das dauere eine halbe Ewigkeit und jeder, wirklich jeder im Gastraum würde sich mit verwunderten Blicken an ihr festsaugen.

Aber dann klappte es doch. Sie ging, leicht schwankend, auf den Kellner zu und fragte nach der Toilette.

Iris musste zweimal in die Richtung sehen, in die der Mann wies: Es war eine Art Tapetentür, fast unsichtbar neben der Speiseausgabe eingelassen. Iris öffnete die Tür. Drinnen war es eng und dunkel. Sie brauchte etwas, bis sie den Lichtschalter fand. Die Toilette bestand aus einem schmalen Raum, nicht viel breiter als der Türstock. Linkerhand kam gleich ein kleines Waschbecken, neben dem ein sehr fadenscheiniges Handtuch hing. Gleich dahinter erhob sich der Thron, die Toilettenschüssel. Iris hatte mit einem Stehklo gerechnet. Die Porzellanschüssel war offensichtlich ein Zugeständnis an Touristen aus nördlichen Gefilden. Umso besser. Sie maß die Entfernung von der Schüssel zur Tapetentür. Das war vielleicht ein Dreiviertelmeter. Zum Glück war sie nicht wegen Blähungen auf die Toilette gegangen. Jedes Geräusch würde sich nahezu ungefiltert in den Gastraum übertragen...

Sie wollte das Gabinetto hinter sich schließen. Doch irgendetwas verhinderte das. Sie sah sich über den Rücken um.

Eine Hand hielt die Tür. Hatte sie etwas vergessen? - Da erkannte sie die Hand und den, der dazugehörte. Es war Peter. Er schob sich zu ihr in die Toilette und verriegelte sofort. Für einen Sekundenbruchteil stellte sich Iris die Gesichter der Wirtsleute vor und der anderen Gäste. Aber dieser Gedanke verging.

Peter packte sie an der Hüfte. Er hob sie mit seinen starken Armen hoch. Sie schlang ihre Beine instinktiv um seine Oberschenkel. Er fasste tiefer, an ihren Hintern und setzte Iris auf dem kleinen Handwaschbecken ab. Sie fühlte das kalte Porzellan der Beckenwand. Doch es war ihr egal. Sie spürte seinen Griff, der unter ihrem Rock nach dem Slip tastete, sie fühlte, wie er das Höschen herabzog, sie lüpfte kurz ihren Po.

Das alles geschah automatisch. Iris dachte über nichts mehr nach. Mit ihren Händen hielt sie Peters Kopf, wühlte sich durch seinen Kurzhaarschnitt, zwiebelte seine Ohren, strich mit spitzen Fingernägeln über seinen Hemdrücken, drückte die Nägel tief ein, so tief, dass sie sein Seufzen hörte und presste ihre Lippen auf die seinen und schob ihre Zunge tief, tief in seinen Mund...

Sie schloss die Augen.

„Das Fenster ist zu klein", sagte Iris zwischen den Haarnadeln durch. Sie hielt die Dinger im Mund, um sie schnell zur Hand zu haben, beim Richten ihrer Frisur. Dabei wies sie mit einer kurzen Kopfbewegung zu dem winzigen Fenster über der Toilettenschüssel. „Wir müssen also zurück."

Zurück, das hieß: In den Gastraum, von dem sie die ganze Zeit nur eine Tapetentür getrennt hatte. Das Sperrholz war bestenfalls einen Zentimeter dick, wahrscheinlich weniger. Viel weniger.

„Wir waren nicht sehr laut", sagte Peter.

Seine Frisur musste er nicht richten. Er öffnete entschlossen die Tür. Iris hatte damit gerechnet, dass jetzt ein Dutzend Lauscher auseinanderstob. Doch draußen schien sich niemand um sie zu kümmern. Ein paar Gäste waren hinzugekommen, andere waren gegangen. Die Wirtsleute schafften an der Theke oder trugen Speisen auf. Im kleinen Wandausschnitt der Küchenausgabe tauchte für eine Sekunde ein Gesicht auf, das sofort wieder verschwand. Iris hatte das unangenehme Gefühl, jemanden gesehen zu haben, der sie kannte. Den sie kannte. Aber sie hatte dieses Gefühl bei jedem. Ob Gast, ob Kellner, sie schienen ihr mit einem Mal auf eine bestimmte Weise vertraut. Viel zu vertraut.

Sie gingen an ihren Tisch zurück. Der Meeresfrüchtesalat stand noch da, nahezu unberührt. Außerdem dampften die beiden Nudelspeisen.

„Lass uns gehen", sagte Iris.

Peter nickte. Er zog seine Brieftasche hervor und suchte nach der Kreditkarte.

„Hast du kein Bargeld?" zischte Iris.

„Nur'n Fuffziger", sagte Peter, „ob das reicht?"

Iris wühlte blitzschnell in ihrer Handtasche. Das passte sehr gut. So konnte sie ihren Kopf gesenkt halten, ihr Gesicht verstecken. Sie hatte auch einen Fünfziger dabei. Das musste reichen. Sie legte die beiden Scheine auf den Tisch und stellte ihr Wasserglas darauf.

„Grazie", sagte Peter beim Hinauszugehen zum Kellner und „Grazie" wiederholte auch Iris. Natürlich ohne aufzusehen.

„Wir haben zu danken!" rief ihnen der Kellner nach, auf

170

Deutsch. Und er wiederholte den Satz auf Italienisch.

Das Lachen der Gäste begleitete sie noch lange durch die Gasse.

13.

Sie ließ sich von ihm bis ans Haus begleiten. Nach oben bat sie ihn nicht. Peter machte auch keine Anstalten, darauf zu insistieren. Er gab ihr nur einen Zettel, mit dem Namen seines Hotels. Er gab ihr einen Kuss. Auf die Stirn. Iris trat ins Treppenhaus und schaltete das Licht an. Peter blieb draußen. Er winkte ihr zu. Sie winkte zurück.

Als sie in die Wohnung trat, fiel ihr auf, dass es noch nicht sehr spät war. Jedenfalls nach der Uhr. Nach ihrem Gefühl war es so gegen halb zwei, die perfekte Zeit für einen romantischen Nachhall. Iris überlegte, ob sie sich einfach auf den kleinen Balkon setzen und noch ein Glas Asti trinken sollte, ganz allein für sich, ganz allein mit ihren Gefühlen und Gedanken.
Doch dann schrieb sie nur noch einen Zettel „Bitte nicht stören", klebte ihn an die Schlafzimmertür und ging zu Bett. Sie schlief sofort ein.

Iris schlief lange durch. Traumlos, wie sie dachte. Es war gegen zehn, als sie aufwachte. Vom schlechten Gewissen getrieben, rannte sie in Kikis Zimmer. Das Bett war frisch gemacht. Hatte er überhaupt zuhause geschlafen? Iris ging ins Wohnzimmer. Alles aufgeräumt.
„Hier bin ich!" rief Connie aus der Küche. Sie hatte den Tisch gedeckt und holte jetzt etwas Wurst und Käse aus dem Kühlschrank. Noch ehe sich Iris gesetzt hatte, dampfte auch schon Kaffee in der großen Henkeltasse.
„Möchtest du auch aufgeschäumte Milch?" fragte Connie.

Iris winkte dankend ab. Sie nahm einen Schluck vom Kaffee und hatte die Tasse noch nicht abgesetzt, als Connie mit dem „Na, wie war's?" herausplatzte.

„Ich weiß nicht", sagte Iris. Sie hatte keine Lust, Einzelheiten zu erzählen, oder auch nur anzudeuten.

„Du musst schon sehr früh zuhause gewesen sein", sagte Connie, „war wohl nicht sehr spektakulär..."

Iris nickte. „Ich will jetzt nicht darüber reden", sagte sie und blieb für den Rest des Frühstücks dabei.

Irgendwann stand Connie auf. Sie verbarg ihre Verärgerung über die Einsilbigkeit ihrer Freundin nicht, aber sie machte ihr auch keine Szene. Iris war dafür sehr dankbar. Als Connie zum Shoppen aus dem Haus ging, verabschiedete sich Iris sogar mit dem Versprechen, am Abend mehr zu erzählen.

„Wie du willst", sagte Connie.

Iris räumte den Tisch ab und spülte die Tassen und Teller. Und während sie das Geschirr in den Schrank räumte, stand plötzlich, ohne Vorwarnung eine große Frage im Raum: Wie ehrlich meint es Peter?

Die Erinnerung an das bizarre Liebesspiel war wie weggeblasen, ein greller bunter Fleck, der nichts weiter bedeutete. Bevor sie sich daran erinnern wollte, musste sie die große Frage klären. Nach der wahren Liebe.

Aber wie ging das? – Iris fand keine Antwort. Sie verbrachte die nächsten Stunden damit, aufzuräumen und sauberzumachen, Staub zu wischen, und das Bad zu putzen und mit dem Staubsauger selbst in die letzte verwunschene Ecke vorzudringen. Und dann, als sie ernsthaft darüber nachzudenken begann, den Mülleimer auszuwaschen, wusste sie, wie sie herausfinden konnte, ob sich Peter wirklich geändert hatte.

Sie würde bei Jochen anrufen! - Jochen war ein Arschloch, aber er war seit dem Studium so etwas wie Peters bester Freund. Jochen war der Chef des Architekturbüros, er hatte den Laden geerbt und zusammen mit Peter auf Vordermann gebracht. Deshalb nannte er Peter bei jeder Gelegenheit „Nummer Eins", wie ein Raumschiffkapitän seinen Ersten Offizier. – Und nur weil Peter so wichtig war, schickte ihn Jochen einen Tag vor Urlaubsanfang noch durch die halbe Republik nach Frankfurt: Iris hatte schon damals Lust gehabt, Jochen anzurufen und ihn für diese Unverschämtheit zur Rede zu stellen. Aber Jochen hatte für alles eine Ausrede. Er hätte von „meinem besten Mann" und „besonderes Fingerspitzengefühl" und „Kundenbindung" geschwafelt und sie hätte sie nach dem Anruf nur noch schlechter gefühlt als zuvor. Peter, der Unersetzliche. Wahrscheinlich hätte er sein Handy sogar zum Tauchen mitnehmen müssen. Wofür gibt es schließlich wasserdichte Handys?

Inzwischen war es anders. Sie wollte nur herausfinden, warum Peter dieser Tage in Rom war. Der wirkliche Grund. Ob er einen Auftrag zu erledigen hatte und sie nebenher breitschlagen wollte, oder ob er wirklich hauptsächlich ihretwegen hergekommen war. Die Frage beschäftigte Iris mehr als sie wahrhaben wollte. Aber sie konnte sich und ihrer Eitelkeit leicht Aufklärung verschaffen: Sie kannte den direkten Draht zu Jochen, eine Art Geheimnummer ohne Umleitung übers Sekretariat.

Es klingelte nur einmal.

„Stauber", sagte eine tiefe Männerstimme.

„Grüß dich, Jochen. Hier ist die Iris."

„Oh, hello Eiris, wie geht's denn... schön von dir zu hö-ren..."

Er nannte sie immer Eiris, das deutsche „Iris" war ihm zu popelig. Denn er hatte ein Semester in England studiert. Glashalbkugeln beschriftet für Sir Norman Foster, wie Peter immer spottete.

„Sag mal Jochen, wie kamst du eigentlich auf die Schnaps-idee, den Peter einen Tag vor Urlaubsbeginn nach Frankfurt zu schicken?"

„Urlaub? - Wo solls denn hingehen?"

„Kenia... aber jetzt sind wir ja in Rom..."

„Kenia? Etwa Cluburlaub?" fragte Jochen und lachte: „Zehn Jahre lästert der Peter über die Clubs und dann fährt er selbst in einen. Das ist typisch... Aber richte ihm schöne Grüße aus."

„Jochens Reaktion verwirrte Iris. Warum ritt er auf Kenia und Cluburlaub herum, warum spielte er den Ahnungslo-sen? Wieso sollte sie Peter schöne Grüße von Jochen aus-richten, wo die beiden doch wenigstens einmal täglich tele-fonierten, und dreimal, wenn sie sich nicht sehen konnten. Das war sicher alles nur ein Bluff!

„Schöne Grüße? Sag' sie ihm doch selbst!" knurrte Iris.

Es entstand eine kurze Pause.

„Wir reden nicht mehr viel miteinander", sagte Jochen.

„Was für eine dumme Ausrede!"

„Ausrede?" Peter lachte leise und schwieg. So lange hatte er Iris gegenüber noch nie geschwiegen. „Eiris, du weißt schon, dass der Peter vor einem Vierteljahr bei mir ausgestiegen ist und jetzt ein eigenes Büro hat?" sagte er schließlich. Behutsam wie ein Therapeut.

„Ein eigenes Büro?" fragte Iris.

„Naja, eine Klitsche halt", sagte Jochen, „keine Sekretärin, sondern nur Anrufweiterleitung und so'n Kram. Aber ganz und gar sein eigen Ding."

„Eigenes...", hörte sich Iris sagen. Wie ein fernes Echo.

„Ach, Eiris, woran arbeitet er denn gerade", fragte Jochen wie nebenbei, „wenn er dafür extra nach Rom fährt..."

Man konnte seine Neugier förmlich riechen. Iris legte auf. Einmal Arschloch, immer Arschloch. Das galt für beide, Jochen und Peter.

Es dauerte eine Weile, bis es ihr richtig klar wurde. Bis die Botschaft wirklich angekommen war: Peter war vor drei Monaten bei Jochen ausgestiegen und hatte sein eigenes Architekturbüro aufgemacht. Ohne ihr einen Ton zu sagen. Er hatte sich noch nicht einmal um die Finanzierung durch die Sparkasse bemüht, sondern war zur Konkurrenz gegangen. Nur damit Iris auf keinen Fall etwas davon erfuhr. Ein Vierteljahr lang hatte er sie in dem guten, im falschen Glauben gelassen, er ginge ganz normal seinen Aufgaben als Jochens *Nummer Eins* nach. Dabei arbeitete er längst auf eigene Rechnung! Auf eigenes Risiko.

Iris schnappte nach Luft. Wie konnte er ihr das antun? Es auf diese Weise erfahren zu müssen: Am Telefon. Durch Jochen! Ausgerechnet durch Jochen. Iris hätte jetzt am liebsten irgendetwas gegen die Wand geworfen. Aber sie fand nichts Passendes. Die Flasche Bourbon war noch halb voll, es hätte schreckliche Flecken gegeben. Außerdem war der Fusel ziemlich teuer.

Peter hatte sie belogen. Schlimmer, er hatte ihr das Wichtigste verschwiegen, das er in den Jahren, die sie zusammen waren, je zu entscheiden hatte. Er hatte es noch nicht einmal andeutungsweise mit ihr besprochen. Sie sah sein Gesicht vor sich. Sie hätte hineinschlagen können. Das Gesicht lächelte dünn, ein wenig besorgt. Ich wollte dich schonen, sagte es, und jetzt schlug Iris wirklich ins Leere. Wenn ich schon Visionen habe, sagte sie sich, kann ich mich genauso gut betrinken. Sie nahm den Jack Daniel's, drehte den Verschluss auf und kippte sich den Whiskey direkt in die Kehle. Es brannte. Sie musste husten. Sehr heftig husten. Sie lief puterrot an, ihre Augen traten aus den Höhlen. Iris drehte die Flasche wieder zu.

Sie würde ihn nicht zur Rede stellen. Ihn jetzt mit Fragen oder gar Vorwürfen zu bombardieren, würde nur zeigen, wie wichtig er ihr noch immer war. Nein, diesen Triumph gönnte sie ihm nicht. Es würde die Geheimniskrämerei, die Verlogenheit ja noch belohnen, denn es würde zu stundenlangen Diskussionen führen. Iris kannte sich genau: Irgendwann würde sie ihn beschimpfen und wahrscheinlich musste sie kurz danach weinen. Das wäre sein Triumph gewesen, und den gönnte sie ihm nun wirklich nicht. Es wäre das Eingeständnis ihrer Niederlage, ihrer grundsätzlichen Unterlegenheit. Ohne dass sie den Kampf aufgenommen hatte.

Iris fühlte sich gedemütigt. Es war, als hätte er eine andere gehabt und hätte sie immer noch, während er nach Rom geflogen kam, um sich bei ihr wieder einzuschmeicheln. Iris wollte das noch nicht einmal ausschließen. Aber es war ihr vollkommen egal. Jedenfalls im Moment und im Vergleich zu dieser unglaublichen...

Den Job hinschmeißen, einen eigenen Laden aufmachen und der Lebensgefährtin keinen Ton... Mein Gott, sie hatte vier Lehrgänge für Existenzgründungsberatung mitgemacht! Die Hälfte der Tage musste sie sich dafür von ihrem Jahresurlaub abziehen lassen, weil Köppel, der auch ein Arschloch war, meinte, sie hätte nicht den nötigen Biß dazu. Verdammt, Peter hatte dieses Hickhack in allen Details mitbekommen! Iris war wirklich motiviert, Leute bei der Gründung einer Existenz zu beraten. Sie hatte sich alle Fördermöglichkeiten und Steuerbegünstigungen und Beratungsangebote eingebimst und auch nach ihrer Prüfung – sie war die Zweitbeste! – saß sie stundenlang am Computer, um sich die aktuellsten Infos aus dem Internet zu ziehen.

Und ihr eigener Freund hielt es noch nicht einmal für nötig, ihr mitzuteilen, dass er... Iris griff wieder zum Bourbon. Beim zweiten Schluck aus der Flasche brannte es längst nicht mehr so schlimm. Sie musste auch nicht husten. Sie fühlte eine Wärme in der Kehle, einen langen, beruhigenden Hitzewurm, der sich langsam in den Magen schlängelte und von dort aus in den Bauch, den Brustraum hoch, bis in den Kopf. Ein gutes Gefühl. Sie nahm noch einen Schluck und noch einen und dann war die Flasche fast leer.

Iris sah auf die Uhr. In einer halben Stunde würde Kiki aus der Schule kommen. Genau dann hatte auch der Alkohol seine stärkste Wirkung erreicht. Das hieß, sie würde lallend auf dem Sofa liegen und noch nicht einmal in der Lage sein, die Tür aufzumachen. Oder hatte Kiki einen eigenen Schlüssel? Sie überlegte. Alt genug war er ja. Oder? Sie hatte keine Ahnung, ab welchem Alter man Kindern Haus- und Wohnungsschlüssel anvertrauen kann. Es war ihr auch egal. Sie nahm den letzten Schluck aus der Flasche und fühlte sich wohl. Ein Stück Arbeit war getan. Jetzt musste sie nur noch darauf warten, dass etwas geschah.

Kiki hatte einen Schlüssel. Er klingelte noch nicht einmal, sondern sperrte die Tür auf, legte seine Tasche in sein Zimmer und ging in die Küche. Iris hörte, wie er den Kühlschrank aufmachte und mit den Gläsern klirrte. Sie hoffte, er würde etwas ohne Alkohol finden. Dann schlief sie ein.

Als sie aufwachte, war sie ganz erstaunt, dass sie keine Kopfschmerzen hatte. Noch nicht einmal eine Andeutung von Benommenheit. Nein, alles im grünen Bereich. Sie stand auf. Kein Schwindelgefühl, keine Schwäche. Sie sah auf die Uhr. Es war gegen elf. Draußen wars dunkel. Also war es nachts. Sie hatte den Nachmittag und den Abend verschlafen.

Vor ihr, auf dem Couchtisch, stand ein Teller mit Schinkenbrötchen. Plus Essiggurke. Hatte ihr Kiki ein Abendbrot hingestellt? – Scham überfiel Iris. Der Junge hatte seine Mutter verloren und erlebte die Tante als Trinkerin. Und hatte noch die Größe, ihr ein Brot zu machen, ehe er ins Bett ging.

Er war doch zu Bett gegangen? Iris trat auf den Flur und ging hinüber zu Kikis Zimmer. Die Tür war nur angelehnt, drinnen war alles dunkel. Sie lauschte. Ein fernes, leises Atmen, leicht pfeifend. Sie lächelte.

Peters Flieger war vor ein paar Stunden abgegangen. Gut so. Damit blieb ihr die Entscheidung erspart, trotz allem zum Flughafen zu fahren, um ihm etwas vorzuspielen: Entweder die versöhnte Geliebte oder eine fürchterliche Szene. Das eine hatte den Vorteil, dass ihn der Abbruch aller Kontakte dann umso schlimmer treffen würde. Aus heiterem Himmel und nachdem sie wirklich aufregenden Sex hatten, auf dem Klo einer Osteria, nur durch einen Zentimeter

Sperrholz vom Publikum getrennt. Die Option „fürchterliche Szene" hätte Iris die Erleichterung einer Abschiedsbeschimpfung verschafft. Eine Hochdruckreinigung der Lunge, des Herzens und des Kopfes. Das war auch nicht zu verachten.

Aber jetzt saß er schon in seinem Sessel, das Kopfteil zurückgesellt, Popschnulzen im Ohrhörer und die Gedanken bei... bei Was-auch-immer.

Als es an der Tür klingelte, rechnete Iris mit Connie oder Trish oder Mario. Schlimmstensfalls. Sie war völlig baff, als ihr Peter gegenüberstand, einen Blumenstrauß in Händen.

„Der Flug wurde storniert", sagte er lächelnd, „ich habe noch einen Tag gewonnen."

Iris war zu perplex, um irgendetwas zu antworten. Sie starrte ihn an wie den Wiedergänger aus einer anderen Welt. Den Strauß nahm sie ihm nicht ab.

„Darf ich reinkommen?" fragte Peter. Er machte einen Schritt auf sie zu. Aber Iris blieb einfach stehen. Also musste auch Peter abbremsen. Er sah sie irritiert an.

„Geht nicht", sagte Iris, „der Junge schläft."

„Wir werden leise sein", sagte Peter.

„Das glaube ich nicht", sagte Iris. Sie funkelte ihn böse an. Ihre Lippen waren nur noch blutleere Striche, so fest presste sie sie gegeneinander.

„Du bist nicht mehr bei Jochen", sagte sie. Peter sah überrascht auf, eine Andeutung von schlechtem Gewissen im Gesicht. Iris konnte seine Gedanken lesen: Woher weiß sie...

„Ich habe mit Jochen telefoniert." Sie sah ihn scharf an. Peter lächelte dünn. Dümmlich. Während er nach Worten suchte, legte Iris nach: „Jochen hat mir erzählt, dass du schon vor einem Vierteljahr ausgeschieden bist."

Peter zuckte die Schultern: „Es ging einfach nicht mehr..."

180

Iris sagte nichts. So schwiegen sie eine Weile. Peter schaute auf die kahlen Wände im Treppenhaus, als würde ihm dort mit Flammenschrift ein Ausweg offenbart. Doch stattdessen ging die Flurbeleuchtung aus.

„Du hast dich sicher gefragt, warum ich dir nichts davon erzähle", sagte er schließlich. Iris antwortete nicht. „Ich könnte jetzt ganz locker sagen, dass es mein persönliches Ding ist", sagte er, „und dass du meine beruflichen Überlegungen sowieso nicht überblicken kannst..." Peter brach den Satz ab. Er hatte diese Rechtfertigung schon so oft benutzt, dass er ums Haar wieder in den dazu passenden arroganten Ton verfallen wäre. Aber er konnte sich beherrschen. – Seine Augen suchten nach dem Lichtschalter für das Treppenhaus. Er fand ihn nicht. Er blieb in der Dunkelheit. Helligkeit kam nur aus dem schmalen Türausschnitt, den Iris' Silhouette verstellte.

„Vielleicht kannst du es verstehen", begann er langsam von neuem, „diese Entscheidung fiel mir so verdammt schwer, dass ich mit niemandem drüber reden konnte. Selbst wenn ich es gewollt hätte, es ging nicht. Ich musste mit mir selbst ins Reine kommen..."

Peter sah wieder auf und suchte Blickkontakt. Iris stand stumm und reglos, ihre Lippen waren blass und dünn. Sie hatte keine Lust, in seine Augen zu schauen. Sie sah stattdessen einfach durch ihn hindurch.

„... im Grunde war es Feigheit", sagte Peter, „ich wollte mir keine Blöße geben... Du weißt es ja am besten, dass mir so etwas ungeheuer schwerfällt... auch jetzt.... Es gab so lange keinen einzigen Menschen, bei dem ich mich öffnen konnte. Das weißt du ja... Ich war so unsicher, ich wollte erst ein halbes Jahr, ein Jahr selbständig arbeiten, im eigenen Geschäft und Erfolge haben, was vorweisen können..." Er lachte kurz auf: „Weißt du, wovon ich geträumt habe? Ich fahre an deinem Geburtstag bei der Sparkasse vor, mit einem neuen Wagen, ich hupe laut und du kommst raus und du strahlst und wir fahren weg, in ein wundervolles Weekend, irgendwo an den Strand oder auf eine Insel..."

Er hatte sich in ehrliche Begeisterung geredet.

„An welches Auto hast du gedacht?" fragte Iris knapp.

Peter musste keine Sekunde darüber nachdenken: „Eine Giulia Quattrofoglio!"

„Und wann habe ich Geburtstag?"

„Im März!" kam es genauso schnell. Sie sah ihn stirnrunzelnd an. Peter biss sich auf die Unterlippe: „Ende März oder Anfang April..."

Sein „...nicht wahr?" ging im Zuschlagen der Wohnungstür unter.

14.

Irgendwie hatte Iris erwartet, dass es Peter noch einmal versuchen würde. Was wollte er mit dem Rest des Abends anfangen? Er konnte so schlecht allein sein. Andererseits hatte er sicher sein Notebook dabei, mit dem er auf dem Hotelzimmer herumspielen konnte. Außerdem gab es ja die Pornokanäle, die jeden einsamen Hotelgast lockten. Und wahrscheinlich hatte jeder Portier ein paar Dutzend Tipps für den gestressten Geschäftsmann parat, der etwas Zerstreuung zur Nacht suchte. Es gab für Peter also keinen Grund, vor ihrer Tür in Liebeswehmut auszubrechen.

Nach zehn Minuten – sie hatte auf die Uhr gesehen! – klingelte es dann doch. Zaghaft. Ob er so lange im Dunkeln gestanden hatte? Sie ließ ihn schmoren. Es klingelte ein zweites Mal. Nur eine Idee länger. Iris dachte an Kiki, der nebenan schlief. Wenn sie es auf Klingelspiele anlegte, würde der Junge früher oder später aufwachen. Einmal aufgeweckt, war Kiki nur schwer zu beruhigen. Jedenfalls hatte sie kein Talent dafür, und in einer Nacht wie dieser hatte Iris bestimmt keine Geduld.

Also öffnete sie die Tür.

Es war nicht Peter.

„Hi", sagte Mario. Er hatte einen Blumenstrauß dabei. Iris hatte sich den Strauß, den ihr Peter angeboten hatte, nicht genau angesehen, aber das Verhältnis von gelben zu orangenen Blüten und die geometrischen Muster der Blätter kamen ihr sehr bekannt vor.

„Hast du den vor der Tür gefunden?" fragte sie brummig.

Mario bekam rote Ohren. Wahrscheinlich konnte er aus dem Tonfall ihrer Stimme hören, dass sie nicht besonders gut aufgelegt war. Iris nahm ihm die Blumen mit einem knapp „Thank you" aus den Händen. Als sie spürte, dass sie recht grob zugegriffen hatte, tat es ihr leid. Sie murmelte eine kurze Entschuldigung und bat Mario herein.

„I am a little depressed", sagte sie. Das entsprach ja auch voll und ganz der Wahrheit. Und Mario war ihr vertraut genug, dass er mit der Wahrheit leben musste.

„Let's have a walk!" sagte Mario, „it is the very best medicine against depression, believe me." Er breitete die Arme aus und lächelte.

Iris nickte. Aber natürlich musste sie vorher dafür sorgen, dass Kiki nicht allein war, falls er aufwachte. Connie war aus dem Haus, entweder mit Robert Keller oder Marios Kumpel Tony unterwegs. Einerlei, schließlich gab es Trish. Mit etwas Glück war ihre Vorstellung auch heute abend wieder ausgefallen.

Iris hatte Glück. Trish war schon wieder aus dem „Queenie's" zurück. Sie war sogar relativ gut gelaunt. Jedenfalls lächelte sie Mario freundlich zu, als er ihr vorgestellt wurde. Sonst fremdelte sie ja gerne. Außerdem fragte sie ihre beiden Besucher, ob sie ihnen etwas anbieten könne.

„Nein, wir wollen gleich los, ein Abendspaziergang", sagte Iris. Trish nickte: „Ja, es gibt gerade nachts sehr viel zu erleben. Heute nacht leider nicht im Queenie's, aber sonst... Wenn ihr schon nichts trinkt, wollt ihr dann etwas rauchen? Ich habe ganz frische Ben-Nemsis bekommen..."

184

Sie zeigte auf einen Beistelltisch neben der Tür. Mario sah die Silberschachtel glitzern. Solche Packungen kannte er nicht. Er nahm sie in die Hand.

„Oh look, what a lovely idea!" rief Iris in diesem Moment. Mario vergaß die Zigaretten und lief zu ihr hinüber, an die Küchentür. Doch Trish schlug sie ihm vor der Nase zu.

„It's a ladies' secret!" rief sie durch die Tür.

Mario war sichtlich irritiert. Iris winkte ab. Sooo interessant sei die Sache gar nicht. Sie schob Mario zur Wohnungstür.

„Aber du schaust nach Kiki?" rief sie im Hinausgehen.

„Klar doch: Hängt den Zylinder in den Wohnungsflur, dann weiß er, dass ich da bin und er jederzeit rüberkann, wenn's ihn treibt.

„Zylinder?" Iris war sich sicher, dass es in ihrer, in Lisas Wohnung keinen Zylinder gab. Aber Mario hatte ihn an der Wand neben Trishs Wohnungstür ausgemacht und nahm ihn gleich vom Haken.

„Der Abend ist gerettet", sagte Iris und lachte. Mario wurde rot, vor allem an den Ohren, und lachte zurück.

„You know a nice place, lot of green?" fragte Iris. Sie wünschte sich einen netten Ort mit viel Grün. Mario kannte einen solchen Ort. Er führte sie zum Tiberufer und dort über die schmale, frisch renovierte Fußgängerbrücke auf die andere Seite. Es war der Fußweg zur Villa Farnesina, aber kurz vor dem hell angestrahlten Prachtbau des Bankiers Chigi bogen sie nach links ab. Sie liefen auf ein Kasernengelände zu, das sich an den Hügel drückte. Janiculus. Der einzige der sieben, der jenseits des Tibers lag. Der Name der kleinen, gelb illuminierten Gasse verriet ihnen, dass hier die schwedische Königin Christine gelebt hatte, nachdem sie zum Katholizismus konvertiert war. „There's a movie about that, starring Greta Garbo." Es gibt darüber einen Film, mit der Garbo. Erzählte Mario, der von Iris' Liebe zum Film wusste. Aber alte Schwarz-Weiß-Schinken hatten in ihrem Herz keinen Platz, und von der Garbo wusste sie auch nicht viel.

„Sie hat irgendwann aufgehört, Filme zu machen, weil der Erfolg ausblieb, und dann ist sie ganz und gar aus der Öffentlichkeit verschwunden", erinnerte sie sich: „Klingt irgendwie nach dem Leben dieser Königin..."

Aber der Weg führte gar nicht zu Christines Palazzo, sondern an ein schmiedeeisernes Tor, hinter dem ein Kiesweg in den schwarzen Schatten der Nacht verschwand. Mario fasste ohne Hinzusehen nach einem kleinen Klingelknopf aus Messing, der zwischen den großen Mauersteinen versteckt war. Sie hörten nichts. Nach einiger Zeit kam ihnen ein dicker Wachmann von drinnen entgegen. Mario sprach ihn schon von weitem an. Der Wächter schnaufte eine Bemerkung, die irgendwo zwischen einem ärgerlichen Ausruf und einer bösen Verfluchung angesiedelt war. Als er jedoch näher heran war, schaute er sehr neugierig in Iris' Gesicht. Das hellte seine Stimmung auf. Er schloss das Tor auf. Als die beiden eintraten boxte er Mario heimlich in die Rippen und zwinkerte ihm vieldeutig zu. Er dachte wohl, Iris würde es nicht bemerken. Aber sie war eine Meisterin darin, die Dinge aus den Augenwinkeln zu beobachten.

Der Dicke bestand darauf, dass sie ein gefaltetes Blatt Papier mit sich nahmen, auf das man irgendwelche Texte kopiert hatte. Ganz oben, als Titelzeile, stand *Orto botanico*. Botanischer Garten. Dann ließ er sie ihrer Wege gehen.

Mario wusste, wohin er wollte und wies Iris sanft die Richtung. Sie gingen über schmale, teils asphaltierte, teils kiesbestreute Wege, zwischen riesigen Holzkübeln voller

Kakteen und Palmen hindurch, an mehr schlecht als recht geschnittenen Buchsbaumhecken vorbei, auf einen großen, runden Platz mit einem toten Wasserbecken zu. Iris fühlte sich an einen tschechischen Kurort erinnert, der noch nicht ganz Anschluss an den westlichen Standard gefunden hatte. Doch statt vornehmer Stille oder gestelzter Barockmusik legte sich jetzt ein lautes Schreien und Kreischen über die Szene. Mindestens dreitausend durchgeknallte Papageien, dachte Iris. Die Vogelstimmen kamen vom Band, unweigerlich. Gleichzeitig flammten Scheinwerfer im Bassin an und eine prächtige Wasserfontäne erhob sich in den nächtlichen Himmel.

„Isn't it romantic?" Iris lächelte.

„Let's climb the hill", sagte Mario, „where no roman has been before!" Den Hügel hinan, wo noch kein Römer war. Denn der Weg war jetzt unbefestigt, lockerer Kies, für römische Damen- und feine Herrenlederschuhe viel zu schade. Und keine Nanny der Welt schob freiwillig den Kinderwagen bergan!

Die Papageienstimmen vom Band verloren sich sehr schnell. Nur das Rattern eines Maschinenmessers, mit dem ein botanischer Gärtner den Rasen kurzhielt. Das Geräusch begleitete sie auf dem Weg. Eine ungewöhnliche Zeit für Gartenarbeit. Es dauerte eine Weile, bis Iris klar wurde, dass es nicht ein einzelner Gärtner, sondern ein halbes Dutzend keifender Kleinmotoren war. Das verrieten die kleinen Scheinwerferkegel, die wie Irrlichter durch den Park tanzten. Offenbar hatten die Gartenarbeiter diese Leuchten am Leib, vielleicht auf einen Helm montiert oder einfach umgeschnallt. In jedem Fall waren die sechs Nachtschwärmer strategisch sehr günstig verteilt, um den ganzen Garten zu beschallen.

Mario führte sie zu einer alten, halb verfallenen Freitreppe. Mittelmäßiger Barock, drei Absätze den Berghang hoch. Seitwärts und in der Mitte hatte es vor langer Zeit Wasserspiele gegeben. Rauschen und Plätschern, während man hinaufstieg, um über die Stadt zu sehen. Jetzt rauscht hier nichts mehr. Das meiste war nur noch Ruine, unwichtiger Rest aus einer mittelmäßigen Bauzeit, in Rom nicht der Rede wert. Geschweige denn irgendeines Erhaltungsaufwands. Aber die am Boden versteckt angebrachten Strahler gaben selbst diesen belanglosen Steinen einen Hauch von Wildheit und Romantik. Iris fühlte sich an das Dschungelbuch erinnert, die verfallene Stadt, Residenz der Affenhorden um King Louis.

Am Ende der Freitreppe kam eine Plattform. Sie hielten an, um zu verschnaufen.

„Look down, the roof of Farnesina", sagte Mario. Er deutete diffus zwischen den Bäumen hindurch. Iris sah nichts.

„Come on", sagte er, und es klang, als fühlte er sich gehetzt. Das übertrug sich sofort auf Iris. Für einen Moment stieg in ihr die Vision auf, Peter hätte sie beobachtet und sei ihnen gefolgt und könnte jederzeit zwischen dem Buschwerk hervortreten, um sie aus den Armen Marios zu reißen. Dabei hielten sie noch nicht einmal Händchen! Sie musste lachen. Weil sie bergan liefen und ihr der Atem knapp wurde, klang es wie ein Husten. Mario verlangsamte seine Schritte.

„Everything okay?" fragte er. Sie nickte.

Jetzt ging es einen schmalen, asphaltierten Pfad hoch. Der Abfall am Wegrand bewies, dass die Strecke durchaus begangen wurde. Iris sah sich den Dreck genauer an. Es waren Verpackungen von Eis und Fruchtsafttüten. Also

188

Schulklassen, ging ihr durch den Kopf, und sie hätte sie in diesem Moment sehr über eine dieser luftleichten, supersüßen Doppelwaffeln gefreut, zwischen denen rosarote Zuckerpampe vorleuchtete. Kein Kind der Welt konnte eine ganze Waffel schaffen, sie warfen immer die Hälfte weg. Selbst die Vielfraße mussten nach zwei Dritteln kapitulieren: Man schob die Waffel in die Plastikhülle zurück, drehte dieses Knisterzeug fest zu und warf alles zusammen in einem unbeachteten Moment zur Seite. Das war schon vor fünfzehn Jahren so gewesen, daran würde sich nie etwas ändern.

Iris schaute wirklich genau nach, ob es irgendwo waffelbeige und rosarot schimmerte. Aber es war nichts zu sehen. Vielleicht war es doch zu dunkel oder es gab diese Waffeln wirklich nur in Deutschland.

„Follow me", sagte Mario. Er war neben den Weg getreten, über einen kleinen Graben, in eine fast verwachsene Lücke zwischen Ginsterbüschen. Sie sprang ihm nach, er hielt sie fest. Für einen Augenblick war sein Arm und ihre Hüfte. Aber er ließ gleich wieder los.

„Only few meters", sagte er und wies auf einen schmalen Serpentinenweg, der mit weißen Kieseln geschottert war, die Iris durch die dünnen Schuhsohlen stachen. Aber sie folgte ihm durch das Geschlängel.

Es war eine Art japanischer Garten: Ein Kiesweg mit winzigen, geschwungenen Holzbrücklein über kaum erkennbare und absolut trockene Betonwannen, die offenbar einen Bachlauf imitieren sollten und hinter einer Hecke sogar so etwas wie einen Wasserfall andeuteten. Aber es gab kein Wasser darin. Deshalb erinnerte dieser japanische

Berggarten zuallererst an Filme über Los Angeles, wo der Flusslauf ja auch einbetoniert war und meistens nur aus einem kläglichen Rinnsal bestand. Vielleicht, so ging es Iris durch den Kopf, würde unter der nächsten kleinen Holzbrücke ein Miniatur-Terminator auf dem Spielzeugmotorrad vorpreschen und mit Erbsen nach ihr schießen. Sie dachte an die Pistolen, mit denen die Jungs aus ihrer Klasse aufeinander und natürlich besonders gern auf die Mädchen gezielt hatten: Da kamen auch erbsengroße Kugeln heraus, irgendwelche winzigen gelben Weichplastikteile, die keinen Schaden anrichteten, selbst aus nächster Nähe nicht.

„There it is!" rief Mario und wies um die Ecke.

Es roch nach Holzschutzfarbe. Iris streckte ihren Kopf neugierig vor. Ein Pavillon. Nicht mehr japanisch, sondern gemäßigt alpin. Aus rohen Hölzern gezimmert, quadratische Pfosten in den vier Winkeln zur Stütze, darüber ein sanft ansteigendes, vierseitiges Dach. Zwischen den Stützpfeilern eine Brüstung, gedrechselte Streben, dazu passend eine umlaufende Bank im Inneren des Pavillons.

Mario trat in den Pavillon. Er winkte Iris zu sich, die ganz brav an seine Seite kam.

„And now look there!" Er wies mit ausholender Geste nach links außen: „On the left you see the coupole of St. Peter!" Sein Arm beschrieb ganz langsam einen Halbkreis, von links nach rechts:

„There Angels' Castle, and Angels' Bridge...." Die Engelsburg und die Engelsbrücke.

„What's the bridge's name?" fragte sie. Mario hüstelte: „Reconciliation." Versöhnung.

Jetzt nahm Iris seine Bewegung auf und zeigte auf das dichte Gedränge der Lichter gleich auf der andere

Flussseite: „Und da kommt die Altstadt, nicht wahr, die sich wie ein Busen in den Tiberbogen schmiegt..."

Sie fasste ihn um die Hüfte. Drückte ihn etwas an sich. Er folgte ihrer Bewegung, er umfasste nun auch sie.

„Different church-towers," sagte er leise. Doch er zählte die Türme nicht auf, denn Iris strich ihm mit der flachen Hand übers Hemd, dort, wo der Nabel sitzt.

Er hüstelte wieder. Ihre Hand verschwand in der Knopfleiste des Hemdes. Er trug kein Unterhemd. Sie zog das Oberhemd hoch, bis sie die Abschlusskante zwischen den Fingern hatte. Danach fühlte sie seine Haut. Er war ziemlich behaart. Iris wusste nicht, ob sie es gut finden sollte oder nicht, aber es schreckte sie zumindest nicht ab. Sie schob ihre Hand nach unten. Glücklicherweise zählte Mario nicht zu den Männern, die ihren Gürtel maximal engschnallten. Um zu beweisen, dass sie seit fünfzehn Jahren kein Gramm zugenommen hätten.

Die Behaarung wurde nach unten immer dichter. Sie hörte, wie er nach Atem rang. Dann fühlte sie ihn. Er war schon ziemlich weit.

„Lass uns hinsetzen", sagte sie. Sie sprach deutsch. Aber eine Übersetzung war nicht notwendig. Überhaupt, es waren für einige Zeit ihre letzten Worte.

15.

Mario sah hinter Iris her. Sie war schon lange im schwarzen Schacht des Treppenhauses verschwunden, ehe er den Blick abwenden konnte. Seine Gedanken blieben bei ihr, auch als er sich endlich auf den Weg machte. Er ging die schmale Straße Richtung Campo de'Fiori und bemerkte gar nicht, wie das Seitenfenster eines schwarzen Alfa herunterglitt, der keine fünf Meter neben der Haustür geparkt war.

„Parliamo delle donne tedesce", sagte eine Männerstimme: Reden wir von den deutschen Frauen. Den Akzent hätte Mario beinahe überhört. Er blieb stehen, drehte sich um und beugte sich etwas herab, um in den Wagen zu sehen. Fast war er ein wenig enttäuscht, als er nur ein schmales, blasses Gesicht mit Fünftagebart sah und keine Schußwaffe. Doch er folgte der Einladung und setzte sich zu dem Mann ins Auto.

In der Wohnung wartete Connie. Sie hatte kein Auge zugemacht, nachdem sie von Trish erfahren hatte, dass Iris mit Mario unterwegs war. Mario war so etwas wie ihre letzte Hoffnung. Nur er konnte sich zwischen Peter und Iris drängen. Sie betete, dass Mario keinen Fehler beging. Und dass Iris nicht mit falscher Sentimentalität an Peter hing. Dafür war Rom wirklich nicht die Stadt. Das wollte sie ihrer Freundin unbedingt klarmachen, wenn es Iris noch nicht von selbst herausgefunden haben sollte.

Deshalb hatte Conni Asti besorgt.

Iris trat ins Wohnzimmer und sah die Spumante-Flaschen mit der rot-silbernen Alupapierverkleidung. Seit den Realschulfeten in der neunten und zehnten Klasse hatte sie keinen Asti mehr getrunken. Sie konnte sich an sinnloses Besaufen, riesige Joints, absolute Hemmungslosigkeit und schädelsprengende Kopfschmerzen am Morgen danach erinnern. – Also genau das, worauf sie jetzt stand!

„In Rom ist alles anders", sagte Iris und griff sofort nach dem Glas, das ihr Connie reichte.

„Er kam also zur Sache?" fragte Connie.

„Direktemang", sagte Iris. Es war zum erstenmal in ihrem Leben, dass sie innerhalb von noch nicht einmal 24 Stunden mit zwei Männern Sex hatte. Aber das erzählte sie natürlich nicht. Noch nicht einmal der besten Freundin. Dabei war es keine Frage der Schamhaftigkeit. Am meisten scheute sie davor zurück, sich entscheiden zu müssen. War Mario wirklich ein Mann, der Peter vergessen machen konnte? – Sie wusste es nicht. Wahrscheinlich war nach diesen Enttäuschungen JEDER Mann geeignet, Peter vergessen zu machen. Das hatte die Natur gewiss so eingerichtet.

„Und was war bei dir?" fragte Iris. Sie wollte von sich ablenken und interessierte sich außerdem wirklich für Connies Spiel mit zwei Springern. Vielleicht konnte sie ja was lernen.

„Ich war mit Dr. Keller aus", sagte Connie.

„Und?"

„Robert ist ein gentleman", sagte Connie, „er ist nett, höflich, zuvorkommend, hilfsbereit, geistreich, zurückhaltend... Er ist der klügste aller Männer, mit denen ich je ein Date hatte! Außerdem sieht er sehr passabel aus, mehr als das, er hat fast noch alle Haare..."

„...und ein kräftiges Gebiss!" lachte Iris.

„Naja, jede Menge Plomben... aber alle von Gold!" sagte Connie, ehe sie bemerkte, dass sie veralbert wurde.

„Jedenfalls kennst du tausend gute Gründe, warum du ihn behalten solltest", sagte Iris und hob den rechten Zeigefinger: „Bedenke das wohl!"

Sie kicherten wie Teenies und beschlossen, den Asti aus der Flasche zu trinken. Umso besser, wenn er dabei überschäumte!

„Im Ernst: Eigentlich ist er ganz nett, der Doktor Robert Keller", gluckste Connie. Es klang gönnerhaft und es war auch so gemeint. „Aber wenn ich ihn mit Tony vergleiche..."

Iris sah sie halb lachend, halb kopfschüttelnd an: „Zuhause würdest du dir die Finger nach einem wie ihm lecken!"

Connie grinste: „Hic Roma, hic amo... oder so."

Iris verstand nicht.

„Hier ist Rom", übersetzte Connie, „hier liebe ich eben anders".

Iris runzelte die Stirn: „Wie hast du so schnell Latein gelernt?"

„Wo, wenn nicht in Rom?" fragte Connie zurück und lachte dazu. Sie erzählte ihrer Freundin natürlich nicht, dass sie den Spruch von Robert Keller aufgeschnappt hatte und ihn sich jetzt so zurechtbog, wie sie es brauchte.

„Und überhaupt", sagte Connie: „Was spricht eigentlich dagegen, dass ich zweie gleichzeitig...?" Sie lachte: „Zwei Männer! – Das wär doch wirklich praktisch."

„Klar", sagte Iris, „wenn der eine seine Tage hat..."

„Bella macchina", sagte Mario. Er hatte in Sekundenbruchteilen verstanden, welche Art von Mann er da neben sich hatte. Ein Herr von Welt, mit gutem Geschmack: „Sie lieben italienische Autos und italienische Anzüge..."

194

„Nur mit den italienischen Frauen hab ich kein Glück", brummte der Alfa-Pilot.

„Wem sagen Sie das..."

Sie sahen sich an und lachten. Ein kurzes, tiefes Männerlachen, wie unter Kriegskameraden. „Robert Keller", stellte sich Robert kurz vor. Er bot Mario von den Davidoff-Cigarillos an, die ihm der Erste Botschaftsrat geschenkt hatte. Ihm selbst waren sie eigentlich zu stark, er bekam davon Kopfschmerzen.

„Vertrag ich nicht", sagte Mario und fasste sich an die Stirn.

„Aber Sie sind doch Raucher?" fragte Robert besorgt. Mario lächelte und nickte. Er fingerte nach seinen Luckies. Die Packung war leer. Robert zuckte die Schultern und bot noch einmal die Davidoffs an. Doch Mario blieb standhaft. Ein vernünftiger Junge, dachte Robert und packte die Cigarillos wieder ein.

Mario hattte wirklich Lust, zu rauchen. Also tastete er noch einmal in seine Taschen. Dabei fand er im Jackett, außen, wo er sonst niemals Zigaretten hatte, eine Metallschachtel. Was war denn das? Er zog das Ding ans Licht. Ein Silberetui. Es gehörte Trish, aber daran erinnerte er sich in diesem Moment nicht. Das Etui enthielt Zigaretten. Filterlose, flachgedrückte Dinger, die er noch nie gesehen hatte. Mario nahm sich eine und auch Robert griff zu, zog allerdings die Stirn in Falten, als er die seltsame Form bemerkte. Dann drückte er den Zigarettenanzünder. Aber natürlich hatte Mario schon sein Zippo vorgeholt und gab ihm und sich Feuer.

„Wie ist denn das passiert?" fragte Robert.

Mario verstand nicht.

„Na, wer hat sich da draufgesetzt?" Robert deutete auf die flachgepresste Zigarette. Mario zuckte die Schultern, während er einen tiefen Zug nahm.

„Die stammen wohl aus Österreich", sinnierte Robert. Mario nickte. Das erklärte alles.

„Und du denkst, dieser Papagallo Tony ist der Richtige für dich?" fragte Iris.

Connie verdrehte die Augen: „Du redest wie meine Mutter!" Sie überlegte, ob sie das Gespräch einfach abbrechen sollte. Aber dann wollte sie sich doch rechtfertigen: „Ich bin hier, um mich zu amüsieren!" rief sie und fühlte sich auf einmal kaum noch halb so alt. Es war trotzdem kein schönes Gefühl. Connie schätzte an Antonio vor allem das Animalische. Im Grunde NUR das. Sie versuchte, es Iris zu erklären:

„Toni hat etwas Tierisches."

„Bitte?"

„Er hat etwas von einem..." Connie kam ins Stocken: „Ja, von welchem Tier eigentlich?" Sie überlegte.

„Meine Biologiekenntnisse reichen nicht weit genug", sagte sie. Ihr Blick fiel auf Kikis Plüschhasen, sie nahm das Langohr in die Hand.

„Antonio ist wie ein Karnickel?" fragte Iris.

Connie schüttelte den Kopf: „Nein, das bessere Wort ist... Rammler."

Iris lachte: „Klingt aber unelegant."

Nein, Rammler ist wirklich nicht so gut", überlegte Connie. Sie hörte ein Summen. Eine Schmeißfliege setzte sich an die Fensterscheibe, trippelte ein Stück, blieb stehen, putzte sich den Rüssel mit den Vorderbeinen und strich über die Flügelpaare. Sie sahen sich das Tier genau an.

„Kennst du „Die Fliege"? Jeff Goldblum als begattungswütige *Brundle-Fly*?" fragte Iris.

Connie nickte schnaufend. Der Stoffhase klatschte gegen die Scheibe. Auf dem Fensterglas blieb ein daumennagelgroßer gelber Fleck und in den Haaren des Hasen hingen die zerschmetterten Reste der Fliege. Iris begann, die Beinchen abzuzählen: Er liebt dich, er liebt dich nicht.

„Für welche von den beiden interessierst du dich?" fragte Robert. Er wunderte sich, wie schnell und formlos er bei Mario von der formalen Anrede zur Vertraulichkeit gewechselt war.

Mario lächelte und schwieg.

„Tolle Frau, die Blonde", sagte Robert. Er streichelte über sein Lenkrad, um cool zu wirken. „Sie ist nicht blond", sagte Mario und lächelte eine Spur breiter.

Robert schaute ihn mit offenem Mund an. Das „Woher weißt du....?" stand ihm ins Gesicht geschrieben, ohne dass er es aussprechen musste. *Von ihren dunklen Haarwurzeln,* hätte Mario sagen können. Aber er sagte gar nichts.

Da lachten sie beide, ziemlich obszön. Ein gutes Gefühl. Sie beschlossen, nur noch österreichische Zigaretten zu rauchen.

16.

Der nächste Morgen war hart. „Asti Spumante macht immer gräßlichere Kopfschmerzen je älter man wir", dachte Iris. Sie wunderte sich, dass sie überhaupt aus dem Bett fand, als das Telefon klingelte. Aber es war wohl die Intuition, die ihr befahl, sich zusammenzunehmen und zum Apparat zu gehen. Oder es lag einfach daran, dass diese Anruferin zum fünften oder sechsten Mal anklingelte. Bei soviel Hartnäckigkeit konnte es nur eine Frau sein!

„Hier ist Trish", sagte Trish. „Komm bitte sofort."

„Soll ich Kaution hinterlegen?" frage Iris schlaftrunken.

„Unsinn. Ich bin in meiner Wohnung. Die Tür ist offen."

„Meine *Ben-Nemsi* sind weg", sagte Trish. Sie saß in ihrem Bett, auf einem Berg von Taschen, Beuteln und Kleidungsstücken. Alles war von innen nach außen gekehrt. „Ich habe die ganze Nacht gesucht." Sie war wirklich in schlechter Verfassung: Verquollene Augen, glasiger Blick. Der Atem ging schnell und flach. Iris warf ihr eine frische Zigarettenpackung zu. Sie hatte sich vorsorglich aus Connies Vorrat bedient.

„Hättest dich nur melden müssen..."

Trish sah sich das Päckchen an und knurrte.

„Tabak hab ich selbst."

Iris verstand nicht: „Müssen es ausgerechnet die Ben-Nemsi sein? Ist doch einerlei..."

Trish sah sie seufzend an und verdrehte die Augen. Jetzt verstand Iris. Der *Tabak* war bei den Ben-Nemsi nicht das Wichtigste.

„... und dabei könnt ich jetzt echt was zur Beruhigung brauchen", sagte Trish. Sie riss nun doch die Zigarettenpackung auf. „Ich hab nämlich mit meiner Mutter telefoniert. War total durchgedreht..." Trish ließ sich längs ins Bett fallen und vergrub das Gesicht in den Händen. Iris sah zwei leere Whiskeyflaschen am Boden. Die Kleine hatte einiges hinter sich.

„Vielleicht brauchst du einen guten Kaffee", sagte Iris.

Trish hob den Kopf: „Willst du mich umbringen? Ich spür jetzt schon mein Herz rasen... wenn ich noch Coffein dazukippe, rennt es mir davon."

„Ich hab Valium flüssig mit, wegen der Flugangst", schlug Iris vor, „ich kann es dir sofort..."

Trish winkte ab. „Wenn ich Benzos zum Alk gebe, knall ich vollkommen durch. Dann kannste mich gleich mit E abfüllen... oder mit LSD... Mister Paranoia persönlich."

Es klopfte. Trish setzte sich auf, schob die Beine über den Bettrand. Atmete tief durch. Neues Klopfen, heftiger.

„Nur Geduld!" schrie Trish. Sie versuchte, aufzustehen. Aber es klappte nicht auf Anhieb.

Iris zeigte mit ihrem Daumen zur Tür: „Soll ich...?"

Trish nickte.

Ein großer, breiter Mann stand unter der Tür, Zornesröte im Gesicht. Oder hatte er sich einfach nur abgehetzt? Er musterte Iris, von oben bis unten. Sie musterte zurück. Er sah nicht schlecht aus, für sein Alter. Gute sechzig, offensichtlich ein Athlet, einer, der seine Haltung und seine Muskeln trainierte. Und die Glatze polierte. Stechende graublaue Augen, ein grauer kurzgeschorener Haarkranz.

Solariumbesucher. Oder viel im Freien. Er sah über Iris'
Schulter in den Raum.

„Patrick?" rief er, „wo steckst du denn?"

Noch ein Deutscher, dachte Iris.

„Patrick!" rief der Mann noch einmal.

„Sie haben sich in der Wohnung geirrt", sagte Iris, „hier
ist kein Patrick."

Der Besucher sah sie böse an. Dann packte er sie an der
Schulter und schob sie zur Seite. Rüde Gewalt. Iris konnte
nicht gegenhalten. Der Mann lief ins Zimmer. Er sah Trish,
die inzwischen aufgestanden war, aber stark schwankte.
Man sah ihr an, dass sie nicht in Bestform war, und man sah
die leeren Flaschen neben dem Bett.

„Sehen Sie, hier sind nur Mädels", sagte Iris. Sie packte
den Mann von hinten an der Schulter, so fest und bestimmt
wie sie konnte: „Deshalb entschuldigen Sie sich jetzt und
machen sich vom Acker, ehe ich ärgerlich werde!"

Der Mann reagierte nicht. Er starrte Trish an, die versuchte, seinem Blick standzuhalten.

„Nur Mädels!" rief der Mann und trat auf Trish zu. Er
holte aus und fegte ihr mit der Rechten die Tina-Turner-Perücke vom Kopf und grabschte nach der Bluse und riss sie
auf und herunter und hatte dabei gleich den BH mit in der
Hand. Iris hörte den Trägergummi reißen und sah, wie der
Mann den BH im hohen Bogen nach hinten warf, direkt vor
ihre Füße.

Die beiden Körbchen waren mit Schaumgummi ausge-
polstert.

„Wie kannst du mir das antun?" keuchte der Mann. Er
spuckte aus und hob noch einmal die rechte Hand. Er wird
zuschlagen, dachte Iris. Doch der Mann schlug nicht zu, er
zischte seine Verachtung durch die Zähne, machte auf dem

Absatz kehrt und rempelte an Iris vorbei, aus der Wohnung.

Trish sah ihm nach, auch Iris sah ihm nach, wandte sich dann aber wieder zu Trish. Die hielt ihre zerrissene Bluse mit den Händen zu.

„Darf ich vorstellen, Iris: Major Barras, mein Herr Papa.... Vater, darf ich vorstellen... oh. Schon wieder gegangen. Naja, er ist immer in Eile."

„Transsexuell?" fragte Connie. Sie saß mit großen Augen am Küchentisch und schüttelte den Kopf. „Das hätt' ich doch spüren müssen... Mein Gott, mir entgeht sonst kein Mann."

Sie goß Grappa ein, aus einer sehr langen und sehr dünnen Flasche. Eigentlich mochte sie das Zeug nicht. Aber es war das einzig Höherprozentige, das momentan im Haus war. Sie schob das Glas hinüber zu Trish, die an der Stirnseite des Tisches saß.

Trish schaute auf die Tischplatte. Sie hatte noch keinen Ton gesagt und noch keinen Tropfen getrunken.

„Komm mit zu mir", hatte Iris gesagt, „und lass uns quatschen."

Aber dann war Connie aufgetaucht, eben als sie in die Küche gingen. Sie hatte sofort gemerkt, dass es nicht die Zeit war, zu flachsen und Iris hatte gar nicht versucht, die Sache vor ihr geheim zu halten. Irgendwann, als das Wesentliche schon erzählt war, hatte Iris ein schlechtes Gewissen bekommen: War Trish überhaupt einverstanden, dass Connie davon erfuhr?

Trish hatte jedenfalls nichts dagegen gesagt. Sie hatte überhaupt nichts gesagt. Sie war wortlos mit in Iris'

Wohnung gekommen, wortlos in die Küche gegangen, hatte sich stumm an den Tisch gesetzt, die Arme auf die Tischplatte gelegt und den Kopf gesenkt.

Trish nahm das Schnapsglas und trank es auf Ex. Auf der Tischplatte, einer grau-weißen Kunststoffoberfläche, blieb ein schmaler feuchter Kreis zurück, vom Fuß des Grappaglases. Trish fuhr den Kreis mit dem Zeigefinger entlang.

„Man nennt es Resopal", sagte Trish. Es war ihr erster Satz. Weder Iris noch Connie konnten etwas damit anfangen.

„Resopal", sagte Trish noch einmal, „abwaschbar und nicht kaputtzukriegen, ein Kunststoff aus der Wirtschaftswunderzeit. Lisa war überglücklich, dass sie so ein Teil in Rom aufgetrieben hatte..."

Iris sah sich die Tischplatte an. Ja, richtig: Sie hatten auch einen ähnlichen Küchentisch zuhause, schon von den Großeltern her. Ausziehbar an beiden Enden. Ihre Mutter vergaß das Ausziehen immer, und dann saß man bei Tisch und es war kein Platz mehr für die Schüssel mit den Klößen oder für die Sauciere und dann musste alles wieder abgeräumt werden, denn das Ausziehen führte dazu, dass die Haupt-Tischplatte etwa zwei Zentimeter absackte, weil die Verlängerungen an den Kopfseiten darunter geschoben waren, und wenn man nicht achtgab, schepperte das Porzellan. Weil einmal ein Milchkännchen vom guten Goldrandservice zu Bruch gegangen war, durfte man nur bei völlig leergeräumtem Tisch ausziehen... Iris fühlte ein Erinnerungsprickeln über ihren Rücken kriechen. Sie verstand nicht, warum sich Lisa genau nach so einem Tisch und damit nach diesen Erinnerungen gesehnt hatte. Oder wollte sie sich nur immer wieder vor Augen führen, was sie hinter sich gelassen hatte? Um falsche Sentimentalitäten zu vermeiden...

„Wir hatten auch einen Resopaltisch zuhause", sagte Trish, „das sind ja unverwüstliche Platten... Fast unverwüstlich. Mein Vater, du hast ihn kennengelernt, Iris, mein Vater der Offizier wurde auch damit fertig. Er wird mit jedem fertig."

Sie unterbrach ihre Rede. Connie goss ihr noch einen Grappa ein, obwohl ihr Iris heimlich signalisierte, sie solle es lassen. Trish trank wieder auf Ex, schüttelte sich wie ein Hund, der aus dem Wasser steigt, und erzählte dann weiter:

„Daddy war auf einer Schulung bei der U.S.Army und man hatte ihm eine riesige schwere Steingut-Tasse geschenkt, zur Erinnerung. Ein gewaltiger Pott, bestimmt ein Pfund schwer, sogar wenn nichts drin war... Oben, am Rand, lief ein dunkelroter Zierstreifen um und vorne, am Bauch, stand U.S.Army. Es waren die ersten englischen Worte, die ich jemals gesehen habe. Für Vater war es mehr als eine Tasse und mehr als ein Souvenir. Es war der Ausweis seiner Bedeutung: Er war Offizier, er war jemand, der es geschafft hatte, er hatte die Lizenz zum Befehlen. Und seine Befehlsgewalt hörte nicht am Kasernenhof auf, im Gegenteil: Sie wuchs mit jedem Schritt, den er gehen musste, um von den Baracken zu unserem kleinen Dienstbungalow zu kommen, mit jedem Schritt, mit jeder Sekunde: Seine Macht und Herrlichkeit wuchs ins Unermessliche. Der Herr Hauptmann wurde zum Familienvater, zum Herrn des Zorns, des Rechts und der Bestrafung.

Wasn das fürn Fraß? fragte er, wenn er zum Abendessen in die Küche kam und wenn Mutti gekocht hatte, was er gerne aß, war es ihm entweder zu heiß oder zu kalt oder verkocht. Meistens hat er trotzdem gegessen, wenn auch murrend. Ich musste immer mitessen. Schweigend. Nur wenn er mich ansprach, dann hatte ich das Besteck abzulegen, den Mund leerzuessen und prompt Antwort zu geben. Aber bloß keinen Satz zuviel. Kein Wort zuviel. Prägnanz! Das war das erste Fremdwort meines Lebens. Prägnanz, mein Junge, das ist das A und O eines erfolgreichen Mannes... Gib mir nochn Grappa."

Trish schob das leere Glas wieder zu Connie. Diesmal ging Iris dazwischen:

„Übertreib man nicht..." sagte sie. Sie schnappte sich das Glas und stellte es in die Spüle.

„Kann ich die Flasche haben?" fragte Trish. Sie streckte die Hand aus. Connie zögerte. Sie sah Iris' zornigen Blick und sie sah, wie schwer Trish schon angeschlagen war.

„Was war mit der Army-Tasse?" fragte sie schnell.

Trish musste ihre Gedanken sammeln. „Die Tasse?"

„Die Army-Tasse deines Vaters", sagte Connie.

„Er trank immer Kaffee zum Abendessen... Deutsches Essen, so deutsch es irgend geht. Und dazu: Kaffee. Unvorstellbar: Eisbein, Sauerkraut, Erbsbrei und.. Kaffee. Und er trank natürlich immer aus seiner Army-Tasse. Da gab es nix anderes, immer nur seine Army-Tasse. Ich glaube, er hätte Mutti erschlagen, wenn ihr diese Tasse jemals beim Abspülen heruntergefallen wäre... Die Tasse war nicht nur Zeichen seiner Gewalt, und Trinkgefäß, sie war auch Instrument seines Zorns: In den Henkel passte genau seine Faust. Ich weiß nicht, ob der Henkel so gewaltig oder seine Faust so klein ist, jedenfalls konnte er alle vier Finger durchstecken und den Daumen von der anderen Seite. Die Tasse hatte etwas von einem Schlagring, aus Steingut. Und wenn er etwas betonen wollte, und er betonte sehr viel, ungefähr jedes dritte Wort, dann hieb er mit der Tasse auf die Tischplatte, Silbe für Silbe, hieb er den Text in die Platte... Es war wie die Metrik beim Gedichtaufsagen: Kennt ihr das? Den Rhythmus eines Gedichts? Arma virumque cano... Aber

Vater hat natürlich niemals lateinisch gesprochen oder gar Gedichte aufgesagt, nein, er hat auf deutsch... gebellt. Und seinen Becherrhythmus geschlagen... Und das Erstaunliche ist, dass das Army-Steingut, dass dieser alte Trinkbecher aus dem Camp Halloway in South Dakota, dass dieses Ding beständiger war als das unzerstörbare Resopal. Das ging früher oder später entzwei. - Vater ist ein Gewohnheitsmensch: Er sitzt immer an demselben Platz und er drischt immer auf dieselbe Stelle ein. Man hätte es markieren können, und sehr schnell markierte es sich von selbst: Zuerst sprang nur ein Splitter aus dem Resopal: Die Platte bekam eine Macke, aber sie war noch nicht zerstört. Dann drehte Mutti den Tisch um 180 Grad, so dass eine andere Stelle unter den Becher kam. Das ging ein paar Wochen gut, dann sprang auch hier ein Splitter ab und irgendwann war das unverwüstliche Resopal durchgeschlagen und Mutti stellte den Tisch noch einmal um, aber an der neuen Stelle war ja schon ein Schaden und es dauerte nie lange, bis auch hier die Platte aufgab... Eine *unverwüstliche* Resopalplatte hielt bei uns vielleicht ein Jahr, vielleicht zwei, nein, ich glaube, niemals zwei volle Jahre. Nur die Army-Tasse hielt durch. Unverwüstlich. Das Symbol der Stärke unserer Freunde und Verbündeten, das Zeichen der Macht meines Vaters... Wahrscheinlich hat er es auch hier in Rom dabei, als Marschgepäck... Andere haben einen Marschallstab im Tornister, Vater hat einen Kaffeebecher."

Während Trish erzählte, hatte sich auch Iris an den Tisch gesetzt. Die drei saßen jetzt still. Trish wollte keinen Grappa mehr und Iris sowieso nicht. Connie verkorkte die Flasche.

„Wie hast du gemerkt, dass du... dass du im falschen Körper steckst?" fragte Iris. Sie hätte gerne einfühlsamer gefragt, aber ihr fiel keine bessere Formulierung ein. Und drumherum reden wollte sie nicht.

„Ach, eigentlich schon sehr früh", sagte Trish, „lange vor der Pubertät... Ich spielte gerne mit Mädchen, ich hatte eine beste Freundin, ich las die ganzen Hanni-und-Nanni-Sachen und von Pferden konnt ich gar nicht genug kriegen. Als ich mit Voltigieren anfangen wollte, hat mich mein Vater an den Haaren aus dem Reitverein gezerrt. Das sei ja noch schlimmer als Ballett, hat er gesagt, und Mutti beschuldigt. Ich habe das damals ja nicht ganz verstanden, aber heute weiß ich, dass er dachte, sie würde mich zum Schwulen machen, mit ihrer weichen Erziehung und so. Also kam ich in den Fußballverein. Nimm ihn hart ran, den Bengel, hat er dem Trainer gesagt. Das war ein Unteroffizier aus der Garnison und er wars gewohnt, auf die Befehle seines Hauptmanns zu hören. Es war eine verdammt harte Zeit. Ich wurde nie für ein Spiel aufgestellt und beim Training regelrecht zusammengetreten, und danach musste ich noch Extrarunden um den Platz laufen... Aber es half alles nichts. Ich musste mitmachen, jede Woche zweimal. Eine ganze Saison durch."

„Und dann?"

„Dann hab ich einen Mitspieler unter der Dusche geküsst."

„Hört sich romantisch an."

„Wir waren dreizehn, damals. Und wir wurden ertappt. Danach musste ich nie mehr in den Verein."

„Hat also gut funktioniert", sagte Connie.

Trish sah sie lächelnd an. „Es war, als ob ich einen Mord begangen hätte. Ich musste zu den Eltern des Jungen und mich bei ihnen entschuldigen. Bei ihm natürlich auch. – Dabei war er ganz und gar mit dem Kuss einverstanden gewesen. Allerdings hatte ich ihn andererseits auch getäuscht. Ohne es zu wollen. Denn dass wir beide auf Männer standen, bedeutete nicht, dass wir vom selben Ufer waren... Mike ist schwul und hatte noch vor dem Abi sein Coming-out. Das war ein großes Ding, damals. Aber ich, ich steh ganz normal auf Männer. Weil ich eine Frau bin, aber leider im falschen Körper lebe... Ist das ein Problem? O yes, it is! Oh Mann, was wär Vater heute froh, wenn ich schwul wäre. Nur schwul.... und nicht so total versaut... Du hast ihn ja erlebt, Iris."

Trish fingerte nach den Zigaretten. Connie gab ihr Feuer.

„Warum hast du uns nichts davon erzählt?"

„Wovon?"

„Naja, von deiner... Doppelrolle."

„Was erwartest du? Dass ich jedem Menschen die Hand schüttle, sage, hallo, ich bin die Trish, mental bin ich eine Frau und körperlich steck ich noch in einem Typen drin, aber das wird sich auch eines Tages ändern."

„Hättest du Probleme damit?"

„Verstehst du nicht: Ich bin eine Frau, ganz so wie du. Alles was stört ist äußerlich, ist eine Art optische Täuschung. Was soll ich also von Trugbildern erzählen, sobald ich neue Leute kennenlerne? Ich bin die ich bin und das sollte für alle andern ebenso selbstverständlich sein wie für mich. Okay?"

Trish hatte sich in Rage geredet. Sie schlug mit ihrer Faust auf die Resopalplatte.

„Warte", sagte Iris, „ich schau nach, ob wir Kaffeebecher haben!"

Trish sah sie zornig an. Connie begann zu lachen. Bald zuckte es auch um Trish' Mundwinkel. Und endlich lachte auch sie los.

„Hast du dir schon überlegt, wann du dich operieren lassen willst?" fragte Iris.

Trish winkte ab: „Ich hatte schon dreimal Termin."

„Man sieht aber noch nicht so viel..."

„Ich bin ja auch nie hingegangen."

„Und warum?"

„Muffensausen?" warf Connie ein. Sie stand am Kühlschrank und überlegte, was sie an Essbarem auftischen konnte.

„Wenn du so willst... Nicht, dass ich Zweifel hätte, ob ich wirklich eine Frau bin. Überhaupt nicht. Aber... aber da ist etwas, schwer zu beschreiben... so eine Art schlechtes Gewissen. Ich kann es nicht anders ausdrücken, obwohl... ach vergesst es."

Iris sah sie nachdenklich an. Trish erwiderte den Blick.

„Dein Vater", sagte Iris. Trish nickte.

„Und wie stellst du dir die Zukunft vor? Dass er eines Tages doch einlenkt?"

Trish zuckte die Schultern: „Vielleicht kann ich mich erst operieren lassen, wenn er gestorben ist... Es gibt solche Fälle. Wirklich. Was will man machen?"

„Wir sollten deinem Alten Herrn mal ordentlich die Meinung geigen!" rief Connie, „dass er endlich aufhört, dein Leben kaputt zu machen." Sie knallte den Teller mit der Mortadella und der Salume auf den Tisch.

„Wenn ihr es euch zutraut...", brummte Trish. Sie hatte mit einem Mal großen Hunger. Das passierte ihr ohne die *Ben-Nemsi* nicht sehr oft.

17.

Der Bus der Deutschen Schule musste zur Inspektion und deshalb wurden die Erziehungsberechtigten aufgefordert, ihre Kinder selbst zum Unterricht zu bringen. Für Kiki war das die willkommene Gelegenheit, seiner Tante den öffentlichen Personennahverkehr der Ewigen Stadt zu präsentieren.

„Man stellt sich an die Haltestelle und wartet", erzählte Kiki.

„Gibt es keine Fahrpläne?"

Kiki sah sie mit großen Augen an: „Was sind Fahrpläne?"

Es war kein Witz. Die Verkehrsverhältnisse auf Roms Straßen machten jede Fahrzeitplanung überflüssig, hieß es. Dass der private Bus der Schule meistens pünktlich kam, stand auf einem anderen Blatt. Wie auch immer. Iris wollte den Jungen nicht allein in öffentlichen Bussen fahren lassen. Sie beschloss, ihn bis an die Tür der Schule zu begleiten. Vielleicht ergab sich sogar die Gelegenheit, ein paar Worte mit dem Lehrkörper zu wechseln. Eine Aussicht, die Kiki nicht sehr begeisterte.

„Es ist nicht gut, wenn du den Kontrolleti machst", sagte er missmutig.

„Keine Angst", lächelte Iris, „es wird garantiert nicht so schlimm für dich."

„Für mich?" fragte Kiki zurück. „Ich rede von den Lehrern."

Dann erzählte er ihr, dass so viele so schrecklich wichtige Leute ihre Kinder an die Deutsche Schule schicken. Nichts fürchteten die Lehrer mehr als den persönlichen Kontakt mit den Promi-Eltern. Man nannte die Schulsprechtage deshalb „Opernball" und sorgte dafür, dass sie an Tagen stattfanden, wo es für die wirklich Wichtigen eine unausweichliche gesellschaftliche Verpflichtung gab. Das hielt den Ansturm in Grenzen. Denn auch die weniger Wichtigen entschuldigten sich meist, weil sie ihre mindere Bedeutung nicht durch ihr Erscheinen in der Schule eingestehen wollten.

„Erstaunlich, was du schon alles weißt", brummte Iris.

„Die Welt ist ein offenes Buch", lachte Kiki, „man muss nur wissen, darin zu lesen."

Iris war über seine Altklugheit mehr erschrocken als verwundert. Begeistert war sie ganz und gar nicht: Wer sich als Halbwüchsiger mit den Schriftgelehrten des Tempels unterhalten kann, muss sich sehr vorsehen, nicht schon in relativ jungen Jahren gekreuzigt zu werden.

In diesem Moment fuhr der Bus heran.

Ein zaghaftes Klingeln. Pause. Wiederholung.

„Ja, ja..." - Connie lief im rosafarbenen Morgenmantel zur Tür. Eine Zigarette im Mundwinkel, die Lockenwickler auf dem Kopf. Wer auch immer um halb zehn Uhr morgens an der Tür klingelte, war selbst schuld. Wahrscheinlich war es ohnehin nur Iris, die ihren Schlüssel vergessen hatte.

Es war aber nicht Iris, sondern eine Unbekannte. Etwas kleiner als Connie, etwas schlanker, aber vollbusiger. Und rothaarig. Das freundliche, unaufdringliche Kostüm ließ Connie an eine Versicherungsvertreterin denken.

„My name is Sonia", sagte die Rothaarige und versuchte ein Lächeln. Es gelang ihr nicht sehr gut, denn sie hatte eben noch geweint, wie ihre roten Augen verrieten und der leicht verwischte Lidschatten. Also wahrscheinlich keine Vertreterin. Die waren sicher auch in Italien viel zu abgebrüht, um Tränen zu drücken. Außerdem wusste Connie aus eigener Außendienstzeit, dass man als Heuler längst nicht so gut verkauft, wie sich Laien das vorstellen. Nein, diese „Sonia" hatte ein Problem.

„How can I help you?" fragte Connie. Sie hielt die Tür nur einen Spalt offen. Trotz der Tränen dachte sie daran, noch schnell die Sicherungskette vorzulegen.

„Antonio is my husband", sagte Sonia.

Antonio ist mein Ehemann. Sonia hatte diesen Satz mit soviel Festigkeit und Selbstverständnis und aus tiefer Verletztheit gesprochen, dass Connie nicht eine Sekunde daran zweifelte. Sie öffnete die Wohnungstür und bat Sonia herein. Es war alles wie ein böser Traum und wie eine Schlafwandlerin führte Connie die Besucherin in die Küche, bot ihr einen Stuhl und hatte mit den nächsten drei, vier Bewegungen die halbvolle Grappaflasche aus dem Schrank genommen und zwei Gläser aus der Anrichte.

„No, thank you", sagte Sonia, „but I drink no alcohol."

„Kein Alkohol?" echote Connie und wusste selbst nicht, warum sie weiterfragte: Aus religiösen Gründen?

„No, no", sagte Sonia, „no religion. – Pregnancy!"

Connie kannte das Wort nicht.

„Io sono incinta", sagte Sonia und betonte dabei jede Silbe.

Connie verstand auch das nicht, doch als Sonia jetzt mit einer einfachen Geste ihren gesegneten Zustand beschrieb, war alles klar. Sonia war schwanger.

„Von Antonio?" fragte Connie, die das nicht glauben konnte.

„Antonio, si si!" rief Sonia und unterstrich die Worte mit heftiger Gestik. Sie konnte sich nicht länger zügeln und begann eine italienische Schimpferei, die sich, auch wenn Connie nichts verstand, nur um zweierlei drehen konnte: Um Antonio und die Umstände, in die er sie gebracht hatte.

„Ich will ihn nicht sehen!" sagte Connie, als sie Iris alles erzählt hatte. Sie war für den Nachmittag mit Tony verabredet. Jetzt musste ihn Iris abwimmeln. Ein für allemal. Connie hatte absolut keine Lust, ihm zu begegnen. Sie ging sogar eine Dreiviertelstunde vor dem Date aus dem Haus.

„Connie is not here", sagte Iris deshalb sehr zu Recht, als ihr Antonio einen riesigen Blumenstrauß entgegenstreckte. Offenbar hatten Tony und Mario bemerkt, wie sehr deutsche Frolleins auf große Sträuße stehen. Deshalb nahm Iris die Sonnenblumen ohne weiteres an. Sie liebte das Gelb.

Ob Connie bald wiederkommen werde? fragte Antonio, strahlend. Er hatte besonders viel Gel aufgelegt und wartete ungeduldig darauf, hereingebeten zu werden. Doch Iris blieb hinter der Tür stehen: Sie würde sie ihm in die Fresse knallen, wenn er es wagen sollte...

Sie solle ihm etwas ausrichten, sagte Iris. Antonio zeigte seine gleißenden Zahnreihen, die im Kontrast zum nussöl-farbenen Teint besonders hell strahlten.

„Yes?" fragte er und schob die Augenbrauen hoch, die Mundwinkel noch weiter auseinander. Er hatte bestimmt hundert dieser porzellanweißen Beißer!

„Sonia was here", sagte Iris.

Eigentlich wollte sie jetzt die Tür ins Schloss fallen lassen. Aber das Staunen in Antonios Gesicht war einfach zu köstlich. Es war eine Operette der Verwunderung, steigerte sich zum Schreckensantlitz und schlug doch in Sekunden in Empörung um.

„Sonia! Porca miseria...." begann er, raufte sich das gelierte Haare, so dass die kleinen Locken wie Korkenzieher vom Kopf abstanden, schmierte das Gel, das an seinen Fingern kleben geblieben war, über sein Gesicht und streckte die Arme zum Himmel: „Oh my good god... why, why?"

„You should be grateful: You've got a wife and you will have a beautiful baby", sagte Iris: Er solle dankbar sein, schließlich habe er eine Frau und bald ein wunderbares Baby.

„I am not married!" rief Antonio. Nein, ein Rufen war es gar nicht mehr, es war eher ein leiser, trauriger Satz. Iris hatte mehr erwartet: War das der ganze Auftritt? Verlor er so schnell all sein Feuer? Antonio senkte den Kopf. Er schluchzte, schnaubte. Wühlte in seiner Hosentasche nach einem Tuch, fand ein zerknittertes Fazzelotti, schneuzte sich hinein.

„I swear you..." sagte er leise, ohne aufzusehen: „Sonia is not my wife!"

„That's your problem", sagte Iris, die sich etwas unbehaglich fühlte. Am liebsten hätte sie jetzt einfach die Tür zugemacht. So hatte sie es mit Connie durchgesprochen. Aber irgendetwas hielt sie zurück. Sie kannte das. Es war diese brisante Mischung aus Mitleid und Neugier.

Nein, sie musste sich überwinden! Sie ließ die Tür aus der Hand gleiten. Sie würde, das wusste Iris, von selbst ins Schloss fallen.

„Oh Mario, why did you do that, Mario, Mario!!" schniefte Antonio und rieb sich die Tränen aus den Augenwinkeln: „Mario, you was like a brother to me!"

Warum ihm Mario das angetan habe? – Iris schloss die Tür natürlich nicht: Was hatte Mario damit zu tun?

Antonio sah sie traurig an. Um seine Augen schimmerte es feucht. Er schnaubte. Dann begann er...

Tony war gegangen. Er hatte Iris einen Berg von Empörung, ja Wut hinterlassen. Ein Berg, auf dessen Gipfel eine schwarze Fahne des Hasses wehte, die ein Gesicht und einen Namen trug: Mario! – Iris würde diesen Namen auf ewig verfluchen!

„... das ist die Masche: Der eine baggert die Touristinnen an, der andere räumt ab. Mario braucht immer einen Freund, der ihm das Ansprechen abnimmt. Wenn er den scheuen, dezent zurückhaltenden jungen Mann geben kann, dann ist er am besten: Sieht aus wie ein Latin Lover, aber spielt den schüchternen Tanzschüler..." Iris zitterte vor Empörung. Trish saß neben ihr auf dem Sofa und hielt ihre Hand:

„Männer sind Schweine, das weißt du doch..." versuchte Trish zu trösten. Sie hatte nur zufällig hereingeschaut, aber Iris ließ sie jetzt nicht mehr gehen. Connie war zurückgekommen, als sie sicher sein konnte, dass Antonio verschwunden war. Deshalb saßen sie jetzt zu dritt auf der Wohnzimmercouch und teilten miteinander, was eine allein nicht hätte ertragen können.

„Ja, die Typen sind Schweine! Und was für Schweine! Paradeschweine, Schweine hoch drei!" schimpfte Iris, „und dieser Scheißmakkaroni hat immer dieselbe Nummer drauf: Spielt den gehemmten Jüngling und schlägt einen Abendspaziergang vor. Meistens klappt es schon im

Augustus-Mausoleum, sonst legt er den Botanischen Garten nach: Stiller Pavillon, Sternenzelt und ein wundervoll romantischer Blick über Rom!"

Trish seufzte: „Also, dafür ließ ich mich auch mal verarschen..."

Sie zwinkerte Connie zu. Aber Connie war nicht in der Stimmung, sich an Witzeleien zu beteiligen. Sie war sehr still. Was auch immer zwischen Tony, Sonia und Mario ablief, eine Person würde verletzt bleiben: Connie. Das wusste sie aus langer, bitterer Erfahrung.

Iris setzte die Grappaflasche an. Connie hatte nach der Enttäuschung vom Vormittag noch genug übrig gelassen. Auch das war ein Maß für Connies Verwundung. Aber darüber dachte Iris jetzt natürlich nicht nach:

„Das Schlimmste ist doch, dass es nur eine Masche ist," sagte sie, „ein Pauschalarrangement, um Touristinnen zu knallen.. und ich dachte, wir beide, er und ich, wir... wir wären.... es wäre... Wir beide, das wäre etwas ganz besonderes..."

Sie nahm einen gewaltigen Schluck. Es schmeckte wie Wasser.

„Vorsicht", sagte Trish, „du bist das nicht gewöhnt!"

„Nein, das bin ich nicht gewohnt!" rief Iris: „Ich hab zwar meine Enttäuschungen mit den Typen und meine Erfahrungen, aber diese Gemeinheit, diese Demütigung... und dieser Arsch erzählt noch alles weiter, bloß um anzugeben! Weißt du, es ist, als wär Tony dabeigewesen. Ich muss richtig froh sein, dass es keinen Handyfilm davon gibt!"

„Wär doch ein schönes Souvenir", brummte Trish. Iris sah sie entgeistert an.

„Das isn Witz!" sagte Trish, „aber mit'n ordentlichen Trostfaktor drin: Nach einiger Zeit wirst du drüber lachen!"

Iris sagte nichts, sondern trank. Trish legte den Arm um Iris und strich ihr sanft über den Rücken. Das tat gut.

„Aber das ist noch nicht das Schlimmste", sagte Iris nach einer Weile, „wie er diese arme Sonia manipuliert hat, das ist einfach unglaublich, ein Verbrechen ist das!"

Trish griff zur Zigarette. Das versprach, spannend zu werden.

„Sie ist seit Jahren hinter Antonio her. Sie kennen sich seit einer Ewigkeit, es ist eine Art Sandkastenschwärmerei, weißt du, und er ist halt recht gutmütig und bringt es nicht übers Herz, klaren Tisch zu machen... bisher. Aber jetzt ist natürlich das Maß voll: Sonia ist die Cousine von Mario und holt sich Rat bei ihm, wie sie Antonio einsacken kann... Stell dir das vor: Hey, Cousin, sorg dafür, dass der Mann, auf den ich scharf bin, auch bei mir landet! Wahrscheinlich kauft das arme Mädchen auch irgendwelches Zauberzeug ein, um ihn an sich zu binden... Jedenfalls hat Sonia von Antonios großer Liebe zu Connie erfahren und hat sich natürlich bei Mario ausgeweint und der hat ihr knallhart den Tip gegeben, sie soll doch hier hereinschneien und heulen und was von Ehefrau und Schwangerschaft jammern, dann wirst du ihn zum Teufel schicken..."

Iris fasste nach Connies Hand: „Stell dir DAS vor: Dieser Abgrund an Gemeinheit! Aber so sind die Ittaker: Blut ist dicker als Wasser, die famiglia geht über alles! Eine einzige Riesen-Mafia!"

Connie sah sie skeptisch an. Sie konnte die Empörung nicht teilen. Sie hatte Sonia vor Augen, die stille Würde einer Frau, die nicht mehr weiter weiß. Was Antonio erzählt hatte, klang viel zu sehr nach großem Melodram. Die wahren Tragödien, das wusste Connie, hatten nichts

216

Melodramatisches an sich. Sie waren kleine, schmutzige, traurige Geschichten.

„Und was hältst *du* von Antonios Geschichte?" fragte Connie. Sie sah Trish an. Die saß am anderen Ende des Sofas. Sie hatte den Grappa jetzt für sich allein. Ihr Blick war glasig und ihre Hand konnte kaum noch die Zigarette balancieren: „Männer sinnn Schweine!" lallte Trish und musste aufstoßen.

„Du solltest Mario wenigstens eine Chance geben, Stellung zu nehmen..." sagte Connie zu Iris. Sie wunderte sich selbst über die Klarheit ihrer Gedanken. Der Fusel konnte ihr nichts anhaben.

„Ach, und hast du deinem Antonio zugehört?" knurrte Iris zur Antwort.

„Das ist etwas anderes", sagte Connie: „Antonio wird richtig gefährlich, wenn du ihm zuhörst. Der kann dir schwarz für weiß verkaufen und redet dich betrunken, ohne dass du auch nur am Wein nippst. Wenn du ihn mit deinem Mario vergleichst, dann gibt es gar keine Diskussion, wer von den beiden der latin lover ist, der Blender, der Frauenheld... Weißt du, ich hab da überhaupt keinen Zweifel: Tony ist der Papagallo, doch nicht Mario..."

Iris sah Connie nachdenklich an.

„Wenn es nur das wäre. Aber Antonio hat mir auch gesagt, dass Mario sehr wohl deutsch versteht und es auch ganz ausgezeichnet spricht. Denn er war als Junge einige Zeit in Deutschland, Eis verkaufen... Warum hat er mir das verheimlicht, warum dieses Radebrechen auf Englisch? – Er wollte mich verarschen. Weißt du noch, wie direkt wir über ihn geredet haben, als er dabeistand. Wir haben deutsch gesprochen und waren uns sicher, dass er nichts versteht. Er hat uns belauscht, verstehst du, hintergangen und belauscht. Manipuliert, betrogen, verraten…" – Iris gingen die passenden Worte aus.

„Vielleicht hat sich Tony diese Story nur aus den Fingern gesogen", sagte Connie. Doch sie spürte, dass es ein verdammt schwaches Argument war. Also holte sie sich eine Zigarette vom Tisch und zerrte die Flasche aus Trish' Händen, um sich eine Portion einzugießen. Sie nahm einen tiefen Schluck, inhalierte den Rauch und blies ihn durch die Nase wieder aus. Sie war selbst ganz überrascht, dass ihr auf diese Weise Rauchringe gelangen. Das hatte sie bisher noch nie erlebt.

„Was schlägst du vor?" fragte Iris.

„Du musst deinem Mario auf den Zahn fühlen", sagte Connie.

Gesagt, getan. Iris verabredete sich mit ihm zum frühestmöglichen Termin. Sieben Uhr, schlug er vor. Ob er bei ihr vorbeikommen solle. Iris wollte das nicht. Sie schlug einen neutralen Ort vor:

„Let's meet at the Campo. Giordano Bruno's memorial!"

Mario war pünktlich. Iris lag schon eine Viertelstunde vor der Zeit auf der Lauer. Sie wartete aber noch zehn Minuten, bis sie ihr Versteck zwischen den Sonnensegeln der Trattoria aufgab und zum Denkmal hinüberging.

„Ich habe gehört, dass du deutsch sprichst", sagte Iris und zog ihren Kopf weg, so dass Marios Begrüßungsküsschen ins Leere ging. Mario schaute sie, die Lippen noch immer gespitzt, eine kurze Sekunde an.

„Deutsch?" fragte er zurück, verzog das Gesicht, wiegte die Schultern: „Un poco." Mario hob die Arme zu einer großen, aber nichtssagenden Geste. Seine Wangen waren rot geworden. Mit einem Schlag. Er konnte ihrem Blick nicht standhalten. „Ich habe Verwandte in Deutschland", sagte er mit einem leichten rheinischen Akzent. „Aber ich muss noch viel lernen."

Iris nickte: „Das musst du wirklich... Ich will dir sogar ein wenig dabei helfen."

„Ja?" – Mario strahlte sie an.

„Übersetzungsübungen", sagte Iris sanft. Sie konnte ihre Wut kaum noch zügeln. „...Und der erste Satz ist...." Mario hing an ihren Lippen. „--- Fick dich ins Knie, du Arsch!" brüllte Iris. Sie klatschte ihm rechts und links auf die Wangen, drehte sich um und rannte über den Platz, den kürzesten Weg nach Hause. Sie hätte sich nicht beeilen müssen: Mario stand noch gut fünf Minuten an seinem Platz. Unbewegt.

Eigentlich wollte sie niemanden hören oder sehen oder gar sprechen. Aber das Klingeln war stärker. Iris hatte siebenmal dem Beeep-beeep widerstanden, jetzt konnte sie nicht anders. Connie war aus dem Haus. Auf der Suche nach Trost. Iris hatte sich in den vier Wänden vergraben. Doch das Handy war stärker als jeder Vorsatz zur Einsiedelei. Es konnte ja etwas mit ihrer Mutter sein, oder mit Kiki oder gar ein Hinweis auf Lisa. Wenn es aber Mario wäre, das nahm sie sich fest vor, würde sie den Hörer sofort wieder auf die Gabel knallen. Bildlich gesprochen.

„Allô?" fragte sie ins Telefon. Sie hatte noch immer nicht aufgeschnappt, wie sich Italiener am Telefon melden. Alles war nur ein schnelles, heimlichtuerisches Nuscheln. Als ob es jedesmal um Staatsgeheimnisse ging!

„Hallo?" wiederholte sie.

„Frau Schäfer?" kam zurück.

Iris kannte die Stimme. Ihr „Ja" klang mechanisch.

„Köppel", sagte die gut bekannte, halb säuselnde, halb quäkende Männerstimme. Der Zweigstellenleiter: „Ihre Mutter war so freundlich, mir Ihre Nummer zu geben..." Er klang beleidigt. „Uns hatten Sie ja gesagt, dass Sie nach Kenia fahren, Cluburlaub. Fräulein Irina hat sich die Finger wundtelefoniert, um herauszufinden, in welchem Club Sie wären... und jetzt sind Sie in Rom!"

„Alle Wege führen nach Rom", sagte Iris, so freundlich wie ihr möglich war.

„Das ist gut so", sagte Köppel, „dann führen ja auch eine Menge Wege wieder zu uns zurück. Wir brauchen Sie hier.

Diese Existenzgründungsoffensive kommt schneller in Gang als wir dachten. Wann können Sie zurück sein?"

Iris atmete tief durch.

„Ich bin hier in dringenden Familienangelegenheiten", sagte sie und betonte jede Silbe, als müsste sie es besonders verständlich ausdrücken, „und ich habe deshalb mit der Personalstelle schon besprochen, dass ich meinen gesamten Resturlaub anhänge, damit ich..."

„Papperlalapp", sagte Köppel. Er klang auf eine ganz gemeine Weise väterlich: „Über Ihre Urlaubsanträge entscheide immer noch ich. Und jetzt ist definitiv keine Zeit!"

„Aber die Familie..."

„Bitten Sie doch Ihre Mutter. Die klingt noch ganz rüstig."

„Herr Köppel, ich denke, dass ich diese Angelegenheiten hier schon selbst..."

„Liebe Frau Schäfer", sagte Köppel, „was Sie denken und glauben ist Ihre Privatsache. Das geht mich nichts an. Aber Privates sollte sich auf die Freizeit beschränken und nicht mit den Dienstpflichten kollidieren. Ich erwarte Sie am Montag um acht Uhr morgens in der Filiale. Ich hoffe, Sie erholen sich noch gut."

Köppel legte auf. Iris betrachtete den Apparat in ihrer Hand.

„Ein Arschloch mehr", sagte sie. Aber das war keine neue Erkenntnis.

Connie wusste Rat. Wie immer: „Was du jetzt brauchst, ist eine Krankmeldung."

Iris hatte sich noch niemals „einfach so" krankschreiben lassen. Sie war dazu viel zu ehrlich und *von robuster Konstitution*, wie es ihr alter Hausarzt ausdrückte, der sie dafür lobte, „auch wenn ich an dir nicht viel verdiene". Er hatte sie schon als Kind behandelt, er duzte sie natürlich auch als Erwachsene. Eine Seele von Doktor. So einen würde sie nie wieder finden. Schon gar nicht in Rom.

Aber es gab natürlich handfeste Gründe, in Rom zu bleiben. Kiki war vielleicht der wichtigste. Außerdem ging es um ihre Freiheit, ihre Zukunft. Eine Rückkehr auf Pfiff war eine Niederlage. Technischer K.O..

Connie rief Robert Keller an. Ob er einen deutschsprachigen Arzt kenne, der Iris krankschriebe. Was denn mit Iris sei, kam erschrocken zurück. Sie habe eben einen plötzlichen Krankheitsschub, etwas Taktisches. So ging es eine Weile hin und her und Connie freute sich darüber, dass der brave Robert nicht sofort verstand. Doch als sie auflegte, hatte Connie einen Namen und eine Adresse. Es war ein Landsmann, den es aus Gründen, die Robert Keller nicht wusste oder nicht nennen wollte, an den Tiber verschlagen hatte. „Außerdem ist seine... Ordination von euch aus bequem zu Fuß zu erreichen."

Dr. Otto Sketsch
Facharzt für Psychosomatik; Chefarzt
z. Zt. beurlaubt

Es war tatsächlich nur ein kleiner Spaziergang ans andere Ende der Altstadt.

„Erstaunlich, dass man Ihnen nicht das Arztschild klaut", sagte Connie gleich zur Begrüßung, „es sieht irgendwie wertvoller aus als das ganze Haus."

Dr. Sketsch praktizierte in einem sehr heruntergekommenen Gebäude. Es hatte die berühmteste Plünderung der Stadt miterlitten, den Sacco die Roma von 1525, und war seither nicht mehr wesentlich instandgesetzt worden. Jetzt war es stückweise vermietet. Die eine Hälfte der Mieter bezahlte fast nichts, weil sie sich auch nicht mehr leisten konnte, die andere Hälfte bezahlte ein halbes Vermögen, um das zu erleben, was man als „Bohème" empfand. Auch wenn das Haus in Rom stand, nicht in Böhmen.

Dr. Sketsch residierte in einem Ein-Zimmer-Appartement, das gleichzeitig als Atelier diente. Denn er war, wie eine Galerie von Farbtöpfen, Tuben, Eimern, Kanistern und mit dem Rücken zur Wand gestellten Bildern verriet, vor allem Künstler. Maler, in Öl und Wasserfarben. Auch wenn das Zimmer ein gutes Stück zu dunkel war, verkündete allein schon die in der Raummitte thronende Staffelei, zu was sich der Mann berufen fühlte.

Doch so faszinierend diese Inszenierung nach dem Vorbild des Toulouse-Lautrec-Ateliers aus dem Hollywoodfilm auch wirkte, das interessanteste Requisit des Zimmers war zweifelsohne Dr. Sketsch selbst. Das heißt, vor allem sein Haupt- und Barthaar. Iris vermutete auf den ersten Blick ein künstliches Haarteil.

Nein, flüsterte Connie zurück, es wären zwei künstliche Haarteile: Sowohl am Kopf wie am Kinn. Sie hatte einige Zeit bei einem Perückenknüpfer gejobbt, sie kannte sich aus.

Beide Haarstücke waren klein gekräuselt und erinnerten unverkennbar an das Reiterstandbild auf dem Capitol: Kaiser Marcus Aurelius, der Philosoph auf dem Thron. Das Kopfhaartoupet war auch eher für einen Mann mit herrschaftlichen Gardemaßen ausgelegt als für diesen Doktor Sketsch, der ungermanisch kurz geraten war. Deshalb musste er das Haarteil auch mit einem Stirnband bändigen. Bunte Motive, leicht verwaschen. Connie erkannte eine Abteilung jagender Indianer, Iris eine Perle, die als Büffelauge blitzte.

Der Rest des Körpers steckte in einem blauen Malerkittel, unter dem braune Sandalen vorlugten. Natürlich trug der Doktor keine Socken. Dafür lackierte er sich die Zehen:

„Dieses Grün hab ich vom Zöllner Rousseau", sagte Sketsch, der die erstaunten Blicke der Menschen kannte, die ihm zum erstenmal begegneten. Dann wurde es fachlich: „Sie benötigen also medizinische Hilfe?" – Er rieb sich die farbbesprenkelten Hände mit einem getränkten Stofflappen sauber. Mit einem Mal wirkte Sketsch sehr tatendurstig.

„Ich brauche eine Krankmeldung", sagte Iris schnell. Sie wollte sich auf keinen Fall auf irgendeine Untersuchung einlassen.

Sketsch nickte.

„Das macht zweihundert den Tag, Sonn- und Feiertage werden mitgezählt."

Er ging zu einer speckigen Arzttasche und versuchte, mit dem Rücken zu verbergen, was sich alles darin befand. Doch das Aneinanderklappern von Glasflaschen machte für Connies Ohren ein zu verräterisches Geräusch. Sie zwinkerte Iris zu: „Weinflaschen, 0,75 Liter" und deutete mit Kennermiene die typische Trinkbewegung an.

„Kasse oder privat?" fragte Sketsch im Umdrehen. Er wedelte mit zwei unterschiedlichen Vordrucken.

„Ich bin in einer Kasse", sagte Iris, „aber ich zahle natürlich selbstverständlich bar..."

„Das versteht sich von selbst", brummte Sketsch, „Es geht nur um den richtigen Vordruck – Wieviele Tage?"

„Geben Sie auch Rabatt?" fragte Iris.

„Ab der sechsten Woche", sagte der Chefarzt a.D.

Dr. Sketsch hatte sogar ein Faxgerät. „Ein Geschenk meiner Galeristin", sagte er stolz, „aber ich versende damit auch die Arbeits-Unfähigkeitsbescheinigungen. Kein Problem. Das ist im Service inbegriffen... und aus dem Ausland wird die Papierform noch bis auf weiteres akzeptiert."

Vor dem Haus verabschiedete sich Connie von Iris. Sie wolle noch etwas für sich sein. Bummeln, nachdenken. Iris sagte dazu nichts. Sie dachte an Dr. Sketsch und an Connies alte Liebe für akademische Grade. Andererseits wollte sie sich nicht vorstellen, dass der toupierte Zwerg in irgendeiner Weise attraktiv wirkte. Schließlich hatte Connie ja noch Chancen bei Robert Keller. Und der war dem malenden Weißkittelzwerg allemal vorzuziehen!

Als Iris ein paar hundert Meter gelaufen war, kamen sanfte Zweifel, ob sie überhaupt richtig gehandelt hatte. Eine getürkte Krankmeldung, das war so etwas wie Betrug. Se wollte nicht betrügen. Das hatte sie doch nicht nötig! Andererseits musste sie sich gegen diese Köppelschen Zumutungen wehren. Und mit einer AU war die Sache formal in Ordnung. Wäre ja noch schöner, wenn sie ihm die Chance gäbe, ihr eins reinzuwürgen. Nein. Oder sollte sie auf Pfiff zurück? Wie ein Hündchen, das lange genug Gassi war.

Nein! Iris wollte sich keinen Gewissenswurm wachsen lassen. Die Krankschreibung war nicht billig, aber nötig. Und angesichts ihres Liebeskummers konnte sie sich sogar im Recht fühlen: Von zwei Männern belogen zu werden, das geht an die Substanz.

Und die hohe Summe? Iris hörte ein quengeliges inneres Stimmlein. So meldete sich ihr Geiz. Aber dagegen konnte sie sich ausnahmsweise einmal gut behaupten: Wofür ist ein Notgroschen da? Schließlich legte sie seit Jahren immer wieder etwas zur Seite. Für den Notfall. Und jetzt war eine gute Gelegenheit, diese Summe anzugreifen. Sie dachte an Kiki, an die schöne Wohnung, an Rom und an die Menschen, die sie hier kennengelernt hatte. Sie dachte an Mario und fühlte eine gehörige Portion Ärger aus ihrem Bauch aufsteigen. Sie hätte sich gerne gezwungen, an einen anderen zu denken. Aber wer außer Peter kam dafür in Frage?

Iris dachte an Lisa und Lisas Brief. Hatte sie nicht etwas von der Fotoagentur geschrieben? Iris hatte nicht viel über Lisas Anregungen nachgedacht. *Sie wollte mir einfach etwas Nettes schreiben und hat meine Fotoarbeiten gelobt. Ich darf mir darauf nichts einbilden. Aber warum sollte ich es nicht einfach mal versuchen? Mehr als ein „Nein danke" kann die Agentur nicht sagen und wenn sie mir ein paar kleine Aufträge geben, hab ich vielleicht wirklich eine Perspektive, in Rom zu bleiben...* Iris erschrak ein wenig über die Leichtigkeit, mit der sie sich in Gedanken ein Leben in Rom ausmalte. Das war für Kiki sicher eine ideale Lösung: In der Wohnung bleiben, in der Stadt, die alten Bekannten, die alten Freunde, die Deutsche Schule. Aber Iris wusste gut genug, dass sie nicht in erster Linie an Kiki dachte, sondern an sich.

Zuhause, an der Wohnungstür, klebte eine Notiz von Trish. *Bitte Rückmeldung, ich habe etwas gekocht.*

„Du kommst genau im richtigen Moment, eben hat die Eieruhr geklingelt!" lachte Trish, als Iris bei ihr klopfte.

„Eier?" fragte Iris. Sie hätte es ja wissen müssen, dass von einer wie Trish keine kulinarischen Höchstleistungen... Aber Iris hatte sich geirrt. Die Eieruhr war wichtig, um die Backzeit einzustellen. Mit Eiern hatte das Essen nichts zu tun. Im Gegenteil. Schon der Duft, der aus Trish's Küche kam, ließ auf eine Überraschung hoffen.

226

„Ich habe mir einen richtigen Herd gekauft. Du weißt ja: Eigner Herd ist Goldes Wert. Und ich wollte den Ofen gebührend einweihen..."

Trish klappte die Glastür zur Röhre auf. Der Duft verstärkte sich noch.

„Lammcarrée in Chianti", sagte Trish, „und hier auf dem Herd bruzeln die Basilikumkartoffeln, und natürlich gibt es den guten Rotwein nicht nur in der Bratensauce, sondern auch direkt für den Gaumen." Sie zeigte auf eine hölzerne Weinkiste, die auf dem Küchentisch stand: „Es ist eine Riserva, aus einem wirklich guten Jahr..."

„Super!" sagte Iris. Sie wunderte sich, dass sie dieses schreckliche, abgetakelte Modewort noch einmal in den Mund genommen hatte. Aber das geschah ihr immer, wenn sie sich besonders freute.

„Eine Bitte hätt' ich noch..." sagte Trish.

„Ja?"

„Können wir bei dir essen? – Ich kann meine zwei ollen Teller nicht mehr sehen!"

Sie gingen in Lisas Wohnung, um den Tisch zu decken und gleich auch die Saucière, die Bratenplatte und eine Schale für die Kartoffeln zu holen. Im Flur sah Iris, dass der Anrufbeantworter blinkte. *Incoming News*. Sie drückte den Wiedergabeknopf. Eine englische Frauenstimme, etwas quäkend und sehr aufgeregt: „Hi, Darling, this is Cynthia...you have to come here at once... I have work for you."

Cynthia, das war die Lady von der Fotoagentur. Iris musste lachen. „Kommt ja wie bestellt." Für einen Moment fragte sie sich, ob es das gab: Hoffnungen, die sich erfüllen, wenn man sie am nötigsten braucht. Aber dann meinte sie nur leichthin, wie schwierig es sei, in Rom italienisch zu reden. Alle Welt spreche englisch. „Ich frage mich, wann sie das „A" von ROMA in „E" umändern."

Trish suchte sich die Porzellanteile in der Küche zusammen. Dabei nutzte sie die Zeit für eine Belehrung über den Umgang der Einheimischen mit ihren Gästen: „Mit Fremden quatschen die Römer konsequent englisch. Wenn man besonders höflich sein will, probieren sie für die *Tedesci* ihr Hotelfachschulendeutsch. Aber Italienisch ist für unsereinen viel zu schade."

„Außer natürlich am Markt", sagte Iris. Sie holte die weiße Tischdecke aus dem untersten Schubfach, räumte den Küchentisch leer und breitete das Linnen mit elegantem Schwung aus.

„Naja, der Campo dei Fiori wirkt ab einer bestimmten Uhrzeit sowieso eher wie eine Folkloreshow für südländischen Blumen- und Gemüseflair. Das hat mit dem wahren Leben ungefähr noch soviel zu tun wie Kabuki-Theater mit Autos von Toyota."

„Da hast du Recht", brummte Iris. Sie legte jetzt das Silberbesteck auf, das Lisa noch immer in der Originalverpackung aufbewahrte. Es war ein Geschenk der Großmutter, die ihnen beiden so gerne eine komplette Aussteuer zusammengestellt hätte.

„Kennst du übrigens eine Cynthia?" fragte Iris, als Trish schon wieder auf dem Weg in ihre Wohnung war, um das Essen herüberzuholen.

Trish wusste es sofort: „Sie ist die Chefin der Bildagentur, für die Lisa viel gearbeitet hat. Sehr schöne Aufträge, weißt du. Privatreportagen..."

Iris verstand nicht. Was um alles in der Welt waren „Privatreportagen"? Eine Umschreibung für Pornoaufnahmen? Trish lachte. „Viel besser. Nenn es Imageaufbesserung für

Kuhdorf-Bosse... Vorstand Meier besucht Rom, besichtigt die großen Stätten des Abendlands und trifft den Commendattore Pacini von der römischen Partnerfirma, um einen Millionendeal abzumachen... Lisa kann das perfekt ins Bild setzen, wie ganz große Politik. Und die Herrschaften mischen Beruf und Privates und können das Ganze noch als Betriebsausgaben verbuchen. Und fürs Ego gibt es eine tolle Fotoserie, beispielsweise für die Heimatzeitung: Schaut her, wie weltläufig wir sind!"

Iris nickte. „Na, das verspricht ja interessant zu werden", sagte sie, und hob das Lammcarrée vorsichtig aus dem Bratentopf auf die Servierschale. Ihr fiel ein, dass man auch noch etwas Gemüse zum Braten reichen sollte. In Butter geschwenkte Grüne Bohnen, beispielsweise. Daran hatte Trish nicht gedacht. Iris wollte aber nicht meckern. Das war das Mindeste.

Als sie bei der Agentur zurückrief, bekam Iris sofort einen Termin. Noch am selben Nachmittag.

Cynthia sah Iris nur kurz an. „Younger sister", murmelte sie, „Lisa told me something about that... okay..." Das war alles. Danach ging Cynthia mit Iris um, als wären sie schon seit zehn Jahren miteinander im Geschäft.

„This is Doctor Striese from... Dusseldof." Sie konnte das Wort nicht aussprechen. Deutsche Landeshauptstädte waren nicht gerade ihre Stärke. „He is the chair of an institute... ah, read the file by yourself..."

Sie gab Iris einen schmalen Schnellhefter, der alle wichtigen Angaben enthielt. Die wichtigste war, dass Dr. Striese schon an diesem Abend eintrudeln würde und von der Landung weg betreut werden wollte.

Iris überlegte noch, wie sie ihre Frage nach dem Honorar anbringen könnte, ohne zu verraten, dass sie keine Ahnung hatte. Doch Cynthia verabschiedete sich, indem sie ihr ein Formular zuschob, auf dem alles Wesentliche verzeichnet stand. Und Cynthia war Amerikanerin. Sie rechnete also nur in Dollar. - $- stand neben der abschließenden Zahl. Damit verdiente Lisa, grob überschlagen, an drei Tagen soviel wie Iris im Monat, brutto.

Iris setzte sich in die nächste Caffeteria. Zeit, sich die Handakte des Kunden genauer anzuschauen. Dr. Striese hatte sein Presseporträt gemailt, in Farbe, „damit Sie schon einen ersten Eindruck bekommen." Er war etwa vierzig Jahre alt, trug sein volles Haar gut gescheitelt und mittellang. Der Friseur hatte offenkundig die Anweisung, die grauen Schläfen zu betonen. Iris dachte instinktiv, Striese würde sich vielleicht sogar einen zarten Grauton anfärben lassen, weil ihm das die notwendige Seriosität verlieh. Denn mit dem ersten Blick verstand Iris schlagartig, was mit dem Ausdruck „Ohrfeigengesicht" gemeint war. Striese wirkte nicht sehr vertrauenserweckend: Eine sehr lange, große, vorspringende Nase verriet eine ungesunde Überdosis Sinnlichkeit, die fleischigen Lippen, die sich eine Spur zu ordinär wölbten, verstärkten diesen Eindruck noch mehr. Sein Kinn floh, die Stirn war flach, die Augen lagen klein unter großen Augenbrauen, die natürlicherweise zusammengewachsen waren, an ihrer Verbindungsstelle über der Nasenwurzel mittlerweile aber rasiert wurden.
Striese wirkte wie ein etwas zu sehr von sich eingenommener Autoverkäufer, einer, der sehr gut daran ist, überteuerte Luxusmodelle an wohlhabende Witwen und ältliche Fleischerehepaare zu verscherbeln, aber sein Geld am selben Abend in der Spielbank verzockt.

Auf dem zweiten Blatt seines Dossiers wies sich Dr. Striese als Archäologe aus. Er war Vorstand des „Instituts für Wirklich Große Ereignisse" (IWGE), einer privaten Einrichtung, die ganz besondere Events für ganz besonders wohlhabende Kunden organisierte.

Striese kam, wie er selbst schrieb, nach Rom, „um in den Kaiserthermen, den berühmtesten Badehäusern aller Zeiten ein neues Wirklich Großes Ereignis an internationale Investoren zu vermitteln." - Er hatte sogar das Titelbild einer Fernsehbeilage gescannt: Es zeigte ihn mit dem „pièce de résistance" der Ausstellung, einem gelbweiß schimmernden Gesteinsbrocken.

Was war das für ein Stein? Wollte er damit als „Goldjunge" erscheinen? – Iris verstand es nicht. Sie nahm sich vor, sobald wie möglich danach zu fragen.

Am nächsten Tag war sie pünktlich am Flughafen. Der Flug hatte nur eine halbe Stunde Verspätung. Eine Meisterleistung, wie man ihr stolz verkündete. Sie stellte sich bei der großen Glasschiebetür auf, durch die alle Ankommenden zur Gepäckabholung mussten.

„Ein schönen guten Tag in Rom, Herr Striese", sagte Iris und streckte ihm die Hand entgegen. Er zögerte kurz, dann ergriff er ihre Hand, um sie zu schütteln.

„Wie haben Sie mich erkannt?" fragte Striese. Er lächelte und zog dabei die Augenbrauen hoch. Iris kannte Frauen, die man mit solchen Spielereien verzauberte. Sie selbst gehörte nicht dazu.

„Man hat doch Ihr Foto gemailt."

„Ach ja, richtig...." sagte Striese: „Welches denn?"

„Sie, im Overall, mit einem Stein, vor Trümmerlandschaft und Vollmondscheibe", sagte Iris.

Striese nickte.

„Wo war das eigentlich?" fragte Iris.

„Na, in der Sunday Times", antwortete Striese. Er sah sich erstaunt um. Offenbar war außer Iris niemand da, um ihn willkommen zu heißen. Iris erkannte, dass er mehr erwartet hatte.

„Ich meine, wo ist das Bild *aufgenommen*?" fragte sie, um das Gespräch irgendwie in Gang zu kriegen.

Striese überlegte. „Ägypt... nein: Griechenland!"

„Und was zeigt es?"

Striese sah sie verwirrt an: „Mich natürlich", sagte er. Ein kurzes Zucken um seine Mundwinkel. Für den Bruchteil einer Sekunde erschien strahlendes Lächeln in seinem Gesicht. Offenbar hatte er eine Berühmtheit erkannt. Schon wollte er winken. Aber dann froren Bewegung und Miene ein: „Nein, sie ist es doch nicht..." Er seufzte.

Gelegenheit für Iris, nachzusetzen: „Ich meine: Was bedeutet dieser große Brocken in Ihrer Hand?" Sie holte das Dossier aus ihrer Umhängetasche und schlug die Seite mit dem Titelbild auf. Striese nahm die Akte, hielt sie mit gestrecktem Arm von sich, nickte, seufzte, und meinte, man hätte vielleicht doch die Lachfalten retouchieren können.

„Der Stein in Ihrer Rechten!" insisierte Iris.

„Warum sagen Sie das nicht gleich!" rief Striese: „Das ist der Bimsstein, mit dem sich König AgaMammon, der Eroberer Trojas, Hände und Leib gesäubert hat, kurz bevor ihn seine Ehefrau und sein Nebenbuhler in der Badewanne erdolchten... Ich selbst habe das brisante Stück Geschichte auf abenteuerlichen Wegen und zu einem Preis von dem des Sängers Höflichkeit nur schweigen kann aus einem Land der ehemaligen Sowjetunion beschafft, wo es über

Jahrhunderte unerkannt in der Asservatenkammer vergammelt war."

„Und wie können Sie so sicher sein, dass es genau *dieser* Bimsstein...?"

Striese lächelte. „Lesen Sie keine Zeitung? - Eine von Lenin handschriftlich ausgefertigte Urkunde bezeugt die Authentizität!"

Sie waren zum Ausgang des Flughafengebäudes gekommen. Die Schiebetüren schwebten auseinander, sie traten hinaus in den Arkadengang, vor dem die Taxis warteten. Striese ging ein paar Schritte weiter und suchte mit zusammengekniffenen Augen den großen Platz vor dem Empfangsgebäude ab.

„Wo ist das Plakat?" knurrte er, „wo ist das verdammte Plakat?"

Iris konnte sich an das Plakat erinnern. Es war ihr, leicht verändert, noch einmal am Trevi-Brunnen begegnet und wenn sie jetzt darüber nachdachte, war sie wohl auch an drei, vier anderen Orten in der Stadt daran vorbei gegangen. Offenbar hatte Striese mit dieser Werbemasche zu tun. Sie beschloss, ihn nicht danach zu fragen.

Striese seufzte verärgert: „Und wo ist die Limo?" Er sagte Lai-moh, weil er das für die korrekte Aussprache hielt. Iris überlegte. Striese meinte offenbar die ewig langgestreckten Sonderanfertigungen von Luxuskisten, mit denen die Filmstars zur Oscarverleihung vorfahren.

„Haben Sie sich eine bestellt?" fragte sie.

„Ich? Mir? – Gute Frau, das ist IHRE Aufgabe!" Er schnaubte.

„Moment mal", sagte Iris. Sie versuchte erst gar nicht, höflich zu bleiben: „Ich mache Fotos. Ich bin nicht Ihre Sekretärin."

Striese musterte sie von oben bis unten: „Gott sei Dank sind Sie das nicht, gute Frau. An Sekretärinnen stelle ich andere Ansprüche."

„Das kann ich mir denken", sagte Iris.

Striese überblicke die Kolonne von gelben und weißen Fahrzeugen, die in schöner Reihe bereitstand, die Fluggäste nach Rom zu schaffen.

„Gibt es hier denn keinen Mercedes?" fragte er, quengelig wie ein Neunjähriger „ich bin Schwabe, ich bin promoviert und ich bin Vorstand... ich MUSS oi Mercedes han!"

Iris schob ihn zum nächsten freien Auto. Striese ging zum Heck des Fahrzeugs, um den Typ abzulesen. „Fiat Weekend!" zischte er, mit verkniffenem Gesicht. „Weekend... klingt verheißungsvoll." Er stieg hinten ein.

„Und Ihr Gepäck?" fragte Iris, während sie sich vorne hinsetzte. Sie ärgerte sich, dass sie sich überhaupt Gedanken um Dinge machte, für die sie nicht zuständig war.

„Darum kümmere ich mich nicht", sagte Striese.

„Na, dann fahren wir doch los", sagte Iris.

Der Vorstand hatte ihr nicht verraten, in welchem Hotel er logieren würde. Er sagte es auch jetzt nicht, sondern reichte dem Chauffeur eine Visitenkarte. Wortlos. Der Fahrer las und ließ den Motor an. Striese kniff die Augen zusammen. „A noch oi Diesel!" – Er sank verzischend in die Rückbank.

19.

Connie wusste, dass um diese Zeit niemand in der Wohnung war und dass es mindestens noch zwei Stunden dauern würde, bis Iris oder Kiki zurückkämen. Sie hatte also fürs erste „sturmfreie Bude".

„Wollen wir uns einen Kaffee machen?" fragte sie Robert Keller, während sie durch die Flur lief. „Für einen Sekt oder Campari ist es ja wohl noch zu..." Als sie am großen Spiegel vorbeikam, brach sie den Satz ab: Sie konnte sich beim Lügen einfach nicht ins Gesicht sehen.

„Kaffee ist gut", sagte Robert.

Sie gingen in die Küche. Die Scrabble-Buchstaben lagen über den Tisch verschüttet, die Spielschachtel war zu Boden gegangen. Offenbar hatte sich jemand über eine Niederlage geärgert.

„Ich werde dem Jungen nie beibringen können, dass er die Sachen aufräumt..." seufzte Connie. Sie überlegte kurz und schüttelte dann den Kopf: „Verdammt, ICH muss es ihm auch nicht beibringen!" Sie lächelte.

Robert Keller setzte sich an den Tisch. Er spielte mit den Buchstaben. Connie hatte sich mit ihm verabredet und die Sache klug aufgebaut: Tony erschien als die personifizierte italische Niedertracht, sie als unschuldiges Opfer, das leider immer wieder an die falschen Männer gerät und einfach nicht neinsagen kann. Das war ja noch nicht einmal gelogen. – Andererseits ging das Manöver ins Leere. Eigentlich hatte sie darauf gerechnet, dass Robert Keller die Signale erkennt und seinerseits zum Angriff übergeht. Aber er zeigte keine Regung. Er blieb genauso höflich und zugewandt wie vorher, aber kein Jota mehr. Verdammt, dachte Connie, ich bin zu haben! Wie deutlich soll ich es noch aussprechen?

Das konnte er offenbar nicht verstehen, es überforderte ihn einfach. Er war augenscheinlich einer von denen, die kein Liebesleben haben. *Cold blooded*, immer und überall. *Stiffer upper-lipp* fiel ihr auch noch ein, die englische Tugend, immer eine steife Oberlippe zu bewahren. Bloß keine Gefühle zulassen. – Sie beneidete ihn in diesem Moment darum.

Andererseits wollte sie sich mit ihm trösten. Vielleicht hatte sie ihn verschreckt. Manchmal war es falsch, über verflossene Lover zu klagen. Bestimmte Typen bildeten sich gerne ein, der einzige zu sein. Andererseits fühlen manche Männer eine gewisse Entlastung, wenn sie mitkriegen, dass die Frau, mit der sie sich einlassen wollen, immer wieder mal auf die Schnauze gefallen ist. Das senkt den Erfolgsdruck. Robert, das hatte sich Connie zurechtgelegt, war so einer. Je weniger Erfolgsdruck, desto befreiter könnte er auftreten. Falls er überhaupt jemals aus seiner Rüstung herausfand.

Er hatte plötzlich ROMA vor sich liegen. Und lachte auf: „Ist ja wie spontanes Assoziieren im Psychologiekurs." Connie sagte dazu nichts. Robert sah sie an. „Weißt du, warum sehr viele Menschen nach Rom kommen?"

„Wegen der Kirchen, der Kunst... und den Ruinen", brummte Connie. Was sollte das? Verdammt, sie hatte Liebeskummer und wollte keine touristischen Merksätze hören.

„Weißt du, warum *ich* nach Rom gekommen bin?" fragte Robert.

236

Connie zuckte die Schultern: „Die gute Luft ist es bestimmt nicht gewesen." Er sollte sie besser in Ruhe lassen!

Robert lachte leise. „Nein, die Luft war es nicht..." Er drehte die Reihenfolge der Buchstaben um:

„Siehst du: Wenn du es von hinten nach vorne liest, wird aus ROMA – AMOR. Und das ist lateinisch für Liebe. Ich bin damals in Rom geblieben, weil ich mich verliebt hatte..."

Er holte tief Atem. „Ging nicht gut..." Er machte eine lange Pause. „Es hat einige Zeit gedauert, bis ich mich wieder verliebt habe..." Er sah Connie traurig an: „... und dann wurde wieder nichts daraus."

Seine Hand fegte über die Buchstaben, so heftig, dass ein guter Teil vom Tisch fiel. Connie sah ihn an und verstand. *Sie* war damit nicht gemeint. Er hatte sein Herz an eine andere verloren.

Als sie beide am Boden herumkrochen, um die Spielsteine wieder zusammenzusuchen, fühlte sich Connie auf seltsame Weise getröstet. Geteiltes Leid ist halbes Leid, sagte sie sich. Dann fiel ihr ein, dass dieser Spruch hier nicht ganz passte. Es war eher der Trost, der im Liebeskummer der anderen liegt. Mehr Schadenfreude als Mitleid. - Musste sie sich deshalb schämen?

Sie sah Robert nachdenklich an, der sich gerade ganz lang machte, um das letzte „L" von ganz hinten unter dem Sofa vorzuholen. „Lass uns was trinken gehen", sagte sie, „wir haben's beide verdammt nötig!"

Sie gingen in die Vinoteca an der Ecke des Campo, dort, wo die Stichstraße zur edlen Piazza Farnese abbiegt, wo der Verkehr am dichtesten brandet und wo immer ein frischer

Brotgeruch von der Bäckerei auf der anderen Straßenseite herüberweht. Es gab eine kleine Auswahl offener Weine, weiße und rote, und dazu ungeschälte Erdnüsse, bis zum Abwinken.

Sie saßen auf Barhockern. Nebeneinander, den Blick auf die Gasse hinaus. Robert hatte eine Flasche Frascati geholt und zwei Gläser. Da saßen sie nun, die Flasche zwischen sich auf dem Fensterbrett. Ein hohes, breites Fensterbrett, aus Holz, als Tisch gedacht. Rechts neben ihnen lärmte das Werbefernsehen aus einem riesigen Wandmonitor. Aber das war egal.

„Gleich am Anfang habe ich gedacht, dass es mit uns was werden könnte", sagte Connie und knackte eine Erdnussschale auf. Die beiden kleinen Kerne kullerten in ihre Handfläche.

„Wir beide?" fragte Robert. Er lachte kurz und leerte sein Glas.

„Ist das so lächerlich?" – Connie klang eher traurig als beleidigt.

„Nein, natürlich nicht", sagte Robert, „vor allem, weil ich ja auch, naja, weil ich mir dachte, wenn ich bei Iris zu forsch rangehe, lässt sie mich abblitzen, aber wenn ich mich an die Freundin ranhänge... in allen Ehren, natürlich, dann bleib ich in der Nähe und bekomm vielleicht irgendwann meine Chance."

„Gute Taktik", sagte Connie, „das muss ich mir merken."

„Vergiss es", sagte Robert. Er goss sich Wein nach. „Das geht meistens schief. Die eine fühlt sich verarscht und die andere verkneift es sich, weil sie die Freundin nicht verletzen will."

Connie drehte ihren Kopf zur Seite, damit sie ihm direkt in die Augen sehen konnte: „Schätzt du mich so ein?"

Es war der letzte Versuch. Der allerletzte. Robert verstand noch nicht einmal, dass die Spur eines ernsthaften Angebots in ihrer Frage lag.

„Lass uns anstoßen", sagte Connie. Sie hielt ihr Glas hoch.

„Sie wird mit dir ausgehen", sagte Connie, „verlass dich drauf."

„Und dann?" fragte Robert, „was kann ich schon dem Sand im Augustus-Mausoleum entgegensetzen!"

Connie sah ihn erstaunt an. Woher wusste er das mit dem Mausoleum?

„Und ich Trollo hab ihm sogar noch gute Ratschläge gegeben!" knurrte Robert und kippte das Glas auf Ex.

„Ach, du kennst Mario?"

„Wir haben uns über Iris kennengelernt."

„Über Iris?" Connie zog die Augenbrauen hoch.

„Ist doch egal", brummte Robert, „jedenfalls kann ich mir sämtliche romantischen Plätze in Rom abschminken, wenn sie mit einem Kerl ausgeht, der zu allen Altertümern Zugang hat..."

„Und warum ist das so?"

„Er ist beim Amt für die Kulturdenkmäler... so ein typisch italienischer Beamtenjob: Du bekommst nur einen kleinen Lohn und niemand erwartet, dass du ernsthaft arbeitest. Dafür gehst du mit fünfzig in Rente."

„Davon können die leben?"

„Meistens haben sie noch einen richtigen Job nebenher... Dieser Mario hat mir erzählt, dass er im Familienlokal mithilft... Kunststück, dass ich da nicht gegen anstinken kann: Gutes Essen und ein romantischer Abend in irgendeine nette Ruine, was will eine Frau mehr?"

Robert war schon ziemlich angetrunken. Dabei hatten sie gerade mal die zweite Flasche leer. Connie winkte dem Barmann zu: Sie wollte nicht auf dem Trockenen sitzen. Gerade jetzt nicht.

„Also ich finde ja eine Bootsfahrt viel romantischer", sagte sie leise, „so bei Mondschein, zu zweit auf dem See, und darüber leuchten die Sterne..."

„Das ist Kitsch", sagte Robert. Er hätte gerne noch einen Schluck genommen, aber die frische Flasche war noch nicht da.

„Nenn es wie du willst", sagte Connie.

Robert seufzte.

„Der Bootsverleih auf dem Borghese-See macht um acht Uhr zu, da scheint um diese Jahreszeit sogar noch die Sonne", sagte Connie. Sie lächelte und fasste in ihren Rucksack, vorne, in das kleine Fach mit dem Reissverschluß. Und sie holte den kleinen Schlüssel hervor. „Für das Kettenschloss der Ruderboote", sagte sie. Sie legte das kleine Silberding auf die Tischplatte. Robert sah sie fragend an.

„Eigentlich wollte ich mir damit einen Lover aufreißen", sagte Connie und zwinkerte ihm zu. Robert nahm's als Witz. Er war zu betrunken und zu sehr in Iris verliebt als dass er die Wahrheit kapiert hätte.

„Das ist wirklich der Schlüssel für...?" fragte er vorsichtig.

„Der Ersatzschlüssel. Nimm ihn und werde glücklich."

In diesem Moment kam die Bedienung mit der frischen Flasche vorbei.

„Dankeschön", sagte Robert, nachdem sie angestoßen hatten: „Wie kann ich dir das jemals vergelten?"

„Gib mir einen Kuss", sagte Connie. Sie schloss die Augen und drehte ihm den Kopf zu. Er küsste sie auf die Wange.

Als Iris nach Hause kam, verlangte sie zuallererst nach einem Drink. Der Camparivorrat war aufgefüllt, es gab auch frischen Orangensaft. Eis war ohnehin genug da.

„Kein guter Einstieg in den Fotografenjob", sagte sie zu Connie, „ich hatte es bisher nie nötig, nach der Arbeit einen zu heben."

„War es so schlimm?"

Iris winkte ab: „Ich dachte eigentlich, dass ich in Sachen männliche Aufgeblasenheit nichts mehr dazulernen kann. Aber ich muss gestehen, ich hatte ja keine Ahnung."

Sie erzählte Connie von Strieses Ankunft. Connie lachte, Iris stimmte mit ein. Grund genug für beide, sich einen zweiten Campari Orange zu genehmigen.

„Und was hast du dir sonst noch vorgenommen?" fragte Connie.

Iris verstand nicht.

„In Sachen Liebe", sagte Connie, mit spöttischem Schmachteblick. Iris zuckte die Schultern.

„Also meine Devise ist ja: Neuer Job, neuer Lover", meinte Connie, so locker und nebenher wie sie es nur sagen konnte: „Dafür ist Rom genau die richtige Stadt."

„Du musst es ja wissen." – Iris wollte sich definitiv nicht mit ihrem Liebesleben beschäftigen. Und sie hatte es Connie schon mehr als einmal gesagt. Es war zwecklos.

Connie hätte jetzt gerne das Scrabble-Spiel hervorgeholt. Doch das hatte Kiki zwischenzeitlich verräumt. Also musste sie versuchen, mit Stift und Papier zu arbeiten:

„Schau mal, Iris", sagte sie und schrieb ROMA auf den Notizblock. Iris hatte dafür kein Interesse. Nur ein kurzer Blick aus den Augenwinkeln.

„Hier steht ROMA", sagte Connie, „und wenn du's jetzt im Spiegel anschaust...." Sie holte ihren Handspiegel aus der Tasche, „dann liest du: AMOR. Das ist lateinisch und heißt Liebe."

Connie stockte. Wie sollte sie jetzt weitermachen? Sie dachte an Robert und an den Trost, den er ihr damit geschenkt hatte. Iris dagegen sah Connie nur halb genervt, halb irritiert an. Kein bisschen getröstet.

„Na!" Connie lächelte aufmunternd. Sie zeigte auf den Zettel und dann in den Spiegel. „ROMA – AMOR, siehst du!" sagte Connie noch einmal, doch ihre Stimme war unsicher.

Iris sah sie an, schaute in den Spiegel und meinte: „Das R kommt aber spiegelverkehrt."

Jetzt schaute auch Connie in den Spiegel. Iris hatte recht. Connie zuckte die Schultern: „Nobody is perfect", sagte sie, „...schon gar nicht in der Liebe!"

Sie klappte den Spiegel zu. Die beiden Frauen sahen einander an. Sprachlos. Und mit einem Mal begann etwas in Iris zu brodeln, zu vibrieren, aufzusteigen und brach sich dann Bahn: Ein riesiges, lautes, unverschämtes, befreiendes Gelächter! Connie war zuerst erstaunt, doch dann verstand sie's auch, und lachte ebenfalls, so laut und so ehrlich wie sie schon lange nicht mehr gelacht hatte.

So kam die Nacht. Connie hatte Iris dringend geraten, die nächstbeste Einladung anzunehmen, um über den Ärger mit Peter und Mario wegzukommen. Diese Einladung erfolgte keine fünf Minuten später per Telefon. So war es ja auch abgesprochen.

Iris und Robert spazierten nebeneinander über den Campo. Obwohl es schon spät war, hatte die Dunkelheit keine Chance. Denn die Nächte blieben hell. Genauer: Orange, dem Licht entsprechend, das die großen Lampen warfen. Natürlich waren die meisten Verkaufsstände längst abgebaut. Nur noch ein Blumenhändler verteidigte die Stellung. Für die romantischen Bedürfnisse der Nachtschwärmer. Aber an diesem Abend war nicht viel los. Die großen, abgestoßenen Emailleeimer quollen noch über. Schnittblumen ohne Ende. Robert kaufte eine Strauß roter und gelber Rosen. Er sah die Enttäuschung im Gesicht des Händlers, als er den verlangten Preis widerspruchslos zahlte. Sein fließendes Italienisch hatte den Blumenmenschen auf ein längeres Feilschen hoffen lassen, auf eine freudige Ablenkung. Mit jemandem, der gut italienisch spricht, konnte er über Gott und die Welt reden. Wenn es nur einen guten Vorwand gab. Aber so... Der Blumenhändler seufzte leise. Er gab drei Rosen extra und erlaubte sich wenigstens ein paar Komplimente für die „dolcissima signorina".

„Irgendwie stell ich das immer falsch an", sagte Robert, als sie zur Piazza Farnese kamen.

„Wie meinst du das?"

„Naja, ich mach mich an deine Freundin ran und will doch eigentlich..." Er brach den Satz ab.

„Mich?"

Robert nickte.

Numero tre, dachte Iris. Sie hätte am liebsten laut aufgelacht. Aber sie hatte sich unter Kontrolle. Ein Lachen hätte ihr Robert niemals verziehen.

„Soll ich jetzt gehen?" fragte er. Sie sah ihn an: Er meinte es tatsächlich so. Iris schüttelte den Kopf.

„Wir sind doch erwachsene Menschen", sagte sie.

Sie trat zwei Schritte zur Seite, zum nächsten Brunnen. Hände waschen und ein wenig kühles Wasser ins Gesicht.

„Komisch", sagte sie, „sieht aus wie eine Badewanne, und da drüben, am anderen Ende des Platzes steht ja noch eine..."

„Das sind wirklich Badewannen", sagte Robert, „die stammen aus den Caracalla-Thermen."

„Ganz schön riesig", sagte Iris.

„Musste ja auch Platz sein für all den antiken Schweinkram..."

Iris sah Robert erstaunt an: „Dass du solche Gedanken hast!"

„Ich bin Altphilologe", sagte Robert, „ich hab all den Kram gelesen, und zwar im Original."

Sie lachten.

„Und wo wollen wir jetzt hin?" fragte Iris. Auf der Piazza Farnese war ihr zuviel Betrieb. Außerdem drängten sich 16jährige um die beiden Badewannen: Das war der Treffpunkt der Ersten Liebe. Nichts für alte Hasen.

„Wohin...?" überlegte Robert

Wenn er jetzt das Forum vorschlägt, dachte Iris, laufe ich schreiend davon. Mario hatte ihr die Lust auf Altertümer vergällt.

„Wir könnten unten am Tiber entlanglaufen", schlug Robert vor, „es gibt da Stellen, die lassen einen an die Seine denken, an Paris."

„Du lebst in Rom und denkst an Paris?"

„Man kann sich nur nach etwas sehnen, was man nicht hat", meinte Robert. Iris sah ihn nachdenklich an. ER konnte solche Sätze sagen. Bei jedem anderen hätte sie sich veralbert gefühlt.

„Ganz witzig", sagte sie, „mir ist neulich auch aufgefallen, dass es zwar tausend Chansons über Paris gibt, aber über Rom..."

„Arrividerci Roma." Sie sagten es gleichzeitig, wie verabredet. Und lachten. Dann schwiegen sie. Es war sehr angenehm. Eine besondere Stille legte sich um sie beide. Ein Schutzschild, der sie vergessen ließ, dass um sie herum weiter die Motorräder knatterten, die Autos hupten und wild beschleunigten und genauso abrupt abbremsten. Sogar die Rufe, das Gerede und das Lachen der Menschen prallten an diesem Schutzschild ab.

Iris bemerkte, dass es ein anderes Schweigen war als zwischen ihr und Mario. Ihr war vorher überhaupt nicht aufgefallen, dass man auf unterschiedliche Weise schweigen konnte. Bei Mario fühlte sie eine angenehme Wärme im Bauch.

Mit Peter hatte sie niemals gemeinsam geschwiegen. Sondern aneinander vorbei. Aneinander vorbeireden, das ist ein bekannter Ausdruck. Wenn man aneinander vorbeischweigt, dachte Iris, drücken es die Leute gerne anders aus: Man hat sich nichts mehr zu sagen. Aber das ist nur ein Teil der schrecklichen Wahrheit. Schlimmer ist es, wenn man nicht gemeinsam schweigen kann. Wenn man es vielleicht nie konnte und jahrelang zusammen ist, bis man es bemerkt. Das tut besonders weh.

„So ein Mist", sagte Robert und legte natürlich sofort eine Entschuldigung für den ungeratenen Ausruf nach. Iris verstand nicht. Was ärgerte ihn? Sie standen am Tiberufer. Dort, wo es auf die große Flussinsel hinübergeht.

„Es ist ja noch Hochwasser", erklärte Robert. Er zeigte nach unten, zum Fluss. Türkisgrün floss das Wasser und es hatte ein beachtliches Tempo. Als sie genau hinsah, erkannte Iris, dass der Tiber über seine eigentliche Einfassung getreten war und jetzt die Hochwassermauern umspülte.

„Wird also nichts aus einem romantischen Spaziergang am Fluss", sagte Robert. Er zuckte die Schultern.

„Du kennst doch sicher eine Alternative", sagte Iris.

Robert überlegte. Dann nickte er.

Als sie über die alte Stadtmauer des Kaisers Aurelian hinaus in den Park gingen, fühlte Iris ein leichtes Unbehagen. Hier fuhren keine Autos und auch sonst schien niemand unterwegs zu sein. Allerdings hörte sie hinter den Büschen und Bäumen deutliche Geräusche: Leise Stimmen, heftiges Stöhnen, manchmal auch ein Schnarchen. Als hätten sich Unsichtbare des Parks bemächtigt.

Robert reagierte darauf überhaupt nicht. Die Liebestöne machten ihn erstaunlicherweise nicht verlegen. Angst kannte er sowieso nicht. Sie gingen von der asphaltierten Strecke, die zur Villa Borghese führte seitwärts ab und näherten sich am Rande eines Wäldchens dem kleinen See, von dem Connie und Kiki erzählt hatten. Ein aufgebocktes Ruderboot glänzte kieloben, der Rest der Flotte lag gut vertäut am Anlegesteg.

Sie setzten sich auf eine der Bänke, die das Ufer säumten. Robert legte den rechten Arm um Iris' Taille und seine Hand auf ihren Oberschenkel. Iris spürte die Umarmung gern. Mit ihrem Handballen strich sie über Robert' Finger, er nahm die Liebkosung auf und streichelte sie durch den Stoff ihrer Hose. Iris schloss die Augen. Sie war glücklich.

Legte den Kopf weit zurück, holte tief Luft und sah hinauf, zu den Sternen. Der Blick enttäuschte sie.

„Schade", sagte Iris, „es ist wieder keine sternenklare Nacht."

Robert lächelte. „In Rom sieht man keine Sterne... die vielen elektrischen Lichter, der Dunst der Stadt."

Sie legte ihren Kopf an seine Schulter. Er fasste mit seiner Linken nach ihrer linken Hand. „Lass uns irgendwann mal nach Tivoli fahren", sagte er leise, „dort kannst du die Sterne sehen."

Und küsste sie auf die Finger.

„Darf ich dich zu einer Mondscheinpartie einladen?" fragte er, „mit dem Ruderboot..."

Iris sah ihn mit großen Augen an. Wie wollte er das möglich machen? Robert hielt den kleinen Schlüssel hoch, Connies Liebesgabe. Das Mondlicht ließ ihn silbern glänzen.

Der See ist so klein, dass man mit drei kurzen Ruderzügen bis in seine Mitte kommt. Robert musste gleich wieder gegenhalten. Sonst hätte sie der Schwung bis ans andere Ufer getragen, wo ein kleiner Rundtempel schimmerte.

„Normalerweise wird das Tempietto angestrahlt", flüsterte Robert, „aber heute..."

„...hast du den Aufseher bestochen..."

„Nein", sagte Robert: „Heute haben wir Glück. Wahrscheinlich ist die Lampe kaputt."

Der Kahn stand jetzt still. Robert holte die Ruder ein. Iris ließ sich von der Bank gleiten, in den Knieraum. Hier war es ein wenig feucht. Aber das war ihr egal. Sie wollte Körperkontakt. Einander berühren, streicheln. Auf keinen Fall mehr, das hatte sie sich fest vorgenommen.

Sie lehnte ihren Rücken zwischen Robert' leicht geöffnete Beine. Sie drehte sich leicht zur Seite. So konnte sie mit beiden Händen nach seinem linken Knie greifen und ihren Kopf an seinen Oberschenkel betten. Dabei spürte sie, dass er seine Beinmuskeln trainierte. Also ein Radfahrer, Läufer oder Body-Builder? Peter hatte sehr feste Muskeln am Oberschenkel. Zu Mario fiel ihr nichts ein. Iris zwang sich, nicht an die beiden zu denken.

Als sie Robert' Hand in ihrem Haar spürte, verflogen die Bilder der anderen Männer ohnehin von selbst.

„Komm näher", sagte sie sanft.

Er zögerte einen Augenblick, aber dann ließ auch er sich von seiner Ruderbank in den Bootsrumpf gleiten. Jetzt saß er direkt hinter ihr. Sie konnte sich ganz eng an ihn schmiegen. Ihr Hinterkopf berührte seinen Mund. Er blies ihr in die Haare. Das tat gut. Umfasste sie von hinten, strich über ihre Brüste, den Brustkorb entlang, zur Taille hinab. Seine Finger fanden die Knöpfe ihrer Bluse und schlüpften genauso schnell ins Unterhemd, unter ihren BH. Iris wunderte sich über seine Geschicklichkeit.

Robert rutschte unter sie. Er verstand es, den Kahn dabei ganz ruhig zu halten. Iris vergaß fast, dass sie in einem Boot lagen und sie vergaß vollkommen, dass man sie von jeder Stelle am Ufer aus gut sehen konnte. Das war ihr früher nie passiert.

So lagen sie eine Weile, ganz nah beieinander: Robert mit dem Rücken auf dem Schiffsboden, Iris auf Robert. Sie bewegten sich nicht. Nur das sanfte Schaukeln des Kahns. Dann begann Robert, sie von hinten auf den Hals zu küssen. Erst ganz zart, doch mit rasch anwachsender Intensität. Sie spürte seine Zunge und die Kraft seiner Lippen. Gut so. Iris stöhnte auf. Sie drehte sich vorsichtig um. Jetzt lag sie mit ihrem Bauch auf ihm. Seine Hände rafften den knielangen

Rock, glitten ihre Schenkel hinauf. Die Heftigkeit seines Griffs verriet seine Erregung. Das übertrug sich wie elektrische Ladung. Als er ihr den Slip herabzog, zischte sie ihm ihre Zustimmung ins Ohr. Sie fasste nach seinem Gürtel. Sie hatte Probleme, den Gürtel zu öffnen. Er half ihr. Es war ein komisches Gürtelpatent, wie sie es sonst nicht kannte. Robert trug keine Unterhose. Das hatte sie nicht erwartet. Iris schob ihre Knie auseinander, so dass sie auf ihm zu sitzen kam. Jetzt begann das Boot heftiger zu schaukeln.

20.

Den Vormittag hatte Iris frei. Am Nachmittag gab es den nächsten beruflichen Termin: Iris kannte das „Antico Caffé Greco" aus dem Fremdenführer. Es lag an der Via Condotti, einer Straße die direkt zur Spanischen Treppe führte. Das Caffé war von all den edlen Geschäften eingerahmt, die man in Rom ebenso erwartet wie in jeder anderen Metropole. Aber dieses Kaffeehaus war etwas besonderes. Es bestand schon seit über zweihundertfünfzig Jahren und es zog seither Persönlichkeiten an. Hier schwärmten Prominente wie sonst die berühmten Motten ums Licht. Vor allem schwärmten solche, die Persönlichkeiten sein wollten. Zu letzteren zählte Iris ihren Kunden, den Institutsvorstand Striese. Der hatte sie auch ins Café Greco bestellt. Er habe da etwas zu erledigen, was unbedingt dokumentiert werden müsse.

„Das ist ein Ort, an dem die Zeit stillsteht", erzählte Striese, „hier ging Goethe ein und aus..."
Die Kellner sahen so aus, als hätten sie schon damals bedient. Sie trugen alle eine Begräbnismiene und wirkten in ihren unwirklichen Fräcken wie große, traurige Vögel, die auf ewig unstet durch die Flure flattern mussten, weil sie irgendeine Gottheit beleidigt hatten. Vielleicht den Gott der Fliegen. Denn was die Kellner um ihren Kragen geschlungen hatten, waren schwarze, unansehnliche Kreationen, eine Beleidigung für jede Art männlichen Halsschmucks.

Das Café Greco ist zuallererst ein langer, düsterer Schlauch, den man sich ohne Glühbirnen eigentlich gar

250

nicht vorstellen kann. Es ist nicht sehr breit, aber in die Raumtiefe schließt sich ein Zimmer ans nächste, ohne dass irgendwo Platz für Fenster gelassen wurde. Stattdessen hängen Lüster und kleine Wandleuchten und jede Menge Bilder, Fotografien oder Grafiken oder Erinnerungsgaben in staubigen Vitrinen.

Als sie zum Café kamen, war nicht viel los. Sie hätten an der Bar Platz nehmen können, oder im vorderen Teil des Lokals. Dort, wo man am ehesten gesehen werden kann. Aber Iris täuschte sich in Striese. Er wollte nicht gesehen werden, er hatte andere Pläne.

Der Vorstand ging den ganzen Schlauch bis zum allerletzten Winkel durch. Dabei schaute er sich sehr sorgsam um. Als suche er irgendjemand Bestimmen. Doch es verloren sich nur wenige Gäste, meistens Lehrerinnen aus dem Rheinischen, wie Iris anhand der Mundart feststellte. Suchte Striese nach einer bestimmten Lehrerin?

„Vielleicht kann ich helfen, ihre Bekannte zu finden?" schlug Iris vor. Striese sah sie irritiert an. Dann winkte er ab. Schließlich blieb er abrupt vor einem kleinen Tisch stehen, der sehr ungünstig an einer besonders schmalen Durchgangsstelle von einem Schlauchzimmer ins nächste plaziert war. Er setzte sich. Es dauerte überraschenderweise gar nicht lange, bis der Kellner kam. Ein Mann von mindestens siebzig Jahren, graue Haare, graues Gesicht, tief gebeugt. Striese bestellte zwei Cappuccini, ohne auch nur einen Gedanken darauf zu verschwenden, ob Iris vielleicht selbst aussuchen und bestellen wollte. Noch ehe sie protestieren konnte, war der Camariere schlurfend verschwunden. Auch Striese war nicht anzusprechen.

„Sehen Sie nur", sagte er. Er klang wie in Trance. Iris folgte seinem Blick. Er starrte auf die gegenüberliegende Wand. Dort hing, goldgerahmt, eine kleine, sepiafarbene Photographie. Ein älterer Herr mit Seehundbart und einem Blick, der von mühsam gezähmtem Zorn erzählte. Darüber war drei Handbreit Platz. Eine ins Ockerfarbene vergilbte Blümchentapete, bestimmt hundert Jahre alt. Danach schloss sich ein kleines, ovales Aquarell an, in einem schlichten Metallrahmen ohne viel Zierrat: Eine Frau mit nicht weniger stechendem Blick, riesigem Hut und vielen Straußenfedern daran. Um den Hals trug die Dame eine gewaltige Perlenkette, fünffach umgeschlungen, wie Iris nachzählte.

Striese starrte auf dieses Stück Wand, als hätte er einen Haufen von Gold vor sich.

„Kennen Sie die beiden?" fragte Iris.

Er antwortete nicht. Iris stand auf, um sich die Bilder genau anzusehen.

„Samuel Clemence Longhorne" las sie und bei der oval abgebildeten Dame stand „Eleonore Duse". Der Frauenname sagte ihr nichts. Aber Mr. Longhorne... Sie sah genauer hin. Ja, er hielt ein kleines Büchlein zwischen den Händen. Er versucht es zu verdecken, dachte Irise. Als hätte er sich lange dagegen gewehrt, damit zu posieren. Deshalb schaut er auch so griesgrämig. – Sie versuchte, den Titel des Buches zu entziffern.

„A Tramp Abroad" buchstabierte sie mühsam, so winzig und schattenhaft war alles gehalten und noch kleiner und durch den Daumen des Herrn fast verdeckt stand da der Autorenname. Aber natürlich! Jetzt fiel es Iris auch wieder ein: Mark Twain, der Vater von Huckleberry Finn und Tom Sawyer, hieß im bürgerlichen Leben Samuel Clemence Longhorne. Sie hatte sich schon als Kind über diesen witzigen Familiennamen amüsiert und damals zum erstenmal verstanden, warum sich manche Schriftsteller einen anderen Namen zulegen. Longhorne! So hießen, wie jeder Westernfan weiß, die Rinder, die man von Texas zur Eisenbahn trieb, zehntausend Stück in einem Treck. Keine schöne Aussicht, als Schriftsteller „Mr. Rindvieh" genannt zu werden!

Iris sah Striese jetzt mit anderen Augen an. Wenn er Mark Twain schätzte, besaß er so etwas wie Geschmackssicherheit. Das war nicht unbedingt zu erwarten.

Noch ehe Iris etwas sagen konnte, war der Kellner mit den Cappuccini zurück. Zwei Silbertabletts mit den Tassen, in deren altweißes Porzellan das Signum des Hauses dunkelrot eingebrannt war, und dazu zwei Gläser Wasser. Immerhin, sie hatten Klasse, das musste man den Schwalbenschwänzen lassen! Zum Kaffee ein Glas Wasser. Iris hatte dergleichen in Venedig erlebt, am Markusplatz und einmal noch, in Budapest, in einem reizenden Kaffeehaus mit Blick auf Donau und Parlamentsgebäude. In Wien, wo man sich angeblich auch auf die Kaffeekunst verstand, hatte ihr ein schnöseliger Schönling die Tasse auf den Tisch geknallt und dann auch noch versucht, beim Abrechnen zu betrügen.

„Signore", sagte Striese und schob dem Kellner einen geknickten Schein zu, „you speak a little english?"

„Ich spreche sogar deutsch", sagte der Frackträger mit leichter Verbeugung.

„Hier, für den Kaffee", sagte Striese, „und der Rest ist für Sie."

Der Geldschein verschwand geschwind in der Hosentasche des Kellners. Striese winkte ihm zu, er solle sich etwas zu ihm herabbeugen.

„Das ist eine wunderbare Wand da drüben", flüsterte der Vorstand. Der Kellner folgte seinem Blick.

„Longhorne und die Duse", sagte der Kellner, „schön, dass sie Ihnen gefallen."

„Vor allem gefällt mir der Platz dazwischen", raunte Striese. Er griff in die Innentasche seines Jacketts und holte einen etwa handtellergroßen Rahmen heraus. Gebürstetes Aluminium, mit einem leichten Blauschimmer. Darin war das Autogrammfoto, das Iris schon aus der Akte kannte. Strieses Autogrammfoto.

„Es passt wie bestellt zwischen die beiden", sagte Striese. Er griff noch einmal in seine Jacketttasche und holte eine kleine Rolle von Banknoten heraus, die mit einem dünnen roten Haushaltsgummi zusammengehalten wurde. Es waren Dollars, wie Iris an der grünen Farbe erkannte. Striese reichte den Rahmen und die Dollarrolle diskret über den Tisch. Der Kellner sah ihn erstaunt an: „Haben Sie Hammer und Nagel?"

Striese beugte sich zu ihm hinüber: „Bitte?"

„Hammer und Nagel. Damit ich das Bild gleich aufhängen kann."

Das hatte Striese nicht erwartet.

„Ich kann Ihnen auch noch ein wenig drauflegen....", sagte er ratlos und fischte noch eine Dollarrolle. Diesmal aus seiner Hosentasche. Der Kellner nahm die beiden Geldbündel. Den Rahmen reichte er jedoch wieder zurück:

„Geben Sie mir Hammer und Nagel und ich hänge Ihr Bild sofort zwischen die beiden, drüben an die Wand."

„Ich habe keinen Hammer bei mir", sagte Striese, „und auch keinen Nagel." Er sah hilflos zu Iris, die bedauernd die Schultern zuckte. Hammer und Nagel gehörten nicht zur Fotografen-Grundausstattung.

„Dann kann ich Ihnen nicht helfen", sagte der Kellner: „Besorgen Sie Hammer und Nagel und ich werde Ihr Bild aufhängen."

„Aber es werden hier doch ein Nagel und ein Hammer aufzutreiben sein..." zischte Striese. Er konnte seine Stimme nur noch mühsam dämpfen.

„Wo denken Sie hin, mein Herr!" sagte der Frackträger, „wenn wir hier Nagel und Hammer hätten, kämen wir doch ständig in Versuchung..."

„Versuchung?"

„Naja, Bilder aufzuhängen..."

Striese sah ihn mißtrauisch an. Dann sprang er auf: „Ich bin sofort zurück", sagte er zu Iris und rannte nach vorne, zum Ausgang.

Iris wartete natürlich nicht auf ihn. Sie fing den Kellner ab, als er das nächste Mal vorüberkam und drückte ihm lachend noch einen Fuffi in die Hand. Sein Blick verriet ihr, dass er einen neuen Bestechungsversuch vermutete. Iris lachte los.

„Nein, um Gottes Willen: Ich will nur Dankeschön sagen. Es war wundervoll... Grazie, mille grazie."

Der Kellner nahm den Schein in die eine und Iris' Rechte in die andere Hand. Er deutete einen Handkuss an. Er lächelte sogar. Und das kommt bei Kellnern des Greco nicht so oft vor.

Noch im Treppenhaus hörte Iris das Telefon in ihrer Tasche. Ob es Striese war, der sich beschweren wollte, weil sie verschwunden war? Nein, ein kleines Stimmchen sagte ihr, es sei erstens wichtig und zweitens angenehm. Also beeilte sie sich, den Anrufer zu erlösen und fischte das Gerät hervor, während sie mit dem Rücken die Wohnungstür aufstieß.

„Köppel", bellte die Stimme, „ich höre aus gut unterrichteten Kreisen, dass Sie sich in Rom Gefälligkeitsbescheinigungen ausstellen lassen, um sich Ihren Dienstpflichten zu entziehen?!"

Iris wusste sofort, was gespielt wurde: Peter! Dieser gemeine, hinterhältige Gauner! Er hatte gepetzt, er spannte Köppel für sein eigenes, gemeines Spiel ein.

„Da sind Sie absolut falsch informiert", sagte Iris. Sie blieb ganz cool.

„Unter diesen Umständen muss ich Ihnen mit der fristlosen Kün-di-gung..." schnappte Köppel.

Er betonte die Silben. Einzeln, jede für sich. Das war die Gelegenheit, ihm in die Parade zu fahren:

„Habe ich Ihnen eigentlich schon einmal gesagt, dass Sie ein gottverdammtes Arschloch sind, Herr Köppel?" brüllte Iris und drückte das Gespräch weg.

Sie atmete tief durch. Ein unbeschreibliches Gefühl stieg aus ihrem Magen. Sie hatte es getan! Wieviele Leute hatten sich das schon vorgenommen, für den letzten Arbeitstag, oder wenn der Lottogewinn endlich... Aber sie, Iris Schäfer, hatte es wirklich getan! Wirklich und wahrhaftig. Und noch nicht einmal justitiabel. Denn das Telefon hatte keine Beweiskraft. Sogar, wenn jemand mithörte... und hoffentlich hatte jemand mitgehört, damit ihr Ruhm in die Schalterhallen der Stadtsparkasse getragen wurde, von den Filialen in Linden-Nord bis nach Bemerode!

Es war wunderbar. Sie wollte den Schwung ausnutzen und wählte Peters Büronummer. Hoffentlich erwischte sie ihn persönlich und nicht nur den dummen Automaten. Sie hatte Glück: Ein kurzes Quietschen verriet, dass er die Anrufweiterleitung auf sein Handy aktiviert hatte.

„Peter, hier ist Iris..." begann sie. Sie bemühte sich, harmlos und ein klein wenig bedrückt zu klingen.

„Ja, Schatz, was ist...?"

Er konnte nicht verbergen, dass er auf ein klägliches „Ich muss heimkommen" wartete und sich schon ein paar herablassende Nettigkeiten überlegt hatte, die er gleich anbringen wollte.

„Hast du einen Moment Zeit?" fragte Iris.

„Naja, ich bin gerade bei Kunden zur Präsentation, aber für dich..."

„Danke", sagte Iris, „und jetzt musst du genau zuhören..."

„Ja?" Er erwartete Flugnummer und Ankunftszeit.

„Fick dich ins Knie, du verdammter Verräter!"

Und wieder legte sie sofort auf. Hoffentlich saß er wirklich mit Kunden zusammen! Er würde bleich um die Nase werden und seine seine Hände zu zittern beginnen... Wie ein Junkie, der seinen Stoff-Vorrat falsch eingeteilt hat. Die Kunden würden beredte Blicke wechseln und das Gespräch höflich, aber schnell beenden. Und er würde schon beim unverbindlichen „Auf Wiedersehen" spüren, dass er jede Chance verloren hatte, diesen Auftrag zu bekommen. Hoffentlich ging es um einen besonders gigantischen Puff!

Iris' hielt ihr Handy fest. Sie überlegte, wem sie jetzt noch ein paar deftige Wahrheiten sagen könnte. Als ihr niemand einfiel, war sie fast ein wenig enttäuscht. Soviel Aggression, und alles würde sich in den nächsten Stunden nutzlos verlieren. Da fiel ihr ein, dass sie Mario mit denselben Worten beschimpft hatte. Sie nahm sich vor, die verbliebene Energie zu nutzen, um neue Bosheiten zu finden. Denn wenn sie es recht betrachtete, war ihre Standardbeschimpfe viel zu zahm...

Das erneute Klingeln ließ sie zusammenzucken. Die Aggression, die Iris eben gespürt hatte, wich dem Schrecken. Wer konnte das sein? Sie beschloss, erst einmal zu hören, ob der neue Anrufer etwas aufsprach. Aber dann fiel ihr ein, dass sie diese Funktion abgestellt hatte. Sie würde also nie erfahren, wer anrief, wenn sie nicht...

„Si?" – Iris fragte sich, ob das die übliche Art war, sich zu melden. Aber ihr fiel einfach nichts Besseres ein. Sie würde nächstens Robert Keller fragen.

„Doktor Striese", sagte Striese, „ich bin doch richtig?"

„Die Frage überfordert mich", antwortete Iris.

„Eine miese Saubande, alle miteinander!" fluchte Striese. Iris konnte sich ausrechnen, was und vor allem WEN er meinte. Aber sie stellte sich unwissend.

„Diese Römer", donnerte der Vorstand weiter, „wissen Sie, wie lange man auf dieser Edeleinkaufsmeile herumlaufen muss, bis einem irgendjemand einen Hammer und einen Nagel verkauft? – Ich war geschlagene zwei Stunden unterwegs!"

„Ich habe nicht auf Sie gewartet", sagte Iris.

„War ja auch umsonst", knurrte Striese: „Als ich schließlich ins Café zurückkam, war der Kellner verschwunden. Schichtende, erzählten die mir, und überhaupt konnten sie sich gar nicht denken, wer uns da bedient hatte. Denn plötzlich sprach dort keiner mehr Deutsch und es hat seit Jahren keinen mehr gegeben, der gut deutsch sprach... Verlogene Bande!"

„Und Ihr Bild?"

„Das wurde ich natürlich nicht los", sagte Striese, „ich hatte ja praktisch kein Bargeld mehr dabei..."

„Dann müssen Sie sich neues besorgen und noch einmal ins Café Greco gehen. Geben Sie nicht so leicht auf!"

„Sind doch alles Gauner, hat doch gar keinen Sinn", schnaubte er in den Apparat. Iris hörte Gläserklappern und ein beiseite gesprochenes „Noch'n Lagavulli, Enzo!". Striese saß also in der Hotelbar und trank einen über den Ärger: „Außerdem ist das ein Scheißladen und wer da drinhängt, ist doch nur ein etablierter Scheißer... und die meisten sind auch noch tot! Ach, lass mir gleich die Flasche da, Enzo..."

Iris hörte das Klirren von Glas gegen Kristall. Striese goß sich selbst nach.

„War sonst noch was?" fragte Iris ins Telefon. Sie hasste es, Männer beim Betrinken zuzusehen. Oder zuzuhören.

„Was?" fragte Striese zurück.

„Ob sonst noch was anliegt..."

„Wer ist da überhaupt?"

„Die Fotografin."

„Die Fotowas? Was brauch ich eine Foto...? - Ach ja: Morgen, um 15Point30 im Hotel."

21.

Kiki war aus dem Haus, Connie ebenfalls. Iris war am Vormittag allein in der Stadt gewesen und schneller zu Potte gekommen als geplant. Umso mehr Zeit hatte sie jetzt, vor den Pforten des Paradieses: Sie hatte alle sechs Türen von Lisas Schlafzimmerschrank aufgerissen. Seit sie wusste, dass Lisa und sie in etwa dieselbe Figur hatten, gab es kein Halten mehr. Sie wollte sich ein Kleid aussuchen. Die Fummel der älteren Schwester! Davon hatte sie schon als kleines Mädchen geträumt. Und Lisa hatte wirklich eine breite Auswahl im Schrank. Iris fand vier Abendkleider, kurze Cocktailhänger mit Spaghettiträgern und jede Menge Alltagsklamotten der gehobenen Preisklasse. Sie würde ein passendes Stück für den Nachmittagstermin im Edel-Hotel finden.

Sie ging zu Fuß und freute sich, dass ihr einige Männer interessierte Blicke zuwarfen. Es waren nicht die jüngsten und schönsten Typen, aber immerhin.

Über dem Eingang des Hotels hing, großflächig aufgezogen, die mutmaßlich endgültige Fassung des Plakats mit dem fayenceumkränzten Goldbecken. Jetzt war die Schrift komplett: Oben las Iris „Cleopatra/Caracalla", unten „Bathing in Beauty". Und da war noch etwas, wenn man genauer hinsah: Aus der Tiefe des Beckens erhob sich, zugleich Teil der Mosaike wie doch auch durch dezente Farbsprünge davon abgesetzt, das Gesicht einer Frau. Vielleicht ist es das Ziel der Designer, alterslose Entrücktheit darzustellen, dachte Iris, und empfand doch etwas anderes: Aus diesem Antlitz, das sich wie ein Rätselbild im Becken versteckte, sprangen Arroganz und Kälte, ein stahlblaues Augenpaar blitzte den Betrachtern abweisend entgegen und übergoss sie mit mattglänzender Menschenverachtung.

Genau um Fünfzehn-dreiundzwanzig ließ sie dem Vorstand ausrichten, dass sie in der Lobby auf ihn warte. Es dauerte auch nicht lange, da erschien Striese auf der großen, geschwungenen Freitreppe, die von der Eingangshalle in die beiden nächsten Stockwerke führte. Ein Platz, der für große Auftritte gedacht war. Striese wusste ihn zu nutzen.
Er trug seinen besten Dreireiher. Cerruti, mittelgrau mit dezenten Streifen. Iris fand den Schnitt nicht sehr berauschend. Eben etwas für ältere Herren, die viel Energie darauf vergeuden, ihr Gewicht zu halten. Auch er fand ihr Kleid nicht so toll. Das verriet sein Blick. Und dann kräuselte er seine Lippen: „Man kann vieles lernen. Nur nicht guten Geschmack."

Auch wenn er cool und herablassend tat, Striese war nervöser denn je. Strich sich das Jackett glatt und zog immer wieder die Anzugsweste nach unten, weil sie um den Brustkorb eine kleine Falte aufwarf. Das erinnerte Iris an eine Marotte von Jean-Luc Picard, dem Kapitän der *USS Enterprise*. Sie musste lächeln. Striese sah es und fasste sich sofort an den Krawattenknoten, um ihn gerade zu rücken.
Die Krawatte war passend gewählt, auch wenn Iris nicht viel von seidig glänzenden Fasern hielt. Die Krawattennadel dagegen fand sie witzig. Man sah davon nicht mehr als einen kleinen, weinroten Stein, silbern gefasst. Sie hatte noch nie eine Krawattennadel *am Mann* erlebt, nur in den

Auslagen von Antiquitätengeschäften oder angestaubten Juwelierläden. Und natürlich in Hitchcocks „Frenzy", als unverzichtbares Ausstattungsdetail für den modebewussten Frauenmörder der frühen Siebziger.

Sie sah die geschraubte Eitelkeit Strieses, der sich von einer Spiegelfläche in die nächste drehte. Ja, der Herr Vorstand hatte etwas von einem Ladykiller an sich.

Strieses Unruhe wuchs noch mehr. Offenbar, ums sich irgendwie abzulenken, versuchte er sogar wieder mit Iris zu plaudern:

„Haben Sie übrigens das Plakat da draußen gesehen? – Bathing in Beauty."

„Ging gar nicht anders", brummte Iris.

„Das ist mein Wirklich Großes Projekt für Rom. Cleopatras ägyptischer Pool in den Caracalla-Thermen. Die Begegnung von Luxus und Schönheit auf höchstem Niveau… Das beeindruckt sogar Sie, nicht wahr?"

Iris sah ihn an, ohne eine Miene zu verziehen: „Man kann vieles lernen", sagte sie, „nur nicht guten Geschmack."

Strieses Miene erstarrte. Er würdigte sie keiner Antwort wandte sich ab. Gut so.

„Direttore…Dottore…" sagte der Empfangschef, nachdem er dezent in Strieses Richtung gehüstelt hatte: „Die Göttin ist gelandet." Striese zog seine Taschenuhr aus dem Taschenuhrenfach der Anzugsweste. Er nickte dem Mann am Tresen zu. Offenbar war es ein vorher vereinbarter Code.

„Pünktlichkeit", murmelte Striese, „das ist eine königliche Tugend."

Iris legte den Kopf schief, um sich die Uhr genauer anzusehen. Striese bemerkte es. Er hielt das gute Stück gnädig und stolz in ihre Richtung.

„Eine Lange und Söhne, aufgelegt zum 50. Geburtstag des Kaisers Wilhelm Zwo... Dafür kriegen Sie heute einen nagelneuen Mercedes... ja, sehen Sie nur: Für diese alte Uhr!"

„Ein Erbstück?" fragte Iris. Sie spürte sein sekundenkurzes Zögern.

„Aber sicher", sagte er dann und steckte die Uhr wieder ein. - Zu spät. Er hatte sich verraten. Es war vielleicht ein Erbstück, aber nicht seines. Wahrscheinlich hatte er sich die Uhr selbst gekauft. Oder kurz nach dem Mauerfall einem ostdeutschen Kollegen abgeschwatzt, der keine Ahnung von ihrem wirklichen Wert hatte. Ihre Blicke trafen sich. Striese sah zur Seite. Er wusste, dass sie ihn ertappt hatte. Sie kamen aus denselben Verhältnissen. Kleine Leute, die Eltern sind Reihenhausbesitzer. Die Vorfahren zur Kaiserzeit waren vielleicht Bauern, schlimmstenfalls Land- oder Fabrikarbeiter. Da gab es nichts zu vererben. Schon gar nicht teure Taschenuhren. Das ganze bürgerliche Gehabe war also nur nachgemacht. Strieses Gehabe roch nach Heiratsschwindel und Scheckbetrug. Er konnte Iris nicht täuschen.

Der Vorstand hielt die Spannung nicht aus. Er ging durch die Schwingtür in die Bar. Sie hörte, wie er ein Glas Prosecco bestellte. Diesmal lud er sie nicht ein. Iris blieb im Clubsessel sitzen. Sie nutzte die Zeit, um ihre Kameraausrüstung durchzusehen. Sie fühlte sich wie ein Revolverheld, der wenige Minuten vor dem entscheidenden Duell seine Waffen kontrolliert, noch einmal prüft, dass der Gürtel richtig sitzt und die Kanone aus dem Halfter flutscht, wenn es sein muss. Nein, nicht Halfter, sondern: Holster! Das war der korrekte Ausdruck. Sie hatte ihn allerdings nicht aus einem amerikanischen Film, sondern von Peter gelernt. Denn der trug sein Handy in einem handgenähten Lederholster, das unter seinem Anzugsjackett fast so beeindruckend beulte wie die Magnum bei Dirty Harry. Der trug seine Knarre freilich in der Hose.

Iris stellte fest, dass Striese sie nicht neugierig gemacht hatte. Normalerweise fragte man sich ja doch, welche „very important person" mit ihm abgelichtet werden sollte. Aber da er alles, was ihn betraf für „very important" ausgab, löste jede seiner Ankündigungen nur das große Gähnen aus. Iris konnte sich nicht vorstellen, dass irgendwer, der wirklich wichtig war, nach Rom kam, um Striese zu treffen.

Das Auto, das Striese bestellt hatte, um seinen „sehr wichtigen" Gast vom Flughafen abzuholen, war indes standesgemäß. Ein alter Mercedes 600, die Pullmann-Serie, mit der sich Staatsgäste und Wirtschaftskapitäne in den 60ern und 70ern durchs Land chauffieren ließen. Der Wagen fuhr bis zum roten Teppich am Hoteleingang, der Chauffeur konnte gar nicht schnell genug aussteigen, da hatte Striese schon von außen die große Tür zum Fond aufgerissen und war in eine tiefe, tiefe Verbeugung geklappt. Hätte Iris soviel Servilität vermutet, sie hätte ein altes Taschentuch bereitgehalten und es geräuschvoll entzweigerissen, just als Striese in die Tiefe klappte. Aber so konnte sie nur über ihre Fantasie lächeln.

Der Vorstand erhob sich absolut lautlos aus der Verbeugung. Seine rechte Hand schnellte vor, eine andere, faltige, bleiche Hand, behängt mit vier breiten, güldenen, diamantbesetzten Armreifen griff aus dem Wagen nach seinem Unterarm, krallte sich daran fest. Im ersten Moment schien es, als hätte das Wesen im Wagen soviel Kraft und Gewicht, um Striese zu sich herabzuziehen, wie eine Krake, die sich neue Nahrung heranholt. Doch Striese hielt gegen und gab der Fremden im Mercedes genügend Stütze, damit sich die alte Frau aus dem Polster wuchten konnte.

Iris vermutete eine Hundertjährige. Oder jemanden, der nicht allzu weit davon entfernt war. Aber die Lady, die sich jetzt aus dem Fond stemmte, war gerade mal sechzig. Sie trug ein Glencheck-Kostüm, dazu ein auf schaurige Weise farblich eingestimmtes Halstuch und eine abgrundhässliche Brosche, die aber sehr, sehr teuer aussah: Das machten die Brillanten, die noch nicht einmal auf den ersten Blick wie Strass wirkten.

„Enchanté, madame", flötete Striese. Er hätte ihr gerne zwei Küßchen auf die Wangen angedeutet, doch die Lady schob ihn mit beiden Armen von sich weg. Sie wirkte müde und genervt, ihr gedunsenes bleiches Gesicht verriet, dass sie sich in solcher Stimmung gerne mit Hochprozentigem tröstete und diesen Trost in den letzten Stunden intensiv in Anspruch genommen hatte. Iris nahm den Fotoapparat hoch und versuchte, einen Blick in den Wagen zu erhaschen. Sie hatte Glück: Madame hatte vergessen, die in den Mercedes eingebaute Mini-Bar zu schließen: Das fahle Kühlschranklicht schenkte genug Helligkeit, um ein paar Probierfläschchen Wodka einzufangen, die auf der Auslegeware verstreut lagen. Natürlich waren die Fläschchen leer.

„No photos!" rief die Lady und grabschte in Richtung Iris. Doch die Fotografin stand weit genug entfernt: Sie musste sich noch nicht einmal wegdrehen, um dem Griff von Madame zu entkommen. Die reifbehängten Arme der Alten waren einfach zu kurz. Iris schoss noch eine schnelle

Großaufnahme von diesem verwüsteten Gesicht, dann senkte sie brav die Kamera und lächelte verbindlich. Madame machte einen Ausfallschritt auf Iris zu, konnte aber nicht das Gleichgewicht finden, sondern musste sich sofort dem Schutz von Strieses ausgebreiteten Armen überlassen, der geistesgegenwärtig hinter sie gesprungen war und die Schwankende auffing, ehe dies der rote Teppich übernahm. Da trat auch der Chauffeur neben Madame und fasste sie von der linken Seite unter, während Striese ganz nach rechts wechselte.

Glücklicherweise hatte das Hotel keine Drehtür, sondern zwei große, elektrische Flügel, die lautlos auseinanderschwebten, von einer unsichtbaren Lichtschranke gesteuert. Es war also nicht weiter schwierig, die Lady ins Foyer zu geleiten. Iris hielt ihre Kamera auf Bauchhöhe und ließ den Auslöser nicht mehr los. Der kleine Motor war leise genug, um nicht weiter aufzufallen. Sie hatte keine Ahnung, wer die Betrunkene war, aber sie ahnte, dass es für Striese und Madame gleichermaßen peinlich werden konnte, wenn diese Fotos jemals an die Öffentlichkeit gelangten.

Striese widmete sich seiner Gönnerin und verscheuchte Iris an der Tür zur Suite von Madame. Er wirkte nervös und gleichermaßen genervt. Aber natürlich musste er sich um die Grande Dame kümmern. Für Iris hatte er keine Verwendung mehr.

„Dankeschön, ich melde mich, bye-bye", sagte er zu Iris und verschwand in der Tür der Suite. Dabei knipste er wieder sein devotes Lächeln an. Iris bekam gerade noch mit, wie Madame einen Schritt vor dem Plüschsofa auf den Teppich sank. Dann schlug die Tür ins Schloss.

Iris nahm die Freitreppe ins Foyer. Auf dem Weg überlegte sie, ob sie hier einen Caffè trinken sollte. Aber sie

266

scheute die Ausgabe. Also ging sie direkt zum Ausgang, um sich die Tasse Cappuccino anderswo zu gönnen. Draußen wandte sie sich noch einmal der Hausfassade zu, dem Riesenplakat Strieses. Da erkannte sie, wessen vom De-Aging bloßgestelltes Gesicht er aus dem Bade hatte auftauchen lassen.

Jetzt aber schnell wieder nach Hause, dachte sie, doch dann kam es wieder mal anders:

„Alle Wege führen nach Rom", sagte eine Männerstimme. Iris drehte sich überrascht um. „...und alle Wege *in Rom* führen zu dir", sagte Peter. Er stand auf einmal wie aus dem roten Teppich gewachsen neben ihr und lächelte sie freundlich an.

„Woher weißt du denn...?" Iris war zu perplex, um ihn einfach stehen zu lassen.

„Diesmal ist es WIRKLICH Zufall", sagte Peter. Er klang ehrlich und er sah auch ehrlich erfreut aus: „Komm doch auf einen Caffè mit rein."

„Was tust du...?"

„Geschäfte", sagte Peter, „Rom bringt mir Glück: Ich hätte keinen Penny darauf gewettet, dass etwas daraus wird. Aber, siehe da..."

Er wies den Weg zurück ins Foyer und dirigierte sich gleich zu einer kleinen Ledersessel-Sitzgruppe

„Du triffst dich hier mit deinem Geschäftspartner?"

„Jein... mit einem Kooperationspartner meiner möglichen Kunden. Es ist ein wenig kompliziert, aber es kann ein tolles Projekt werden."

„Ein Super-Puff für altrömische Orgien?"

„Nein!" strahlte Peter: „Diesmal kein Bordell. Sondern OEH. Original Echte Hochkultur. Wirklich große Ereignisse."

Iris kniff die Augen zusammen: „Das Institut?"

„Aber ja!" – Peter breitete stolz die Arme aus: „Hast du einen sechsten Sinn?"

„Herr Baumeister?" fragte eine Stimme in Iris' Rücken. Peter blickte über ihre Schulter.

„Herr Doktor Striese?" strahlte er.

Die beiden Herren schüttelten sich zähnebleckend die Hände.

„Sie kennen einander?" fragte Striese, als er sah, dass sich Peter und Iris unterhalten hatten.

„Von früher", sagte Iris. Ihr Ton und ihr Gesichtsausdruck waren deutlich genug, dass Peter darauf verzichtete, mehr dazu zu sagen.

„Setzen wir uns doch einfach gleich hier zusammen", sagte Striese jovial, „und erzählen Sie von Ihrem Projekt frisch drauf los. Das ist immer am besten."

Iris wollte die Gelegenheit nutzen, sich zurückzuziehen.

„Und ein paar Fotos wären auch nicht schlecht, meine Liebe", sagte Striese in diesem Moment.

Iris zuckte die Schultern und packte die Kamera wieder aus. Peter sah sie irritiert an.

„Ich bin jetzt eine Professionelle", sagte sie mit spöttischem Lächeln, ehe er eine Frage stellen konnte.

„Drei Planters' Punch!" rief Striese durch die Schwingtür in den Barraum, und zeigte dann mit beiden Zeigefingern auf Peter: „Un jezedle leget Sie los!"

„Apropos los. Es ist eine Menge los in Rom, nicht wahr?" begann Peter. Es war nur eine rhetorische Frage, aber

Striese nickte dennoch seufzend Zustimmung: „All das Touri-Kroppzeug... verstopfen jede Gasse."

„Und was können die mit den Original-Bauten und Kunstwerken anfangen?"

„Hanoi..." seufzte der Vorstand.

„Nix können die damit anfangen!" rief Peter, „sie latschen durch die Stadt, glotzen dumm und sind am Ende so geschafft, dass sie kaum noch Lust haben, nennenswert Geld auszugeben. Eine Pizza in die Hand, einen billigen Wein aus einem Eckladen und dann angetrunken ins Hotelbett fallen... Die haben nix von Rom und Rom hat nix von denen."

Striese nickte. Iris erkannte an seinem Gesichtsausdruck, dass er schon die Geduld zu verlieren begann.

„Am besten wäre diesen Leutchen doch mit einem Erlebnispark gedient: Kurze Wege, das Essen schon bezahlt und jede Menge Spaß beim Wurstschnappen in den Cateringzonen."

Striese kratzte sich am Hinterkopf. Er unterdrückte ein Gähnen und besah sich seine Fingernägel. Sein Blick wanderte zu der Tafel, auf der die Rezeption die Telefonnummer der Maniküre angeschlagen hatte. Zum Glück kamen jetzt die Drinks. Der Vorstand nahm sein Glas vom Tablett. Das hielt ihn fürs erste ab, aufzustehen und zu gehen.

„Aber wie wäre es, wenn die Leutchen einen Rom-Park besuchen, wo sie ihren Arsch nie weiter als hundert Meter bewegen müssen...?"

Der Vorstand hörte auf, durch den Strohhalm zu saugen. Er stellte das Glas ab und den Kopf schief.

„Das gibt's doch schon in Japan."

„Aber ich spreche von einem Rom, vor den Toren der Stadt Rom. Ein Kompakt-Rom, das dem Otto Normalverbraucher das Original vergessen lässt... Verstehen Sie: Man kann alles, was an Rom dran ist, ganz bequem auf ein paar Fußballfelder bauen. Dabei lässt sich sogar die Architektur rationeller und ich will behaupten, schöner, menschlicher, runder zusammenfassen."

Striese nickte. Er lehnte sich in seinem Sessel zurück: „Ich bin ganz Ohr."

„Was ist unterhalb der Spanischen Treppe?" fragte Peter.

Der Vorstand wusste es nicht.

„Aber wir können ja gleich hinübergehen", sagte Peter, „es ist ja nur ein Katzensprung."

„Ist es das?" fragte Striese. Er hatte das Hotel noch nicht zu Fuß verlassen.

Sie standen auf und gingen hinaus. Es waren wirklich kaum hundert Meter, bis sie am oberen Ende der Spanischen Treppe standen. Hinter sich die Kirche Trinità del Monte, vor sich die beiden Treppenarme.

„Der Spanische Platz und dahinter die Via Condotti mit dem Café Greco. Das kennen Sie ja", erklärte Iris. Striese verzog das Gesicht.

„Ja, und da unten ist ja nun ein verdammt langweiliger Brunnen", sagte Peter. Er zeigte die Treppe hinab zu den bescheidenen Wasserspielen, die den Spanischen Platz befeuchteten. „Andererseits: Was ist der bekannteste Brunnen von Rom? Der Trevi-Brunnen! Und wie ist seine Umgebung? – Stinklangweilig! Was spricht also dagegen, wenn wir die Spanische Treppe hinunter zum Trevi-Brunnen führen lassen. Und oben, wo die Treppe endet, vergessen wir diese langweilige Kirche, die ausschaut, als hätte sie ein übergeschnappter Grußkartenmaler hingekleckst, oben hin bauen wir das Capitol, wie es ist, wie es der große Michelangelo gebaut hat! – Da haben wir auf einem oder bestenfalls zwei Fußballfeldern drei erstklassige Attraktionen der Stadt. Und niemand muss sich die Füße wundlaufen, um von einem Punkt zum anderen zu kommen!"

Peter sagte nichts mehr. Er wartete auf die Wirkung. Striese schloss seine Augen. Er atmete dreimal tief durch.

„Ich will nicht sagen, dass mich die Sache kalt läßt", sagte er dann, „aber das möchte ich schon prüfen... Haben Sie denn Material da?"

„Eine ganze, wundervolle Dokumentation!" strahlte Peter. Er griff in die Innentasche seines Jacketts und zauberte eine kleine goldfarbene Schachtel hervor: „Mit den besten Empfehlungen: Der Stick, der alle Träume erfüllt."

Striese nahm die Packung ohne ihr viel Beachtung zu schenken und versenkte sie in die Außentasche seines Anzugs.

„Herzlichen Dank..."

Striese schüttelte Peter die Hand, ja legte sogar seinen Arm um Peters Schulter.

„Unter uns, ich habe ja gleich gewusst, dass ich mit Ihnen etwas anfangen kann... Glauben Sie mir: Namen sind Zeichen", griente Striese, „und wenn ein Architekt Baumeister heißt, kann es doch gar nicht besser sein!" Er schlug Peter freundlich auf die Schultern: „Wissen Sie, meine linke Hand im Institut, Fräulein Maus, die heißt nicht nur wie ein Kleinsäugetier, unter uns, die sieht auch so aus!" Er lachte auf. Ein meckerndes, aufdringliches Lachen, das den ganzen Platz auszufüllen schien.

„Wie das so klingt", sagte Iris, „haben Sie eine ganz wunderbare Arbeitsatmosphäre in Ihrem Institut..."

„Die Leute müssen Sie richtig gern haben", meinte Peter.

„Ja, Herr Baumeister, die müssen!" lachte Striese, „die müssen!" Er sah auf seine Uhr. „So, jetzt wird es aber Zeit. Ich muss noch ein paar Strippen ziehen. Da werd ich mich mal wieder ins Hotel begeben... lieber Baumeister, vielleicht setzen wir uns heute abend nochmal zusammen, ganz ungezwungen..." Er verbeugte sich lächelnd zu Peter und schüttelte seine Hand, „Frau ähm..." Eine angedeutete Kopfbewegung zu Iris, kein Handschlag. Striese drehte sich um und lief beschwingt die Straße hinab. Sie sahen ihm nach.

„Netter Kerl", sagte Peter.

„Hoffentlich rutscht er aus und bricht sich das Genick", sagte Iris.

Sie wandten sich zur Spanischen Treppe.

„Und wieder sind wir hier", sagte Peter. Iris spürte genau, dass er jetzt sehr gern seinen Arm um ihre Schulter gelegt hätte. Aber er ahnte, dass es nicht gut ankommen würde. „Wollen wir auch hoch zum.... Pincio?"

Iris sah ihn missmutig an. Was hatte das noch für einen Sinn?

„Erinnerst du dich, was ich zu dir gesagt habe, am Telefon?" fragte sie knapp.

„Ja", sagte Peter, „aber ich will es nicht wieder hören!"

„Der Spruch gilt", sagte Iris.

Sie drehte sich um und ließ ihn stehen. Es ging ganz leicht.

22.

Als Iris nach Hause kam, hatte sie das dringende Bedürfnis, sich in die Badewanne zu legen. Aber zuerst sagte sie Kiki Hallo. Er war längst aus der Schule zurück. Nach einem kurzen Imbiss bei Trish hatte er sich in beängstigender Selbständigkeit über seine Hausaufgaben gemacht.

„Ich bin mit allem fertig", erzählte er, „nur die Mathesachen, da weiß ich nicht so ganz..."

„Junge, ich bin Bankerin", sagte Iris, „ich kann rechnen."

Sie nahm sich das Rechenheft.

„Die Textaufgabe ganz hinten", sagte Kiki.

Iris blätterte das Heft bis zu den letzten beschriebenen Seiten und schloss es gleich wieder. Die Textaufgabe war auf italienisch.

„Wozu heißt es Deutsche Schule, wenn sie italienische Textaufgaben stellen...?" Iris gab ihm das Heft zurück.

„Soll ich dir übersetzen?" fragte Kiki.

Iris nickte. „Das mach aber am besten schriftlich. Ich muss das alles Schwarz auf Weiß vor mir haben, damit ichs durchrechnen kann."

Kiki machte sich sofort an die Arbeit. Iris ging ins Bad und ließ das Wasser ein. Möglichst heiß. Sie sehnte sich nach einem Schaumgebirge, in das sie eintauchen konnte. Was hatte Lisa für Bademittel in ihrer Sammlung? Iris fand nur eine fast leere Flasche gegen „Erkältungsbeschwerden". Sie kannte das Zeug. Ein Hausmittel von Muttern. Nein danke. Sie war nicht erkältet und sie mochte es ganz und gar nicht.

Irgendwer hatte ihr als Kind eingeredet, der Badezusatz komme zustande, indem zahnlose alte Frauen Hustenbonbons lutschten, den Saft aber nicht verschluckten, sondern in die Flasche spuckten. Irgendwer? Iris überlegte. Es konnte eigentlich nur Lisa gewesen sein. Iris wollte Kiki fragen, ob sie als Mutter genauso gemein sein konnte wie als ältere Schwester.

Da sah sie eine Pappschachtel, mit dem Venus-Motiv obenauf. Venus, die Schaumgeborene, dachte Iris und ihr fiel Tante Hanna ein, die mit der Vorliebe für Süßspeisen: Tante Hanna brachte immer Venus-Badeschaumextrakt mit. Der große Hit bei allen Frauen der Familie. Iris lächelte. Sie öffnete die Packung. Die Flasche war noch unberührt. Sie drehte den Verschluss auf. Es duftete köstlich. Nach Blüten, die Iris vom Campo kannte und aus dem Botanischen Garten. Ein wundervolles Bukett. Sie nahm die Flasche aus der Packung und wollte den Karton schon zerreißen, als sie darin einen Zettel sah. Zuerst dachte sie an eine Werbebeilage. Aber der Zettel war von Hand beschrieben.

Es war ein zweiter Brief. Von Lisa. An Iris.

„Du erinnerst dich also noch an Tante Hannas Badeschaum... Vielleicht wunderst du dich, Schwesterchen, aber ich will es nicht bei dem einen Brief belassen, den du hoffentlich als ersten gefunden hast. Ich denke viel an dich, ich will dir mehr sagen. Ich werde richtig geschwätzig. Also muss ich mich anstrengen, nicht nur Unsinn zu verzapfen oder nur von mir und meinen Sorgen zu schreiben, sondern.... Ich hatte geschrieben, dass wir uns nie richtig kennengelernt haben. Das bedauere ich sehr. Aber vielleicht kann ich dir ja trotzdem, ein paar Jahre zu spät, mit ein paar Ratschlägen helfen. Ganz wie es sich für die ältere Schwester gehört. Also, was willst du lesen?

Mir fällt nicht mehr ein als ein Tipp, wie du am besten mit dem Foto-Job umgehst: Häng dich nicht rein. Keinerlei künstlerisches Engagement. Sie sind es nicht wert. Du wirst diesen Herren Doktors und Vorstands aus Ansbach oder Geesthacht niemals Geschmack beibringen können. Sie kommen zu Cynthia und sie werden zu dir kommen, weil sie sich selbst vor dem Colosseum sehen wollen, dabei möglichst fröhlich und möglichst sportlich wirken möchten und am besten so ausgeleuchtet, dass das schreckliche Toupet wie echt wirkt. Du darfst ihnen auch ein wenig behilflich sein, wenn die Krawatte nicht zum Hemd passt und das Fischgrätmuster ihres Dreiteilers absolut daneben ist: Natürlich sagst du nichts beim Fototermin, sondern setzt dich zuhause in aller Ruhe an den Computer und korrigierst den Farbton oder mogelst ein wenig mit dem Stoffmuster. Das ist leichter als man denkt. Mit ein wenig Übung wirst du zur Meisterfälscherin. Und dabei ist es noch das Harmloseste, was man mit dieser Technik machen kann.

Die Kunden jedenfalls werden sich nicht mehr so genau erinnern oder sie werden sich freuen, wie gut das Krawattendesign unter der Sonne Italiens wirkt und sie werden vor Stolz fast platzen, wenn sie sich und den Wirtschaftsbeigeordneten von Trastevere Shakehands machen sehen, am Brunnen vor der großen Kirche.

Ich hoffe, ich habe dir ein wenig Mut gemacht. Komisch, nicht wahr: Ich verschwinde spurlos und gehe, indem ich dir Mut machen will. Klingt irgendwie verlogen... Aber vielleicht kannst du es trotzdem verstehen, auch wenn du mich überhaupt nicht richtig kennst. Und das ist etwas, was ich wirklich bedaure: Dass wir uns nicht kennengelernt haben, damals nicht, weil ich gerade die paar Jahre älter war als du, die wie ein Abgrund zwischen Schwestern gähnen. Ist der Abstand geringer, hat man mehr Zoff, aber auch mehr Gemeinsamkeiten, ist der Abstand größer, kommt so eine halbwegs mütterliche Note dazu. Bei uns waren es genau die verfluchten sieben Jahre, die aus Schwestern zuerst Feindinnen machen und dann Fremde. Aber ehrlich, so ganz hatte ich die Hoffnung nie aufgegeben, dass wir vielleicht doch noch einmal zueinanderkommen. Vielleicht ist mein Brief ja ein Schritt in diese Richtung... Aber habe ich dir davon nicht schon im ersten Brief geschrieben? Tja, ich werde eben vergesslich...

Sieh Kiki bitte als mein Pfand dafür, dass ich dich liebe und dir so gerne eine gute große Schwester wäre.

In Liebe – Lisa."

Iris hatte den Brief gelesen, während das Wasser einlief. Er kam ihr etwas wirr vor. Vielleicht war es nur ein Entwurf. Oder Lisa war beim Schreiben mit ihren Gedanken schon ganz woanders. Iris faltete das Blatt, steckte es in die Tasche ihrer Hose und ging zum Wäscheschrank, um sich ein Handtuch herauszunehmen. Dabei griff sie eine Etage daneben und landete bei Kikis Kinderkram und hatte auf einmal ein kunterbuntes Badetuch in der Hand. Das war nicht ihr Geschmack. Sie legte das Stück behutsam zurück. Nur nicht knittern, dachte sie, Kinder sind manchmal so eigen, wenn jemand an ihrem Zeug war. Also strich sie das Tuch sorgfältig glatt, nachdem sie es wieder Kante auf Kante zwischen die anderen gepackt hatte. Dabei stießen ihre Finger an etwas Hartes, Kantiges. Es fühlte sich wie ein kleines Notizbuch an. Iris griff zu. Sie erkannte das viereckige, etwa handtellergroße Stück sofort. Eine Zip-Diskette, etwas dicker als eine normale Computerdiskette. Ein Speicher für größere Datenmengen. Lisa hatte in ihren

Briefen erzählt, dass sie Fotos am Computer nachbearbeitete. Das machte Iris neugierig. In der ganzen Wohnung gab es keine Speichermedien mit Bildern und auch auf der Festplatte des Computers hatte sie nichts von Lisas Arbeiten gefunden. Also war diese Zip das einzige, das auf Lisas Arbeit hinwies. Alles andere war weg.

Vielleicht hatte Kiki mit der Diskette gespielt, sie gedankenlos zwischen die Tücher gesteckt und dann nicht weiter nachgedacht. Und Lisa hatte keine Chance, die Diskette zu finden und zu verbergen, ehe sie ging.

Iris vergaß das Schaumbad. Sie ging ins Wohnzimmer, stellte den Computer an, wählte das Zip-Laufwerk an und rief die Bildergalerie auf. Die Bildpunkte, man nennt sie Pixel, fanden in Sekundenbruchteilen aus bunten Nebeln zu Strukturen zusammen. Das war auch schon das Aufregendste.

Iris verstand die grenzenlose Langeweile, die Lisa belastet haben musste: Bilder, wie man sie zehntausendfach in der Zeitung, im Fernsehen, in Facebook-Accounts, auf Instagram oder sonstwo gesehen hatte. Das Auge suchte verzweifelt nach den üblichen Prominenten, nach einem ehemaligen Bundeskanzler, nach Ministern, nach den Wahren, Schönen, Reichen und Guten. Aber man fand sie nicht. Stattdessen Dutzendgesichter und schlecht sitzende Anzüge. Iris glaubte, Römer und Deutsche unterscheiden zu können: Die Anzüge der Deutschen saßen entweder völlig schief oder es waren italienische Designerstücke der Dreitausenderkategorie. Die Italiener trugen natürlich auch landeseigene Ware, aber nicht die schweineteuren, sondern preisgünstigere Sachen, die an ihnen unspektakulär, jedoch gut gewählt wirkten. Als seien sie auf die Welt gekommen, um diese Anzüge zu tragen. Deutsche dagegen sahen immer so aus, als trügen sie normalerweise Joggingsachen. Oder Uniform.

Iris fand gleich heraus, wer von den Herrschaften der Auftraggeber sein musste. Denn er war der einzige, der häufiger zu sehen war. Und jedesmal an einem anderen Sightseeing-Punkt der Ewigen Stadt. Es war wirklich zum Gähnen. Colosseum, Forum, Peterskirche, Spanische Treppe, Fontana di Trevi und dann noch eine urige Trattoria, wahrscheinlich in Trastevere. Auch ein Clubbesuch am Abend, alkoholrote Gesichter, gieriges Grinsen nach prallen Hintern und gewaltigen Titten. Moment, das erotische Angebot existierte nur in der Fantasie der Betrachterin, aber es war eindeutig, dass sich die Herren nicht über eine besonders gelungene Cover-Version von *O sole mio* freuten, sondern über den Anblick gut gerundeter Tänzerinnen...

Iris wollte den Computer schon wieder ausschalten. Doch nach dem Herrenabend gab es noch ein Event. Ein Gartenfest, offenbar mit offiziellem Charakter. Ein riesiges Grundstück, bunte Blüten, gewaltige Sträucher, hohe Pappeln, Palmen, Kakteen, Springbrunnen. Eine unüberschaubare Gästeschar. Dieser Herr Vorstand hatte es offenbar geschafft, zu einem Großereignis eingeladen zu werden. Vielleicht gab es hier ja auch Promis zu sehen. So einer würde es sich gewiss nicht entgehen lassen, Arm in Arm mit August Ernst oder Knie an Knie mit Hartmut Berger fotografiert zu werden. Also ließ Iris die Galerie weiterlaufen. Mit einem Mal verließ die Kamera den längst gut bekannten Unbekannten und schien sich bei einer kleinen Gruppe von Smoking- und Uniformträgern aufzuhalten. Lisa hatte den Automatik-Motor eingeschaltet. Die Kamera lieferte jetzt etwa alle eineinhalb Sekunden ein Bild. Es war wie ein Film.

Die Uniformierten von hinten. Sie unterhalten sich. Einer dreht den Kopf. Er trägt eine marineblaue Uniform. Der

Offizier dreht sich ganz um. Er lacht in die Kamera. Es ist das Lachen eines Mannes, der jemanden wiedererkennt. Und darüber sehr erfreut ist. Es ist das Lachen von Robert Keller. Er grinst über das ganze Gesicht und breitet seine Arme aus. Die anderen Uniformierten schauen ihn verwundert an, schauen verwundert zur Kamera. Robert Keller läuft mit ausgebreiteten Armen auf die Kamera zu. Eine verwackelte Aufnahme. Die Kamera ist zwischen den Körpern eingeklemmt und schaut nach oben. Man sieht, wie Schattenrisse, zwei Kinns, nahe beieinander. Man ahnt, dass sich die Lippen der beiden zugehörigen Menschen berühren. Dann ist der „Film" zuende.

Iris ließ die Bilderreihe im Schnellmodus zurücklaufen und sah das Ganze noch einmal und noch einmal und ein viertes Mal. Sie wollte es einfach nicht glauben.

Kiki hatte die Mathe-Textaufgabe auf einem kleinen Zettel ins Deutsche übertragen. Es klang ungelenk, aber Iris konnte den Sinn verstehen. Natürlich hatte sie jetzt keinen Kopf dafür. Sie ging ins Kinderzimmer. Der Junge saß mit Holzklötzen und baute. Für einen Moment überlegte sie, was er da zusammenfügte. Wurde es eine dieser bizarren Burgen aus Kikis Fantasyspielen oder eine interstellare Raumstation? Oder nur eines der immer wieder umgebauten und erweiterten Häuser aus der Nachbarschaft? Sie lächelte.

Obwohl sie ganz leise gegangen war, hatte Kiki sie bemerkt. Er legte den Klotz, den er gerade einfügen wollte, sacht zur Seite und drehte sich um.

„Ja, bitte?" fragte er mit ernster Miene. Ein Boss, der bei wichtigen Planspielen gestört wurde: Ihm gelang der näselnde Tonfall, die angedeutete Ungnade viel besser als dem wirklichen Vorstand Striese.

„Darf ich dich etwas fragen..." begann Iris. Sie wunderte sich nicht weiter, dass sie sich ähnlich wand wie bei ihren Vorgesetzten, wenn sie einen Sonderwunsch hatte. Kiki besaß einfach die entsprechende Ausstrahlung!

„Ja?" fragte Kiki. Er legte seine Stirn in Falten, indem er die Augenbrauen zusammenzog. Iris zählte drei senkrechte Falten. Sie fragte sich, ob das bei Neunjährigen normal sei.

„Seit wann kennst du den Robert Keller?"

„Schon lange", sagte Kiki, „ich hab ja sogar schon bei ihm gewohnt... auf der anderen Tiberseite, man sieht auf die Kuppel."

Er meinte die Kuppel von St. Peter.

„Ja, du hast bei ihm gewohnt..." nahm Iris den Faden auf, „aber kanntest du ihn schon früher..." sie überlegte, wie sie ihre Frage ausdrücken konnte, ohne ihn zu verwirren oder zu verletzen.

Kiki sah sie fragend an. Er stellte dazu seinen Kopf schief. Iris lächelte. Aber Kiki blieb ernst:

„Meinst du, bevor Mama weggegangen ist?" fragte er leise.

Iris nickte. Sie fühlte sich schuldig. Eine Woche war sie jetzt hier und er hatte es noch nicht angesprochen, und jetzt stieß sie ihn mit ihrer Eifersucht und Neugier in diesen Abgrund. Sie hätte sich ohrfeigen können.

„Vorher war ich nie in seiner Wohnung gewesen", sagte Kiki.

Iris versuchte wieder zu lächeln. Sie nickte.

„Danke..." sagte sie, „...und spiel schön weiter."

Eine Stimme in ihr mahnte sie, sich für Kikis Bauten zu interessieren, sich hinzusetzen und mitzubauen, wenn er sie ließ. Aber sie hatte keine Kraft, es anzubieten. Also trat sie wieder auf den Flur hinaus.

„Er war ja ein paarmal hier", sagte Kiki gedankenverloren, während er die herumliegenden Steine sortierte.

„Was?" – Iris machte auf dem Absatz kehrt: „Robert war ein paarmal hier, bei Lisa?"

Kiki nickte, ohne aufzusehen. Er ordnete die Klötzchen der Kantenlänge nach.

„So lassen die sich am besten einsortieren", sagte er und begann damit, sie in eine große Schachtel zu räumen. Das Haus, das neben ihm stand, war offensichtlich soweit fertiggestellt. Er rührte es nicht an.

„Er war Mamas Lover", sagte Kiki. Und sah auch dabei nicht auf. Wusste er, was das Wort bedeutete? Iris kämpfte die Versuchung nieder, es durch Nachfragen herauszufinden.

„Waren sie lange zusammen?" fragte sie schließlich.

Kiki zuckte die Schultern. „Was ist schon lange", sagte er und räumte die letzten Steine ein und steckte den Kistendeckel darüber. Dann sah er sich sein Haus an.

„Ich werde die Steine außen bemalen, und dann werde ich alles zusammenleimen", sagte er, „das Haus ist doch wert, der Nachwelt erhalten zu bleiben."

Er sagte es einfach so dahin. Hatte den Satz wahrscheinlich aufgeschnappt. Sie ertappte sich bei dem Gedanken, wie sie das Thema ihrer Unterhaltung wechseln oder das Gespräch ganz beenden könnte. Sie fühlte sich mies dabei. Erst dem Jungen etwas aufdrängen, dann feige fliehen. *Ich tauge nicht zum Erziehen.*

„Ist Mama für immer weg?" fragte Kiki. Er starrte auf das Haus. Seine Stimme klang kaum verändert, doch Iris spürte die Anspannung. Sie ging auf Kiki zu und kniete sich neben ihn. Doch Kiki entzog sich, als sie ihm über die Haare streichen wollte.

„Wird sie wiederkommen?" fragte er.

„Das weiß ich nicht", sagte Iris. Sie sagte es leise und freundlich. Kiki sah auf. Er lächelte schwach. Iris war glücklich, dass sie nicht gelogen hatte. Er war dankbar. Jetzt durfte sie über seine Haare streichen. Er rückte sogar ein wenig näher, dass sie seine Schulter umfassen konnte. Iris drückte ihn an sich.

So saßen sie eine lange Zeit. Kiki sagte nichts. Er weinte auch nicht. Iris hielt ihren Arm um seine Schulter. Ab und zu strich sie ihm über den Kopf, den Rücken. Ganz sanft, ganz zärtlich.

„Ist Mama tot?" fragte der Junge.

Er klang fürchterlich gefasst. Iris spürte, wie ihr die Tränen in die Augen schossen.

„Das weiß ich nicht", sagte sie.

Sie weinte. Kiki rückte ganz nahe an sie heran und legte nun seinen Arm um Iris und seinen Kopf gegen ihre Brust. Sie drückte den Jungen, so fest sie konnte.

„Bist du extra wegen mir nach Rom gekommen?" fragte Kiki.

„Ach was!" Iris wischte sich die Tränen mit dem Handballen von der Wange: „Ich wollte hier nur Urlaub machen."

23.

Mario hätte es sich denken können: Zwei Schwedinnen.
Also war Antonio im Colosseum. *Ragazze di Scandinavia*
führte Antonio immer ins Colosseum. Dort ging es am besten.

Aus einem Grund, den nur Architekten verstehen, sieht
der Rundbau des Colosseum aus der Entfernung immer wie
ein riesiges Oval aus. Erst mit dem Näherkommen rücken
die Proportionen zurecht. Die tiefe Abendsonne ließ die
Travertinquader in einem Hauch von Gold glänzen. Früher
hatte sich Mario immer ausgemalt, wie prachtvoll das komplette Bauwerk mit den polierten Marmorplatten und dem
bunten Figurenschmuck geleuchtet haben musste, wenn
die alten Römer vom Forum herüberspazierten: Man geht
gemächlich auf der Prozessionsstraße und läßt das Theater
vor sich aufwachsen, wie die Spitze eines gewaltigen
Turms, des höchsten Punktes einer im Sumpf versunkenen
Stadt.

Aber daran dachte er jetzt nicht. Er dachte an Antonio und
dass er ihm den Schädel einschlagen würde oder zumindest
die Schneidezähne. Die Gelegenheit dafür war gut: Aus irgendwelchen Buchungsgründen gab es an diesem Abend
keine Busladungen voller Toruisten mehr, also auch nur
noch bescheidene Polizeipräsenz. Er würde ihnen notfalls
ein paar Scheine zuschieben und sie bitten, wegzusehen.
Das hatte er noch nie versucht, aber er wusste in diesem
Moment, dass es klappen musste. Und wenn nicht, war es

ihm auch egal. Überhaupt: Warum sollte sich jemand zwischen sie werfen? Das alte Amphitheater war schließlich für Gladiatorenkämpfe gebaut worden!

Antonio wirkte verloren. Die Schwedinnen konnten auf ihn herabsehen, sogar im Sitzen. Sie waren bestimmt zwei Meter lang und ihre Oberweite war nicht viel geringer. Und alle Pracht steckte in engem gelb-blauen Baumwollstoff. Gelb-Blau kam nicht von ungefähr, es sind die schwedischen Nationalfarben. Aber niemand erkannte noch die Nationalflagge, denn die Körperformen dehnten und zerrten das Schwedenkreuz aus dem rechten Winkel. Antonio lächelte. Ein kleiner Junge am Ziel seiner Wünsche: Als sie Babys waren, hatte man sie nur mit Fertignahrung aufgepäppelt, das Stillen war eine Sache der Leute aus dem Mezzogiorno, die moderne Römerin gab Nestle-Pulver in den Zanussi-Haushaltsmixer. Deshalb hatten alle Männer der Generation von Antonio und Mario eine besondere Vorliebe für Busen, so groß und so verheißungsvoll wie möglich. Auch wenn es Mogelpackungen waren, musste sogar Mario angesichts der geschwollenen Schwedinnen tief durchatmen...

Hoffentlich mischten sich die beiden Wikingerbräute nicht in den Kampf ein. Alles andere konnte Mario berechnen, er kannte die schmutzigen Tricks seines Freundes. Aber wenn die beiden Walküren... Mario hatte in einem internen Rundschreiben des Ministeriums gelesen, dass Schwedinnen einen Karatekurs besuchen müssen, ehe man sie ins Ausland reisen läßt. Anders können sie sich dort nämlich nicht ihrer betrunkenen Landsleute erwehren.

„Hi", sagte die Blondine links von Tony, „I am Chrissie." Bei ihr hatte man am Ende der Brustoperation noch soviel Silikon übrig, um es in die Lippen zu spritzen. Deshalb

284

blähte sich ihr Mund bis zu den Ohren und die Oberlippe küßte fast die Nasenspitze. Eigentlich konnte Chrissie damit auch am Jahrmarkt auftreten.

„And me, I am Tina", sagte die Rechte, „we are twins." Allerdings war bei ihr das Lippensilikon ausgegangen, so dass sie versuchen musste, die geblähten Lippen ihrer Schwester mit Schminke nachzuahmen. Spuren des feuerroten Lippenstifts schmierten auch schon über Antonios Gesicht, der aus der Nähe betrachtet wie ein Vampir im Saugrausch erschien. Allerdings ein ziemlich überforderter Vampir.

„Gut, dass du kommst", sagte er lächelnd, „ich brauche dringend Verstärkung."

Sein Scheitel berührte die gedachte Verbindungslinie der vier Schwedenbrüste. Sein darunterliegendes Gesicht war knallrot, wegen der Schminke und vor Aufregung. Seine Arme hatte er rechts und links um die Hüften der Zwillinge gelegt, die Hände spielten im Schatten der Brustwölbung mit kleinen, vom T-Shirt unbarmherzig bloßgestellten Speckröllchen.

Die Minipli hing ihm feucht und gierig in die Stirn, er leckte sich mit großer Zunge über seine eigenen, dünnen Lippen. Und grinste. Mario konnte der Einladung nicht widerstehen. Er donnerte eine kurze Gerade in dieses Faunsgesicht und freute sich, als er das Nasenbein knacken hörte. Die vier Schwedinnen sprangen auf und stoben zur Seite. Zu dem verschmierten Feuerrot trat jetzt ein neuer Farbton, der aus Antonios Nase rann und in großen, schweren Tropfen auf seine Hose ploppte. Auch als er reflexhaft versuchte, das Nasenbluten mit beiden Händen aufzufangen, half es nichts: Jetzt rann der weinrote Saft auch zwischen den Fingern vor, über den Handrücken und bildete kleine Tropfen, die bald ebenso herabregnen würden.

„Schau mich an!" sagte Mario. Der Satz war überflüssig, denn Antonio starrte auf ihn wie auf den strafenden Engel des Jüngsten Gerichts. Der erste Schrecken mischte sich mit der Angst, noch einen Punch abzubekommen. Und wieder schoss Marios Linke vor. Aber er schlug nicht zu.

„Ich sag es nur einmal", sagte Mario. Sein ausgestreckter Zeigefinger stoppte einen Millimeter vor Antonios blutigem Gesicht: „Halte dich von meinen Leuten fern!"

Er machte auf dem Absatz kehrt. Das war der perfekte Erstschlag gewesen. Mario hatte gewonnen, ohne selbst etwas einstecken zu müssen. Es würde keinen Kampf geben, jetzt nicht und in Zukunft nicht. Für die nächsten dreißig Jahre würden sie nicht mehr miteinander reden und aneinander vorbeisehen. Egal. Er hatte gewonnen. Er streckte sich zur vollen Manneslänge. Seine Rechte massierte die Knöchel der Schlaghand. Es tat nicht weh. Noch nicht. Wenn er rechtzeitig eine Eispackung auflegte, würden sich die Schmerzen aushalten lassen. Aus den Augenwinkeln sah er nach den Schwedinnen. Die strahlten zu ihm herüber und klatschten in die Hände. Ihr „Olé!!" begleitete ihn bis zum Ausgang.

Der Blumenladen lag am Weg. Danach ging Mario direkt zu Iris. Sie war zuhause. Sie sah etwas blass aus, bedrückt, und nicht sehr erfreut, als sie ihm die Tür öffnete.

„Ich liebe dich", sagte er. Natürlich auf deutsch. Und hielt ihr den Topf roter Buschwindröschen entgegen.

Iris sah ihn stirnrunzelnd an. Der Gedanke, einfach die Tür zuzuschlagen, verlor sich innerhalb von Augenblicken. Mario hielt ihr den Topf noch dichter vor die Augen.

„Für dich", lächelte er, „Schnittblumen halten nicht lange genug."

Sie nahm den Topf und roch an den Rosen. Ein seltsames Aroma. Ein unbekanntes Bouquet, dessen einzelne Duftnoten so gut verschmolzen, dass gar nicht mehr zu riechen war, was hier alles zusammenspielte.

„Komm rein", sagte Iris, „und lass uns reden."

„Hast du ein paar Eiswürfel?" fragte Mario. Er hob kurz seine rechte Hand, die in ein weißes Taschentuch gewickelt war. Sie gingen in die Küche. Iris holte eine Eiswürfelschale aus dem Gefrierfach und kippte die Würfel in den Ausguss.

„Eine Verbrennung?"

Sie wickelte das Taschentuch von seiner Hand. Er musste gar nicht antworten. So sah eine Verbrennung nicht aus: Die Knöchel waren rot, die Haut darüber geschwollen, aber nicht eingerissen oder aufgeplatzt. Am Handrücken blühte ein hellroter Bluterguss. So sahen Fäuste aus, die fest zugeschlagen hatten.

„Antonio?" fragte Iris, während sie die Eiswürfel zwischen die Lagen des Tuchs schob und es dann wieder um Marios Hand wickelte. Mario machte mit seiner Linken eine wegwerfende Bewegung.

„Kaffee?" fragte Iris. Mario nickte.

„Deutsch oder italienisch?"

„Hast du eine Espressomaschine?" fragte Mario.

Iris wies auf die kleine Weißblechkanne, die Lisa angeschafft hatte, um Espresso auf dem Gasherd zu kochen. Für
ihren eigenen Geschmack war das nur die zweitbeste Lösung.

Aber Mario sagte „bene", griff nach der Kanne, holte sich
das Kaffeepulver von der Ablage und begann, den Kannen-
einsatz herauszuschrauben.

„Besser wäre natürlich eine Dampfdruckmaschine", sagte
Iris, die sich seit Jahren so ein Ding wünschte, bei Peter damit aber nie durchgekommen war.

Mario winkte ab: „Kein vernünftiger Römer hat so ein
Ding in seiner Küche stehen. – Die Maschine gehört in die
Caffeteria, die Kanne auf den Herd."

Die Zündflamme zischte hoch. Iris zuckte erschrocken zurück. An das Kochen mit Gas hatte sie sich noch nicht gewöhnt.

Keine fünf Minuten später saßen sie mit zwei Espressi auf
der Couch. Mario hatte seinen Caffe reichlich gesüßt. Iris
trank ihn pur. Er schaute sie ungläubig an.

„Das schmeckt?" fragte er.

„Wir essen alle viel zuviel Zucker", sagte Iris.

Sie redeten noch eine Weile über Nichtigkeiten. Dann,
nach einer Viertelstunde, kam Iris ohne Vorwarnung zur
Sache:

„Was ist mit Sonia?"

„Sie ist meine Cousine", sagte Mario.

„Habt Ihr was miteinander?"

„Wir hatten."

„Wann?"

„Vor vielen Jahren... Es war das erste Mal für sie."

„Und heute?" Iris zog die Stirn in Falten.

„Sind wir gute Freunde... wirklich, mehr nicht."

Mario stellte seine Tasse auf den Couchtisch. Sie schwiegen für ein paar Sekunden.

„Ich fühle mich für sie verantwortlich", sagte er dann leise, „sie ist nicht sehr stabil."

„Weil es zwischen euch aus ist?"

Mario überlegte kurz. Dann schüttelte er entschlossen den Kopf.

„Nein, so ist es nicht... nein..."

Iris spürte, wie er die Frage trotzdem hin- und herschob.

„Weißt du, ich konnte damals nicht richtig mit ihr Schluss machen", sagte er, „es war ein, come se dice... Schrecken ohne Ende. Wir haben uns nicht ausgesprochen. Es war schrecklich... Dann habe ich eines Tages Antonio mitgebracht. Er hat ja eine starke Wirkung auf Frauen. Auch auf Sonia. Und er sagt nie nein... Seither fühlt sich Sonia als seine Freundin, seine Verlobte..."

„Und die Schwangerschaft?"

Mario hob die Hände: „Darüber kann ich nicht reden."

„Du bist aber nicht der Vater?" fragte Iris streng.

Mario schüttelte den Kopf. Seine Ohren glühten. Iris nahm es als Zeichen für seine Ehrlichkeit.

„Kommen wir jetzt zu Punkt zwei", sagte sie gleich danach: „Warum diese Show, dass du kein Deutsch verstehst?"

Mario sah zu Boden: „Ich bin wirklich nicht sehr stolz auf mein Deutsch."

„Es ist fantastico", sagte Iris: „Ich erwarte eine Erklärung."

„Weißt du, ich habe Deutsch gelernt beim Eisverkaufen. *Wer ist nächste? Waffel oder Becher? Für wieviel? Mit Sahne?* Und die Eissorten gebüffelt: Schokolade, Banane, Vanille,

Haselnuss... Das war ja noch leicht. Aber die Beeren! Erd-
beere, Himbeere, Heidelbeere, Brombeere, Johannis-
beere..."

„Es gibt Johannisbeer-Eis?" fuhr Iris dazwischen. Sie
mochte die kleinen, feuerroten Beeren besonders gern, aber
sie hatte nie gehört, dass es auch ein Fruchteis dazu gibt.

„Du warst nie bei meinem Onkel", sagte Mario, „aber Jo-
hannisbeere ist auch nicht sehr gut. Überhaupt macht mein
Onkel kein gutes Eis. Sein Schokolade schmeckt nach Zu-
ckersirup, und seine Eisverkäufer sind die unhöflichsten
der Welt. Ich war fast einen ganzen Sommer dort, bis mir
jemand gesagt hat, dass ich ein *bitte?* sagen könnte, das
wäre höflicher. Eines Tages, in meinem zweiten deutschen
Sommer, habe ich tatsächlich *Wer ist der Nächste?* gefragt
und wusste selbst nicht, wie ich darauf kam... Mein Gott,
der Junge lernt Grammatik, hat mein Onkel ausgerufen, er
wird so ein Scheiß-Intelligenzler! – Er hat das natürlich auf
Italienisch gerufen und mir dann eine Ohrfeige gegeben."

„Er hat dich geschlagen?"

„Nie aus Bosheit.... nur aus Gewohnheit."

„Aber ein Sommer besteht doch nicht nur aus Eisverkaufen!"

„Ich war vierzehn. Da lassen sie dich weder an Bier noch
an Zigaretten und schon gar nicht abends aus dem Haus."

„Was hast du dann gemacht?"

„Eis verkauft. Zwischen zehn Uhr morgens und zehn Uhr
abends, danach unter die Dusche und an den Computer.
Spiele, Videos. Oder Fernsehen... da wurden manchmal
auch ein paar deutsche Worte gesagt. Wahrscheinlich habe
ich dabei ein Stück Grammatik aufgeschnappt."

„Du sprichst wirklich gut deutsch... warum also diese
blöde Komödie?"

290

Iris sah Mario streng an. Die Röte seiner Wangen, die sich etwas verloren hatten, kehrte sofort zurück.

„Es hat mir nichts gebracht. Nur Ärger", sagte Mario. „Meine Vettern kamen bei den Girlies gut weg, ohne Frage: Goldkettchen und offenes Hemd, dunkle Haut, strahlendes Lachen, Natur- oder Dauerwelle im Haar... Du kennst den Typ?"

Iris nickte. Sie hatte diese Gelati-Burschen immer als Karikaturen empfunden. Iris machte sich nichts aus solchen Typen und die sahen durch sie hindurch.

„Also, die Mädchen, die Mädchen, die auf solche Heinis stehen, sind doch alle gleich", befand sie, „die stammen aus den alten Opel-Manta-Witzen: Sie sind nur eines, nämlich sehr sehr blond."

Mario nickte: „Eben."

„Die haben nix in der Birne!" rief Iris, als müsste sie sich gegen eine dieser Blondinen behaupten.

Mario lächelte.

„Das ist dir egal?" fragte Iris.

Mario hob abwehrend die Hände: „Es war mir egal. Damals. – Damals ging es doch nur um.... erste Erfahrungen."

„Und, wie waren die?"

Mario zuckte die Schultern. „Da kann ich nichts dazu sagen. Die ließen mich einfach links liegen. Meine dunklen Haare zogen nicht, und meine Locken machten keine an. Mein Teint war blass wie der von Deutschen und ich hatte Pickel. Dafür fehlten mir die Goldkettchen. Ich war ja nur der arme Cousin aus Rom. Und für Armut haben diese Blondinen ein sehr feines Näschen."

Mario klang sehr resigniert. Nach einem Augenblick, in dem sie Mitleid für ihn empfand, spürte Iris eine gewisse

Wut in sich aufsteigen. Wie konnte er nur diesen Ziegen hinterhertrauern?

„Ich habe ja versucht, damit umzugehen", erzählte Mario weiter, „warum sollte ich diesen Ziegen hinterherheulen? Da setze ich mich doch lieber hin und lerne deutsch, habe ich mir gesagt, scheiß auf die Weiber... Verzeihung."

Iris winkte ab. Keine Beleidigung.

„Ich hab mir auf mein Deutsch schon etwas eingebildet", sagte Mario, „es war hausgemacht, selbstgelernt, und ich war stolz darüber: Ich bin ins Früh und in Nippes inne Goldene Kappes und künnt mir en Kölsch, nein, so gut konnte ich es nie... aber ich hab mir mein Kölsch bestellt und keiner hat gemerkt, dass ich ein Spaghetti bin... Toll, hab ich mir gesagt, du kannst damit zwar nicht in der Schule glänzen, aber später, auf der Hotelakademie, da... Ich habe mich also nach der Schule auf der Hotelakademie beworben und als besondere Qualifikation „sehr gute Deutschkenntnisse" angegeben. Beim Bewerbungsgespräch hat mich dann auch eine Dame vom Deutschen Sprachverein geprüft. Schriftlich, mündlich. Zuerst sollte ich unregelmäßige Verben beugen. Ich wusste noch nicht einmal, dass es so etwas gibt. Dann die Formen der Vergangenheit: Imperfektform von „backen". Backte? Falsch: Buk!

Falsch!, Falsch!!, Falsch!!! Das war das häufigste Wort in dieser Prüfung. Frau Sprachverein spuckte es im weiten Bogen aus. So heftig, dass ich davon Flecken aufs Hemd bekam. – Zum Schluss, sie hatte mich im Gedanken schon längst durchgeschmissen, kam eine Textdiskussion. Es gab einen Abschnitt über aufgespießte Käfer und Schildkröten, die Liebe machen. Ich sollte versuchen, den Stil zu beschreiben und nachzuahmen. Das ist ein Deutsch in hoher Vollendung, hat Frau Sprachverein gesagt, kein Eisverkäuferkauderwelsch... Du kannst dir vorstellen, wie gut meine

Bewertung war. Danach hab ich mir geschworen, nie wieder Deutsch zu reden."

Iris hatte ihn während der ganzen Geschichte genau beobachtet. Sie konnte ihm nicht glauben. Das Ganze klang so märchenhaft. Räuberpistole, ging Iris durch den Kopf, ja so sagte man früher zu einer solchen Geschichte. Lügenmärchen. Das hatte er sich ausgedacht, wahrscheinlich zurechtgelegt, für den Fall der Fälle. Eine Deutschprüfung aus dem Gruselkabinett. Aufgespießte Käfer und Schildkröten, die Sex haben! Wer um alles in der Welt käme auf die Idee, solchen Schwachsinn zu schreiben? Alles erfunden, um Mitleid zu schinden.

„Dein heiliger Schwur in Ehren", sagte Iris spitz, „aber wäre es nicht das Normalste von der Welt, mit einer Deutschen, die man mag, auch deutsch zu reden?"

„An was denkst du, wenn du von einem Italiener hörst, der ganz passabel deutsch kann?"

„Dass er eine Zeitlang in Deutschland war."

„Studieren?"

„Ja, oder Pizza verkaufen oder Eis oder..."

Ihre Blicke begegneten sich. Iris las das „Da siehst du es!" in seinem Gesicht: „Ich wäre für dich sofort der typische Pizza- und Eisittaker gewesen, der ewige Flirter, der mit rasender Geschwindigkeit das Wechselgeld über den Tresen schiebt und sich nur zu seinen Gunsten verrechnet. Du hättest sofort den Pizzateig gerochen und das billige Goldkettchen wäre in deiner Vorstellung aufgeblitzt..."

„Oh Mann", entfuhr es Iris: „Versteck dich bloß nicht hinter dem Klischee!"

„Ich bin kein Ittaker, kein Spaghetti, verstehst du," sagte Mario, „ich bin es nicht, ich will es nicht sein! – Ich bin dem Pass nach Italiener, das ist schlimm genug, ich will es nicht auch noch dem ersten, miesen Eindruck nach sein."

Iris riss ihre Augen auf. „Du willst kein Italiener sein?" Ihr fehlte jedes Verständnis.

„Ich bin Römer", sagte Mario. Er atmete tief durch. „Io sono un Romano di Roma!" Ein Römer aus Rom. Es klang stolz und würdevoll. Ein Cäsar hätte es nicht besser sagen können:

„ Ich bin in Rom geboren und aufgewachsen, in der elften Generation!"

Mario erklärte es Iris mit einfachen Worten:

„Rom wächst. Jedes Jahr kommen tausende neue Einwohner. Sie stammen überall aus Italien. Die meisten aus dem Mezzogiorno, aber auch einige aus dem Norden. Viele sind aus ganz anderen Ländern. Sie leben ein paar Jahre hier und nennen sich „Römer" und was sie tun und lassen, was sie sagen, was sie anstellen, das alles wird mit Rom in Verbindung gebracht. Wenn unsere Politiker korrupt sind und unfähig und die schmutzigen Hände kaum ruhig halten können, dann geht der Satz um die Welt: Bestechungsskandal in Rom. Die römische Elite, ein verkommener Haufen von Schmiergeldempfängern. Alles ist Rom, Rom ist an allem Schuld.... Scheiße! Denn so ist es nicht. Diese Schmutzigen Hände stammen aus Sardinien oder Milan, sie haben nichts mit uns gemeinsam, sie hassen uns, wir verachten sie, wir würden sie an die Wand stellen, wenn man uns ließe. Oder jedenfalls aus dem Land jagen, auf die andere Seite des Meeres, wo sie verrotten sollen, bis sie die Würmer von innen nach außen auffressen..."

Marios Zorn war nicht gespielt. Sein Gesicht bekam eine feurige Röte, die auf den Wangen begann und schnell die

Ohren erreichte. Seine Augen glänzten und seine Stimme ließ die Gläser im Büffet klirren.

„Moment, Moment", unterbrach ihn Iris, „ich gehe also davon aus, dass dein Auftritt im Petersdom eine Art Widerstandstat war?"

Mario hob beide Hände zu einer vagen Geste der Entschuldigung.

„Da war nichts politisch. Ich bin nicht politisch. Ich bin nur Römer..." Er zögerte, ehe er weitersprach. „Es war eine Mutprobe."

Iris sah ihn erwartungsvoll an.

„Die *Romani di Roma* nehmen mich nicht ganz für voll. Weil die Familie meiner Mutter aus dem Norden kam. Also muss ich ihnen beweisen, was ich drauf habe."

„Und was hast du so drauf? Außer Bungeespringen. Bewaffnete Banküberfälle, Geiselnahme?"

„Wir sind doch keine Terroristen. Wir sind einfache Leute, die wissen, wo sie hingehören. Das ist alles. Im normalen Leben bin ich Angestellter der Stadt Rom. Im Amt für Kulturdenkmale. Deshalb kam ich doch auch in das Augustus-Mausoleum rein..."

„Und ich hielt dich für den König der Einbrecher", sagte Iris.

„Damit kann ich nicht dienen. Ich arbeite tagsüber bei der Stadt und abends helfe ich meiner Familie im Geschäft."

„Genauer?"

Mario zögerte. „Wir haben ein Restaurant... naja, nichts Edles, nur eine kleine Osteria."

Schlagartig fiel Iris die Osteria ein, auf deren Tapetentürtoilette sie sich mit Peter...

„Eine Osteria", sagte sie leise.

„Ja", antwortete Mario. Er atmete tief durch. „Du warst übrigens schon mal dort."

Iris Unterkiefer klappte herab. Das war doch nicht möglich! Aber richtig. Für Sekundenbruchteile hatte sie an jenem Abend ein Gesicht im Ausgabefenster der Küche gesehen, ein Gesicht das ihr seltsam vertraut erschienen war. Es war Mario gewesen. Diese Peinlichkeit. Ein Schauer kroch über Iris' Rücken, die ganze Wirbelsäule hinab und dann auf ganzer Länge seitwärts, um den Rumpf herum, quer über den Bauch. Bis sich die beiden Eiswellen am Bauchnabel trafen und in die Eingeweide strahlten. Iris musste schlucken. Sie wusste noch nicht einmal, ob sie jetzt rot oder blass wurde.

Mario griff nach ihrer Hand: „Es hat mich nicht wirklich verletzt", sagte er freundlich: „Du weißt, dass ich gleich danach mit dir in den *Orto botanico* bin."

„Ich kann mir schon vorstellen, was du von mir gedacht hast..." Iris blickte zu Boden. Sie fühlte sich „beschämt". Zum erstenmal erlebte sie, was dieses Wort wirklich bedeutete. Doch Mario hielt ihre Hand noch immer. Er führte sie sanft zu seinem Mund. Ein Kuss.

„Immer nur das Beste habe ich von dir gehalten", sagte er mild, „immer nur das Beste."

Sie hörten nicht, dass jemand an der Tür geklingelt hatte. Aber es war auch gar nicht nötig, sich darum zu kümmern. Das übernahm Kiki. Als er Trish ins Wohnzimmer führte, lagen sich Iris und Mario in den Armen, auf dem Sofa und küssten sich. So intensiv, dass sie die Welt vergaßen.

„Wenigstens seid Ihr noch nicht ineinander", sagte Trish so laut sie konnte, „dann störe ich ja nicht wirklich."

Iris und Mario ließen sich los.

„Hallo Trish", sagte Mario. Er überlegte rasch, wie er ablenken konnte und entschied sich für eine Entschuldigung:‚

„Ich glaube, ich habe neulich deine Zigaretten mitgenommen, ganz aus Versehen, wirklich…"

„Vorsicht, das sind echte Weichmacher", brummte Trish. Sie stutzte: „Außerdem scheint man damit besonders schnell Deutsch zu lernen…"

„Was willst du?" fragte Iris. Sie klang verärgert.

„Ich brauche Geleitschutz", sagte Trish, „und außerdem einen neutralen öffentlichen Ort, an dem mir keine Gefahr droht."

„Hast du einen Termin mit der Mafia?"

„Schlimmer", sagte Trish. „Mein Vater will sich mit mir aussprechen."

24.

Mario war natürlich nicht sehr begeistert von der Idee. Andererseits war er nicht der Mann, der drei bittenden Frauen etwas abschlagen wollte. Oder konnte. Er bat Iris jedoch eindringlich, etwas ganz anderes anzuziehen als damals, bei ihrem Essen mit Peter: „Außerdem könntest du dich ja auch irgendwie schminken."

„Ich kann mir die Haare färben."

„Eine gute Idee. Nimm doch etwas von dem Blond weg."

Sie entschieden sich für sieben Uhr abends. Es war noch zu früh für die Einheimischen und die englische Reisegruppe, die sich hierher verirrt hatte, zählte nicht. Die meisten Tische waren also leer.

Der Vierertisch für das Familientreffen mit Trishs Vater stand strategisch günstig. Trish konnte sich mit einem Sprung hinter den Tresen flüchten, und durch den privaten Teil der Osteria, über einen kleinen Innenhof, jederzeit entkommen. Der Fluchtweg gab ihr ein Gefühl der Sicherheit. Das war das Wichtigste.

Sie bestellten zwei Literflaschen San Pellegrino und den Vino rosso della casa. Kein Aperitif. Sie, das waren Trish, Iris, Connie. Mario hatte sich angeboten, auf Kiki aufzupassen. Er wäre auch bereit gewesen, so etwas wie männlichen Schutz zu bieten, aber Trish wollte lieber Frauen um sich haben. Außerdem hatte er seine Familie vage instruiert, im Notfall schnell beizuspringen und jede Art von Gewalt zu verhindern.

Trish rechnete allerdings nicht mit körperlicher Gewalt.

„Mein Vater ist nämlich ein Gentleman alter Schule," sagte sie mit zweideutigem Lächeln, „er würde sich niemals in Gegenwart von Damen vergessen."

Iris erinnerte sich, wie sie ihn kennengelernt hatte. Wenn das noch gentleman-like war, wollte sie nie erfahren, wie der Mann toben mochte, wenn er ganz außer sich geriet...

„Barras!" sagte er knapp und verbeugte sich. Er ließ dabei wirklich seine Absätze gegeneinander knallen. Wie in einem schlechten Nazifilm, dachte Iris, und entdeckte jetzt, dass sich noch dazu ein drei Zentimeter langer Schmiss über die rechte Wange von Trishs Vater zog. Bis zum Mundwinkel hin.

„Sehr angenehm", sagte Connie, „ich freue mich außerordentlich, Sie kennenzulernen. Ich habe ja schon so viel von Ihnen gehört..." Sie streckte ihm ihre rechte Hand hin, die Finger nach unten gewinkelt. Aufforderung zum Handkuss.

Der Mann musterte sie misstrauisch.

„Keine Angst, Vater", sagte Trish, „sie ist echt."

Trish steckte in einem dunkelblauen Hosenanzug aus Queenies Fundus. Marineblazer, zweireihig mit Messingknöpfen. Der Anzug war für Frauen geschnitten. Trish trug auch ihren Schaumgummibusen und die Polster auf den Hüften, die ihrer Figur und ihrem Gang das typisch Frauliche verliehen. Dazu kräftige Schnürschuhe mit dezenten Absätzen. Die Tina-Turner-Perücke hatte sie zuhause gelassen, stattdessen behielt sie die weiße Uniformmütze mit dem großen goldenen Anker auf.

„Ich habe keine Lust, mein natürliches Haar offen spazieren zu tragen... und auch nicht die Kraft dazu", hatte Trish zu Iris gesagt, die es für durchaus vertretbar hielt, die weiße Uniformmütze aufzusetzen und auch im Lokal nicht abzulegen.

„Patrick", sagte der alte Herr. Eine kurze, nur angedeutete Kopfbewegung zur Begrüßung. Er setzte sich. Sie hatten ihm einen bestimmten Platz freigehalten, direkt gegenüber von Trish, aber doch so weit entfernt, dass er nicht ohne weiteres hätte handgreiflich werden können.

„Wir haben uns erlaubt, Sie und Trish einzuladen", sagte Iris mit aller Freundlichkeit einer gut eingeübten Kreditsachbearbeiterin: „Vino e acqua sind schon serviert - bitte, bedienen Sie sich!"

Barras rührte sich nicht.

„Deine Mutter lässt dich grüßen", sagte er stattdessen, ohne seinen Blick von Trish zu wenden. Trish nickte. Sie lächelte dünn: „Danke."

„Sie weint sich die Augen aus." Barras verzog seinen Mund zu einer Grimasse des Vorwurfs. Damit war klargestellt, wem er die Schuld an den Tränen gab. Trish senkte den Blick, atmete tief durch. Dann hob sie wieder die Augen und hielt ihrem Vater stand. Der nahm den Augenkontakt als Herausforderung und kam direkt zur Sache:

„Glaubst du nicht, dass es langsam Zeit wird, diese... Spielereien aufzugeben und endlich vernünftig zu werden? Mein Gott, du wirst nächstes Jahr 30!"

Trish seufzte. Iris konnte sich gut vorstellen, dass sie diese Reden seit Jahren zu hören bekam, mit ständig aktualisierten Jahreszahlen.

„Wenn Sie erlauben, Herr Barras, das ist nicht der richtige Tonfall. Und außerdem geht es ganz und gar an der Sache vorbei: Es ist keine Frage der Vernunft, sondern..."

300

„Lass nur", sagte Trish. Sie klang resigniert. „Vielleicht sollten wir einfach nur versuchen, miteinander zu Abend zu essen, ohne dass es in einem ganz großen Knall endet."

„Sein Hauptproblem ist", sagte Barras und seine Stimme wurde auf böse Weise mitleidig, „dass er so klein geraten ist." Er sah Trish mit großen, feuchten Augen an: „Viel zu klein für einen normalen Jungen... Er wurde ja sogar ausgemustert, weil er so klein ist."

Trish biß sich auf die Unterlippe. Barras stellte seinen kahlen Schädel schief, er barst förmlich vor Verständnis.

„...und dann hast du den Fehler gemacht, mein Junge, den großen, tragischen Denkfehler..." Er wischte sich eine Träne aus dem Augenwinkel: „...und vielleicht bin ich daran ein gutes Stück mitschuldig... – Ich bin kein normaler Junge, hast du dir gesagt, also muss ich doch ein Mädchen sein. Mädchen sind kleiner und schwächer als Jungs. Also muss ich ein Mädchen sein."

Barras schob die rechte Hand vorsichtig über das Karo der Tischdecke. Er musste sich strecken, um bis zu Trish zu kommen.

„Das ist ein Fehler, eine fixe Idee, mein Junge", sagte er leise, „aber das lässt sich behandeln... Lass dir helfen!"

Jetzt hob Trish den Blick. Sie suchte den Blickkontakt zu ihrem Vater. Der mühte sich ein aufmunterndes Lächeln ab.

„Ja, da ist ein Fehler", sagte Trish langsam, „... aber dieser Fehler ist nicht in meinem Kopf. Er ist an meinem Körper." Sie deutete auf ihre Stirn: „Da drinnen ist alles in Ordnung." Sie legte ihre Rechte aufs Herz, „hier drinnen auch..." Trish sah ihren Vater fest und entschlossen an: „Nur da unten!" Sie deutete mit einer heftigen Bewegung, mit ausgestrecktem Zeigefinger auf ihren Schritt, „da unten stimmt es nicht!"

Barras schloss die Augen. Langsames Kopfschütteln.

„Solche Fehler gibt es nicht in der Natur", sagte er, noch ruhig, doch ohne Wärme: „Du weißt, was Chromosomen sind, du weißt, was Hormone tun: Dieses Frau-Sein ist nur in deinem Kopf, nirgendwo in deinem Körper. Noch nicht einmal in den Hormonen. Nur in deinem gottverdammten Zwergenschädel!!"

Barras schlug mit der flachen Hand auf den Tisch. Die Gläser tanzten. Die anderen Gäste sahen kurz und missbilligend herüber, die Familie Marios versammelte sich unter der Tür zur Küche. Man steckte die Köpfe zusammen und tuschelte.

Iris fühlte Scham aufsteigen. Es war nicht ihre Schuld, wie das hier abging, aber auf eine ganz unbestimmte Weise fühlte sie sich gegenüber Marios Leuten verantwortlich, dass es keinen Ärger gab.

Aber natürlich gab es Ärger.

„Mein Junge, es ist doch keine Schande, klein zu sein: Napoleon war gerade man so groß wie du und Stalin auch..." Barras schwieg für einen Augenblick, doch er fuhr fort, ehe ihm jemand dazwischenfahren konnte: „Der Prinz Eugen war der größte Feldherr seiner Zeit, und er war mickrig und verwachsen! Patrick, es kommt doch nicht darauf an, dass du lang bist: Größe zeigst du auf andere Weise!"

„Und ein normales Längenmaß ist noch lange kein Beweis für Erfolg im Leben!" sagte jetzt Connie. Barras lächelte sie dankbar an. Er kannte sie ja nicht weiter, aber er hatte offenkundig eine spontane Zuneigung für ihre runden Formen gefasst. Außerdem schien er auch auf sie zu wirken. Jedenfalls nickte er ihr freundlich zu: Gut, eine Verbündete auf der anderen Seite zu haben. – Iris dagegen stieß Connie mit dem Fuß an. Die Botschaft war klar: Connie sollte sich raushalten. Trish derart in den Rücken zu fallen! Iris hätte Connie am liebsten in die Seite geboxt.

„Andererseits kann nicht jeder erfolgreich sein", fuhr Connie fort. Barras nickte. „Mancher bringt es in der Armee bis zum General", sagte Connie, „ein anderer scheidet als Major aus dem Dienst. - Unfähigkeit ist eben nicht immer der Schlüssel zum Erfolg."

Barras wurde blass.

„Ein guter Offizier ist noch keine dreißig, wenn er Major wird," sagte Connie weiter, „das stimmt doch, oder?"

Barras sagte nichts. Er sah zur Seite.

„Aber es gibt verdammt wenige Berufsoffiziere, die als Major in Pension gehen müssen!" zischte Connie. Sie drehte sich zu Trish. „Du siehst also, Kleines, das Versagen ist bei euch erblich in der Familie. Liegt wahrscheinlich am männlichen Chromosom. Da hattest du einfach keine Chance, etwas zu werden! Außer als Frau."

Barras fuhr hoch. Sein rechter Zeigefinger schoss vor, als wollte er Connie aufspießen: „Sie, wenn Sie ein Mann wären, würde ich Sie dafür fordern!" brüllte der Major a.D. und musste sich zügeln, nicht wenigstens eine Ohrfeige auszuteilen.

„Und ich würde die Forderung annehmen", sagte Connie mit unnachahmlicher Coolness, „wenn *Sie* einer wären!"

Barras fand keine Worte. Er stand und schwankte und zitterte.

„Und mit solchen Leuten hast du Umgang!" rief er, den Tränen nah.

„Weißt du, Vati", sagte Trish, „Transen wie ich haben nun einmal keine große Auswahl..."

Barras ließ noch einen halb wilden, halb tränenden Blick über die drei streifen, schüttelte den Kopf, machte auf dem Absatz kehrt und stürmte hinaus.

„Gehen Sie ruhig ohne zu zahlen," rief ihm Connie nach, „wir haben Sie ja eingeladen!"

Sie saßen vielleicht eine Minute stumm und schweigend um den Tisch.

„So stelle ich mir ein gelungenes Versöhnungsgespräch vor", sagte Iris und hob ihr Glas.

Sie aßen sehr schweigsam zuende. Connie sagte fast nichts und Trish redete von Mode und Männern und von neuen Liedern, die sie einstudieren wollte, aber für die sie einfach nicht an die Noten herankam. Iris versuchte, diesen anstrengenden Gesprächsfaden fortzuspinnen. Aber sie war nicht mit den Gedanken bei der Sache und ab und zu sah sie an Trishs Gesicht, dass sie eine völlig unsinnige Antwort gegeben hatte. Marios Familie servierte schnell und reibungslos. Es schmeckte gut. Vielleicht war es sogar ein besonders exzellentes Essen. Aber an diesem Abend konnten die drei das gewiss nicht beurteilen.

Als sie nach dem Essen nach Hause kamen, bat Trish Iris noch für eine Minute zu sich. Trish brauchte ein Vier-Augen-Gespräch.

„Tut mir leid für dich", sagte Iris, „es war kein sehr gelungener Abend."

„Was war denn zu erwarten?" fragte Trish. Sie setzte sich auf ihr Bett und vergrub das Gesicht in den Händen. Iris setzte sich zu ihr, nahm sie in den Arm.

„Es hatte von Anfang an keinen Sinn, mit ihm zu reden", sagte Trish. Sie weinte. „Aber ich dachte, es muss sein... Ich muss ihm doch eine Chance geben..."

Iris sagte nichts. Sie hielt Trish und streichelte ihren Arm. Trish schluchzte heftiger.

„Es war der letzte Versuch", sagte sie, unter Tränen.

„Aber nein", sagte Iris, „es gibt immer ein nächstes Mal."

Trish schniefte. Sie hob ihren Kopf. Ihre Augen waren rot, die Mascara-Farbe und der Lidschatten vermischten sich auf ihrer Wange zu einem lila-schwarzen Rinnsal.

„Es gibt kein nächstes Mal", sagte Trish, „denn er wird sterben."

Iris sah sie fragend an.

„Er ist schon schwerkrank", erzählte Trish weiter, „und er ist nach Rom gekommen, weil er versuchen will, sich mit mir auszusöhnen... nein, das ist nicht richtig: Er hat sich als letzte Aufgabe, als letzten Wunsch vorgenommen, mich.... mich umzudrehen, verstehst du?"

Iris nickte. Sie überlegte, welche tröstenden Worte sie sagen konnte. Aber dann entschied sie sich, einfach zu schweigen. Da sein, Trish im Arm halten und schweigen.

25.

Den nächsten Fototermin hatte Striese als Voice-Mail hinterlassen. Iris sollte um halb neun Uhr morgens in seinem Hotelzimmer sein. Also zu fast nachtschlafender Zeit. Iris stellte den Wecker. Aber wenn Kiki sie nicht mit harschen Worten aus dem Bett getrieben hätte, wäre sie wohl nicht pünktlich gewesen. Doch so schaffte sie es, fast auf die Minute genau.

„Ihr Freund Peter ist ein interessanter Mensch", sagte Striese. Er empfing Iris im weißen Frotteebademantel. Es war nicht der Bademantel des Hotels, sondern sein eigener. Jedenfalls war, handflächengroß und in schnörkelreichen gotischen Versalien, „FDJ" auf Herzhöhe eingestickt. Mit einem marineblauen Garn, in das sich dezente güldene Fäden mischten.
„Das sind Ihre Initialen?" fragte Iris.
Striese lachte. „Wollen Sie wissen, wofür das steht?"
„Ich vermute: „Forstand Doktor Striese."
Er verzog das Gesicht. Diesen Witz machte er am liebsten selbst.

„Jedenfalls habe ich einen überaus anregenden Abend mit Ihrem Freund verbracht", sagte er, „und ich gestehe gern, dass er mich sehr beeindruckt hat. Mit seinen Ideen, seiner ungewöhnlichen Kreativität und, natürlich, mit seiner ganzen Persönlichkeit."
„Klingt, als wären Sie füreinander geschaffen", sagte Iris.
Striese lachte.

„Wir waren eigentlich zu einem Fototermin verabredet", fuhr Iris fort. Sie fühlte sich zunehmend unbehablich. Was konnte sie dagegen tun? Sie versuchte es mit Sarkasmus: „Möchten Sie im Bademantel abgelichtet werden, oder soll es eine Strecke von Aktfotos werden?"

„Aktfotos?" – Striese lächelte. Er zog seine buschigen Brauen kokett in die Höhe: „Das wäre doch mal was anderes."

„Ich muss Sie warnen", sagte Iris, „in Ihrem Alter bekommen die meisten Männer Falten. Übrigens zuerst am Hintern. Das sieht nicht sehr prickelnd aus."

„Mein Hintern ist so straff wie der eines Jünglings von achtzehn Lenzen", lächelte Striese. Es war Iris als ließe er seine Reißzähne blitzen.

„Ach ja?"

„Das kommt davon, weil mir da so viele reinkriechen müssen", lachte Striese: „Es hat Vorteile, Vorstand zu sein."

„Aber Sie müssen ja auch eine ganze Menge kriechen, denk ich mir", sagte Iris, „wenn ich diese Madame sehe..."

„Die Familie der Frau Konsulin finanziert meine Projekte", sagte Striese, „da bin ich gern ein bisschen nett... A-propos Konsulin: Möchten Sie etwas Champagner? – Sie hat mich gelehrt, dass ein Schluck Sprudelwasser dem Morgen am besten auf die Beine hilft, wenn der Abend sehr feucht und sehr fröhlich war."

„Danke nein", sagte Iris. „Ich hatte einen eher ruhigen Abend."

„Umso schlimmer."

Striese stand aus dem Sessel auf. Für einen Moment schlug der Bademantel vorne auseinander. Der Herr Vorstand trug einen String-Tanga. Der String war aus Leder oder Plastik. Oder Gummi. Iris griente.

Striese sah ihr Amüsement nicht, denn er hatte ihr den Rücken zugewandt, während er an einem gläsernen Servierwagen hantierte: „Ein guter Tropfen, die Witwe Clicquot. Die beste Freundin von Madame, wie ich immer zu sagen pflege. Ich habe einen kleinen Vorrat angeschafft, und die eine oder andere Flasche für mich abgezweigt... ad usum delphini, wie man so schön sagt."

Er kam mit zwei Champagnerflöten zurück. Lag das an der Beleuchtung oder perlte es wirklich leicht rosé-farben in den Gläsern? Iris hatte schon gehört, dass Veuve Clicquot eine besonders teure Champagnermarke war. Aber sie konnte sich nicht vorstellen, dass man diesen edlen Tropfen auch in Rosa anbot.

Striese stellte eine Flöte vor Iris auf den Couchtisch. Die andere hielt er am Stiel und prostete ihr zu. Sie reagierte nicht. Also trank er allein. Er schluckte und schmatzte hintendrein.

„Es ist wirklich überaus belebend", sagte er, „Sie sollten es unbedingt probieren."

„Sie wollen also wirklich Aktfotos?" fragte Iris.

„Wäre das ein Problem für Sie?"

Iris antwortete mit einer Kopie der wegwerfenden Handbewegungen, die Striese so gerne verwendete.

„Alles nur eine Frage der Technik und des Preises."

„Technik?" echote Striese.

„Ich kann Sie natürlich nicht in Ihrem netten kleinen Badezimmer ablichten, ohne die passende Beleuchtungsstärke. Da müssen zusätzliche Lampen rein, und ein Beleuchter, der alles immer wieder neu einstellt."

„Ein Beleuchter?"

„Haben Sie Probleme, sich vor Männern auszuziehen?" fragte Iris. Sie klang wirklich wie eine professionelle Aktfotografin.

„Naja, wenn es Beleuchterinnen gäbe..." Striese zog wieder seine Augenbrauen hoch. Er hat nur bescheidene Ausdrucksmittel, um Verruchtheit anzudeuten, dachte Iris.

„Ich arbeite nur mit Männern", sagte Iris.

„Das kann ich mir vorstellen."

„Sie tragen also die Kosten der Technik und außerdem verdoppelt sich mein Honorar."

Der Vorstand legte die Stirn in Falten: „Warum so teuer?"

„Schmutzzulage", sagte Iris. Sie sah ihm direkt in die Augen.

Striese hatte sein Glas abgestellt und klatschte in die Hände:

„Das klingt ja überaus verheißungsvoll! – Wann wollen wir anfangen?"

„Gehen Sie erst mal kalt duschen", sagte Iris.

Striese lachte: „Das wäre kontraproduktiv..." Er leerte sein Glas auf einen Zug und schmatzte mit gebleckten Zähnen. Das hatte Iris noch nie gesehen. Es wäre ein schöner Schnappschuss geworden.

„Ich habe mich gestern abend ja noch lange mit Peter unterhalten", plauderte Striese, während er sich Champagner nachgoss, „und dabei hat er mir viel von ihnen beiden erzählt. Allein die Geschichte mit dem Liebesspiel hinter der Tapetentür, alle Achtung, das hätte ich ihnen gar nicht zugetraut..."

Iris war fassungslos. Aber sie konnte es einigermaßen verbergen.

„Ach, er ist ja auch ein begnadeter Erzähler, der Peter" lachte Striese, „wenngleich er ein äußerst ungeschickter Pokerspieler ist. Außerdem fehlte ihm gestern das Glück. Und bald war auch sein Geld alle."

„Was geht das mich an?" blaffte Iris. Sie ärgerte sich, dass sie ihre Verärgerung so direkt aussprach.

„Warten Sie nur ab", sagte Striese, „jedenfalls ging der Abend zuende und bei der allerletzten Partie war Peterchen absolut pleite. Aber er fand, dass er ein ganz fantastisches Blatt hätte. Also hat er mich angefleht, buchstäblich auf Knien, dass ich einen Schuldschein nehme oder irgendwas in der Art... Nun, ich hasse allen Papierkram. Ich habe ihm vielmehr einen anderen Vorschlag gemacht: Der gesamte Einsatz gegen Alles, was er am Körper trägt, oder: gegen den Körper, der ihn zuletzt getragen hat. – Sie verstehen die bildhafte Formulierung?"

Iris war fassungslos.

„Kurz", machte Striese gleich weiter, „es ging um nichts mehr oder weniger als um ein Liebesspiel mit ihnen, mit dir! - Ich darf mir diese Vertraulichkeit erlauben. Ich habe nämlich gewonnen."

„Sind Sie total durchgeknallt?" fragte Iris.

„Mach mal halblang", knurrte Striese, „Peterchen hat mir gestanden, dass du nicht zum erstenmal für ihn in die Bresche springst... Stell dich also nicht so an. Ich seh doch ganz gut aus..."

Er warf den Frotteemantel von sich. Ein Bierbäuchlein wölbte sich über den String. Striese zog den Bauch ein und grinste.

„Na, wenn das so ist", sagte Iris und zuckte die Schultern. Sie trank ihren Champagnerkelch leer und griff zum Sektkühler. Dann ging alles sehr schnell. Sie packte die Flasche am Boden und steckte sie kopfüber in Strieses Schritt. Dorthin, wo der kleine Lederfetzen des Striptangas das

310

Geschlecht bedeckte. Der Schaumwein gurgelte seitwärts unter dem Leder vor und lief an Strieses Oberschenkel hinab.

Iris hatte das Überraschungsmoment für sich. Während der Vorstand noch ganz erstaunt auf die Flasche an seinem Gemächte starrte und auf den Sturzbach, der aus dem Tanga schäumte, war sie aufgesprungen und zur Tür hinaus.

26.

Nach dem Erlebnis mit Striese rechnete Iris fest damit, dass sie ihn nie wieder sehen werde. Der Auftrag war gestorben. Und das war gut so. Umso glücklicher war sie, als sie zuhause ein Fax von Cynthia fand. Abendempfang der deutschen Botschaft. Iris war zu einer von fünf offiziellen FotografInnen ernannt. Natürlich rief Iris sofort zurück und bestätigte den Auftrag. Erst danach fiel ihr ein, dass sie diese Ehre wohl vor allem Robert Keller verdankte. Sie hatte allen Kontakt abgebrochen und er hatte über Connie erfahren, warum. Der Fotojob war also eine Art Entschuldigungskärtchen. Wahrscheinlich würde ihr Robert auf dem Empfang über den Weg laufen und seine ganze Schummelei als notwendig verkaufen. Oder zumindest als lässliche Sünde.

„Dabei hab ich in diesen Tagen genug Entschuldigungen gehört für fünfundfünfzig Ehejahre!" schimpfte Iris, als sie mit Connie in der Küche saß, um das Abendessen zurechtzuschnippeln. Gemüsepfanne, chinesisch. Mit Hühnchenfleisch.

„Dann sag doch ab!" schlug Connie vor.

„Damit wär ich komplett aus dem Geschäft", knurrte Iris: „Der Striese wird sich mit irgendeinem Vorwand über mich beschweren und zu dieser Botschaftsgeschichte tret ich erst gar nicht an... Was soll Cynthia davon halten?"

„Also musst du hin."

„Also muss ich hin", seufzte Iris.

„Nimmst du mich mit?"

Das ging natürlich nicht. Die Fotoleute hatten ohne Begleitpersonen zu erscheinen. Dafür war Gesellschaftskleidung Pflicht. Kein Problem für Iris: Das lange schwarze Abendkleid aus Lisas Schrank diente wahrscheinlich genau für solche Zwecke. Also eine Dienstkleidung. Alles andere hätte Iris auch verwundert. Wenn sie sich etwas nicht vorstellen konnte, dann Lisa als Gesellschaftsdame, mit Schmuck und Make-Up. Sie musste an die Ladies zuhause denken, die sich ihre Gesichter braun anmalten und lila Lidschatten dazu und lange künstliche Wimpern und alle auf schreckliche Weise blondiert und onduliert. Oder die blondgefärbten Haare straff nach hinten gekämmt: Da stand immer die Frage im Raum, ob die Ladies einfach vergessen hatten, ihre Perücke aufzuziehen.

Interessanterweise waren die Römerinnen ganz anders. Es gab natürlich auch die reichen Damen, die sich mit all ihrem Geld keinen guten Geschmack kaufen konnten und von tausenderlei Beratern umso sicherer in ästhetische Katastrophen geführt wurden. Aber diese Frauen trugen ihre Hilflosigkeit mit einer gewissen Nonchalance spazieren, sie schämten sich nicht, sondern empfanden ihre Schwäche als einen Teil ihrer Persönlichkeit. Jedenfalls sah es Iris so.

„Das ist nur dein Touristenblick", flüsterte Mario, als sie ihm ihren Eindruck anvertraute. „Wenn die Römerinnen etwas verloren haben, dann ihre *grandezza*, glaub es mir."

Auf der anderen Seite sah er nicht gerade wie ein Fachmann aus. Iris befürchtete sogar, man würde Mario bei erster Gelegenheit auffordern, sich ein Tablett zu schnappen und die Getränke und Snacks herumzureichen. Nicht, dass sein Smoking in irgendeiner Weise unkorrekt gewesen wäre. Im Gegenteil: Er saß erstklassig und Mario trug ihn mit größter Selbstverständlichkeit. Als ginge er jeden Abend damit unter die Leute. Und genau das war das Problem: Er wirkte im Smoking so professionell wie es sonst nur Oberkellner sind. Oder Croupiers.

Iris fragte erst gar nicht, wie Mario an eine Einladung gekommen war. Ob er wieder eine Mutprobe für seine famosen Romani di Roma abliefern musste? Oder war er als Vertreter der städtischen Verwaltung dabei? War ja auch egal. Seine Einladungskarte wurde am Einlass für gut befunden und Iris war sehr glücklich, dass sie einen starken Begleiter an ihrer Seite hatte. Denn sie sah eine Begegnung voraus, für die sie sich wappnen musste.

Robert Keller. Er trug seine Uniform. Und er sah darin fantastisch aus. Iris wollte ihn schlicht ignorieren, aber dann ließ sie sich doch auf eine kurze Begrüßung ein. Robert war sehr freundlich, er strahlte sie an. „Schön, dass du gekommen bist." Offenbar hielt er ihr Erscheinen für den ersten Schritt zur Vergebung. Mit Mario redete er ein paar italienische Sätze. Das machte Iris misstrauisch. Sie musste sich sehr zügeln, um nicht sofort nachzufassen, was die beiden miteinander zu bequatschen hätten. Aber das wäre Mario gegenüber einfach nicht fair gewesen. Sie hatten sich versöhnt. Es gab keinen Grund, neuen Ärger heraufzubeschwören.

Auch für eine andere Begegnung an diesem Abend war Iris gerüstet. Sie hatte zwar gehofft, dass der Kelch an ihr vorübergehen würde. Aber er ging natürlich nicht. Er kam sogar direkt auf sie zu, nur um in letzter Sekunde abzudrehen: Direktor Doktor Striese sah sie mit bösem Gesicht an und winkte den nächststehenden Botschaftsoffiziellen heran. Es war Robert Keller.

„Diese Fotoschlampe hat sich hier eingeschlichen", zischte Striese, „sie ist nicht mehr für mich tätig."

„Aber für uns", sagte Robert freundlich: „Frau Schäfer ist durch uns akkreditiert."

„Hier dürfen Pornoknipsen fotografieren?" fauchte Striese. Seine Stimme schraubte sich auf der Empörungsskala nach oben.

Robert zog die Augenbrauen hoch und stellte den Kopf schief. Iris bemerkte die Geste zum erstenmal an ihm. Vorher hatte sie diese Bewegung nur bei Striese gesehen. Aber anders als der Vorstand sah Robert mit dieser Haltung richtig gefährlich aus. Das machte die Uniform: Er wirkte wie ein dunkler Panther, der für einen Sekundenbruchteil überlegt, wie er zubeißen soll.

„Sie lassen hier also So-Eine herumlaufen?" keifte Striese. Seine Stimme überschlug sich bei den letzten Silben.

„Ich lasse hier sogar So-manchen hinauswerfen", sagte Robert, „wenn er sich danebenbenimmt." Er sprach langsam und sanft. Es war genau der richtige Ton und die richtige Haltung, um Striese zu verunsichern. Der räusperte sich:

„Na, Sie werden schon wissen, was Sie tun", knurrte er und drehte Robert und Iris demonstrativ den Rücken zu.

Robert seinerseits wollte die Gelegenheit nutzen, ein paar Worte mit Iris zu wechseln. Doch die war schon weitergegangen. Sie hatte natürlich genau verfolgt, wie souverän Robert für sie eingetreten war. Aber sie sah darin keinen Anlass für Small-talk oder mehr.

Der große Saal des Palazzo Venezia füllte sich allmählich. Es waren vielleicht zweihundert, vielleicht dreihundert

Gäste, die in kleinen Gruppen herumstanden. Die offiziell Geladenen waren am Botschafterpaar und am Ehrengast vorbeidefiliert. Der Ehrengast war niemand anderes als Madame Konsulin. Sie hatte sich in ein zart türkisfarbenes Abendkleid geworfen, an dem tausend Lichter glänzten: Kunstvoll polierte Steine. Entweder echte Klunker oder Strass. Die Wirkung blieb dieselbe. Geschmacklos.

Madame hielt sich erstaunlich aufrecht. Sie erwiderte den hundertfachen Händedruck und flüsterte mit verkniffenem Lächeln irgendwelche Artigkeiten. Jedenfalls sah es so aus.

Das Defilé der Gäste ging schnell vorüber. Der Botschafter – jedenfalls vermutete Iris, dass es der Botschafter war – ließ sich ein Mikrofon reichen, hauchte kurz hinein, um die Funktion zu prüfen und begrüßte die Gäste. Zuerst auf Italienisch. Iris verstand nichts. Ihr fiel aber auf, dass der so schnell vorgetragenen Rede das Melodische abging, das sie bei Mario oder den anderen Einheimischen bewunderte. Sie war sicher, dass der Botschafter ein überaus passables Italienisch sprach, doch ihm fehlte des „gewisse Etwas". Seine nordische Steifigkeit blieb. Jedenfalls redete sie sich das ein. Es war ja auch ein gewisser Trost, dass selbst ein Karrierediplomat mit jahrelanger Übung nicht so schnell ins Italienische fand.

„....begrüße ich als Vertreter Deutschlands ganz besonders eine der hervorragendsten Persönlichkeiten des gesellschaftlichen Lebens im schönen Baden-Württemberg, eine Dame, deren Strahlkraft jedoch weit über die Grenzen ihrer Heimatstadt und ihres Bundeslandes hinauswirkt, quasi als Leuchtturm des kulturwissenschaftlichen Mäzenatentums, des Engagements für Gesundheitsaufklärung, Menschenwürde und..." Der Botschafter machte eine kokette Pause: „...saubere Verhältnisse."

316

Er deutete auf Madame, die sich vorsichtig verbeugte. Applaus.

„Frau Konsulin möchte aus natürlicher Bescheidenheit auf eine offizielle Ansprache verzichten", sagte der Botschafter lächelnd, und Madame unterstrich den Satz mit einer neuerlichen Verbeugung, die etwas verwackelter geriet. Doch der Arm des Botschafters war nah und stark genug, um einen Fauxpas zu verhindern.

„Stattdessen wird Ihnen Herr Doktor Striese vom Institut für die Wirklich Großen Ereignisse, The Really Big Events, einem Haus, das der Familie der Konsulin und ihr selbst unendlich viel verdankt, ein kurzes Exposé für ein deutsch-italienisches Gemeinschaftsprojekt vorstellen, das die Kompetenz seiner wissenschaftlichen Arbeit, die Ressourcen seines Instituts und den Geist der deutsch-italienischen Freundschaft aufs Trefflichste vereint..."

Striese trat neben den Botschafter und verbeugte sich.

„Ich bin Marvin Striese", sagte er, „und bedanke mich herzlichst für die freundliche Einführung. Lassen Sie mich gleich zur Sache kommen: ROM, dieser Name, diese Stadt stehen für fantastische Dinge in der antiken Vergangenheit, in der Kirchengeschichte und natürlich auch in der jüngeren Zeit. Aber, unter uns, Rom hat auch Probleme. Eines der größten sind, ich verrate Ihnen da nichts neues, die Touristen..."

Beifälliges Gemurmel.

„Sie wissen ja, WEN ich damit meine. Nicht den Bildungs- und Kulturreisenden klassischer Prägung, nicht die Menschen wie Sie und ich, die wir auf den Spuren von Goethe reisen oder in Fortsetzung der Pilgerschaft der Gläubigen früherer Jahrhunderte, nein, ich meine die Pauschal-, die Rucksack-, die Massentouristen, die Taubenschwärmen gleich über die ehrwürdigen Stätten der Vergangenheit hereinbrechen und die erhabensten Zeugnisse des europäischen Kulturerbes durch ihre bloße Anwesenheit gefährden: Ihre Körperdünste reichen aus, um die Höhlenzeichnungen von... von... in Frankreich zu zersetzen, und ihre Fußabtritte lassen den Marmor auf dem Forum Romanum zerbröseln... Es ist schmerzlich, zu sehen, wie der Massenansturm dieser neuen Barbaren eine Vernichtung bewirkt, die den barbarischen Massen der Vergangenheit niemals gelang.

Mit der Ausstellung „Global Soap" hat IRBE, The Institute for Really Big Events, in enger Zusammenarbeit mit führenden Herstellern aus der Körperpflege den Versuch unternommen, historische Bäder zu bewahren und zu rekonstruieren: „Cleopatra/Caracalla – Bathing in Beauty, sponsored by Whiteskin" ist das Meisterstück dieser Reihe und ich darf Ihnen voller Stolz ankündigen, das es ab übermorgen die tausend Sehenswürdigkeiten dieser Stadt um einen weiteren Höhepunkt bereichern wird. Versäumen Sie nicht, in die Thermen zu kommen und sich dem Zauber der vielbesungenen Königin hinzugeben!"

Auf Strieses Geste hin liefen jetzt gut eingeölte Männerbademodenmodels in knapper Bekleidung durch die Reihen und verteilten großformatige Flyer von seinem Really Big Event. Das hinderte ihn aber nicht, fortzufahren:

„Lassen Sie mich bei dieser Gelegenheit noch weiter ausholen. Die wirklichen, authentischen Bauten werden auf diese Weise vom Zustrom der Massentouristen entlastet. Die Besucherinnen und Besucher können wertvolle Repliken bewundern, ja eigenhändig begehen, ohne dass sie, ahnungslos zerstörerisch, die historische Authentizität des

Originals gefährden. Das ist mehr als bloße Nachahmung des Wahren. Wir schaffen für die Menschen eine neue Aura zum Mit- und Nacherleben des Historischen. Diese *Auratische Replikation nach Striese*, wie man das Prinzip freundlicherweise nennt, lässt sich freilich noch viel weitgreifender verwirklichen – und auch…" Er machte eine kurze Spannungspause: „…wesentlich profitabler!"

Ein „Hört hört!" aus dem Publikum nahm er mit dankbarem Lächeln auf:

„Warum, meine Damen und Herren, müssen die Massentouristen ins wirkliche Rom fahren, das wirkliche Pantheon begaffen, über das reale Forum trampeln? Es gibt keinen Grund dafür. Unter uns, diese Leutchen würden doch viel lieber eine Kreuzfahrt unternehmen. Also, was liegt näher, als das Eine mit dem Anderen zu verbinden? – Eine Kreuzfahrt nach Rom! Nein, ich meine nicht, dass ein Schiff im Hafen von Ostia vor Anker geht und man die Leutchen dann in die Stadt chauffiert. Nein, ich meine etwas qualitativ anderes, eine neue Aura. Darf ich Ihnen präsentieren: Das Theme-Boat. Eine Visualisierung der Auratischen Replikation. - Rom als Thema eines Kreuzfahrtschiffes der neuesten Generation!"

Eine Leinwand wurde heruntergelassen, eine Projektion leuchtete auf. Striese zauberte einen Laserpen aus seinem Frack und erklärte das Bild.

„Natürlich haben wir auf und unter Deck nicht den Platz für ein authentisch rekonstruiertes Rom. Aber haben Sie sich einmal überlegt, dass man Rom zwar nicht an einem Tag aber vielleicht auf einem Hektar erbauen könnte? – Warum muss sich oberhalb der Spanischen Treppe diese banale Kirche erheben, warum nicht der genialische

Capitolsplatz des Leonardo? Warum muss unterhalb der Treppe das traurige Brünnlein plätschern, das wir heute dort sehen, warum gibt es dort nicht die Fontana di Trevi? Und warum erstreckt sich dahinter nicht der Petersplatz, oder zumindest ein passender freundlicher Ausschnitt davon? – Sie müssen nicht antworten. Offen gestanden, auf der grünen Wiese errichtet, sähe das sehr schwach aus. Aber in einer neuen, auratischen Umgebung zur See, auf einem gewaltigen Schiff, gewinnt diese Szenerie doch eine Kraft, eine eigenständige Atmosphäre, die uns die Wonnen der Titanic vergessen macht..."

Striese erhielt tatsächlich Beifall. Er redete entsprechend beschwingt weiter. Iris hatte jedoch keine Lust mehr, weiter zuzuhören. Sie verließ den großen Empfangssaal und zog sich in den Wandelgang zurück, der zu einem kleineren Gartensaal führte. Hier hörte sie kaum noch etwas vom Vortrag des Vorstands. Sie konnte nicht fassen, mit welcher Chuzpe Striese da Peters Ideen, ja mehr oder weniger Peters Worte wiederholte und sie als seine ureigenen ausgab! Keine Silbe davon, dass ein anderer vor- und mitgedacht hatte... Naja, das konnte ihr egal sein. Vielleicht war auch diese Sache ein Teil des Poker-Deals. Sie würde sich jedenfalls um Peters geistiges Eigentum keinen Kopf machen. Sollte der selbst sehen, wie er zu seinem Recht kam.

„Was für ein Schwätzer", sagte Robert Keller. Er war Iris in den Gartensaal gefolgt.

„Redest du von dir jetzt in der dritten Person?" schnappte Iris zurück.

„Du hast recht", sagte Robert, „ich sollte nicht über andere lästern, sondern mich bei dir entschuldigen. Das ist bitter nötig."

Iris nickte.

„Kurz und gut: Ja, ich hatte ein Verhältnis mit Lisa. Nein, ich weiß dennoch nicht, was mit ihr los ist. Und drittens: Genau deshalb habe ich es verheimlicht. Denn ich habe mich in dich verliebt. Auf den ersten Blick. Da konnte ich schlecht damit anfangen, dass ich schon der Liebhaber deiner Schwester war..."

„Du hast alle Hinweise auf euer Verhältnis aus ihrer Wohnung beseitigt?" fragte Iris.

Robert nickte: „Das hatte aber einen rein dienstlichen Hintergrund."

Iris sah ihn fragend an.

„Nur soviel: Ich bin nicht unbedingt nur Mitarbeiter des Kulturattachés. In meiner anderen Funktion muss ich darauf achten, zum Schutz meines Dienstherrn und vor allem zum Schutz der Menschen, mit denen ich privaten Umgang habe..."

„Was soll das heißen?" unterbrach ihn Iris: „Willst du mir weismachen, dass du beim Geheimdienst arbeitest?"

„No comment", meinte Robert: „In jedem Fall habe ich Lisa immer gebeten, keine Hinweise auf unsere Verbindung zu verbreiten. Also mit niemandem darüber zu reden, auch mit Trish nicht."

„Und als Lisa verschwand…?"

„... habe ich sicherheitshalber alles Fotomaterial aus der Wohnung genommen. Es war ja auch nicht auszuschließen, dass es einen.... einen spezifischen Hintergrund für ihr Verschwinden gab."

„Sie war in Spionage verwickelt?"

„Nein!" Robert wehrte entschieden ab: „Das war sie natürlich nicht. Überhaupt nicht. Ich trenne strikt zwischen Berufs- und Privatleben. Aber man kann nicht ausschließen, dass die Kollegen von der anderen Seite das nicht so sehen..."

„Und?"

„Andererseits: Wenn dem so wäre, hätten die sich längst gemeldet. Wenn die jemanden entführen, dann wollen sie ihn oder sie gegen irgendetwas zurücktauschen."

„Aha."

„Aber es ist niemand an uns herangetreten."

„Das heißt?"

„Lisas Verschwinden hat nichts mit mir zu tun."

Iris sah ihn großäugig an. Das war eine Menge bizarrer Dinge, die der „harmlose" Robert Keller da erzählte. Was sollte sie dazu sagen?

„Aber dein Doktor phil. ist echt?" fragte sie. Es fiel ihr einfach nichts Besseres ein.

„Natürlich", sagte Robert, „ich habe bei meinem Diensteintritt darauf bestanden, dass ich zuende studieren kann. Ich bin doch kein Rosstäuscher wie diese Stasi Figuren, die sich ihre akademischen Würden beim ollen Mielke erschleimt hatten."

Iris verstand das Ganze nicht. Aus der Großen Halle brandete der Beifall herüber. Offenbar war Striese mit seiner Rede zuende.

„Warum spionierst du ausgerechnet in Rom?" fragte Iris, „Spionage in Italien. Wir sind doch gemeinsam in der EU, in der NATO...."

„Enge Bündnisse und Freundschaftsbekundungen haben die Italiener nie gehindert, die Fronten zu wechseln. Da muss man schon auf der Hut sein..." Die ersten Gäste kamen über den Korridor und steuerten dem Gartensaal zu: „...und Hüte gibt es da in Hülle und Fülle, sag ich dir, du solltest unbedingt vorbeischauen!"

„Du musst mir die Adresse geben", sagte Iris mechanisch und erwiderte den Gruß eines ältlichen Paares, das die

Vorhut der Heranrückenden bildete. Sie strahlten nicht Geheimdienstliches aus. Aber das tat Robert ja auch nicht. Auf jeden Fall musste Iris das Ganze erst einmal gründlich überdenken. Schließlich klang die Geschichte wie eine billig zusammengeschusterte Räuberpistole. Aber sprach letztendlich nicht genau DAS für die Wahrhaftigkeit von Robert' Erzählungen? Sie nickte ihm kurz zu, machte auf dem Absatz kehrt und steuerte wieder in die große Empfangshalle.

Dort hatte sich die Menge ein wenig verlaufen. Iris nahm die Kamera hoch. Sie besah sich die Versammelten durch den Sucher. Das Gespräch mit Robert schob sie energisch zur Seite. Bloß nicht darüber nachdenken. Jedenfalls jetzt nicht. Sie widmete sich ganz und gar dem Fotografieren: Wenn sie glaubte, eine interessante Konstellation eingefangen zu haben, drückte sie den Auslöser. Ohne viel nachzudenken. *Photographie automatique*, ging ihr durch den Kopf. Sie fragte sich, ob es diese Kunstrichtung wirklich gab. Wenn nicht, wäre es eine gute Sache, sie zu erfinden.

Plötzlich spürte sie einen Ellbogen in ihrer Seite. Es folgte keine Entschuldigung, denn es war Absicht gewesen. Striese hatte sich, während er mit anderen sprach, von hinten an sie heranmanövriert und im geeigneten Augenblick zugestoßen. Es tat richtig weh. Iris fuhr verärgert herum, doch der Vorstand war schneller:

„Ich hab dich in einem reellen Spiel gewonnen", zischte Striese so leise, dass nur sie beide es verstehen konnten, „und dann spielst du dich auf als, als... – Du kriegst in dieser Stadt keinen Job mehr, auf dem ganzen Planeten nicht. Ich lass mich nicht ungestraft nassmachen. Wer mich nassmacht, den ersäuf' ich... und dein ganzes Gesindel dazu!"

Iris legte die Stirn in Falten. „Sind Sie betrunken oder war das Koks zu gut?" fragte sie, leicht amüsiert. „Und überhaupt: Welches Gesindel?"

„Pete der Baumeister fliegt aus der Architektenkammer, das versprech ich dir, den mach ich platt…"

Iris zuckte die Schultern.

„…dein kleiner Transenfreund bekommt bald Besuch von ein paar echt harten Jungs…"

Jetzt war Iris doch irritiert.

„… und der kleine Bankert, der angeblich dein Neffe ist, den holt demnächst die Fürsorge ab."

Iris starrte ihn mit offenem Mund an. Striese lächelte überlegen. „Du siehst, ich informiere mich über die Leute, mit denen ich arbeite, ich habe immer einen Trump in der Hinterhand."

Er trat jetzt einen Schritt zurück, streckte sich soweit es ging und sagte mit lauter Stimme:

„Wissen Sie, Frau ähm…, am besten, Sie packen ihre schmutzige Kamera ein und verschwinden. Wir anständigen Leute wären gerne unter uns!"

Striese sah sie dabei noch nicht einmal mehr an. Er sagte es nebenher, ins Leere. Aber eine Geste, die wie ein Scheuchen wirkte, unterstrich seine Sätze. Iris hatte sich über seinen Charakter keine Illusionen gemacht, doch als er die Geste jetzt wiederholte und mit einem groben englischen „I said: Get out of here!" unterstrich, bekam sie doch einen roten Kopf. Einen dicken Hals, um es genauer zu sagen. Sie überlegte einen Augenblick lang, ob sie ihm direkt antworten sollte. Aber dazu hatte sie keine Lust. Die Leute um Striese waren Leute seines Schlags oder Geschäftemacher, die ihm blindlings beipflichten würden, weil sie einen dicken Auftrag erwarteten. Und von seinen Drohungen, wie ernst sie auch immer zu nehmen waren, hatte ohnehin niemand etwas gehört. Nein, Iris musste ihn auf andere Weise stoppen. Und wusste auch sofort, wie.

Sie wandte sich von der Herrenrunde Strieses ab, ging schnurstracks zur Garderobe und ließ sich ihren blauen Rucksack reichen. Darin war die Bombe. Iris musste nur noch Madame Konsulin finden, um den Zünder scharf zu stellen. Aber wo befand sich die Lady in diesem Moment? War sie vielleicht schon soweit angeschlagen, dass man sie in ein Separée geschafft hatte? –Madame lag zwischen der zweiten und fünften Stufe der Freitreppe, die sich mit elegantem Schwung aus dem Parterre in die Bel Etage des Palazzo erhob. Im ersten Moment befürchtete Iris, die Konsulin sei gestolpert und längs hingeschlagen. Aber dem war glücklicherweise nicht so. Nein, Madame hatte sich entschieden, die Stufen als Ottomane zu benutzen, als eine Art Sofa, auf dem sie Audienz halten konnte.

Sie lehnte sich weit zurück, warf den Kopf nach hinten und lachte schallend. Ein Herr mit grauem Haarkranz und breiter Schärpe stimmte bellend ein, ein anderer griente verkniffen. Zwei starke, junge Männer in modernen schwarzen Anzügen sahen sich wechselweise ratlos an oder auf ihre blankpolierten schwarzen Schuhe.

„Daran hätte ich denken sollen, habe ich ihn gefragt", lachte Madame, „ICH hätte daran denken sollen? – Guter Mann, habe ich gesagt, ich habe noch NIEMALS gedacht! Dafür hat man doch Angestellte." Ihr Lachen steigerte sich zum Wiehern. Sie nahm ihren Champagnerkelch, leerte ihn mit einem Schluck und schleuderte das teure Kristall in hohem Bogen zur Seite. Im nächsten Moment trat Verwunderung in ihren Blick. Sie stellte ihren Kopf schräg und lauschte versonnen in den Raum. Dann griff sie nach dem Champagnerkelch des Schärpenträgers, trank das Glas leer und warf es ebenfalls weg. Wieder war sie unzufrieden. Also nahm sie die leere Flasche, holte weit aus und donnerte sie gegen die Wand, an der die Freitreppe entlangführte. Das grüne Flaschenglas zerbarst in tausend Stücke. Erleichterung trat in Madames Gesicht: „Gottseidank", lachte sie, „ich dachte schon, die Physik hätte sich geändert!"

Das Klirren hatte zwei Kellner alarmiert, die besorgte Blicke mit dem Schärpenträger wechselten. Der nickte ihnen diskret zu. Sie verschwanden.

„Gibt es keinen Schampus mehr?" fragte Madame in die Runde. Der Schärpenträger lächelte. Er gab keine Antwort. Die beiden schwarzgekleideten jungen Männer starrten auf ihre Schuhe.

„Darf ich Ihnen ein kleines Erinnerungspräsent überreichen?" fragte Iris. Sie trat an die Treppe heran, das Couvert von sich gestreckt. Frau Konsulin kniff ihre Augen zusammen. „Die kenn ich doch...." murmelte sie, und fuhr Iris dann schroff an, warum sie keinen Schampus mitgebracht hätte. Doch Iris drückte ihr das Couvert in die Hand:

„Herr Doktor Striese möchte unbedingt, dass eine Mail mit dem Kram heute noch an die Frankfurter Aktuelle geht", sagte sie rasch, „aber ich denke, vorher sollten Sie selbst einen Blick darauf werfen..."

Madame nahm das Couvert und öffnete es.

„Fotos..." brummte sie. Sie holte ein paar Aufnahmen heraus. Es waren die Schnappschüsse von ihrer alkoholumwölkten Ankunft im Hotel. „Das soll nach Frankfurt?"

„Das ist sein dringender Wunsch… so schnell wie möglich in die Online-Ausgabe, hat er gesagt."

Madame runzelte die Stirn.

„Wer sind Sie?"

„Ich bin die Fotografin, die er dafür engagiert hat."

„Dafür?" Madame wog die Aufnahmen in ihrer Rechten. Iris nickte.

„Dann seien Sie herzlich bedankt", sagte Madame ohne jeden Anflug von Heiterkeit, „ich werde mich selbst um alles weitere kümmern." Ihre Stimme klang ernüchtert und eisig kalt.

Iris deutete eine Verbeugung an und drehte sich auf dem Absatz um. Jetzt gab es nichts mehr, was sie hier hielt.

„Ach, meine Liebe", hörte sie die Konsulin, „wenn Sie doch Fotografin sind: Könnten Sie mir vielleicht später noch einen Gefallen tun?"

Iris blieb stehen. Sie drehte sich nicht zurück, sondern wendete nur ihren Kopf über die Schulter. Sie sah sich in einem Wandspiegel. Diese Haltung gefiel ihr. Es wirkte unglaublich cool.

„Lassen Sie es mich wissen", sagte sie mit kurzem Nicken.

Doktor Striese ging von Grüppchen zu Grüppchen und verbeugte sich in schlecht gespielter Demut. Er liebte den Beifall, auch wenn er nur höflich gemeint war. Man tauschte Nettigkeiten und Visitenkarten aus, da und dort ging es aber auch schon um die Möglichkeit, sich steuersparend am „Theme-Boat ROMA" zu beteiligen.

„Ich schlage vor, es unter maltesischer Flagge fahren zu lassen", sagte ein Babyface mit Haarausfall im schlammfarbenen Boss-Einreiher. Striese registrierte die Anregung mit einem beifälligen Nicken.

„Sind Sie Steuerexperte?" fragte er.

Das Babyface strahlte. „Betriebswirt. – Ich habe zuletzt viel in Schiffsbeteiligungen gearbeitet."

Striese zückte einen Kugelschreiber und malte rasch ein paar Ziffern auf die Rückseite seiner Visitenkarte: „Damit erreichen Sie mich auch privat. Wir sollten uns in dieser Sache unbedingt zusammensetzen."

„Herr Vorstand!"

Striese verabscheute es, von der Seite angesprochen zu werden. Aber er erkannte die beiden schwarzgekleideten jungen Männer mit den spiegelblank polierten Schuhen sofort: Sekretäre, Leibwächter, Kammerdiener der Konsulin. Einer der beiden trug ein Silbertablett mit einer Flasche Champagner: „Beste Empfehlungen von Madame."

Ihre gemeinsame Leidenschaft für die Witwe Clicquot! Weil es auf einem deutsch-italienischen Empfang aber nur Schaumwein aus diesen beiden Ländern geben durfte, hatten sie beide notgedrungen auf den sanft perlenden Liebling verzichten müssen. Dass Madame daran dachte, dem Mangel Abhilfe zu schaffen, war verständlich. Dass sie auch ihm etwas abgab, war eine besonders liebenswerte Geste. Striese trank das erste Glas auf einen Zug und griff sich auch sofort das zweite. Dabei bemerkte er einen merkwürdigen Beigeschmack auf der Zunge. Nur eine Andeutung, doch viel genug, um den Kenner zu verwundern.

„Champagner schmeckt eben nur bei intimen Anlässen", murmelte er versonnen, ließ es sich aber nicht nehmen, ein Nachschenken zu verlangen und mit diesem dritten Glas dann durch den Ballsaal zu flanieren.

Die beiden jungen Männer blieben ihm auf den Fersen. Er bemerkte es schnell. Ob sie noch etwas auf dem Herzen hätten? Ja, sagten sie, Madame bitte ihn um den persönlichen Gefallen. Das Besondere, das versprochene Auratische Momentum, er wisse schon was… und wo.

Striese war es gewohnt, zu den unmöglichsten Zeiten in die alte Gründerzeitvilla Madames bestellt zu werden. Warum sollte die Wirklich Große Dame hier in Rom anders handeln? Es war zwar ein Empfang zu ihren Ehren, aber auf Etikette hielt man *bei Konsuls* seit drei Generationen nicht mehr viel. Zeremonielles Getändel, gerade recht für die Neuen Reichen oder den verarmten Adel. Madame verschwand wann und wie sie wollte und betrieb ihre Geschäfte oder Vergnügungen wo immer es ihr in den Sinn kam. Also zuckte er nur die Schultern, nickte zustimmend und folgte den beiden jungen Herren.

Obwohl sie wirklich gehen wollte, hielt es Iris länger auf dem Empfang als sie gedacht hatte. Das lag vor allem an Robert Keller. Sie sah ihn an, er beobachtete sie. Die flüchtigen Blickkontakte wandelten sich zu einem gewollten, inszenierten Hin und Her. Aber er sollte nicht denken, dass sie ihm vergeben hatte! Als sie schließlich besonders intensiv *äugelten*, griff Iris deshalb seitwärts, nach Marios Arm und zog ihren Begleiter fest zu sich heran. Zwei-, dreimal umarmte sie ihn sogar und gab ihm Küsse. Mario war diese öffentliche Vertraulichkeit sichtlich peinlich, er widersetzte sich aber nicht. Doch seine Küsse blieben gebremst. Iris fühlte, dass er ihr Verhalten kindisch fand, und sie musste zugeben, dass es das auch war. Aber sie konnte nicht anders. Robert Keller hatte sie belogen. Sie fühlte sich auf eine ganz bestimmte Art verraten: Ein Verhältnis mit der Schwester haben und dann so tun, als sei gar nichts gewesen. Noch dazu, wenn diese Schwester auf einen Schlag verschwunden ist und niemand weiß, ob sie noch lebt oder... Iris hätte sich gerne moralisch entrüstet, doch so einfach lagen die Dinge nicht. Sie war in erster Linie eifersüchtig und erst lange danach kam die Empörung über Robert Kellers Unehrlichkeit.

Iris dachte kurz darüber nach, was sie Mario zumutete, indem sie ihn als Waffe gegen Robert nutzte. Aber noch ehe sich so etwas wie ein schlechtes Gewissen einstellen konnte, trat einer der beiden jungen Männer mit den glänzend polierten schwarzen Schuhen neben sie, räusperte sich kurz und flüsterte:

„Madame möchte Sie bitten, zu einem speziellen Fototermin mitzukommen."

Im nächsten Moment hatte er ihr ein Couvert in die Hände gedrückt. Es war kein Liebesbrief darin, sondern ein Packen von Banknoten. Iris spürte keine Versuchung, nachzuzählen.

„Mario...", Iris stupste Mario sacht an. Er hatte sich ein wenig von ihr entfernt und plauderte mit einer brillantengeschmückten *Dame in den besten Jahren*. Sie sprachen italienisch und das sehr schnell. Das einzige Wort, das Iris heraushörte, war ein von Mario lächelnd hingeworfenes „Signorina Contessa". Iris zog an seinem Ärmel. Mario war über die Störung nicht erfreut. Seine Augen spiegelten Verärgerung. Er hatte allmählich genug von Iris' Getue.

„Ich muss noch zu einem Termin...", sagte Iris.

„Bitte?" – Dieses eine Wort genügte, um Marios Enerviertheit auszudrücken.

„Es ist wichtig", sagte Iris. Sie versuchte, einen suggestiven Ton in den Satz zu legen. In ihrem Rücken räusperte sich wieder der junge Mann:

„Ich glaube, Madame wünscht nur die Anwesenheit Ihrer Person."

Jetzt reagierte Mario. Er wandte sich erstaunt um und musterte den Schwarzgekleideten. Iris versuchte ein leises Knurren. Es sollte beschwörend klingen. Die Contessa nahm inzwischen ihr Lourgnon hoch und besah die Szene. *Welche Impertinenz!* sprach ihr Gesichtsaudruck, ohne dass sie ein Wort sagen musste. Iris war für eine Sekunde vom altertümlichen Sichtglas, diesem Brillengestell auf einer silbernen Haltestange, fasziniert. Auch das kannte sie nur aus Kostümfilmen. *Il Gattopardo,* fiel ihr ein, der Leopard, mit dem unverwüstlichen Burt Lancaster in der Titel- und dem jugendlichen Alain Delon in der Hauptrolle. Was für ein Film, was für ein Fest...

„Kommen Sie jetzt bitte?" flüsterte der Schwarzgekleidete. Er scharrte mit seinen spiegelnden Schuhen. Iris zeigte auf Mario:

„Nicht ohne meinen..." Sie überlegte das passende Wort. – „Bodyguard", sagte sie und zwinkerte Mario zu.

Mario drehte sich zur Contessa, flüsterte eine Entschuldigung und zwei Komplimente, deutete den Handkuss an, verbeugte sich und bot in derselben Bewegung Iris an, sich unterzuhaken. Der junge Mann mit den spiegelnden Schuhen wollte etwas sagen, aber es genügte ein kurzer, aggressiver Blick Marios, um ihn verstummen zu lassen. Iris bemerkte es erst jetzt: Wenn Mario seinen Unterkiefer vorschob, wirkte er nicht nur entschlossen, sondern richtig gefährlich. Jedenfalls war er jetzt kein Oberkellner mehr, sondern ein Mann, der seinen Tuxedo ausfüllt als wäre er dafür geboren.

27

Sie fuhren in den Südosten, Striese mit den beiden jungen Männern der Konsulin in einer schwarzglänzenden S-Klasse, Iris mit Mario in seinem blauen Alfa. Es ging an den Rand der aurelianischen Stadt, zu den Ruinen der Thermen des Kaisers Caracalla. Ein gewaltiges Areal, orange angestrahlt und mit einem drei Meter hohen Stahlgeflechtzaun umgeben.

Über ein mächtiges doppelflügeliges Stahlgittertor war ein imposanter Rahmen montiert, der offensichtlich noch einer Plakatbespannung harrte. Die beiden jungen Männer öffneten das Tor, fuhren hinein und verriegelten gleich danach wieder die Zufahrt. Dann ging es im Schritttempo zwischen den Mauerresten hindurch. Iris und Mario hatten den Wagen vor dem Zaun abgestellt, sie folgten der Limousine zu Fuß. Schließlich kamen sie zu einem freien Areal, das von hohen Backsteinmauerresten eingerahmt war. Der gewalzte feine Kies, auf den sie traten, ließ Iris an das Grabmal des Augustus denken. Sie fasste nach Marios Hand.

Ferngesteuert schalteten sich mächtige Scheinwerfer ein, die im orangefarbenen Grundton der Beleuchtung eine grellweiße Farbinsel aufleuchten ließen. Jetzt erkannte Iris, worum es ging. Unter einem mit ägyptischen Motiven bedruckten Rundzelt, das für ein Really Big Event nahezu bescheiden anmutete, wartete ein weiterer Meilenstein der *Auratischen Replikation nach Striese* darauf, der Welt präsentiert zu werden.

Das Schönheitsbad der Kleopatra war, wie auf den Plakaten gezeigt, ein blau umfasstes ovales Becken, dessen

Wände und Boden mit goldfarben bemalten Mosaiksteinen ausgelegt waren, etwa sieben Meter lang und drei, vielleicht vier Meter breit. Die kräftigen Farben der Plakate fanden sich in der Realität nicht wieder und die Fayencekacheln der Einfassung erinnerten, von nahe besehen, an Plastikdekoration. Auch das goldene Innere des Beckens wirkte matt, fast abgegriffen. Die Wände fielen zum Inneren nicht senkrecht ab, sondern schräg. Iris dachte sofort an eine im Stile Klimts gestaltete Mega-Toilette und fragte sich, wer alles geschmiert worden sein musste, um diese Pseudonummer in ein wirklich bedeutendes antikes Denkmalensemble einzubauen.

„Sieh an, die Riesenschüssel nach Striese", griente Iris, „das wird Kulturgeschichte schreiben." – Sie betrachtete den Vorstand, der auf ein paar Schritte Entfernung herangetreten war, mit einer Spur Mitleid. Andererseits auch mit einer gehörigen Portion Spott.

Striese gab keine Antwort. Er umrundete händereibend sein Königinnenbad. „Wo bleibt denn Madame?" fragte er. „Wenn sie hier baden will, müssen wir unbedingt noch Eselinnenmilch besorgen." – Er fixierte Iris: „Ach, sind Sie vielleicht dafür zuständig? Für die Eselinnenmilch?"

So rotzig er tat, er konnte nicht verbergen, dass ihn Iris' Anwesenheit irritierte. Freilich kam die Irritation zu spät.

„Fotografieren Sie jetzt!" flüsterte einer der beiden Schwarzgekleideten. Iris nahm den Apparat hoch.

„Mit Motor!" rief der andere, der direkt bei Striese stand. Iris drückte auf den Auslöser, jede Sekunde ein Bild.

Die 36 Bilder des Films zeigten dann detailgenau, wie man Striese in den Hintern trat und wie dieser das Gleichgewicht verlor, am Rand des Kleopatrabades ausglitt, wild mit den Armen ruderte, auf seinen Hintern rutschte und dann gleich, mit angstverzerrter Miene, hinab in die Tiefe.

„Das ist ja wie Slapstick", sagte Iris.

„Schmierseife an den Wänden", sagten die beiden Schwarzgekleideten, wie im Chor: „Und fotografieren Sie bitte weiter!"

Iris tauschte die analoge Kamera gegen ihre elektronische aus. Der Speicherplatz würde lange reichen.

Es war wirklich filmreif, wie Striese unten, auf dem Boden des Bades, verzweifelt versuchte, auf die Beine zu kommen, die ihm immer wieder wegrutschten. Selbst im Vierfüßlerstand, die Arme vorgestützt, konnte er sich nicht halten und landete früher oder später platterdings auf seinem Kummerbund. Ein rettungslos verlorenes Insekt, das um sich schlug, aber immer mehr im Schleim versank.

„Das ist nicht witzig!" rief Striese. Er sandte einen verzweifelten Blick nach oben.

„Ansichtssache", antwortete Iris. Sie kniete sich hin. Aus diesem Blickwinkel wurden die Aufnahmen noch schöner.

Auf einmal umfing Striese seinen Bauch, mit beiden Armen. Er schrie nicht mehr, er japste nur noch.

„Eine Kolik, ich habe Koliken: Schnell, einen Arzt!" wimmerte er, und wälzte sich hin und her, die Beine angezogen.

„Das ist keine echte Kolik", sagte der um Haaresbreite kleinere der beiden Schwarzgekleideten, „das ist ein Abführmittel. Passt hervorragend zum Champagner. Man schmeckt es kaum."

Das war genug. Iris nahm den Finger vom Auslöser. Sie konnte sich vorstellen, was jetzt kam. „Lass uns gehen", sagte sie zu Mario. Der nickte.

„Madame will noch sehen wie die Scheiße aus der Hose quillt", sagte einer der beiden jungen Männer und stellte sich ihr in den Weg.

„Aber *ich* will das nicht", sagte Iris.

Mario trat einen Schritt auf den Mann zu, schob wieder das Kinn vor und stemmte seine Arme in die Hüften. So sah er wirklich gefährlich aus. Die beiden Jungs in Schwarz griffen in einer erstaunlich synchronen Bewegung in ihre Jacketts.

Aber auch in ihren Holstern steckten keine Kanonen, sondern nur Smartphones. Mit ziemlich guten Digitalkameras. Wozu brauchten sie überhaupt eine Fotografin?

Iris und Mario wandten der Schmutzigen Komödie den Rücken zu und gingen den Weg zurück. Natürlich hatte Mario auch einen Schlüssel für dieses Tor.

„Und was machen wir jetzt mit dem... beschissenen Abend?" fragte Iris.

Mario lächelte sie an: „Vergiss einfach alles", sagte er sanft.

„Mach es mich vergessen", sagte Iris.

28

Iris hatte nichts dagegen, als er ihr ohne große Worte den Seidenschal um die Augen band und sie an der Hand nahm und zu seinem Alfa führte. Mario war, das merkte sie mit verbundenen Augen besonders intensiv, kein geschickter Autofahrer. Er bremste oft und rabiat und kuppelte viel und er hieb auch ganz gerne auf die Hupe. Vielleicht konnte man gar nicht anders fahren, hier in Rom. Iris verlor darüber jedes Gefühl für die Zeit. Wo ging es wohl hin? Sie blieben in der Stadt, soweit konnte sie sicher sein. Denn Marios Fahrstil änderte sich nicht. Vom steten Stop and Go wurde ihr ein wenig schwindelig und die Spannung über das Wohin wich rasch der Unruhe. Sie wollte endlich ankommen.

Schließlich stellte Mario den Motor ab, sprang aus dem Wagen und riss einen Augenblick später die Beifahrertür auf. Mit großer Vorsicht, ja Zärtlichkeit half er Iris aus dem Verschlag und schirmte sogar ihren Kopf gegen die Dachreling: Er legte seine flache Hand auf ihren Scheitel. Es war ihr, als würde sie gesegnet. Mario fasste sie mit seinem linken Arm um die Hüfte, stellte sich rechts neben Iris und hielt ihre Rechte mit seiner Rechten fest. So konnte er sie langsam und sicher über das unebene Pflaster führen und auch als sie an einen Treppenabsatz kamen, gab es keine Probleme.

„Vorsicht, jetzt kommen acht Stufen!"

Iris erschrak über die deutschen Worte. Für einen Moment fragte sie sich, ob er es doch nicht ehrlich meinte. Er konnte sehr gut mit Tony und anderen Kumpels gewettet haben,

dass er die dumme Deutsche auch ein zweites Mal herum-
kriegt.

Doch diese Angst verwehte wie die hitzige, gewitter-
schwere Luft plötzlich einer gewissen Kühle Platz machte.
Sie waren nicht mehr im Freien. Der leichte Lufthauch erzählte Iris, dass sie in einen Säulengang getreten waren. Mario ließ sie los. Sie spürte, wie er einige Schritte zur Seite trat,
sie hörte ein metallisches Klingeln. Ein Schlüsselbund, soviel konnte sie erraten. Bald bewegten sich schwere, uralte
Mechanismen, um einen Riegel freizugeben. Leises Quietschen der Scharniere. Eine gewaltige Pforte.

„Und jetzt Achtung...", sagte Mario leise. Seine Stimme
kam von unten. Er musste vor ihr knien. Tatsächlich, Iris
spürte wie er ihre Sandalen öffnete. Nach kurzem Zögern
ließ sich Iris das Schuhwerk von den Füßen ziehen. Sie
stand barfuß auf einem Fußboden von Travertinstein. Sie
kannte das Gefühl von Peters Terrasse. Diese Erinnerung
traf sie wie ein Blitz. Sie wäre am liebsten weggelaufen,
doch Mario fasste sie an den Händen und zog sie nach
vorne, ins Unbekannte.

Der Windhauch schwand, die Luft wurde noch kühler,
doch ehe sie das bemerken konnte, fühlte sie, wie sie glat-
ten, kalten Boden betrat. Es war Marmor, aber Iris schien es,
als stiege sie aufs Eis. Sie wusste nicht, ob ihr das gefiel.
Aber bevor sie sich entscheiden konnte, umzudrehen, begann die Musik.

Mario legte seinen Arm um ihre Hüfte, und nahm ihre
linke Hand. Die Melodie schob sie beide einen ersten Schritt
voran und dann gleich in eine Drehung. Iris musste nicht

nachdenken. Dreivierteltakt, ein Walzer. Iris kannte ihn aus der Schallplattensammlung ihrer Eltern: *Love unspoken,* auf Deutsch: *Lippen schweigen, s'flüstern Geigen*.

Sie ließ sich treiben. Mario tanzte wundervoll. Sie konnte sich ganz seiner Führung überlassen. Sie wollte es auch, und wären ihre Augen nicht schon verbunden gewesen, sie hätte sie ganz fest zugedrückt, um ungestört träumen zu können. Solange sie tanzten, dachte sie keinen Moment über den Ort nach, an den er sie geführt hatte. Sie dachte auch nicht über sich nach und nicht über Mario, Lisa oder Kiki und schon gar nicht an Peter, Robert, Deutschland oder Connie. Sie dachte an nichts. Nur an diesen Tanz, diesen wundervollen Walzer, der sie schweben ließ als drehten sie sich durch die Schwerelosigkeit.

Danach nahm er ihr den Seidenschal von den Augen. Iris blinzelte in die Dunkelheit. Sie standen auf blankgeputztem Marmor, in den Muster eingelegt waren. Iris hob den Blick. Sie erkannte einige Schatten, ferne Wandsäulen. Ein riesiger Raum. Sie sah keine Fenster und kein künstliches Licht, und doch war alles in ein milchiges Mondblau getaucht. Mario deutete lächelnd nach oben. Sie folgte seiner Geste und blickte durch einen vollkommenen Kreis hinaus ins Dunkelblau. Sie standen in einer riesigen Kuppel, deren höchster Punkt sich über der Mitte des Baus zum Himmel hin öffnete. Und erkannte man dieses Mal, zum ersten Mal seit Ewigkeiten, nicht sogar einzelne Sterne, deren Strahlkraft einen Weg durch den Dunst und die Wolken fand?
„Das Pantheon", sagte Mario, „nur für dich."

Nun zündete er eine Handlaterne an, mit einer echten, großen Wachskerze hinter dem Glas und lud Iris zu einem

338

Rundgang ein. „Der Schein hilft uns, die Details zu erkennen." Sie wunderte sich, wie hell die Lampe war.

„Die erste Station ist Raffael", sagte Mario. Iris kannte sich in der Malerei ganz gut aus, doch sie suchte ratlos nach einem der typischen Bilder. Es dauerte eine Weile, bis ihr Mario verriet, dass er das Grab des Künstlers meinte, auf das nur eine Wandvignette hinwies.

Wesentlich aufdringlicher war das Königsgrab. Mario verzog seinen Mund und sagte nichts weiter dazu. Er war also kein Monarchist und auch beim Altar, der dem Eingang zum Pantheon direkt gegenüberlag, blieb er unbeeindruckt und machte zu „barocco" sogar eine wegwerfende Handbewegung.

Es donnerte. Gut so, dachte Iris. Doch als ein Blitz über den kleinen, kreisrunden Himmelsausschnitt zuckte, griff sie nach Marios Arm. Blitze erschreckten sie, seit Kindertagen schon.

„Noch ein Tanz, die Dame?" fragte Mario. Iris nickte. Sie gab ihm einen Kuss auf die Wange. Er stellte die Musik wieder an: Der kleine Bluetooth-Lautsprecher, den er über sein Handy steuerte, erfüllte den gewaltigen Raum als wäre ein unsichtbares Orchester engagiert worden.

„Dankeschön", sagte Iris. Sie legte ihre rechte Hand auf Marios Oberarm und zog ihn ein Stück näher zu sich, um mehr von seinem Körper zu spüren während sie sich über die riesige, leere Marmorfläche drehten. Diesmal war es ein Musikstück, das sie nicht kannte. Aber es war ein Walzer und deshalb war es egal. Sie schloss wieder die Augen und es war ihr als fügten sich die Donnerschläge des Gewitters haargenau in den Dreivierteltakt.

Mit einem Mal bekam sie ein paar Tropfen ab. Draußen hatte es begonnen, zu regnen. Ein Platzregen, dessen Wassermassen auch ins Pantheon fanden. Mario wollte sie aus der Mitte der Halle dirigieren, damit sie trocken blieb. Iris hielt dagegen: „Ich mag den Regen", sagte sie mit einem Lächeln und Mario führte sie beide wieder zurück in den Mittelpunkt, direkt unter die Lichtöffnung, wo die dicken Tropfen zu Boden prasselten. Der Regen legte sich auch auf die Musik, doch dieses gleichmäßige Klatschen war für Iris wie der Beifall einer unsichtbaren Menge, die Mario und ihr und ihrem wundervollen Tanz applaudierten. Sie fühlte die Regentropfen im Haar und im Ausschnitt ihres Abendkleides und bald war der Stoff durchgeweicht und sie fühlte den Regen auf ihrer Haut und das Beifallsprasseln der Unsichtbaren wurde immer lauter.

Das Pantheon, so fiel ihr ein, ist die Versammlung der antiken Götter.

Nun kam ein langsamer Walzer. *True Love,* von Cole Porter, gesungen von Bing Crosby und Grace Kelly. Aus dem Musical-Film *High Society.* Sie tanzten kaum noch, sondern bewegten allein ihre Oberkörper im Takt der Musik. Iris bemerkte gar nicht, wie sie mit Mario auf die Knie sank. Denn sie küssten sich und vergaßen dabei, was ihre Beine taten. Und ihre Hände.

„Lieber Gott", betete Iris, „lass es nicht aufhören zu regnen!" und erschrak ein wenig, weil sie das Gebet laut gesprochen hatte. Doch dann fasste sie nach Marios Smokingfliege, die sie ihm einhändig und mit geschlossenen Augen löste. Von diesem Talent hatte sie bisher nichts geahnt. Sie fasste an Marios Hemd und öffnete die Knöpfe von oben nach unten. Er streifte das Hemd ab. Er trug wieder kein Unterhemd. Sie griff nach seinem Gürtel, dann an den

Hosenschlitz. Vier Knöpfe. Die Hose selbst war längst vom Regen durchgeweicht. Mario und Iris mühten sich gemeinsam, sie von seiner Hüfte, seinen Beinen zu kriegen. Umso schneller zog er gleich auch die Lederschuhe aus und den Slip. Und die Socken.

Jetzt rollte er langsam ihr pitschnasses Abendkleid nach oben, wie ein Patisseriekünstler mit sensiblen Fingern den Blätterteig ausrollt. Zentimeter um Zentimeter, die Oberschenkel entlang, bis zur Hüfte, die er streichelte, die er küsste. Dann ging er über die Taille. Er küsste sie in den Nabel, rollte das Kleid über die Brust, und zog ihr die feuchte schwarze Stoffrolle ganz schnell über den Kopf. Den Bustier riss sich Iris eigenhändig vom Leib und strampelte zugleich den Slip von sich. Es regnete noch immer, heftiger als zuvor. Mario kniete zwischen ihren Schenkeln und umfasste ihren Leib mit seinen Händen, hob Iris zu sich empor und drückte ihre Körper aneinander und schob seinen Kopf zwischen ihre Brüste und küsste sie und sie wusste gar nicht, ob er dabei zärtlich war oder wild. Das Wasser perlte an ihm herab, sein Körper und die Tropfen darauf glänzten im Mondlicht.

Als er in sie glitt, riss sie ihren Mund weit auf. Ob sie schrie, wusste sie nicht. Sie hörte, sie sah nichts mehr, sie fühlte nur noch eine unbeschreibliche Gier und Lust und ein heiliges Feuer, das über sie kam und sie verzehrte, ohne sie zu verbrennen.

An Handtücher hatte Mario nicht gedacht. Sie saßen nass und frierend auf dem feuchten Marmorboden, Rücken an Rücken, und wärmten ihre Pobacken, indem sie sich auf die Hände setzten. Iris musste lachen.

„Was ist denn?" fragte Mario, leicht geniert.

„Es ist die schönste Nacht meines Lebens, und sie endet damit, dass wir mit nacktem Hintern auf kaltem Marmor hocken."

„Entschuldige..."

„Nein", sagte Iris, „ich entschuldige nichts." Sie strich ihm mit einer Kopfbewegung sanft über den Rücken: „Denn es kann keinen besseren Ort geben, und keinen schöneren Augenblick."

29.

Der Botschaftsempfang und der Tanz im Pantheon lagen jetzt zehn Tage zurück. Connie musste wieder nach Deutschland zurück. Sie war zuletzt ohnehin sehr schweigsam, versonnen. Vielleicht auch verträumt. Iris konnte sich keinen Reim darauf machen. Sie fragte auch nicht nach. Das war nicht ihre Art. Aber sie ahnte, dass es noch ein Geheimnis gab, mit dem Connie nicht herausrücken wollte. Bis zur letzten Minute nicht.

Von diesem Geheimnis schwieg Connie wirklich bis zum Abflug. Dabei hatte sie überhaupt keine Schuld gehabt. Er war in der Wohnung aufgetaucht, kurz nachdem Iris und Mario zum Botschaftsempfang gegangen waren. Connie hatte ihn mit einem Kinnhaken empfangen, der ihn gegen das Treppengeländer schleuderte und, ums Haar, darüber hinaus. Danach hatte er von seinem schlechten Gewissen geredet und dass er nicht wolle, dass Iris in irgendeiner Weise durch Striese belästigt werde, nach dieser peinlichen Pokergeschichte, an der er ganz und gar schuldig sei, da gäbe es nichts zu leugnen.

„Ich habe Peter gesagt, er soll das gefälligst selbst und direkt klären. Deshalb sind wir sofort zu diesem Empfang gegangen."

„Sofort?"

„Naja, ich hab mich vorher schon noch einigermaßen standesgemäß angezogen. Jedenfalls kamen wir dort an und es hieß, sowohl der Vorstand Striese wie die Fotografin

Schäfer seien bereits gegangen. Das hab ich denen zuerst nicht geglaubt, die haben mich auch nicht hineingelassen, um zu kontrollieren. Also hab ich nach Robert verlangt. Aber er wusste auch von nichts. Dumme Sache. Peter und ich sind weggegangen, ziellos in die Stadt hinein. Dann fegte dieses Gewitter los... Du erinnerst dich an das Gewitter?"

Natürlich erinnerte sich Iris: Das Gewitter, das sie durch das Auge des Pantheon erlebte, der Regen, der...

„Uns hat das Wetter mitten auf der Straße überrascht", erzählte Connie: „Wir drängten uns unter einen Mauervorsprung, um nicht völlig durchzuweichen. Es pladderte ja wie..., wie... Wir mussten jedenfalls verdammt eng beieinanderstehen. Peter legte seinen Arm um mich. Ich habe die Nähe hingenommen. War ein Notfall, logisch. Das hätte er sich sonst nie erlaubt." Sie sah Iris fragend an. Iris zeigte keine Regung. Also erzählte Connie weiter:

„Ich hab ihn mir bei der Gelegenheit genauer angeschaut. Aus den Augenwinkeln, damit er's nicht merkt. Ein Junge, dem bang ist, der ängstlich in den Nachthimmel schaut und dann versucht, mich aufzumuntern. Das ist mir noch nie passiert. Ein kleiner Junge, der seinem Mädchen Mut machen will und sich dabei selbst fürchtet." Connie lächelte bei dieser Erinnerung.

„Er ist ein großes Kind", sagte sie, „Kein Wunder, dass du auf ihn stehst... also: gestanden bist. Er spricht die mütterliche Ader an. Jedenfalls: Das Gewitter hat gedauert. Aber die Zeit verging wie im Flug. Echt, klingt total kitschig, aber so war's. Danach bummelten wir ganz einfach nebeneinander her, die Schaufenster entlang."

„Bummeln mit Peter?" Iris konnte es nicht glauben. *This never happened:* Das war nie geschehen. Er hat doch niemals Zeit.

„Er hat meine Hand genommen. Einfach so. Ich hatte nichts dagegen. Wir gingen Hand in Hand, vielleicht fünf Minuten lang. Ohne ein Wort zu sagen. Ab und zu haben wir uns angeschaut, aber dann schnell wieder zur Seite."

„Wie die Kinder...", sagte Iris kopfschüttelnd.

„Wie die Kinder", bestätigte Connie. „Und irgendwann hab ich es ausgesprochen."

„Was?"

„Wollen wir es wirklich miteinander versuchen? – Es sollte skeptisch klingen. Auch ein wenig wie'n Witz. Aber es war natürlich todernst gemeint. Doch ich wollte mir vor Peter keine Blöße geben. Vielleicht plante er ja eine Komödie, um dich eifersüchtig zu machen..." Connie zögerte: „Da ist doch nix mehr zwischen euch, oder?"

Iris winkte ab. An Peter hatte sie wirklich kein Interesse mehr. Connie atmete auf.

„Jedenfalls hab ich ihm gesagt, Peter, hab ich gesagt, Peter, wir kennen uns seit sechs Jahren und wir konnten uns von Anfang an nicht leiden. Ich war sehr vorsichtig. Er hat sich mit der Antwort Zeit gelassen. Aber dann klang es verdammt gut: Selbst der weiteste Weg beginnt mit einem ersten Schritt, hat er gesagt."

„Was soll denn das?" wunderte sich Iris, „Bibelsprüche waren nun wirklich nie sein Ding!"

„Genau DAS hab ich ihm auch gesagt", erzählte Connie, „und weißt du was er geantwortet hat?" Sie senkte ihre Stimme, um seinen Tonfall nachzumachen: „Immerhin ist die Bibel ein verdammt erfolgreiches Buch."

„Er hat also über Literatur geredet?" fragte Iris.

„Ja, die Bibel ist ein wahrer Bestseller, hat er gesagt, aber wenn ich Papst wäre, würde ich mir langsam Gedanken über eine Fortsetzung machen."

Iris sah Connie von der Seite an: „Du weißt, dass das kein Scherz war oder bestenfalls ein halber."

Connie nickte. „Ja, so ist Peter nun mal. Ich werde mich nie herausreden können, ich hätte es nicht gewusst."

„Und dann?" fragte Iris weiter.

„Dann sind wir in ein Ristorante."

„In Marios Osteria?" Iris fühlte, wie ihr die Röte ins Gesicht schoss.

„Was denkst du! Wir sind in ein wirklich feines Ristorante. Es war mir ja schon am ersten Tag in Rom aufgefallen. Aber bis zu dem Abend hatte ich keinen Mann, der es sich leisten kann."

In diesem Moment dröhnte der Letzte Aufruf für die Passagiere der Lufthansa Flug Nummer Soundso durch die Abflughalle. Iris schüttelte lächelnd den Kopf. Sie hatte es geahnt: Erst in diesen Minuten, zwischen zwei Abschiedsumarmungen, war Connie mutig genug, von ihrer Affäre zu erzählen. Einerlei.

„Toi-toi-toi", sagte Iris. Sie drückte ihre Freundin noch einmal besonders fest.

„Lass uns telefonieren", sagte Connie und verschwand durch Torbogen des großen Metalldetektors. Als sie sich umdrehte, um Iris noch einmal zuzuwinken, war die schon verschwunden.

Iris hatte einen guten Grund, sich am Flughafen zu beeilen. Eigentlich hätte sie sich gar nicht darauf einlassen dürfen, Connie bis hinaus nach Fiumicino zu begleiten. Aber sie hatte gespürt, dass ihre Freundin noch ein Geständnis auf dem Herzen trug. Also kam Iris zu spät ins Hospiz auf der Tiberinsel.

Sie hatten sein Kinn schon mit einer weißen Bandage am Kopf festgebunden. Im allerersten Moment sah es so aus, als hätte der Major Barras nur Zahnschmerzen. Aber die weiße Gesichtsfarbe und die kalte, spitze Nase schrien die Wahrheit in die Welt. Er war tot.

Trish saß neben dem Bett. Sie hatte ihre Hände im Schoß. Gefaltet. Iris fragte sich, ob Trish gerade ein stilles Gebet sprach, ob sie ihre Freundin allein lassen sollte. Da sah Trish auf. Sie hatte Tränen in den Augen und zwang sich zu einem Lächeln.

„Schön, dass du da bist", sagte Trish.

Iris nahm den Stuhl, der direkt neben der Tür stand und rückte ihn an Trishs Seite. Sie setzte sich und legte ihren Arm sanft um die kleine, runde Gestalt. Sie spürte, dass Trish zitterte.

So saßen sie, regungslos. Vielleicht eine Viertelstunde, vielleicht eine halbe. An Trishs Vater dachte Iris nicht. Das war auch nicht wichtig. Sie war da, sie gab Trish Halt, sie blieb ruhig und geduldig. *Das* war wichtig. Ihre Gedanken zählten nicht.

„Wir haben noch ein wenig reden können", sagte Trish plötzlich. Iris hakte nicht nach. Trish brauchte noch eine, zwei Minuten, um sich zu sammeln: „Er war ganz wach, ganz klar", erzählte sie, „... und er hat es bis zuletzt nicht verstanden." Sie sprach ohne eine Spur Verbitterung:

„Aber ich konnte ihm verzeihen."

Trish legte ihren Kopf gegen Iris' Schulter. Iris zog Trish fest an sich heran. Es kamen keine Tränen mehr. Kein Schluchzen. Nur ruhige, feste Atemzüge.

„Gleich morgen", sagte Trish nach einer Weile, „gleich morgen werde ich in meiner Klinik anrufen."

Auf dem Weg nach Hause blieb Iris vor einer winzigen *Pharmacia* stehen. Ein Mittelding von Drogerie und Apotheke.

„Du musst mir kein Beruhigungsmittel kaufen", sagte Trish.

„Daran hab ich auch gar nicht gedacht", sagte Iris.

„Brauchst du etwas für Kiki? – Ist er etwa krank?" fragte Trish.

„Nein. Es geht ausnahmsweise nur um mich."

„Bist DU krank?"

„Ganz im Gegenteil", sagte Iris und nahm die Klinke in die Hand.

Eigentlich wollte sie *das* ja nicht machen, wenn Trish in der Wohnung war. Und schon gar nicht an einem Todestag. Aber nachdem Iris die Packung gekauft hatte, konnte sie ihre Ungeduld nicht länger zügeln. Sie stellte Trish die Cognac-Flasche hin, dazu zwei passende Schwenker und verabschiedete sich ins Bad.

„Es wird nicht lange dauern", sagte sie.

Als sie aus dem Bad zurückkam, hatte sich Trish gerade ein Gläschen eingeschenkt. Aber noch nicht getrunken. Iris überlegte, ob sie sich auch ein Glas nehmen sollte. Eigentlich hatte sie ja Lust darauf. Trish schien ihre Gedanken zu ahnen: Sie griff nach der Flasche und nach einem zweiten Glas.

„Ich weiß nicht, ob jetzt Cognac richtig ist", sagte Iris leise.

„Der passt aber genau zu meinem Vater", sagte Trish, „er hat immer gesagt: Wenn wir den Krieg gewonnen hätten, wäre ich Militärgouverneur in der Champagne: Ich würde jeden Sonntag in Schampus baden und ließe mir nur den besten Cognac ins Haus bringen. Fässerweise."

Iris lächelte über den Witz so gut sie konnte. Sie überlegte.

„*Champagne* ist ein gutes Stichwort...", brummte sie und ging in die Küche. Sie öffnete den Kühlschrank und das Eisfach. Natürlich gab es keinen Champagner.

Als Trish kam, um nach ihr zu sehen, fand sie Iris noch immer vor der geöffneten Kühlschranktür, in Gedanken versunken.

„Willst du wirklich Schampus?" fragte Trish. Sie hatte ein paar Minuten auf Iris gewartet, doch die war nicht aus der Küche zurückgekommen.

Als sie angesprochen wurde, fand Iris in die Gegenwart zurück. Sie schloss die Tür und lächelte: „Hast du vielleicht einen Sekt oder so...?"

„Bin gleich wieder da", sagte Trish. Sie lief über den Flur, ins Treppenhaus und in ihre Wohnung. Sie war tatsächlich sofort zurück.

„Den hat's als Einstandsgeschenk bei Queenie's gegeben", erzählte Trish, „Veuve Clicquot. Ich hab ihn für einen besonderen Anlass aufgehoben. Wenn ich mich zur Operation entschließe. Es passt also genau."

Sie entkorkte die Flasche noch im Gehen. Der Korken flog quer durch die Küche und donnerte gegen das Fenster. Zum Glück hielt das Glas.

„Schnell!" rief Trish: Der Schaumwein schäumte aus dem Flaschenhals. Doch Iris reagierte nicht. Trish stellte die Flasche in die Spüle und holte die Sektkelche eigenhändig aus dem Hängeschrank. Sie kannte sich zum Glück ganz gut in Lisas Küche aus.

„Und was willst du feiern?" fragte Trish, während sie die Gläser füllte. Iris gab keine Antwort. Sie ließ sich den Kelch in die rechte Hand drücken, stieß mit Trish an, lächelte geistesabwesend und nahm einen winzigen Schluck.

„Also, was ist los?" fragte Trish noch einmal. „Bist du etwa schwanger?" Sie lachte verschwörerisch.

Iris blickte an sich herunter: „Das sieht man aber noch nicht."

Eine gute halbe Stunde verging. Sie saßen jetzt in der Küche, am Tisch. Iris hielt sich noch immer am ersten Glas Sekt fest. Viel geredet hatten sie nicht. Doch jetzt konnte Trish nicht länger um die entscheidende Frage herumreden: „Weißt du denn, wer der Vater ist?"

Iris zuckte die Schultern.

„Mario, oder?" fragte Trish.

Iris nickte: „Exakt: Mario – oder..."

„Robert?"

Iris nickte: „Mario – oder Robert Keller – oder..."

„Etwa auch dieser trübe Peter, dein Ex?"

Iris nickte wieder.

Trish ließ die Luft zwischen ihren Zähnen zischen: „Und da sagen sie, *Paris* sei die Stadt der Liebe!" Sie sah auf die Küchenuhr. „Wir haben noch eine gute Stunde Zeit bis Kiki aus der Schule kommt. Meinst du, du hast die Sache bis dahin verdaut?"

Iris antwortete nicht.

„Na, dann lass uns man das Essen machen", sagte Trish, „wenn es nichts Ordentliches gibt, weiß er sofort, dass irgendwas im Busch ist. Dann fragt er dir ein Loch in den Bauch... Und ein Loch im Bauch is nich gesund, gerade in deinem Zustand!"

Innerhalb von zehn Minuten waren sie am Kochen. Trish wusch Gemüse: Paprika, Zucchini. Neben ihr weinte Iris über einer Zwiebel, die sie in winzige Würfel hackte. Iris war froh, nichts reden zu müssen. Immerhin, sie war nicht in eine Lähmung verfallen, sondern hatte sich aufgerafft, beim Kochen mitzumachen.

„Was gibt es?" fragte Kiki, als er hereinkam.

„Paprikatarte" sagte Trish.

Der Hefeteig aus dem Eisschrank taute still vor sich hin. Eier und geriebener Käse standen bereit. Pfeffer, Salz und Muskat waren immer im Haus. Ein einfaches, schnelles Essen, an dem Kiki nur eines auszusetzen hatte: „Da ist kein Fleisch drin!" Er warf seine Schultasche knurrend in die Ecke und verschwand in sein Zimmer.

„Hat doch gut geklappt", sagte Trish mit einem Augenzwinkern, „und schon haben wir wieder Zeit, über deine besonderen Umstände nachzudenken."

Iris sagte nichts. Trish gab die Zwiebeln in den Topf mit dem Olivenöl. Ein Dampfschwall schoss auf. Sie rührte sofort mit dem Holzlöffel, um das Anbrennen zu verhindern.

„Alles in allem ist es doch eine ideale Situation", sagte sie. Sie griff nach dem restlichen Gemüse und kippte es schnell zu den Zwiebeln. Dann stellte sie das Gas zurück.

„Ideale Situation?" fragte Iris. Es hatte gedauert, bis sie den Satz wirklich wahrnahm.

„Ja: Dieser Peter sitzt im fernen Deutschland. Er hatte zur richtigen Zeit Sex mit dir, er hat ein schlechtes Gewissen und er ist jetzt mit deiner besten Freundin zusammen. Er wird den Teufel tun und auch nur eine Minute bezweifeln, dass dieses Kind sein Kind ist. Also wird er zahlen, und zwar nicht zu knapp."

„Und?"

„Und dann Robert Keller. Der ist ein Gentleman. Wenn wir dem sagen, dass er ein Kind gemacht hat, akzeptiert er das ohne Nachfragen. Wird seine Alimente selbst ausrechnen und noch was drauflegen und zu jedem Geburtstag wird es ein teures Geschenk geben." Trish lachte auf: „Nur seine Mutti dürfen wir nicht informieren, weil die ihn ausschimpfen würde."

Jetzt musste sogar Iris grinsen.

„Bleibt noch Mario", sagte Trish. „Ich weiß nicht, wieviel Geld er verdient und ob er von sich aus etwas rausrückt. Aber er gibt sicher einen verdammt guten Onkel ab. Im Grunde wäre es ihm nämlich lieber, nur der Onkel zu sein. Ein guter Onkel, ein verantwortungsvoller Onkel. Vater sein, das würde ihn nervös machen. Ihm solltest du sagen, dass das Kind *nicht* von ihm stammt."

„Und wenn es schwarze Locken hat?"

Peter und Robert hatten, wie Iris selbst, dunkelblonde Haare, glatt und strähnig.

„Spontanmutation", schlug Trish vor, „oder einfach der genius loci... die geistige Kraft des Ortes: Wo auf der Welt gibt es mehr geistige Kräfte als in Rom?"

„Wenn das Kind schwarze Locken hat", sagte Iris, „und wenn es ein Junge ist, wird er es sich nicht nehmen lassen, der Vater zu sein. Er wird alles dafür geben... Denn dann wäre sein Sohn ein echter *Romano di Roma*, ein Römer in der zwölften Generation. - Mario wäre der glücklichste Vater der Stadt und des Erdkreises!"

„Wenn es ein Junge wird!" schimpfte Trish, „oh, den Spruch kenn ich nur zu gut: Ein Knabe, ein Knabe, es ist ein Knabe!! Mein Vater hat, sagt man, auf der Straße getanzt aus Freude über meine Geburt. Ein Junge, ein Junge! Halleluja! – " Trish brach ihre Rede mit einer Entschuldigung ab. Das sei jetzt nicht die Zeit, eigene Wunden zu lecken. Iris lächelte sie an und nahm sie in den Arm. Trish erwiderte die Umarmung.

Als sie die Türklingel hörten, dachte keine der beiden daran, zu öffnen. Einerlei, wer jetzt kam, er würde nur stören. Kiki hatten sie ganz vergessen. Er war in seinem Zimmer und baute Traumhäuser. Aber er war nicht so verträumt, dass er die Klingel überhört hätte.

„Das ist doch wohl nicht wahr!" rief er und es klang sehr, sehr zornig. Iris und Trish liefen eilig auf den Gang. Kiki hatte die Tür nur einen Spalt weit geöffnet. Man konnte nicht erkennen, wer da draußen stand.

„Hallo Großer", sagte eine Frauenstimme.

„Mama!" – Kiki riss die Tür auf und fiel der Frau um den Hals. Sein Zorn war schnell verraucht. Die Erwachsenen sahen sich etwas ratlos an.

„Hallo Schwester", sagte Lisa.

„Hallo Lisa", sagte Iris. Sie nickten einander kurz zu. Kein Händeschütteln, schon gar keine Tränen.

„Wo hast du die ganze Zeit gesteckt?" - Kiki war fürchterlich gespannt, was seine Mutter getrieben hatte. Iris stand, die Hände vor den Bauch gefaltet und sagte nichts. Aber ihr Blick sprach Bände. Dafür drängte sich Trish nach vorne. Sie stellte sich auf die Zehenspitzen und umarmte die Heimkehrerin. Sie konnte kaum reden. „Warum hast du dich verdammt noch mal nicht gemeldet, he?" schluchzte sie.

Lisa strich ihr über die Haare. Doch sie machte sich von Trish los und ging in ihr Schlafzimmer. Dort warf sie den

Sommermantel aufs Bett, sah sich stirnrunzelnd die Veränderungen an, die Iris gewagt hatte und ging in die Küche.

„Jetzt brauch ich erst mal einen ordentlichen Schluck." Sie entdeckte den Champagner und pfiff anerkennend durch die Zähne: „Oh. Veuve Clicquot. Hast du dich also endlich dazu entschlossen, Trish!" Lisa lachte. Als sie nach einem Glas griff und sich einschenken wollte, packte Iris ihren Arm. Sie packte fest zu.
„Ich denke, du schuldest uns eine Erklärung."
Lisa hielt Iris' Zorn aus. „Da hast du vollkommen recht," sagte sie freundlich, „aber ich muss euch vorwarnen. Mit einer kurzen Erklärung ist es nicht getan. Das wird schon ein Roman für sich."
„Na, dann leg mal los", sagte Iris und alle vier setzten sich an den Küchentisch.

Ende.
Fortsetzung folgt. Vielleicht.